MADDIE DAWSON
AUTORA BEST-SELLER INTERNACIONAL

Casamenteira em Apuros

São Paulo
2024

Grupo Editorial
UNIVERSO DOS LIVROS

A Happy Catastrophe
© 2018 by Maddie Dawson
© 2024 by Universo dos Livros
Todos os direitos reservados e protegidos pela Lei 9.610 de 19/02/1998.
Nenhuma parte deste livro, sem autorização prévia por escrito da editora, poderá ser reproduzida ou transmitida sejam quais forem os meios empregados: eletrônicos, mecânicos, fotográficos, gravação ou quaisquer outros.

Diretor editorial: **Luis Matos**
Gerente editorial: **Marcia Batista**
Produção editorial: **Letícia Nakamura e Raquel F. Abranches**
Tradução: **Monique D'Orazio**
Preparação: **Bia Bernardi**
Revisão: **Aline Graça e Nathalia Ferrarezi**
Arte: **Renato Klisman**
Capa: **David Drummond**

Dados Internacionais de Catalogação na Publicação (CIP)
Angélica Ilacqua CRB-8/7057

D779c	Dawson, Maddie
	Casamenteira em apuros / Maddie Dawson ; tradução de Monique D'Orazio. — São Paulo : Universo dos Livros, 2024.
	384 p. (Matchmaking for beginners ; 2)
	ISBN 978-65-5609-639-1
	Título original: A happy catastrophe
	1. Ficção norte-americana
	I. Título II. D'Orazio, Monique
23-0836	CDD 813.6

Universo dos Livros Editora Ltda.
Avenida Ordem e Progresso, 157 – 8º andar – Conj. 803
CEP 01141-030 – Barra Funda – São Paulo/SP
Telefone/Fax: (11) 3392-3336
www.universodoslivros.com.br
e-mail: editor@universodoslivros.com.br

Para Jimbo, por todo amor
e pelas risadas, eternamente.

um

MARNIE

Patrick está atrasado para o nosso jantar, o que é bom, porque significa que tenho alguns minutos livres para ficar sentada sozinha em nossa mesa favorita nos fundos do LaMont's, onde posso saborear meu merlot e praticar como vou fazer minha grande pergunta a ele.

Patrick e eu estamos juntos há quase quatro anos, e posso conversar com ele sobre cada pensamento mínimo que venha à minha cabeça, mas essa... *essa* é uma *daquelas* perguntas, sabe? Coisas que transformam a vida. E Patrick é um homem que já enfrentou transformações na vida suficientes para cem anos. Ele ia preferir décadas de algum bom e velho *status quo*.

Mas... Simplesmente não consigo.

Então tomo um gole do meu vinho e fecho os olhos. Saí cedo da floricultura para poder ensaiar. Por sorte, estamos no Brooklyn; as pessoas no metrô não pareceram perceber que eu estava praticando em voz alta e enumerando tópicos de discussão nos dedos.

Eis o que tenho até agora.

Patrick, vou dizer, *eu te amo mais do que tudo. Você, meu amor, é a massa do meu biscoito. O recheio do meu Oreo. A azeitona da minha empada. E você é o horizonte de todos os meus anseios.*

Meloso? Deus, sim, embora essa parte sobre o horizonte dos meus anseios *possa* ser considerada poética se eu usar o tom de voz certo. Se eu tiver sorte, ele vai rir. E, quando ele rir, vai ser fácil. Vou só deixar escapar a pergunta, e então vai estar feito. Sim ou não.

Sim ou não, Patrick?, vou dizer. *Leve o tempo que quiser, meu amor, mas lembre-se de que já tenho trinta e três anos, e esse barulhão que você está ouvindo... bem, essa coisa é meu coração.*

Pelo amor de Deus, controle-se, Marnie.

Eu sorrio, reconhecendo a voz na minha cabeça. É Blix – ou não realmente ela, já que ela faleceu e tals, mas é o que ela *diria* se estivesse aqui. Posso apertar os olhos e praticamente enxergar sua essência sentada do outro lado da mesa bem neste minuto, toda esvoaçante e leve em seus colares, echarpes coloridas e saias longas, com seus cabelos malucos de Einstein, espetado em todos os lugares, balançando a cabeça e gritando para eu parar de me estressar sobre esse assunto.

Só relaxe! Confie no maldito universo uma vez na vida, sim?

Blix estava sempre falando sobre o universo, e, francamente, ela e esse *universo* dela eram o que tinham me trazido aqui. Ela era uma bruxa casamenteira sem paralelos e sempre dizia saber duas coisas desde o momento em que tinha me conhecido: eu era uma casamenteira nata, e *também* que Patrick e eu deveríamos ficar juntos. (Não importava que eu estivesse noiva do sobrinho-neto de Blix na época; ela e o universo já sabiam que *esse* relacionamento era uma causa perdida.)

Eu não tinha tanta certeza se acreditava nela. Na verdade, fiquei chocada quando descobri, logo depois de seu falecimento, que ela havia deixado sua casa de tijolinhos marrons no Brooklyn para mim, aparentemente tendo decidido que eu, Marnie "Ninguém Especial" MacGraw, era quem seguiria seus passos de casamenteira e herdaria seus projetos em andamento, bem como todos os desajustados encantadores que ela cultivava.

Eu não tinha intenção de realmente fazer algo tão louco. Àquela altura, eu estava divorciada de seu sobrinho-neto e tinha voltado a morar com meus pais na Flórida, com o coração partido depois

Casamenteira em Apuros

de tomar uma rasteira da vida. Após meses de namoro morno com meu ex-namorado do ensino médio, talvez eu tivesse concordado sem querer em me casar com ele. Eu não tinha plano *algum* de me tornar uma casamenteira no... *Brooklyn? Você está de brincadeira comigo?* Então vim para a cidade com a intenção de vender o imóvel e voltar para casa... só que havia esse tal de Patrick morando no apartamento do porão daquela casa.

E, bem, Patrick acabou sendo... meu verdadeiro lar.

Ok, para ser honesta aqui, ele não era o homem que eu teria escolhido. Foi quando aprendi que o amor nem sempre vem no pacote que esperamos. Por um lado, ele é um introvertido recluso, e eu estou sempre elaborando planos para *não* ficar sozinha. Por outro, ele é inteligente, engraçado e possivelmente um pouco louco de todas as maneiras boas, além de saber como os fornos funcionam e também ter uma intuição exata sobre o que dizer quando estou me sentindo perdida ou triste. Ele faz as melhores tortas, do zero, e é a única pessoa que conheço que gosta de ter todas as suas conversas sobre eventos mundiais na banheira, e, além de tudo isso, ele me deixa comer o recheio de todos os seus biscoitos Oreo. Desde o início, mesmo quando eu era uma grande chorona que não sabia nada sobre a vida em cidade grande, ele cuidou de mim e me fez rir. E me apaixonei por ele de uma maneira que eu nunca soube que poderia amar alguém.

O que só mostra que não sabemos tudo sobre nós mesmos, porque definitivamente não era assim que eu enxergava minha vida: como a namorada de um artista taciturno, porém engraçado, e dona de uma floricultura, onde eu também fazia um bico de unir as pessoas. Aos 33 anos, eu deveria ser uma mãe suburbana casada com o lindo sobrinho-neto de Blix, morando ao lado dos meus pais e passando as tardes de sábado na piscina com minha irmã enquanto nossos maridos cuidavam da churrasqueira e nossos filhos cochilavam em seus carrinhos.

As únicas grandes perguntas que eu planejava fazer aos 33 anos era se deveríamos ter salada de batata como acompanhamento ou se milho na espiga seria melhor.

Mas sabe de uma coisa? A Blix tinha alguma magia forte que, de alguma forma, transferiu para mim, e agora eu a ouço sussurrando no meu ouvido: *Ah, pelo amor de Deus, Marnie, pare com isso. Você vai conseguir tudo o que deseja. Apenas confie no universo.*

Então, eis que estou sentada aqui praticando meu discurso, quando me distraio, porque, na mesa ao lado, um hipster de rosto doce, camisa xadrez e um chapéu fedora está levando gritos, de uma maneira muito divertida de ver, de uma mulher loira vestida em branco e dourado. Sua mãe, sem dúvida, já que eles têm o mesmo nariz. Qualquer pessoa por aqui poderia inferir exatamente o que está acontecendo. Uma mãe da Flórida veio para o Brooklyn e já está farta de nós. E seu filho desavisado, não lendo os sinais, foi todo irresponsável com ela e pediu comida, exatamente enquanto ela planejava se mandar dali.

E ela está furiosa.

— Se *você* acha que eu vou sair correndo por aquele *maldito* aeroporto só porque *você* teve que comer algo chamado "sanduíche de ovo de codorna", que, sem dúvida, leva *meia hora* para ser preparado, pode pensar duas vezes! – diz ela. – Eu não vou tolerar mais sua falta de consideração. Chamei um Uber e estou indo embora. Você *não* vai me levar ao aeroporto de forma alguma.

Normalmente, não ter que levar alguém ao aeroporto é como um presente enorme e incrível. O rapaz, porém, recebe essa notícia com o olhar vidrado de um homem cuja mãe está de visita há dias demais. Ele murmura baixinho que faltam quatro horas inteiras até o avião dela decolar e também, apenas como um detalhe, que os sanduíches de ovo de codorna ficam prontos rápido.

Casamenteira em Apuros

Estou transmitindo para ele a mensagem: *Você consegue, cara, estamos todos aqui para te dar uma força*, quando de repente minha mão estremece e derruba minha taça de merlot no meu colo, e o vinho tinto se espalha por toda parte, espirrando na toalha de mesa, na minha saia, no chão. Quando estou de pé para escapar, o cara salta no ar com o tipo de entusiasmo que um bombeiro poderia exibir ao correr para um prédio em chamas e me entrega um punhado de guardanapos.

— Ah, obrigada — eu digo. — É muita gentileza sua.

— Aqui. Você pode precisar de mais — diz ele, agora pegando montes inteiros de guardanapos.

— Não! — grita sua mãe, assustadora. — Pare com isso, você está espalhando. Aqui, deixe que eu resolvo.

E então, em um movimento rápido, ela se levanta e joga vinho branco na frente da minha roupa. Como se isso fosse uma coisa real que as pessoas civilizadas fazem.

Suspiro e pisco de surpresa enquanto lentamente me ocorre que toda a frente do meu corpo está congelando, encharcada agora com dois tipos de vinho.

— PUTA QUE PARIU, O QUE ACONTECEU? — diz o cara.

— O vinho branco tira o vinho tinto — explica sua mãe. — Acredite em mim. Ela vai me agradecer depois.

— Mamãe! — exclama ele. — Você não pode derramar vinho em uma estranha! Como é que você não sabe disso? — Ele se vira para mim. — Eu sinto muitíssimo. Sério! Por favor, mãe, sente-se. Você está piorando as coisas. — Ele pega ainda mais guardanapos. Não vai demorar muito e, receio, ele vai estar de mesa em mesa tirando-os do colo das pessoas.

— Ah, pare com isso, Graham. Isso vai tirar a mancha — diz ela, seus olhos enormes e insistentes e talvez um tiquinho insanos. — O branco tira o vermelho. Todo mundo sabe disso.

Ele me diz em voz baixa:

— Você pode querer correr para o banheiro antes que ela comece a pedir jarras inteiras de pinot grigio para te afogar.

– Ah, pelo amor de Deus! – ela diz, rindo. – Esse meu filho! Ele sempre me faz passar por uma lunática, mas na verdade é *ele* que não consegue chegar a tempo para o jantar quando sabe que tenho de pegar um avião. Graças a ele, não consigo nem terminar minha taça de vinho porque meu Uber está vindo me buscar. De qualquer forma, querida, sua saia já parece melhor.

– Vou ao banheiro tirar o resto – digo a ela, abaixando-me para o caso de ela começar a me encharcar com outros líquidos que puder encontrar pelo restaurante. – Mas obrigada.

– Não, não! – lamenta Graham. – *Não* agradeça a ela. Não queremos incentivar isso.

– Por que ela não deveria me agradecer? – indaga a mulher. – Eu fiz um favor a ela. E agora dê adeus à sua velha mãe, seu gatuninho, porque eu tenho que ir.

Ela segura o rosto dele entre as mãos e o beija, do tipo de beijo estalado e forte, e então se vira para mim.

– Você é casada, por acaso? Porque esse meu delinquente está *muito* disponível. Incompreensível, eu sei, mas é verdade.

Decido que gosto desses dois, bem quando Micah, o garçom, desliza com uma toalha de mesa branca limpa e alguns arranjos e uma nova taça de vinho para mim.

– Quando Patrick chegar aqui – digo a ele –, você poderia, por favor, dizer que estou no banheiro?

– Bem, você *é* casada? – a mãe pergunta.

– Ela é casada com Patrick – diz Micah, e não consigo resistir a corrigi-lo. Patrick e eu não somos exatamente casados, explico, mas estamos comprometidos, morando juntos, para todo o sempre etc.

– Nunca é para sempre até você ganhar o anel – avisa a mãe.

Graham revira os olhos, pega uma mala enorme que ela havia guardado debaixo da mesa e começa a conduzir a mãe para fora, a mão na parte inferior de suas costas. Ela está acenando para todos nós como uma rainha da beleza em um carro alegórico – e tudo em que consigo pensar enquanto corro para o banheiro é que espero que ele volte.

Casamenteira em Apuros

Porque algo importante acabou de acontecer. Há faíscas se formando no ar ao redor desse cara, e sei o que isso significa: ele está prestes a se apaixonar por alguém, e a razão pela qual estou aqui é porque o universo precisa de mim para ajudar as coisas.

Com toda a certeza, assim que começo a esfregar minha saia no banheiro, uma mulher sai de uma das cabines, e *bingo!* Imediatamente sei que é ela. O ar brilha ao redor dela, exatamente do jeito que brilhava ao redor dele.

Às vezes acontece assim com as uniões. Faço esse trabalho paralelo há mais de quatro anos, e há momentos em que estou no metrô ou andando na rua e vejo duas pessoas que nem estão *olhando* na direção uma da outra e, de repente, sei que tenho de projetá-los no caminho um do outro. Já pulei para fora de filas de cafeterias, redirecionei motoristas de táxi e passei vergonha correndo pelos parques, pulando sobre doguinhos e toalhas de piquenique – tudo para poder abordar estranhos que correm o risco de ir embora e perder o amor.

E funciona. Esta é a coisa mais incrível: os brilhos não mentem.

Mas *desta* vez! Ai, meu Deus. Essa mulher é alta e ruiva, e, apesar dos brilhos que cintilam ao seu redor, é meio teatralmente triste. Observo enquanto ela se inclina em direção ao espelho e suspira, como se seu rosto pudesse ser um decepcionante carro usado que ela está pensando em comprar. Paro o tempo todo de esfregar a saia para ver o que ela está decidindo sobre si mesma. Ela vai comprar esse rosto ou não?

– Menina... – eu digo. – Olha só a minha saia! Você acredita? Derramei vinho tinto em mim. Está muito ruim? Estou horrível?

Ela arrasta os olhos para mim.

– Está bom para mim – diz ela. Sua voz parece a de alguém à beira das lágrimas, o que é meio que um revés para o plano que eu tenho para ela. No passado, tive que trazer pessoas chorando para conhecer a pessoa por quem iam se apaixonar, mas não vou mentir: é um caminho mais difícil.

– Coisa engraçada – continuo. – Fui eu quem derramou o vinho tinto, mas aí uma mulher sentada na mesa ao lado se levantou e jogou uma taça de vinho branco na mancha! Simplesmente foi lá e jogou uma taça inteira em mim, porque ela disse que todo mundo sabe que vinho branco tira manchas de vinho tinto.

– Sim, acho que todo mundo pode estar um pouco louco hoje em dia, não é? – ela diz, triste. – Acabei de levar um cano de um cara que me enviou trinta mensagens de texto dizendo que eu sou a pessoa certa para ele, e então marcamos um encontro, e agora ele me mandou uma mensagem dizendo que mudou de ideia.

– Que idiota – eu digo.

– Eu até depilei as pernas por esse cara – ela acrescenta –, e agora ele me manda uma mensagem dizendo que *não vem?*

– Escuta – solto, toda apressada. – É horrível, ainda mais a parte de depilar as pernas e tal. E a parte das mensagens. Trinta mensagens é demais, um alerta vermelho, na verdade. Mas tenho que te dizer uma coisa. Tem um homem lá no restaurante agora, e acho que ele vai ser o amor da sua vida. Não, eu sei que ele é.

Ela empalidece. Como qualquer um faria.

– Acho que você deveria considerar ir lá e conhecê-lo – afirmo. – Você é quem sabe, claro, mas pode ser algo que, no futuro, quando olhar para trás, você fique feliz.

Ela me encara por um minuto, como se agora estivesse confirmado que sou parte da conspiração dos malucos, e então ela abre a torneira e começa a lavar as mãos.

– Como vou acreditar que você sabe quem estou procurando quando não sabe absolutamente nada sobre mim?

– Eu sei. Sou apenas uma mulher em um banheiro de um restaurante com vinho por toda a saia. Mas você não acredita que as coisas podem funcionar de maneiras misteriosas? Que tudo depende da sorte… como entrar em um certo vagão do metrô onde alguém que você precisa conhecer está esperando ou entrar em uma loja e

Casamenteira em Apuros

começar a conversar com um estranho que você acaba amando pelo resto da sua vida?

— Isso *nunca* aconteceu comigo — diz ela com uma risada amarga.

— Está acontecendo com você esta noite — insisto. — Apenas vá lá. Ele é um homem muito legal com um chapéu fedora de muito bom gosto com uma pequena pena em cima. Eu estava sentada ao lado dele. Na verdade, foi a mãe dele que jogou o vinho branco na minha saia, mas agora ela se foi e ele está comendo sozinho.

— Um fedora com uma pena? — ela repete e ri de novo.

— Não seja assim. A pena é totalmente removível — digo, severamente. — E, de qualquer forma, sei que parece loucura, mas sou uma casamenteira. Eu sei das coisas por intuição. Eu leio energia. Sabe aquilo de a gente sentir quando tem alguém olhando pra gente do outro lado de uma sala ou algo assim? Bem, posso sentir quando as pessoas combinam.

Ela me encara por um longo tempo, e então sinto uma espécie de mudança nela, como se talvez se lembrasse de que acredita um pouco em intuição e no destino. A maioria das pessoas acredita.

— Bem — ela diz e suspira. — Ok, mas quero que você saiba que isso é uma loucura.

Sustento uma conversa motivacional para ela por alguns instantes: acredite em mim, seja paciente, não fique chateada por quaisquer primeiros sinais de constrangimento. Às vezes, o universo demora um pouco para colocar as coisas em movimento. Fique tranquila. Não se preocupe. Digo que meu nome é Marnie MacGraw; ela diz que seu nome é Winnie.

— Ai, Deus — ela murmura. — Por que estou fazendo isto?

Porque, eu quero dizer a ela, porque o universo teve muita dificuldade para alinhar tudo isso para você. Só recapitulando: precisei chegar cedo ao restaurante para ensaiar como fazer uma pergunta tão importante ao Patrick, pois eu não queria fazer na nossa casa, e depois derramar meu vinho tinto só para que uma mulher da Flórida, de visita, que alguma vez na vida viu algum guru doméstico explicar como limpar vinho, poderia pular e envergonhar seu filho jogando vinho branco em mim. E você teve que suportar trinta mensagens de um homem que não se tornaria alguém importante na sua vida, mas estava lá para, de alguma forma, fazer com que você viesse a este restaurante neste exato momento. E se voltarmos ainda mais, isso exigiu que eu me mudasse para o Brooklyn porque um homem me deu um pé em nossa lua de mel, o que fez com que a tia-avó casamenteira dele, Blix, ficasse tão brava com ele que, quando ela faleceu naquele verão, me deixou sua casa em Park Slope com todos os seus projetos de união inacabados, e foi aí que conheci Patrick e me apaixonei por ele, que morava no porão e era a pessoa menos provável de eu amar no mundo inteiro, e que eu nunca teria conhecido nem em um milhão de anos porque ele odeia sair de casa. Você não vê como isso é impressionante e milagroso? E nem tivemos que voltar a todos os óvulos e espermatozoides que tiveram que se encontrar desde o início dos tempos para criar os humanos que estão participando dessa nossa pequena dança.

— Você está fazendo isso porque vai ser ótimo — falo, e saímos para o salão.

Chegando lá, tudo mudou, como se o próprio ar tivesse se suavizado e se tornado mais flexível. As pessoas estão conversando e bebendo coquetéis. Patrick está lá agora, sentado à nossa mesa, e, quando me vê, sorri e dá aquela piscadinha irônica que é sua marca registrada, o que sempre faz meu coração acelerar. Na mesa ao lado dele, o cara, Graham, está sentado sozinho mexendo no celular e pegando uma enorme salada e os sanduíches de ovos de codorna. Quando olho de soslaio, posso ver que ainda há aquelas faíscas que eu vi antes pairando sobre ele. Levanto um dedo para Patrick: isso pode levar um segundo. Ele faz que sim.

— Você não me disse o nome do cara — ela sussurra.
— Eu ouvi a mãe dele chamá-lo de Graham.
— A mãe que jogou o vinho?

Casamenteira em Apuros

— A própria.

— Então, de acordo com você, o possível resultado de tudo isso é que algum dia eu tenha uma sogra maluca? Talvez eu não queira isso. — Mas ela está sorrindo. Agora entrou no jogo.

— Pelo lado positivo, ela sabe como se livrar das manchas. E mora na Flórida, que fica bem longe.

— Ai, meu Deus. Ai, meu Deus. O que eu estou fazendo?

— Fique tranquila. É hora do show. — Eu intercepto Micah quando nos aproximamos da mesa, pego-o pelo cotovelo e viro meu corpo. Quero falar com ele em segredo. Tenho um plano completo. — Ouça, Micah. Um favorzinho. Você poderia mudar o Patrick e eu para outra mesa, por favor? E deixar esta moça se sentar à nossa mesa?

Ele balança a cabeça em negativa. Há uma lista inteira de pessoas esperando por mesas, explica; ela tem que colocar o nome na lista. Ele não pode abrir exceção, blá-blá-blá.

— Viu? — diz Winnie. — Isso não vai funcionar. Obrigada, mas vou embora.

— Não saia daí — falo a ela. Tento argumentar com Micah, mas ele não muda de ideia.

Patrick vem e coloca o braço em volta do meu ombro, inclina-se e finge um sussurro:

— Por que estamos tendo uma conferência de alta cúpula aqui? Estamos contemplando anunciar uma grande mudança? Ou derrubar o governo?

— Marnie está sendo um pouco impossível, insistindo em reorganizar o restaurante.

— Ela é completamente impossível — Patrick concorda. — Mas talvez você precisasse reorganizar, só o universo que ainda não te informou.

— Ouça — diz Winnie. — Vou embora. Vocês são todos muito legais e muito estranhos, mas esta não é a minha noite.

— Fique aqui — rosno.

Graham agora se levanta e se junta a nós.

– Hum. Sem querer ser paranoico, mas alguma possibilidade de isso ser por minha causa? E pelo mau comportamento da minha mãe agora há pouco?

– Sua mãe? – indaga Patrick. – Quem é você?

Tanto Graham quanto Winnie se voltam para olhar Patrick, e vejo como eles desviam os olhos imediatamente ao perceber que seu rosto não é exatamente o que esperavam. É *por isso* que Patrick é introvertido. Ele esteve em um terrível incêndio há oito anos. Por isso, seu rosto é marcado por enxertos de pele, e seu olho direito talvez seja um pouco torto. Eu sempre tenho que cair em mim novamente sobre como é que ele vive com isso todos os dias, com cada novo encontro – pessoas olhando e depois ficando constrangidas. As pessoas não sabem como reagir às cicatrizes, à pele comprimida e muito brilhante perto de um olho, ao maxilar que não é muito simétrico. Eles lamentam, sei que sim. Não querem ser cruéis, mas são pegos de surpresa. Eles desviam o olhar. Eu sofro por Patrick toda vez que isso acontece e sempre quero dizer que não tiveram a intenção, que as pessoas também podem ver a luz que brilha dele. Que ele é lindo. Incandescente.

O momento acaba rápido. Graham se recupera.

– Ah, desculpe. Eu sou Graham Spalding. E minha mãe jogou vinho na sua esposa antes de você chegar aqui.

Patrick não explica que não sou esposa dele. Em vez disso, apenas se apresenta e então olha para mim.

– Você se sujou de vinho?

– Está melhor agora. A Winnie aqui me ajudou a limpar.

Winnie está olhando para Graham Spalding com muito cuidado.

– E onde está sua mãe que joga vinho, neste momento?

– Em um Uber, graças a Deus, a caminho do aeroporto – responde ele.

O universo prende a respiração… um… dois… três…

– Talvez – diz Graham –, já que não há mesas, você gostaria de dividir comigo?

Casamenteira em Apuros

... Aaaah e solta o ar. Todos nós vamos para nossos lugares de direito. Quase posso sentir Blix sorrindo para mim de um ponto perto das pequenas luzes cintilantes penduradas atrás do bar.

Agora você precisa perguntar a ele. Tem que colocar isso em movimento, garota.

Eu engulo, de repente nervosa.

Patrick está me observando e sorrindo.

— Um brinde à James Bond das uniões! — ele exclama e levanta o copo. — Mais uma exibição bem-sucedida de algumas de suas melhores manobras táticas! Esta foi meio épica, em termos de suspense. Dou nota dez.

— Você é muito generoso. Pensei por um tempo que a Winnie teria que vir se sentar com a gente até que Graham percebesse o quanto ele precisava dela. Fomos salvos pelo gongo.

Patrick revira os olhos.

— Claro — diz ele. — Apenas me faça um favor e me avise se vir mais alguém precisando de um cônjuge antes da sobremesa e você precisar ir se sentar em outra mesa, ok? Ou se M te chamar para o QG e você tiver que sair.

Coloco minha pulseira perto da orelha e inclino a cabeça como se estivesse recebendo uma mensagem.

— Barra limpa por enquanto. Todos os romances aqui parecem estar intactos no momento.

Ele se inclina para a frente e sussurra:

— Bom trabalho. Parece que estão se acertando. Missão cumprida.

— *Sssh*. Não olhe. É muito cedo para avaliar.

— Não neste caso. Ele a está elogiando pelos sapatos. Ele é um caso perdido.

— Patrick. Não falamos de pessoas apaixonadas como perdidas.

Ele sorri para mim e pega minha mão.

— Balela. Estamos todos perdidos aqui. Perdidinhos e felizes.

André, nosso garçom favorito, vem até a mesa. Patrick pede a lula aioli com limão e eu digo que vou pedir o mesmo, e então ficamos quietos, e ele está me olhando com expectativa, então bebo cerca de quatro goles de vinho porque sei que é hora de dizer aquilo. Patrick está sorrindo, com a cabeça inclinada para o lado, esperando. E meu coração está batendo absurdamente alto. Dá para ouvir do outro lado do salão, tenho certeza.

– Ok, MacGraw, põe pra fora – diz ele. – Não suporto o suspense.

– Não consigo. Primeiro precisamos de uma conversa educada por um tempo. O que você fez hoje? – Cruzo as mãos no colo.

Ele exala.

– Ok. O que fiz hoje? Bem, vamos ver. Fui para o meu estúdio e fiquei olhando para a tela vazia para a qual olhei a semana toda. E então, vamos ver, sua mãe ligou.

– Minha mãe? – Isso me faz feliz. Minha mãe e Patrick adoram preparos de forno e estão sempre trocando receitas.

Mas então eu vejo que ele está franzindo a testa.

– É – diz ele. – Não quero fazer tempestade em copo d'água nem nada, mas ela disse uma coisa meio estranha. Ela queria falar com você sobre isso, parece, mas acho que, quando ligou para o seu número, você não conseguiu atender...

– Não. Eu não podia porque... entenda, Patrick... tinha um velho na loja que não falava com a filha fazia cinco anos, ele soube que ela teve um bebê na semana passada e queria enviar flores e também dizer que sentia muito por todas as vezes na vida em que ele esteve ausente. Todos nós o atendemos durante uma hora. Todo mundo na floricultura estava aos prantos quando terminamos de escrever.

– Nada como um dia em que toda a loja se debulha em lágrimas.

– Ah, pare. Você sabe. É o melhor tipo possível de lágrimas. Todo mundo abraçou o velho e ficou dando dicas sobre o que ele poderia dizer. Foi como pura alegria, toda a comunidade ajudando.

– Eu tomo um gole de vinho. – Então, o que está acontecendo com a minha mãe? Foi horrível não ter atendido?

– Não, acho que deve estar tudo bem. Disse que seu pai não quer sair do sofá. Ela quer viajar e ir a lugares, e ele diz que está cansado demais para tudo isso. Ela parecia um pouco triste, é só.

Casamenteira em Apuros

Tenho certeza de que não é nada de mais. Meus pais são casados há quarenta anos, desde que eram adolescentes, e moram nos subúrbios da Flórida (por acaso eles são nativos da Flórida, não migrantes). Ele gosta de jogar golfe e ela nada no clube, e eles terminam as frases um do outro e brigam daquele jeito irritante das pessoas que há muito tempo transformaram suas diferenças no que consideram uma espécie de *road show* divertido, para o benefício de um público, geralmente minha irmã mais velha, Natalie, e eu. Não tem nada de errado com os meus pais. O casamento deles é um exemplo para todos os seus amigos. Eles são uma instituição.

— Me conta o que mais você fez hoje. Você levou o Bedford para passear?

— Deus... Foi terrível. — Ele ri. — Fomos ao parque, e Bedford me arrastou até o playground, onde pegou o tênis de uma criança e fugiu com ele. Então, quando eu o trouxe de volta, o garoto começou a gritar *e a fazer um escarcéu* ao ver meu rosto assustador. E aí a mãe ficou toda nervosa e gritou com o garoto, o que foi terrível, porque ele tem todo o direito de se assustar com a minha aparência pavorosa. E aí o Bedford aproveitou a oportunidade para tirar o sapato do *bebê* da bolsa de fraldas e fugiu com ele, e a mulher e eu começamos a correr atrás do cachorro, mas então o garoto começou a chorar porque queria colo, e nem sei como foi que aconteceu, mas, de repente, a mãe simplesmente me entregou o bebê, pegou a criança mais velha no colo e foi buscar o sapato! — Ele balança a cabeça. — Você acredita? Ela simplesmente me dá o *bebê*, e você me conhece: não tenho jeito com bebês, e eu não sabia como segurar o bebê direito, então ele olhou direto para o meu rosto, em choque, por cerca de dez segundos, e simplesmente soltou um grito de gelar o sangue e começou a chorar como se fosse o fim do mundo, e a mãe voltou correndo sem o sapato do bebê que Bedford tinha pegado, provavelmente percebendo que coisa louca era entregar seu bem mais precioso sem mais nem menos a um homem esquisito. Então tive que encontrar o sapato do bebê e trazê-lo de volta, o que fez todo mundo começar a chorar de novo ao me ver, e minha nova posição é que cães e bebês são os *piores*.

Meu coração afunda. Largo minha taça de vinho na mesa.

– Hum, então... o que acabou de acontecer? – ele pergunta. – O que foi que eu disse? Me conta.

Não há escolha. Tenho que dar um jeito, mesmo que minha voz esteja de repente embolada na garganta e meu coração martele horrivelmente.

– Patrick – falo –, eu quero um bebê. Eu preciso ter um bebê.

Ele me encara.

– Espere. Então era *isso* que você ia me perguntar?

– Era. Me escuta. Preciso que a gente tenha um bebê, Patrick. E você seria um pai tão incrível, nossas vidas seriam tão plenas e maravilhosas, e não consigo imaginar *não* ter um bebê com você, tenho trinta e três anos e quero isso tanto, tanto.

Estou ignorando o fato de que seus olhos ficaram opacos e que ele pôs o guardanapo na mesa.

Ele ri, uma daquelas risadas cavernosas que me fazem querer esconder a cabeça.

– Que ideia *ridícula* é essa que você tem de que eu seria um pai incrível? Você deveria perguntar à mulher no parque hoje como eu sou incrível com crianças. Marnie, querida, sou inútil quando se trata de crianças. Pra lá de inútil.

– Você sabe que isso não é verdade – afirmo. – Aquele bebê não foi um referendo a seu respeito.

– Não. É verdade – diz ele. – É definitivamente verdade. Você me ama e então escolhe ignorar um milhão de coisas sobre mim que estão arruinadas. Mas olhe para mim, Marnie. Honestamente. Olhe para o meu rosto e para os meus braços, e tente me dizer que sou uma pessoa que deveria ser pai. Eu não fui feito para ser pai. E a questão é: você realmente sabe disso. É por esse motivo que está tão nervosa.

– Eu sei o contrário. – Eu me aproximo e pego sua mão, o que o faz recuar um pouco. Suas mãos têm cicatrizes e doem, porque,

Casamenteira em Apuros

quando o fogo veio, ele correu em direção às chamas, estendendo as mãos, tentando salvar a namorada. Ele é a melhor pessoa do mundo. – Patrick, por favor. Isso é muito importante para mim. É tudo. Toda a magia, todas as possibilidades da vida: está tudo bem aqui para nós. Preciso de um filho. Preciso que sejamos os pais de uma criança. Quero fazer isso com você. Você vai ser um pai maravilhoso. Você tem muito a oferecer. Você vai ver. É a *vida*. Somos nós... é você voltando à vida. Reafirmando o que é bom...

Ele me interrompe.

– Mas estou feliz, Marnie – diz ele, baixinho. – Gosto das nossas vidas do jeito que elas são. Não preciso de outra reafirmação do que é bom. Eu tenho o que é bom.

Eu me inclino para a frente, como se pudesse convencê-lo ao me aproximar.

– Mas vai nos trazer muito mais felicidade! Pense nisso. Podemos dar mais esse grande passo. Sei que a gente pode. Simplesmente sei.

Ele fica em silêncio por muito tempo.

– E-eu não sei o que mais te dizer. Não posso fazer isso.

– Nunca te levei a fazer alguma coisa errada, não é? Vamos estar juntos nessa. Vai ser maravilhoso. Confie em mim.

Ele pega minha mão e a beija. Beija cada nó dos dedos enquanto olha nos meus olhos. Meu coração é como um passarinho preso em meu peito; pensa – espera – que possa haver uma mudança, como antes. Que o universo possa aparecer na hora certa e trazer luz a uma situação, a um impasse. Eu não posso convencê-lo, mas há outra coisa que pode.

E então, você nem imagina, as moléculas se alteram e, de repente, Graham e Winnie estão parados lá, aparecendo como cachorrinhos cabeçudos de enfeite, bobões e felizes bem na nossa mesa. Eles estão saindo e estão tão felizes que querem nos agradecer por garantir que foram apresentados – e, ah, eles não puderam deixar de sentir que algo especial estava acontecendo em nossa mesa também! O que é? Podemos falar sobre isso?

— Não tenho certeza se devemos discutir isso ainda — diz Patrick em voz baixa —, mas podemos estar pensando em concorrer à presidência. Ou comprar o time de basquete Knicks. Uma coisa ou outra.

A boca de Winnie faz um "O", e Graham ri e a puxa para ele.

— Em outras palavras, Win, não é da nossa conta.

Win. Ele já a chama de Win. Viu só? Eles ficarão noivos amanhã à noite, o casamento será na próxima terça e, daqui a uma semana a partir de sábado, eles terão uma casa e ela estará grávida. De gêmeos.

Abro um sorriso enorme para eles em meio a alguns resquícios de amor que parecem estar flutuando ao redor da mesa, e Winnie se inclina e me dá um abraço rápido e sussurra:

— Obrigada, nunca vou me esquecer disso.

E falo a ela que tenho uma floricultura, a Brotou um Lance, e, se ela quiser, pode ir lá e me contar o que aconteceu — e, depois que eles vão embora, Patrick e eu pedimos a André para embalar nossa comida para viagem, que agora sabemos que não vamos conseguir comer.

Está uma noite quente e úmida lá fora, quase uma selva, e decidimos, sem nem falar a respeito, caminhar por todo o caminho até Park Slope. É como se soubéssemos que todos esses sentimentos intensos não cabem dentro da nossa casa. Precisamos resolver alguns deles antes de chegarmos lá.

Ele segura minha mão, mas suas costas parecem rígidas e seus olhos estão fixos adiante, e não tenho certeza se ele está segurando minha mão como se fosse mudar de ideia e ser o pai do meu filho ou como se estivesse me confortando antes de anunciar de uma vez por todas sua resposta definitiva de que não pode me dar o que quero.

Sei no fundo do meu ser que vou precisar ser capaz de viver com o que quer que seja, algo que odeio muito na vida. A maneira como você sabe exatamente o que te faria feliz e do que você precisa, mas que ainda pode não conseguir. Isso apenas não funciona para mim. É aí que Blix era tão especialista: ela dizia que você só precisa continuar indo em direção ao que deseja e estar aberta a surpresas — porque talvez, apenas talvez, você não seja realmente a especialista, e possa haver algo melhor em que você ainda não pensou.

Ainda assim, gostaria apenas de alertar o universo de que talvez eu não seja capaz de desistir da ideia de ter um bebê e permanecer uma pessoa agradável na maior parte do tempo.

Quando chegamos em casa, ele sobe e liga a água da banheira, e, enquanto estou escovando os dentes, ele vem, tira a roupa e entra.

— Espera — digo. — Eu também quero entrar.

— Você deveria. — Ele derrama na banheira um sabonete de espuma com cheiro divino. Lavanda, acho.

Acendo pequenas velas ao redor da borda da banheira, apago a luz do teto e então entro ao lado dele — é uma enorme banheira com pés de garra, provavelmente de 1900, então nós dois nos encaixamos — e eu me deito encostada no seu peito forte, meu cabelo flutuando na água, espalhando-se num leque sobre os ombros. Isso é o que eu gosto em Patrick — o jeito como, quando as coisas estão difíceis entre nós, ele não procura razões para mantê-las ruins. Ele quer encontrar um lugar onde possamos ficar bem de novo. Seu coração bate atrás de mim, e até mesmo o som dele é adorável e reconfortante.

Não falamos; mas, depois de um tempo, ele ensaboa meu corpo, e seu toque é sedoso e seguro. Ele abaixa a cabeça e beija meu ombro, e eu rio porque ele encheu a boca de bolhas. Eu me viro e moldo uma barba de espuma para ele e, em seguida, eu o beijo na boca, o que também enche minha boca de bolhas.

Depois, vamos tropeçando no caminho até a cama, finalmente sonolentos e calmos, e ele me puxa para junto dele, e fazemos amor com muito cuidado — como se estivéssemos compensando algo difícil do qual talvez não possamos nos recuperar. Ele é tão amoroso e doce, tão caloroso e familiar…

No ponto crucial, ele estende a mão para pegar uma camisinha, como de costume. Admito que tinha um pouquinho de esperança de que talvez ele pulasse essa parte, mas não. Fecho os olhos e tento não me decepcionar. Tudo bem.

Não é até que nós dois tenhamos terminado e ele esteja se recompondo, que ele se vira para mim com uma expressão chocada no rosto.

– Estourou – diz ele. Seus olhos estão arregalados.

– O que estourou?

– A camisinha. Está completamente rasgada.

Eu me levanto apoiada em um cotovelo.

– Você está brincando comigo? Estourou?

– Ai, meu Deus. Foi *você* que fez isso? Por acaso isso é a magia da Marnie em ação?

– Você acha que eu tenho poderes sobre o látex?

– Marnie – diz ele. – Eu acho que você tem poderes sobre tudo. Ainda não vi uma coisa que você parece não saber como controlar.

Ele se joga no travesseiro. E fico aliviada ao ver que ele está rindo, mesmo que não seja uma risada totalmente feliz.

– Você é uma safadinha da mais alta ordem – diz ele. – E, ai, meu Deus, se a gente acabar com um bebê por causa disso...

Dou um soquinho no braço dele.

– Se conseguirmos um bebê com isso, só vai significar que havia um bebê por aí que estava esperando a gente concordar em ser os pais dele e que viu uma maneira de fazer isso acontecer, e vai ser um bebezinho maravilhoso e mágico que deveria vir para nós.

– Marnie.

– O quê?

– Você poderia apenas... não? Por favor.

Bem depois que ele adormece, fico completamente imóvel por muito tempo, e tenho que admitir: estou observando a lua cheia através do vidro ondulado da janela e visualizando todos os pequenos espermatozoides nadando energicamente em direção ao meu esperançoso e paciente pequeno óvulo, que, sem dúvida, está saltitando e torcendo por eles.

– Você conseguiu! – ela está gritando. – Você quebrou a barreira! Rápido! Temos muito trabalho a fazer! Vou direto colocar mãos à

Casamenteira em Apuros

obra, traçando os planos para alguns braços e pernas e um batimento cardíaco. Mas primeiro... implantação, aqui vamos nós!

O universo tem muitos truques na manga.

E agora... bem, apenas levanto minha mão em direção ao teto, onde pode haver um pouquinho de névoa se formando no canto mais alto. É Blix, sorrindo para nós? Blix, que sabia desde o início que deveríamos ficar juntos.

Ela tinha um mantra que me emprestou. Junto os dedos em posição de meditação e começo a repetir:

Seja lá o que acontecer, ame isso.

dois

PATRICK

São nove horas da manhã, e Patrick, que está acordado desde as quatro e meia, está na sala, ocupado hiperventilando. A porta da frente acabou de se fechar atrás de Marnie, que estava saltitando para a floricultura praticamente cantando, rodando a saia longa, inclinando-se para lhe beijar os lábios encharcados de café, bagunçando seu cabelo, beijando seu nariz e o topo das orelhas. A dancinha da alegria com tudo o que tinha direito.

Ele talvez devesse procurar um saco de papel para respirar antes de cair no chão.

Havia mesmo acabado de engravidá-la? Ele havia, não havia? Ele tinha era uma tremenda sorte... Deveria escrever uma carta para a empresa de preservativos. *Vocês deveriam ter vergonha de si mesmos, por fazerem um produto de látex tão vagabundo. Cadê o orgulho de vocês por um bom trabalho? Vocês não se importam com as pessoas que não deveriam ter permissão para se reproduzir?*

Em vez disso, ele apenas fica sentado ali, com a cabeça entre as mãos. *Patrick*, ele pensa. *Você é o maior idiota do mundo. Ela quer um bebê e, cara, você sabe que ela vai* ENFEITIÇAR *o mundo inteiro até conseguir um.*

Ah, Deus, ele está megacondenado. Ele a ama muito, mas não é, e nunca foi, a pessoa certa para ser pai. Nunca olhou para um bebê e pensou: *Cara, eu gostaria de ter feito essa criança! Como posso conseguir alguns daqueles beijos desdentados e babados? Não seria divertido ver se eu ia conseguir sobreviver dormindo quatro horas todas as noites pelos próximos dezoito anos?*

Casamenteira em Apuros

Mas ele já viu como ela brinca e faz barulhinhos para os bebês em público e narra rapsódias sobre os que entram na sua loja. Certa vez, ele ouviu, perplexo, Marnie descrever a cena de um bebê esfregando uma banana na própria orelha. Ela ria tanto que mal conseguia contar a história. Então, em que tipo de negação ele estava vivendo, pensando que esse assunto nunca viria à tona? Que ela nunca olharia para ele do outro lado da mesa com seus olhos grandes e sua voz trêmula e imploraria para ele ter um bebê com ela? Que ele nunca passaria por aquele momento desconfortável de lhe dizer "não"?

Que então uma camisinha não estouraria naquela mesma noite?

Ele olha para Bedford e Roy, o cachorro dela e o gato dele, enroscados juntos no tapete, tirando a soneca habitual do meio da manhã. Eles forjaram uma amizade improvável desde que Patrick foi morar com Marnie no andar de cima; eles têm até mesmo seus próprios fãs no Instagram para seus carinhos interespécies, @BedfordAmaRoy. Mas, por mais fofos que sejam, cabe notar que foram fracassos abjetos como substitutos de um bebê.

– Gente – Patrick diz a eles. – Eu queria acreditar que vocês realmente tentaram, mas receio que não chegaram nem perto. – Roy não se dá ao trabalho de responder, é claro, mas Bedford balança o rabo. – Não. Nem se dê ao trabalho de balançar o rabo agora. Nenhum de nós fez o suficiente para impedi-la de querer um filho. Nem unzinho de nós.

Ele esfrega o rosto, com força. Precisa se controlar. Tomar um banho, parar de tomar café, começar a tomar água e ir trabalhar. O trabalho poderia tirar sua mente dessa situação; isto é, se ao menos ele trabalhasse. Ele deveria estar se transformando em um pintor, agora que o incêndio havia encerrado sua carreira como escultor. Pelo menos esse é o plano. Ele não tem conseguido fazer muito. Patrick é péssimo em pintura, essa que é a verdade.

Ele e Marnie até converteram um dos apartamentos em um estúdio para ele no ano anterior, quando ele decidiu que estava mentalmente bem o bastante para voltar a fazer arte. Não escultura, por causa da consequência dos ferimentos nas mãos. Mas devia ser capaz de pintar. Marnie tomou essa decisão por ele, na verdade. Ela dispensou os inquilinos que estavam morando lá – eles precisavam ficar sozinhos de qualquer maneira, ela disse – e então os dois limparam os cômodos, repintaram as paredes e instalaram prateleiras para os suprimentos. As mesas de arte apareceram. Cavaletes. Iluminação. Um futon de estúdio. Era seu próprio espaço, com uma luz perfeita entrando das janelas com face para o norte.

Nada, nada, como o estúdio de antes.

O estúdio do incêndio.

Anneliese surge brevemente em sua cabeça, como ela faz sempre que ele pensa em algo relacionado àquele dia. Ele a vê inclinando o rosto para cima, captando a luz, sorrindo para ele de brincadeira.

Hoje não está gritando, como ela costuma fazer quando aparece.

Patrick se pergunta brevemente se ele e Anneliese alguma vez conversaram sobre ter um filho. Ele acha que não. Mas eram jovens, então talvez isso simplesmente não lhes tivesse ocorrido ainda. Talvez acabasse vindo à tona em algum momento. E, quer saber, talvez ele pudesse ter sido pai naquela época, se fosse isso que ela quisesse.

Mas agora… Não. Há um milhão de razões herméticas para ele não querer um filho, razões com as quais qualquer pessoa com um pingo de sanidade concordaria.

Número um: sua aparência é assustadora. As crianças fogem dele. Um dos olhos parece que foi instalado torto na fábrica e, além disso, a pele do rosto está esticada e brilhante, resultado das treze cirurgias feitas. A boca é torta. A mandíbula não é mais simétrica.

E, número dois: mesmo que o bebê acabasse se acostumando com sua aparência meio fora de esquadro (o que ele supõe que aconteceria, porque as pessoas se acostumam com qualquer coisa), ele teria que sair em público o tempo todo, a princípio para empurrar o carrinho de bebê, porque ele tem certeza de que a lei exige que as pessoas levem bebês para tomar ar de vez em quando, e então, quando se desse conta, estaria se arrastando para playgrounds, e em todos os malditos dias ele teria que suportar cenas como aquela no parque

Casamenteira em Apuros

no dia anterior, quando assustou uma criança pequena e um bebê com sua aparência bizarra.

Número três (e isso pode ser o pior de todos): o público bem-intencionado. Deus, ele odeia essas pessoas, quando é usado como exemplo para a lição sobre "Por que é importante ser respeitoso com um anormal". (Ou qual é o termo politicamente correto agora? Diversidade? Provavelmente é isso. Diversidade.) Ele consegue imaginar a jovem professora bem-intencionada de seu próprio filho dizendo em uma doce fala melodiosa para sua classe de monstrinhos: "Então, crianças, o sr. Delaney não tem culpa de ser horroroso. Isso é diversidade. Mas nós, os lindos, precisamos ser respeitosos com ele, porque ele ainda é um ser humano. Temos que ser tolerantes e fingir que ele é como nós".

Não, não, não, não e NÃO.

Claro que Marnie não entende nada disso. Ela o chama de luminoso. Diz que ninguém o vê do jeito que ele se vê. Que ele nem sabe como ele realmente é, que ele é lindo, o que, é claro, é um monte de merda, alguma mentira que ela conta porque o ama e, francamente, ele poderia passar mil anos e ainda não descobrir *como foi* que isso aconteceu, que ela tivesse começado a amá-lo. Aparentemente, as artes casamenteiras de Blix tiveram algo a ver com isso; Marnie acredita que Blix, que alugou o apartamento de baixo para ele muito antes de *ouvir* falar de Marnie, de alguma forma, organizou todo o romance entre os dois. Ele nunca teve certeza de que acreditava em tudo isso. Mas, enfim... Não importa agora. Patrick está apaixonado por ela. Ele voltou a se sentir confortável em fazer parte de um casal.

Curiosamente, os dois não têm muito em comum. Por um lado, ela tem cerca de dez vezes o número de emoções que ele tem – ela chora e ri e suspira e sorri e boceja e reclama e pula do sofá e faz dancinhas improvisadas. Já ele, cada emoção o pega de surpresa quando vem se desenrolando aos borbotões. Quem tem energia para sentir tantos sentimentos?

A verdade é que, quando está perto de Marnie, ele consegue calar os gritos de Anneliese em sua cabeça. Consegue até *quase* acreditar na narrativa cultural: que todo mundo carrega alguma coisa trágica e que você deve pegar sua tragédia e arrastá-la para o fundo da pilha de compostagem do seu coração, onde ela pode, em algum momento, germinar e permitir que algo novo em você nasça. Além disso, ele também sabe que recuperou sua vida e que Blix e depois Marnie o carregaram pela maior parte dessa distância.

Mas — eis a questão — ele já chegou o mais longe que dava na vida. Não consegue avançar mais. A coisa do bebê — não, não. Não. Absolutamente não.

Porque o que ele sabe, mas o que Marnie não parece entender, é que, no fundo, ele ainda não está inteiro. Viu a namorada morrer na sua frente e soube então, e ainda sabe, que a culpa foi sua.

Patrick vive isso todos os dias — o som da explosão, a forma como Anneliese foi imediatamente envolta em chamas, e ele se lembra de olhar para ela, sua mente tentando juntar tudo, e então o tempo desacelerando, e ele correndo e correndo em direção a ela, estendendo os braços para pegá-la, e ela gritando — ele podia vê-la gritando ao invés de ouvi-la — e ela estava iluminada, seu longo cabelo preto era agora apenas uma chama, e ele se lembra de perceber que também estava pegando fogo, embora não conseguisse sentir nada, e então ele caiu, e quadrados de preto preencheram seu campo de visão, substituindo a brilhante bola de luz laranja que queimava em seus globos oculares.

Ninguém vai dizer isso — nem os médicos, nem os bombeiros, nem os terapeutas que tentaram ajudá-lo —, mas ele sabe que deveria ter impedido que aquilo acontecesse, que simplesmente não estava prestando atenção quando deveria. Por que ele não notou o cheiro de gás? Por que não foi ele quem se levantou naquele dia para fazer o café, quem acendeu a faísca do fogão e o fogo que causou a explosão? Na maioria das manhãs, ele tomava café enquanto ela montava o próprio cavalete, mas, nesse dia, o dia que mais importava, onde ele estava? Do outro lado da sala, fazendo alguma tarefa estúpida de que não se lembra para uma escultura que nunca seria feita.

Casamenteira em Apuros

Então ele tem que viver com os gritos de Anneliese. É o preço que deve pelo que fez.

Tem coisa pior. Ele sabe que deveria ter ligado para os pais dela – Grace e Kerwin Cunningham são duas das melhores pessoas que já conheceu; ele estava lá quando a filha deles morreu, e ele não conseguiu enfrentá-los. Patrick estava em coma no momento do funeral de Anneliese. Ele recebeu um recado de Grace enquanto estava no hospital, algumas frases capengas e de coração partido. Ela não *disse* que tinha sido culpa dele, mas ele sabe que ela deve pensar assim.

Já faz uns oito anos, e todo dia é outro dia em que ele está fazendo a coisa errada ao se esconder. Ele guarda o número do celular deles dobrado em uma caixa com as coisas que ele mudou de um apartamento para outro. Houve vezes em que ele digitou dois números, talvez três, e depois desligou.

E agora há essa mulher em sua vida que vê brilhos e para quem toda história é uma história de amor. Ele tem que ser muito, muito cuidadoso para não arriscar todo o seu coração outra vez. Ele a ama, mas tem que se agarrar a alguma coisa. Ele poderia perdê-la também.

Seu celular toca, e ele se inclina para pegá-lo.

É Marnie mandando mensagem.

AI, MEU DEUS! Eu vi quinze bebês desde que saí de casa. QUINZE SERUMANINHOS BEBÊS LINDOS.

Ele está razoavelmente certo de que não é um número exagerado, não no Brooklyn em um dia de verão. Em vez de responder, suspira e pesquisa no Google: "Com que frequência a camisinha fura?".

O Google responde instantaneamente que os estudos mostram que algo entre 0,8% e 40% dos homens relatam a ruptura do preservativo em algum momento de suas vidas.

Estatística muito útil, Google. Nem precisava se incomodar.

Ele digita: "É possível engravidar se a camisinha estourar?".

O Google diz que é claro que é possível. O que você é, algum tipo de idiota? Você não sabe nada de *nada*?

Ok, tipo, o Google não disse essa última parte, mas ele pode imaginar a voz eletrônica rindo da desesperança da pergunta.

Bedford se aproxima com um dos tênis de Patrick e o joga na sua barriga. É hora de uma caminhada.

– Hoje – ele diz a Bedford enquanto os dois saem pela porta da frente – estamos decretando uma nova política. Não vamos ao parque e não vamos chegar perto de nenhuma criança.

Uma mensagem apita. Marnie.

Aliás, Patrick, só PSC. *Agora acho que estamos passando por uma* INVASÃO DE BEBÊS. *Deve haver uma loja por aí dando bebês de graça.* #BebêsSãoDemais #Mãedemenina #Mãedemenino #Mãedegêmeos.

Ele para ao lado de um poste de luz e digita: *Você pode estar em uma cena de* A noite dos mortos-vivos *com bebês no lugar de zumbis. Você deveria correr. Fato comprovado: eles vão comer seu cérebro.*

– Na verdade – ele informa a Bedford, que balança o rabo em concordância –, eles já comeram o cérebro dela.

três

MARNIE

Sabe quando você compra um carro novo e, de repente, todo carro que você vê descendo a rua é da mesma marca do que aquele que você acabou de comprar?

Bem, isso é o que está acontecendo comigo em relação aos bebês hoje.

Estou indo para o trabalho e juro que há bebês em todos os lugares: transbordando de carrinhos, sendo aconchegados em cangurus, apoiados *freestyle* nos quadris de suas mães – e vários estão até empoleirados em cima dos ombros dos homens, usando a cabeça de seus pais como tambores improvisados. Ah, eu consigo *ver* Patrick com um bebê sobre os ombros. Ambos sorrindo para mim, o bebê dando risadinhas sem dentes e estendendo a mão para agarrar as orelhas de seu pai, enquanto Patrick ri.

Isso exige outra mensagem.

Tem que ser algum tipo de sinal, todos esses bebês, escrevo. *Acabei de ver o nº 16. O mais fofo de todos!*

Isso mostra que o universo está obviamente parcial sobre eu ter um filho. Primeiro, destruiu um preservativo perfeitamente adequado, e agora está *me jogando* no caminho de todos os bebês e pais mais fofos.

Assim que entro na Brotou um Lance, Kat, minha sócia, levanta os olhos do balcão onde está cortando os caules mortos das flores de ontem e diz:

– Menina! Olhe para você. Ele aceitou, não aceitou? Você parece radiante! Aposto que provavelmente já está grávida!

Dou-lhe um grande sorriso e faço uma dancinha. Kat e eu passamos o dia anterior praticando meu discurso para Patrick, que ela tinha certeza que ia correr bem.

– Por incrível que pareça – falo –, pode ser que eu esteja.

– Viu? Eu te disse, não disse? Ele quer um filho tanto quanto você.

– Bemmm – eu digo. Coloco a bolsa no cubículo embaixo do balcão, primeiro pegando meu celular e colocando-o no bolso para quando Patrick me mandar mensagem. Escrevemos um para o outro o dia todo. – Na verdade, ele acha que é uma ideia maluca. Pra ser bem clara, ele disse que não.

– Ele disse *não*? – Kat inclina a cabeça e diminui um pouco a potência do sorriso. – Então como você está grávida? Você encontrou algum outro cara durante a noite ou algo assim?

– Talvez você já tenha ouvido falar de camisinha que furou.

– Nããão! Conta outra. Isso não aconteceu.

– Ah, mas aconteceu.

Ela fica ali me encarando.

– Nunca estive tão admirada com você como estou neste momento.

Eu rio.

– Por quê? Não tive nada a ver com isso.

– Claro que você teve. Marnie! Eu apostaria meu salário do mês inteiro na sua capacidade de, de alguma forma, manifestar um furo de camisinha. Já te observei bem de perto. Conheço seus poderes. – Kat sorri e abaixa a voz, mesmo que não haja mais ninguém por perto para ouvi-la. – Além disso, foi assim que engravidei do Jazz. Embora não intencionalmente, é claro. Mas a camisinha estourou.

– É serio – insisto. – Eu não furei a camisinha *de propósito*, mas é possível que haja algum bebê por aí querendo nascer e que tenha sido ele quem furou a camisinha.

– Obrigada por não dizer que foi o universo – diz ela.

Kat tem a minha idade, mas já tem dois adoráveis filhos que estão no ensino fundamental, Jazz e Tish, que passam meia semana com ela e meia semana com o pai, que se casou novamente e mora no Upper West Side. Ela começou a trabalhar aqui no ano anterior,

Casamenteira em Apuros

quando passou na loja um dia e percebeu que eu poderia não estar usando, digamos, todas as melhores práticas de negócios. Eu estava toda atrapalhada nas várias tarefas importantes de gerir um negócio, como, por exemplo, faturar, fazer pedidos, pagar contas, saber como conseguir as pessoas certas para fazer manutenção e lidar com impostos, apenas para citar algumas coisas logo de cara. Eu também era um pouco sem jeito com as flores, o que muitas pessoas pensam que deve ser a Primeira Tarefa que a gente precisa dominar quando é florista.

Mas é só isso. Eu gosto muito das flores; elas são bonitas, agradam as pessoas e dão a elas uma desculpa para entrar. Às vezes, as flores até nos dão algum dinheiro. Mas não se engane: estou aqui pela comunidade. Adoro as pessoas que parecem gravitar por perto, que entram e ficam aqui, contando suas histórias, rindo, comendo, fazendo malabarismos com laranjas, tomando chá, pintando as unhas dos pés, praticando seus pedidos de casamento ou entrevistas de emprego, escrevendo livros e bilhetes para pessoas que amam – e não me importo muito se elas precisam de um buquê ou não. Transformei a sala dos fundos em uma espécie de salão para essas pessoas – coloquei um tapete grosso cor de lavanda, pintei as paredes de branco, pendurei algumas luzinhas e comprei um sofá macio e confortável cor-de-rosa e uma mesa de vime, uns pufes, velas, estantes e cerca de um milhão de almofadas.

Naturalmente, as pessoas começaram a aparecer – Lola, minha vizinha e antiga melhor amiga de Blix, vem tricotar várias vezes por semana; um cara chamado Ernst traz seu notebook e trabalha no roteiro dele porque diz que lá a *vibe* é muito boa para o diálogo dos seus personagens; Christine se senta de pernas cruzadas no chão e escreve cartas para seu antigo namorado que não quer aceitá-la de volta (estamos esperando que a cara-metade dela apareça e a faça deixar o velho namorado em paz) – e então há um grupo de três garotas do ensino médio que regularmente aparecem com tanta pose e ginga que Kat e eu passamos a chamá-las de "as Incríveis".

Kat, uma ex-estudante de contabilidade que só aceitaria o emprego se eu prometesse parar de usar a palavra *universo* na presença dela, a princípio não viu o sentido do meu pequeno salão nos fundos.

Ela falou, tipo:

— Não somos uma loja que vende flores? Esse rolê paralelo que você deixa acontecer na salinha dos fundos não vai pagar as contas. É o que minha avó teria dito, que era só uma frivolidade.

Eu a abracei.

— É isso! Frivolidades é o nome perfeito para isso. — E pintei um pequeno letreiro, FRIVOLIDADES, por cima do arco. Combina com as palavras na nossa porta de vidro fosco: BROTOU UM LANCE pintado com pequenas trepadeiras e botões entrelaçados nas letras douradas.

— Mas não podemos pelo menos sugerir que as pessoas façam uma compra de vez em quando? — ela gemeu.

— Tudo vai dar supercerto desde que as pessoas se divirtam; isso sempre acontece — respondi, o que ela disse ser a resposta mais ridícula que já tinha ouvido de uma empresária.

Mas sabe de uma coisa? Tem funcionado muito bem.

Enfim, Kat agora acredita, e agora ela até me permite apontar as realizações do universo uma ou duas vezes por mês. Isso é porque eu a arranjei com o cara do correio em uma tarde de pouco movimento. Claro, não fui eu que arrumei o moço para ela; foi o U., aquela palavra que não pronunciamos. Sempre que ele estava por perto, ela ficava coberta de brilhos, e acontecia exatamente o mesmo com ele. Agora que está apaixonada, Kat anda menos irritada com toda a conversa maluca sobre energia e espíritos. O amor faz isso com as pessoas, eu percebo. Melhora a visão da gente sobre a vida.

— A propósito — ela diz, enquanto estou indo para a Frivolidades afofar as almofadas —, você viu uma mulher e uma garotinha lá fora quando entrou?

Eu estava me olhando no espelho para ver se conseguia detectar algum sinal de gravidez no primeiro dia, mas volto para a loja.

— Muitas delas. Mulheres e bebês em todos os lugares que você olhar.

Casamenteira em Apuros

— Não. Essa é uma menina maior, talvez sete ou oito anos. Elas estavam procurando por você.

— Não.

— Falei que você chegaria mais tarde, e elas disseram que talvez fossem tomar café da manhã. As duas chegaram de viagem da Inglaterra ontem à noite, e a mãe parecia que realmente precisava de um pouco de cafeína. Falei para irem ao Gema.

— A Inglaterra fica muito longe para alguém vir aqui comprar um buquê de rosas — eu digo.

— Talvez sua reputação como casamenteira agora seja internacional.

Aceno com desdém.

— A pergunta importante do dia é: você acha que eu realmente poderia estar grávida?

— Você realmente pode estar grávida.

— Hum. E suponho que o Patrick acabaria se acostumando com a ideia, não é? Quero dizer, ele não me deixaria nem nada do tipo.

Ela me encara.

— Meu Deus, o que aconteceu com você? Você é que estaria dizendo para as pessoas que claro que sim, tudo vai dar certo! Consigo até te ouvir agora: "É a vida, era para ser assim, é..." — ela faz uma careta — ... "o *universo* fazendo o que faz tão bem!".

— Eu sei, eu sei. É só que quero muito isso. Nunca houve nada que eu quisesse tanto. Fico com medo de não conseguir.

Ela revira os olhos.

— Você falou com a Blix Torradeira sobre isso?

— Não tive chance esta manhã — digo. Uma vez cometi o erro de contar a Kat como sinto a presença da Blix perto da velha torradeira temperamental dela, um aparelho que insiste em jogar pão em mim com frequência. E como, em tempos de dificuldade, posso simplesmente ficar perto da torradeira e sentir a energia dela ali. Kat, é claro, acha isso hilário.

— Bem, então entre na Frivolidades e veja se consegue convocá-la dos mortos. Ela vai dar um jeito em você. Lembre-se de quem você é.

quatro

TESSA

É preciso empenhar toda a sua força de vontade, mas Tessa Farrell faz questão de não olhar o celular durante o café da manhã, mesmo que esteja vibrando na bolsa durante todo o tempo em que ela e Fritzie estiveram no restaurante. (Se você puder se referir a esse imóvel estreitinho muito precioso como um restaurante – chama-se Gema, de acordo com o nome queimado no pedaço de madeira sobre a porta. *Se for para ser estritamente correta*, pensa Tessa, *este lugar na verdade está mais próximo de ser um pequeno armário pretensioso que, de alguma forma, ficou abarrotado com seis mesas.*)

É Richard, claro. O celular. Enviando mensagens eróticas, depois tentando prosseguir com um telefonema para dizer sacanagens e fazê-la rir. E, embora fosse dar qualquer coisa neste momento para ouvir o barítono líquido e achocolatado transmitido pelos satélites transatlânticos, ela não se permite nada disso.

Bom Deus. Como isso foi acontecer com ela? Essa necessidade estúpida e dolorosa. Ela nunca teve um momento de sentimentalismo em toda a vida e agora não consegue pensar em nada além do quanto ama Richard e no quanto quer estar na cama com ele. Passou do ridículo. Ela sempre pensou que toda essa história de se apaixonar fosse apenas uma farsa perpetrada pela indústria cinematográfica para fazer as pessoas se sentirem mal com suas próprias vidas monótonas. Ou, pior, propaganda para fazer com que as pessoas doem suas vidas para perpetuar a espécie. Tessa viveu toda a vida resistindo a esse lixo.

Casamenteira em Apuros

E agora ela precisa de todas as forças que possui para não sair correndo para a rua e se jogar no caminho do Uber mais próximo, fazendo o motorista levá-la ao aeroporto, para que ela possa pegar um avião e se jogar nos braços de Richard. Ele, que, da última vez que estiveram juntos, interrompeu suas reclamações ansiosas sobre alguma coisa ao simplesmente se inclinar sobre ela, sorrindo e dizendo:

– Pode calar a porra da boca e me beijar?

Ela quer tanto falar com Richard que sua cabeça lateja com a necessidade da voz dele, mas Fritzie a está observando com atenção, e Fritzie odeia quando ela fica absorta com o celular ou com Richard. Ela tem o instinto astuto de uma criança de oito anos para farejar um rival em busca de atenção, e por isso detesta Richard. Ela tapa os ouvidos com a menção ao nome dele e, nos últimos meses, sempre que Tessa deixava Fritzie com uma babá para que ela e Richard pudessem namorar, Fritzie fazia um escarcéu e depois tomava alguma atitude horrível. Uma vez, ela jogou fora a calcinha fio dental nova de renda que Tessa havia comprado para si com culpa. Simplesmente a jogou no lixo, despreocupada e rindo. Outra vez, derramou o perfume de Tessa na pia – Chanel nº 5, que Richard tinha dado a Tessa no aniversário de um mês de namoro. Quando ele deu o presente, disse que ela o lembrava de Coco Chanel, e por uma semana inteira ele a chamou de sua Coco.

Tessa suspira e olha para seu prato de ovos com gema dourada e a torrada multigrãos, untada com manteiga tão precisamente até as bordas que parece quase cirúrgica. Fritzie, encolhida na cadeira, brinca com a comida no prato. Não vai comer. Ela sabe que sua mãe quer que ela coma.

Do lado de fora da janela, o Brooklyn inteiro – estranho, lotado, quente, nublado, o Brooklyn de agosto – passa. Muito diferente de onde moram, em San Francisco.

E, ah, tão diferente de onde Richard está – ele viajou por causa de uma bolsa de um ano que ganhou para ensinar poesia em Roma, onde mora em uma pequena *pensione* em cima de uma taverna.

Ela nem sabe o que é uma *pensione*, porque não é o tipo de mulher que as pessoas convidam para *pensiones*, mas ele quer que ela venha. Ele a quer. É disso que se tratam todas essas mensagens. Ele a quer. Naquele sonho febril dos últimos meses, beijando-se na porta, fazendo amor no chuveiro com a água correndo para que Fritzie não pudesse ouvi-los, eles tinham elaborado um plano para ficar juntos. Ela deveria estar a caminho de lá. Em vez disso, está no nordeste dos Estados Unidos, superlotado e esquecido por Deus, mal conseguindo respirar, e, desde que ele saiu de suas vistas, ela acha que tudo entre os dois parece prestes a desmoronar a qualquer momento. Todos os seus planos, tão cuidadosamente empilhados na cabeça, são como pratos de jantar que começaram a balançar ao mesmo tempo.

– Sabe de uma *coisa*? Acho que você deveria estar falando comigo – diz Fritzie, apoiando-se na mão com o cotovelo sobre a mesa. Ela está exausta do voo, um voo noturno que as fez chegar ao JFK à meia-noite, horário de Nova York. Isso já seria ruim o suficiente, mas elas ainda estavam no horário da Inglaterra, então parecia que eram cinco da manhã. Elas pegaram o voo depois de um trajeto de trem até o aeroporto Heathrow, vindo do interior, onde estavam hospedadas com a mãe de Tessa, Helaine. O plano A era que a visita fosse tão boa que Helaine se sentisse extasiada em ficar com Fritzie durante o ano letivo e permitisse que Tessa fosse para Roma – mas Helaine ficara horrorizada com a ideia. Toda a visita se desfez de repente e houve uma briga terrível, de modo que Tessa e Fritzie foram embora bastante irritadas.

Então isso significava plano B: Nova York. E o cara com quem ela não falava havia nove anos.

Quando o avião pousou no JFK e elas fizeram o check-in no Hyatt, Fritzie estava agitada demais para dormir. Pulando na cama, acendendo e apagando as luzes. Esta manhã, seus olhos estão inchados e a pele embaixo deles parece vermelha de tanto esfregar. Seu cabelo castanho liso, sempre emaranhado, está realmente uma bela de uma bagunça, e sua personalidade foi para o inferno além. Ela gritou

Casamenteira em Apuros

quando Tessa tentou pentear seu cabelo, chorou quando teve que escovar os dentes. Muito bem. Tessa só vai tentar atravessar o dia. O dia de hoje, depois o dia seguinte e o outro, e, até lá, talvez até lá ela já terá analisado tudo e decidido como proceder.

— A mãe da Gaia diz que as refeições são momentos muito valiosos para estarmos juntos, porque é quando você pode me ensinar sobre a vida — diz Fritzie.

Tessa já ouviu o suficiente sobre a mãe perfeita de Gaia para durar toda a sua vida e particularmente não está a fim de nada disso agora. Ela diz:

— Bem, quando eu entender a vida, você vai ser a primeira a saber. Agora termine seus ovos.

Fritzie se endireita e revira os olhos.

— Você sempre diz que as pessoas só devem comer o que o estômago delas diz para elas comerem, e elas não precisam terminar a comida no prato só porque algumas pessoas acham que desperdício é uma coisa ruim. Foi *você* quem disse isso. E agora você está me dizendo que tenho que terminar de comer os ovos. Então qual dos dois é o certo?

Tessa sente seu maxilar doer.

— Fritzie. Por favor. Só para.

— Parar o quêêêê? O que estou fazendo?

— Para de ser tão teimosa, caramba. — Ela coloca os dedos nas têmporas. Fritzie larga o corpo para trás na cadeira, mastigando uma mecha de cabelo e balançando as pernas contra a perna da mesa, e observa o cozinheiro e a garçonete, que estão flertando um com o outro.

Quando Tessa se sente mais calma, ela sorri e diz o que a psicóloga falou que ela deveria repetir com frequência:

— Olha, Fritzie, estamos do mesmo lado, você e eu. Estamos cansadas, mas vamos tentar ter um bom dia, tudo bem?

Fritzie pega uma colher e tenta fazê-la grudar no nariz, sua mais nova obsessão desde que viu isso no YouTube.

— Por que você me deu à luz, hein? — ela pergunta numa voz perigosa e, assim que começa a falar, a colher cai no chão com um barulho. A garçonete olha assustada.

— Bem. Eu quis você — responde Tessa, devagar.

O que não é inteiramente verdade. Fritzie era, na realidade, o produto de uma noite de bebedeira; um encontro meio equivocado, para ser sincera e, inclusive, Tessa tinha quarenta anos na época e, de uma forma estúpida, não achava que pudesse engravidar, e então — oops! — lá estava Fritzie, chutando seu útero alguns meses depois, como se ela fosse a dona do lugar.

Fritzie está balançando a cabeça.

— Nananinanão. Ouvi a vovó dizendo a Pearl que você ficou grávida de mim por acidente e que *você* achou que seria divertido criar uma filha, mas agora acha que é muito difícil e não gosta mais. — Ela não olha para Tessa enquanto diz isso, simplesmente fica reorganizando os talheres, movendo-os de um lado para o outro. — Tudo bem se é isso o que você pensa — diz ela, empinando o queixo. — Eu não me importo. — Suas unhas estão sujas, seu rosto tem uma mancha de geleia e há algo pegajoso emaranhado em seu cabelo.

— Isso não é verdade — afirma Tessa. — Eu te amo muito, muito! — Ela sente o sangue pulsando na cabeça. São horríveis as coisas que sua mãe diz. E ao alcance dos ouvidos de uma criança, ainda por cima! No meio da briga, Helaine a acusou de ser a pior mãe do mundo. E, quem sabe, talvez ela seja. Com certeza a maternidade não é fácil para ela. Tessa ama Fritzie, ama mesmo, mas simplesmente não é boa em lidar com tudo.

A maternidade tem muitas estipulações e regras, e muitas pessoas com opiniões sobre como você está se saindo. Mesmo antes de Richard aparecer, ela já tinha dificuldade em prestar atenção em tudo. Ela fica presa em seus próprios projetos — os problemas de matemática em que adora trabalhar e seus alunos de pós-graduação, que ela precisa atender, e esquece as coisas. Como a hora do jantar. Como é que tem que haver três refeições feitas e servidas todos os dias — sete dias por semana? Quem fez *disso* a norma? A vida se

Casamenteira em Apuros

tornou uma série de ordens que ela é obrigada por lei a dizer: *Coma sua comida, faça sua lição de casa, fique mais quieta, saia do fogão, pare de falar, se apresse, esse canal não, vá tomar banho, vá para a cama.*

E Fritzie parece mais esperta e mais difícil a cada ano. Só oito anos de idade – e seus enormes olhos do tamanho de pires já estão exibindo uma expressão ferida e culpada que Tessa acha alarmante. Foi ela que, de alguma forma, causou isso na filha? Ela já a arruinou? Não lhe deu uma família adequada?

– Me conta sobre o meu papai-biológico – ela exigiu uma noite, e Tessa teve que respirar fundo. *Ele.* O que ela deveria falar?

– Bem – começou, escolhendo as palavras –, como você pode imaginar, ele era muito bonito, mais jovem do que eu e muito charmoso.

– Então por que ele não está com a gente?

– Só tive contato com ele por duas noites. E foi só isso entre nós. Seguimos nossos caminhos separados.

– Duas noites? Por que ele não quis ficar comigo?

– Bem, ele não sabia sobre você.

– Como é que ele não sabia sobre mim?

– Porque não contei.

– Por que você não contou?

Tessa se viu lançando-se na explicação biológica sobre espermatozoides e óvulos, como era trabalho da mulher carregar o feto (elas tiveram um momento cansativo e prolongado sobre a estranheza da palavra *feto*) e que o homem poderia escapar impune, sem saber qual tinha sido sua contribuição. Na verdade, os homens precisavam ser informados. As mulheres tinham que lhes contar.

Fritzie estava pulando na cama de bunda.

– Por que você não disse a ele que tinha um feto?

Como entrar nisso?

– Porque não era esse tipo de situação. Não era uma coisa para sempre. Foram apenas duas noites muito, muito legais.

Ela parou de falar então porque Fritzie ficou brava.

– Ele deveria saber sobre mim! Por que você não contou? Ele poderia *querer* me conhecer! Você já pensou nisso?

Não. Na verdade, Tessa nunca *tinha pensado* nisso. Mas, quando Helaine disse que não ficaria com Fritzie, a ideia de mandá-la para o pai parecia um plano plausível. Por que não? Ele tinha sido um cara legal. Ela havia sido amiga — ou conhecida, na verdade — da irmã dele. Elizabeth. Eles eram boas pessoas. Talvez ele *fosse* gostar de conhecer a filha. Apenas por um tempo. Nem para sempre nem nada.

Tessa só quer um pouco de tempo livre. Isso é tudo o que ela está pedindo. Um pequeno ano letivo longe da responsabilidade. Richard quer que ela venha, mas o lugar onde ele mora é pequeno, diz ele. Muito apertado. Não é lugar para criança. Tessa sabe que o que ele quer dizer é que não está interessado em ser uma figura paterna para Fritzie. E ela não o culpa. Não consegue imaginá-lo se tornando um padrasto de verdade e, pior ainda, não consegue se imaginar preocupada com Fritzie em alguma *pensione* italiana.

Ainda assim, é um plano louco. Um dos mais loucos que ela já teve. Tinha tanta certeza de que Helaine gostaria de ficar com Fritzie que foi em frente e tirou um ano sabático no trabalho e conseguiu que um de seus alunos de pós-graduação morasse no seu apartamento.

E depois… não. Apenas não.

Fritzie está de pé, traçando o círculo do copo de água ao redor da mesa, deslizando pacotinhos de estévia na umidade e encharcando-os.

— Então o que vamos fazer agora? — ela pergunta, sua voz se encaixa perfeitamente em um gemido que rasga as terminações nervosas de Tessa. — Vamos voltar para aquele lugar e ver se a casamenteira já está lá?

— Não, acho que não.

As duas tinham vindo de uma pequena loja, uma floricultura. Onde a namorada dele trabalhava, aparentemente. Elizabeth tinha dito isso a ela. Elizabeth, para quem ela havia ligado — por incrível que parecesse — da casa de sua mãe depois da briga. Ela fez tudo soar casual… Ele ainda está no Brooklyn? Ainda fazendo arte? Ela não mencionou a criança.

E, assim que desligou, ela reservou as passagens de avião para Nova York. Teve que pagar a tarifa mais alta possível por ter sido tão

Casamenteira em Apuros

em cima da hora, é claro. Mas valeu a pena sair da casa de Helaine sem maiores explicações. E agora ali estavam elas, a caminho de encontrá-lo. Ela tinha o número do celular dele, mas deveria fazer isso pessoalmente. E talvez fosse melhor, ela decidiu, ver primeiro a namorada casamenteira. Preparar o caminho, sabe?

Mas então a casamenteira não tinha chegado. Era muito cedo, disse a pessoa ali. E agora Tessa está se sentindo muito desanimada para voltar. Ela precisa de algum tempo e precisa pensar sobre as coisas – não simplesmente pular de uma solução possível para outra. Respirar fundo algumas vezes, tentar se controlar.

– O que é uma casamenteira, afinal? – Fritzie pergunta.

– Ela é alguém que ajuda as pessoas que querem se apaixonar.

A garçonete, deslizando com a conta, sorri.

– Ah! Espere! Você vai ver a casamenteira? Não está falando da Marnie, por acaso?

Tessa confirma com a cabeça.

– Ela é totalmente incrível – diz a garçonete. Ela tem olhos que parecem grandes cerejas, tão escuros e brilhantes, e um coque encantadoramente bagunçado no topo da cabeça. – MeuDeusdocéu. Você vai amá-la de paixão. Ela me juntou com Barney aqui. Um dia ela veio para tomar café da manhã com uma amiga, eu estava trabalhando, e o Barney era só um cara passando na rua, e de repente ela pulou, correu para fora e o perseguiu. Foi uma loucura! Trouxe-o de volta para cá também. Ela disse que tinha visto brilhos que significavam que a gente deveria ficar junto. Quando ela está no jogo dela, não tem nada que não possa fazer. – Ela olha para o cozinheiro. – Não é mesmo, querido? A gente está devendo super pra ela.

Fritzie olha da garçonete para o cozinheiro e de volta para Tessa. Seus olhos estão arregalados. O cozinheiro, bonito e com um rosto que parece tão perfeitamente barbeado que é como se tivesse pintado os bigodes, está batendo o pano de prato e sorrindo constrangido.

A garçonete diz:

— Então, me conta, você está querendo dar *match* com alguém? Porque a Marnie é a melhor absoluta. Eu literalmente não sei como ela consegue, mas ela é incrível.

— Não, não — responde Tessa, confusa agora, como se tivesse sido pega como alguém que queria encontrar o amor. — Não é isso. Não estou querendo conhecer ninguém.

— Ela não quer conhecer ninguém, porque já tem um Richard — diz Fritzie. E, pela primeira vez, a menina pronuncia o nome dele de uma maneira agradável. Ela coloca a mão no quadril, quebrando-o para o lado como uma adulta faria. — Minha mãe está apaixonada pelo Richard, sabe, mas ele se mudou para a Itália pra ficar um ano lá e ela quer ficar com ele, mas o problema é que ele não tem espaço para uma criança. Então não sabemos ainda o que vamos fazer comigo. Temos muita coisa para decidir.

Tessa sente uma pulsação de choque.

— Caramba! — exclama a garçonete. Ela pisca com surpresa. — Bem, boa sorte com tudo. Tenho certeza de que a Marnie vai ajudar se puder. — Ela olha para Tessa e sorri.

Tessa se ocupa em tirar dinheiro da bolsa. As notas estão enfiadas de todas as maneiras ali dentro, o resultado de viajar e comprar lanches no aeroporto. Ela pega um maço de dinheiro e o entrega, e a garçonete o apanha e se afasta. Tessa sente um zumbido nos ouvidos.

— Espera — fala Fritzie. — Viemos de tão longe para ver uma *casamenteira*?

Está na hora, ela sabe. Hora de contar a Fritzie a verdadeira razão pela qual vieram ao Brooklyn.

Mas Tessa simplesmente não consegue se forçar a fazer isso. Ainda não. Não quer estragar tudo. Em vez disso, ela diz:

— É surpresa. Você só vai ter que esperar para ver. Chega de perguntas.

cinco

PATRICK

Dois dias depois, Patrick está andando com Bedford – o terceiro passeio do dia, pelo amor de Deus – e dedicando essa caminhada a desejar ser um tipo diferente de homem. O tipo de homem que poderia simplesmente entrar em seu estúdio perfeitamente bom e começar a criar algo que pudesse ser chamado de *arte*.

Também o tipo de homem que não tivesse passado 23 horas daquele dia desejando que as propriedades do látex fossem mais confiáveis.

E… o tipo de homem que conseguia sorrir durante conversas com sua namorada sobre eventos que mudavam vidas, como gravidez, parto e paternidade, e como eles poderiam transformar sua vida em algo inesperadamente maravilhoso.

É um daqueles dias abafados e opressivos de agosto, quando o ar cheira a fumaça de escapamento e é tão espesso e pesado que parece algo que você está vestindo, não respirando. O canal do tempo prevê tempestades para hoje à noite, e Patrick mal pode esperar por elas. Do outro lado da rua, em frente à sua casa, a clientela matinal está na bodega do Paco, caras mais velhos e grisalhos encostados na parede do lado de fora, enxugando a testa e bebendo água de garrafinha e refrigerante. Eles o cumprimentam, fazendo um brinde com suas garrafas plásticas.

– Como vai, Patrick?

E Patrick os cumprimenta de volta, acenando com a coleira de Bedford para eles.

Ele avança, parando conforme Bedford levanta a perna em todos os lugares habituais. Por uns instantes, Patrick para de pensar no rompimento do preservativo e reflete sobre a pergunta usual que se faz durante as caminhadas com o cachorro: como qualquer animal poderia conter tanto líquido?

Ele comentou sobre isso uma vez, e Marnie disse: "Oh, ele não está fazendo muito em cada lugar. Basicamente, ele só está deixando mensagens de texto para os outros cães", como se isso fosse algo que todos soubessem, menos Patrick.

"Sério? Mensagens de texto?", ele ficou surpreso mais uma vez com a ótica segundo a qual ela vê o mundo.

A verdade é que Patrick não consegue superar a forma como Marnie vive sua vida, pulando de uma coisa para outra com o coração mais aberto do que qualquer pessoa que ele já conheceu. Ela, de fato, *procura* complicações com que se preocupar, o que o deixa perplexo. Ela é capaz de fazê-los parar no meio do caminho só para poder vasculhar a bolsa em busca de dinheiro para dar às pessoas em situação de rua; ela muitas vezes carrega biscoitos que assou (tanto os feitos com trigo *quanto* os sem glúten) para dar a estranhos – e, ah, sim, ela fala sobre o universo como se fosse um amigo pessoal dela, como em: "Bom, nós temos que ver o que o universo tem a dizer sobre isso". E quando as pessoas estão loucamente atrasadas, ela dá de ombros e diz que Mercúrio provavelmente está retrógrado, e quando objetos são perdidos, ela tem uma musiquinha, e noventa por cento do tempo, as coisas perdidas obedientemente voltam de onde estavam tentando fugir. Ela diz que às vezes você tem que "irradiar energia", como se isso fosse uma coisa que existisse. Até onde ele pode dizer, ela realmente acha que o espírito de Blix fica perto da torradeira na cozinha.

Patrick mal consegue acreditar no quanto se permitiu amá-la. Ele não pode evitar. Ser amado por Marnie é equivalente a ter saído do sótão onde moram os loucos, e agora ele pode sair ao ar livre e respirar ar fresco. Pode sorrir. Fazer amor. É como enxergar cores novamente, depois de viver em um mundo que havia desbotado para o cinza.

Mas então, quando ele se pega aproveitando o calor dessa situação — mesmo o menor dos pouquinhos —, os pensamentos ruins aparecem na cabeça.

Olá, Patrick. Já pensou no incêndio alguma vez hoje? Não? Bem, tente pensar, você com sua vidinha feliz e satisfeita. Tudo isso, permita-nos recordá-lo, pode ser tirado de você em um lampejo de um nanossegundo. Cada fragmento de felicidade — puf!

O nome dela era Anneliese Cunningham.

É um nome que ele nunca mais disse em voz alta. Ninguém o diz. Ela tinha longos cabelos pretos, grandes olhos verdes e uma covinha, era uma artista, vestia leggings pretas, longas camisetas pretas e uma corrente de prata com uma lua crescente todos os dias, junto com sapatilhas; exceto no inverno, quando usava botas peludas. E tinha vinte e quatro anos no dia que aconteceu.

Não acreditava em magia ou em Mercúrio retrógrado. Ela acreditava na arte e no trabalho árduo que poderia se pagar com o tempo, mas provavelmente não se pagaria. Ela tinha silêncios em que ele não conseguia penetrar.

E agora esses silêncios se estendem dentro dele, como se tivessem se tornado um grande nada que existe entre seus órgãos e músculos. Um buraco negro no seu núcleo.

Ele acordou em um hospital. Ele sempre vai se lembrar do cheiro do quarto e de como a luz parecia facas quando lhe disseram que Anneliese tinha morrido. Patrick educadamente perguntou se poderiam matá-lo também, mas eles ignoraram porque não pretendiam fazer isso, e ele não conseguia descobrir como fazê-los mudar de ideia. Seria muito fácil para eles, uma pequena overdose, uma vontade de olhar para o outro lado. Ninguém os denunciaria. E ele lhes seria muito grato. Mas não houve acordo. Patrick teve que se levantar; teve que reaprender a andar, e havia cirurgias e terapias dolorosas pelas quais passar, e ele não conseguia nem mover o rosto, não conseguia chorar. Mas então – e ele deveria estar feliz com isso, todos disseram que era maravilhoso, o milagre pelo qual ele estava esperando – recebeu uma grande indenização. Uma recompensa. Que roubo: tirar a vida de sua namorada e o próprio sustento, e depois pensar que o dinheiro poderia compensar até mesmo um segundo sequer daquilo.

Aqui, meu filho. Aqui está o que valia a vida da sua namorada. Aqui está o que valia seu bem-estar, sua alegria, seu *rosto*.

Morra, ele dizia para aquele rosto todos os dias e todas as noites. O rosto no espelho.

Ele teve um terapeuta para cada parte de si. Corpo, mente e espírito. Fez o que precisava ser feito, sem qualquer entusiasmo. E, mais tarde, quando todo o estabelecimento hospitalar disse que ele estava bem o suficiente – ou pelo menos tão bom quanto ia ficar –, ele se mudou para um hotel de luxo, porque era rico e por que não?, e pedia serviço de quarto sempre que dava na telha. Não saiu da suíte por meses, apenas pediu os filés-mignons e as mousses de salmão porque tinha dinheiro para comprá-los, e jogava a maior parte da comida fora e passava o tempo vendo televisão durante o dia e filmes tarde da noite, tentando descobrir como morrer sem fazer nada verdadeiramente violento consigo mesmo porque não tinha estômago para isso. Pessoas de sua antiga vida vieram e tentaram se comunicar com ele – até os pais de Anneliese, Grace e Kerwin –, mas ele recusou a todos. Não conseguia enfrentá-los. Ele se sente mal por isso agora; deveria ter reunido coragem para enfrentá-los, e agora é tarde demais. Queria ficar sozinho enquanto esperava a morte.

Mas, quando não morreu, quando eras se passaram e pareceu que ele era tão incompetente em desejar coisas, que teria de ficar vivo para sempre, aceitou um pequeno trabalho de pesquisa, escrevendo descrições de doenças para um site médico, um trabalho que era o mais distante possível da arte. Ele estava irracionalmente zangado

Casamenteira em Apuros

com a arte, como se a arte é que o tivesse traído. Queria um trabalho que pudesse fazer em seu quarto de hotel, sem qualquer conversa com seres humanos. O site era projetado para pessoas que apresentavam algum tipo de sintoma angustiante, que provavelmente ficavam acordadas no meio da noite digitando coisas como: "verruga preta na axila" ou "dor de cabeça após o sexo". O trabalho de Patrick era levá-los a procurar atendimento médico, então ele escrevia coisas como "Possível malignidade" ou "Possível infarto cerebral". Ele tinha uma espécie de prazer em tocar os sinos de alerta para os outros. "Pode ser um sinal de doença grave. Você deve consultar um profissional médico imediatamente", ele digitava. "NÃO DEIXE ISSO SEM TRATAMENTO."

Ele podia fazer qualquer coisa parecer terrível, porque, para ele, tudo era terrível: uma unha encravada podia levar a uma amputação, uma contração podia ser um derrame e uma jovem no apartamento de um artista podia acender um fogão para fazer uma simples xícara de café e essa pequena dispersão de gás poderia desencadear uma explosão que a mataria.

Esse é o mundo em que vivemos, pessoal. Acostumem-se.

Patrick não consegue realmente explicar o que aconteceu em seguida. Ele se aventurou um dia fora, chamado por uma força que ainda não entende. Enquanto estava lá piscando para proteger os olhos do sol, sem saber o que fazer, de repente havia uma mulher hippie idosa caminhando em sua direção, sorrindo. Ela estava vestindo todos os tipos de echarpes e joias e um par de calças bordadas que pareciam ter pertencido a um toureiro ou a Liberace. Ela disse que se chamava Blix e o cumprimentou como se estivesse esperando por ele, como se fossem velhos amigos. Patrick não estava acostumado a que pessoas chegassem e falassem com ele, principalmente aquelas que não pareciam nem um pouco surpresas com sua aparência. Ele realmente não queria falar com ela – nem com ninguém –, mas a mulher não aceitaria nada que soasse como *não*.

Então foi nesse dia, tomando um café no canto mais escuro de uma *delicatessen* em Nova York, que ele aprendeu um fato elementar sobre a vida: existem certas pessoas no mundo que te encontram e te revestem de tanto amor que você nem percebe como é que, de repente, pertence a elas de maneiras que você nem poderia ter previsto. Goste ou não, essas pessoas penetram todas as suas defesas cuidadosamente construídas, todo o seu forte desmorona aos pés delas e todos os seus soldados de infantaria penduram as armas e batem em retirada. Você tenta chamá-los de volta e eles dizem: "Não. A gente tá de boa. Até mais".

Ela, de alguma forma, arrancou dele toda a triste história de sua vida e, então, insistiu que ele fosse morar no prédio dela, um prédio de tijolinhos aparentes no Brooklyn. A vida no hotel estava ficando monótona e chata, e Blix era muito persistente. Para sua surpresa, no mês seguinte ele cedeu e se mudou para o apartamento no porão dela com um conjunto de computadores recém-adquiridos, e adotou um gato de rua que estava rondando as latas de lixo. Na maioria dos dias, Blix descia as escadas estrondosamente, ignorando todos os sinais que ele dava de que não queria conversar, e, quando ele desistia e a deixava entrar, ela se sentava no chão e lhe contava sua filosofia de vida, que incluía principalmente um monte de palavrões fantásticos, bem como algumas conversas bastante insanas sobre amor e perdão e o universo e as almas. Os palavrões eram expressivos e o faziam rir. Ele havia esquecido o som da própria risada. Blix tinha um livro de feitiços, sobre o qual ele não achava que ela estivesse falando sério, mas ela lhe disse que fazia bom uso desses feitiços, em especial quando as pessoas precisavam de um pouco de ajuda para encontrar a pessoa certa – um conceito que ele rejeitava. Não existe pessoa certa para Patrick, e ela respondeu que absolutamente existia, sim. Alguém para todo mundo. Talvez várias pessoas. Todo mundo poderia ter amor. Ele só tinha que esperar. Enquanto isso, Blix disse, eles poderiam dançar e comer boa comida. Ela tinha amigos espetaculares, incluindo um namorado, Houndy, que era um pescador de lagostas. Havia momentos em que todos eles comiam lagostas no café da manhã, no almoço e no jantar no terraço superior com vista para o Brooklyn – exatamente

Casamenteira em Apuros

como Patrick preferia: perto o suficiente para que pudessem ver a cidade se desenrolando, mas com distância o bastante para que não precisasse interagir com ela.

Ele protestava que era feio e miserável e que odiava o que sua vida havia se tornado, e ela dizia: "E daí, Patrick? Ainda temos que dançar".

Mas então, bem no ano seguinte, Blix teve que ter câncer, e ela *não* consultou profissionais médicos, como Patrick aconselhou, porque tinha feitiços mágicos que deveriam curá-la e, além disso, ela disse que tinha 85 anos e que era tempo de vida suficiente para qualquer um, e talvez o planeta inteiro precisasse aceitar a ideia de que a vida termina e que, quando chega a hora de dizer adeus, talvez as pessoas pudessem simplesmente dar uma grande festa em vez de gastar todo esse precioso tempo cada vez menor atrás de uma cura dolorosa e tendo partes de si mesmas congeladas ou amputadas. Parecia muito plausível quando Blix falava assim. Ela não tinha nem um pouco de medo da morte. E Patrick a ajudou. Estava lá quando ela morreu, segurando sua mão.

Ela deixou esse belo e decadente edifício de arenito para uma estranha que acabou por ser Marnie, uma pessoa que pareceu cair de paraquedas, do nada. Ela era a ex-mulher rejeitada do sobrinho--neto realmente horrível de Blix – e, bem quando Patrick descobriu como viver sem Blix, lá estava Marnie, invadindo sua vida, batendo em sua porta com seus problemas e seus segredos e suas risadas e tolices e toneladas de histórias de boys-lixo. *Vá embora*, ele queria dizer. Mas Marnie precisava de sua ajuda para consertar as coisas. Precisava de conselhos sobre os vizinhos. Ela era da Flórida, então ficava perplexa com os barulhos que os radiadores fazem e com o propósito dos porões. Ela não sabia sobre táxis, bodegas – as típicas lojas de conveniência nova-iorquinas – ou botas de inverno.

Conhecê-la foi como um foguete em sua vida. Apenas a forma como ela o puxou para fora de seu casulo. Ele começou a suspeitar de que Blix pudesse tê-la enviado. Sim, é ilógico, mas ele se viu acreditando em algumas coisas impossíveis nos últimos anos.

No entanto, agora Patrick sabe com certeza: ele chegou até onde pode chegar. Talvez a magia o tenha trazido para essa nova vida, e, se isso é verdade, ele aceita numa boa. Mas, pessoalmente, já não sabe mais o que pode fazer. E não quer nem precisa ir mais longe, muito obrigado.

Ele para de andar agora enquanto Bedford investiga um bagel velho caído, e Patrick tem que puxar sua coleira para fazê-lo largar o bagel ali. Se houver um bebê, é pegar essa pequena dificuldade e multiplicar por milhões, ele pensa. Se houver um bebê – ah, Deus, ele não consegue nem pensar.

Seu celular toca. Marnie.

Estou vendo dois caras brincarem com uma criancinha pequena na loja, e tenho que dizer de novo: você vai ser um pai maravilhoso. Ele espera um momento, e ela envia uma foto: dois sujeitos sorridentes, estilo modelos, brincando de esconde-esconde com algum garoto ruivo. Parece irreal, parece um anúncio.

Ele tenta não responder, mas não consegue evitar. *Esses caras podem pensar que dominam a paternidade, mas não devemos ignorar os horrores que os aguardam. Três palavras, Marnie.* REUNIÃO DE BOLETIM.

Ela responde imediatamente. *Rs. O que tem a reunião?*

No momento, não temos nada disso na nossa vida. É uma bênção que não sabemos apreciar o suficiente. Ficar em uma salinha de aula ouvindo sobre resultados de provas decepcionantes, deveres de casa incompletos, não chegar atrasado. Chegar atrasado! Por que a expressão "chegar atrasado" tem tanta cara de escola? Eu poderia passar minha vida inteira sem nunca mais ter medo de advertências por atraso.

Combinado! Eu vou às reuniões!

Tem mais. Noites sem dormir, Marnie. Isso vai afetar toda a família. Todos nós. Você, eu, o Bedford, o Roy. Se nada mais, pense no coitado do Bedford.

Casamenteira em Apuros

Há um longo silêncio. Ele entra na bodega do Paco. Patrick precisa de um frasco de antiácidos e outro copo de café, e fica ali um pouco conversando com Paco sobre o Mets, que talvez esteja mostrando alguma promessa nesta temporada. Quando Patrick se mudou para lá e estava tão ferrado que não podia nem sair de casa, Paco costumava cuidar dele. Quando Patrick não podia enfrentar as pessoas, Paco lhe trazia refeições prontas, batia duas vezes na porta e deixava a comida para ele. Algumas coisas você nunca esquece.

Seu celular apita. Marnie de novo.

Só dezoito anos de noites sem dormir. Nós vamos ficar bem.

É hora de falar sério, ele acha. Suas táticas para desencorajá-la não estão funcionando. *Nossas vidas não são perfeitas do jeito que estão? Sem filhos? Subimos ao terraço e não tem ninguém para ir até a beirada e cair. A gente dorme pesado a noite toda. Completa a maioria das nossas frases. Ninguém precisa de um copo com tampa e canudinho. Ou um Boppy, seja lá o que for.*

Ela começa a digitar imediatamente. Digita e digita e digita. Os três pontinhos continuam para sempre. Ele conversou com os rapazes sobre os placares de beisebol e provou uma amostra da mais nova criação do Paco, uma quesadilla de guacamole, ficou admirado e o encorajou a fazer mais, e está de volta em casa quando Marnie retorna à carga com sua mais nova mensagem.

Um Boppy é um travesseiro especial para segurar o bebê, Patrick, e eu quero um na minha vida. Na verdade, quero tudo. Copos de tampa e canudinho e almofadas de amamentação e toda a vida bagunçada! Quero a cama da família e a sensação de cheirar as cabecinhas doces de bebê, e as botinhas de neve alinhadas ao lado das nossas botas grandes, e quero a banana amassada no sofá, e quero o TERCEIRO *leite do dia que derramou, e quero cantar canções de ninar quando estiver cansada demais para conseguir ficar com a cabeça erguida, e quero preencher formulários de permissão de passeios da escola e quero jogos de futebol e banho, e todos nós abraçados no sofá assistindo a filmes da Disney, mesmo aqueles que nos fazem chorar.* AH, *e quero band-aids de dinossauro e biscoitos de escoteiros e aqueles patinetes que aterrorizam as pessoas nas calçadas. E festas do pijama em que ninguém dorme, e também aquelas meias com rendas nas bordas. E carrinhos de bebê! E cadeirinhas de carro! É ISSO O QUE EU QUERO. E, Patrick, é possível que já haja um bebê vindo para nós. Não se esqueça disso. Nossas vidas serão perfeitas de qualquer maneira... mas acho ainda MAIS perfeito se for com um bebê! Então é isso. Ponto-final. Fim da história.*

Não há resposta que ele possa dar a nada disso, é claro, então guarda o celular e olha pela janela. E, quando toca, uma hora depois, ele estremece. *Ai, meu Deus, ela pensou em mais noventa coisas horríveis que quer suportar?*

Mas não. É Elizabeth, sua irmã mais velha. Elizabeth ainda mora em Wyoming, em sua cidade natal, e nunca se casou porque é ainda mais introvertida do que ele.

– Oi – ela diz em seu sotaque do Meio-Oeste. – Então, como está indo por aí, seu manezão?

Ele responde que está bem. Está tudo bem com ela? Os dois mantêm a conversa educada de sempre: o verão está quente, ela teve que colocar ar-condicionado na sala depois de resistir por tanto tempo, o pomar de macieiras parece que vai dar uma boa colheita este ano, ela está jogando *Scrabble* on-line agora, e ele pode mesmo acreditar que chegou a isso? Ela leu mais de cem livros desde o dia primeiro de janeiro.

Então o objetivo da conversa:

– Eu não te faria um interurbano em um dia de semana, sabe, mas algo meio estranho aconteceu no outro dia, e pensei comigo mesma: "Bem, eu deveria contar ao Patrick sobre isso". Lembra de uma conhecida minha de alguns anos atrás? Aquela que veio para a cidade e... bem, você também a conheceu? Sabe, a Tessa?

– Tessa... Tessa...

Então ele solta um gemido. É claro. Essa Tessa.

– Vou refrescar sua memória – diz ela, e agora ele não tem escolha a não ser ouvir. A gente nunca conseguia tirar Elizabeth de um parágrafo que ela já tinha começado. – Você estava na cidade para uma exposição de arte, ela estava aqui esperando que eu a ajudasse

Casamenteira em Apuros

a conseguir um emprego na faculdade, então Tessa veio para sua *vernissage*, e *acho* que vocês dois… bem, eu meio que sei, na verdade, então por que estou fingindo que não sei? Era claro como o nariz em seu rosto, era, sim.

– Elizabeth, está tudo bem. Eu me lembro da Tessa. – Uma noite… não, duas. Ele não se orgulha disso. Nunca mais falou com ela. Apenas uma dessas coisas.

– Você *lembra*. Bem, bom pra você por não tentar negar. Hoje em dia, relações sexuais não são nada do que se envergonhar entre adultos que consentem, então vamos continuar com a vida, né? Se bem que fiquei um pouco surpresa. Ela sendo muito mais velha do que você e tudo mais.

– Sim – ele afirma e espera que ela vá direto ao ponto. Não quer entrar em defesa de uma decisão imprudente movida a testosterona que ele tomou quando tinha 28 anos e estava se achando, em sua primeira exposição de arte na cidade natal. Ele pensava que era a última bolacha do pacote naquela época. As ex-líderes de torcida sorriam para ele, pelo amor de Deus. Pessoas que não olhavam para ele duas vezes quando era um garoto nerd que não praticava esportes e só queria ficar na sala de arte agora circulavam ao seu redor, sorriam e faziam perguntas. Patrick já havia atingido um nível de popularidade com o qual só poderia ter sonhado quando estava no ensino médio lá. E havia a sofisticada Tessa, usando um vestido preto curto e salto agulha. Parecendo deslocada e grata por falar com ele sobre seu "processo".

Mais tarde, houve um quarto de hotel, beijos no elevador e sua surpresa pelo fato de que uma mulher da idade de sua irmã, uma adulta, acabasse de convidá-lo para o quarto dela.

– Então, a Tessa me ligou do nada – Elizabeth está dizendo. – Queria saber se você ainda estava no Brooklyn. – Ela para de falar.

– Eeeeee? – ele pergunta. Sua cabeça pode estar começando a latejar um pouco.

– E, me desculpe, isso não é normal para mim, você não sabe, mas tenho que falar sobre você, e, quando ela me perguntou como poderia procurar você, falei que, bem, você estava envolvido com alguém, e ela disse "ah, é claro que você estaria, você é muito bonito e talentoso", e, então, antes que eu percebesse, contei a ela sobre o... *incêndio* e todas as cirurgias que você fez, e temo que eu tenha falado um pouco demais. E ela queria saber... bem, ela queria saber como tudo acabou. Você estava bem? Ela queria saber se você estava, hum, desfigurado... – ele tem que fechar os olhos por um momento para evitar a forma como seu estômago se revira com essa palavra – ... e se isso interferiu na sua capacidade de, você sabe, *se dar bem na vida*... E então falei a verdade, que você passou por maus bocados, mas que conheceu alguém mesmo assim, porque esse é o tipo de pessoa que você é, um sobrevivente, porque você é, Patrick. E ela falou que você era um herói. E eu disse que você não era realmente. Não gosto desse tipo de conversa. Essa conversa de herói.

– Você tem razão. Não sou um herói – ele diz. – Estou só vivendo a minha vida. – *E atualmente estou batendo a cabeça contra a parede. E meus* game shows *estão para começar, e preciso parar de falar sobre o passado.* – Mas por que você está me contando tudo isso?

Patrick pode senti-la debatendo internamente sobre como lhe dar a notícia.

– Bem, dei algumas informações a ela. O nome da loja da Marnie, e o seu número de celular e o seu endereço. Espero não ter feito nada de ruim – diz ela em sua voz monótona e irônica. – Tipo, você sabe, talvez se Marnie for do tipo ciumenta e ficar brava com a aparição da sua antiga... sei lá o quê. Mas *então* eu estava pensando... e o que eu sei sobre amor? Então ignore tudo o que *eu* digo. Talvez, se a Marnie *ficasse* com ciúmes, poderia realmente ser uma coisa boa, já que poderia fazer você se esforçar e fazer a coisa certa e se casar com ela.

Ela solta uma gargalhada genuína com isso. Ele lembra agora que a irmã é aficionada por livros de romance. E, aparentemente, agora sonhou com um pequeno romance, estrelado por ele como um noivo relutante; Marnie, sua namorada ciumenta; e Tessa, uma *femme fatale* – a outra – que irrompe na cidade para abalar seu mundo.

Casamenteira em Apuros

Ele revira os olhos. Quando exatamente o mundo inteiro ficou maluco?

— Então, por favor, me diga que não fiz nada horrível — Elizabeth conclui. — Talvez ela nem entre em contato com você. Não sei determinar se ela tinha esperanças de começar algo com você novamente, mas acho que a desencorajei a passar vergonha por causa disso. Ainda assim, seria divertido, pelo menos, não seria? Você, sendo disputado por duas mulheres. Dê a si mesmo algumas histórias para contar na velhice.

— Elizabeth — começa, ciente de que precisa interromper isso antes que a conversa saia completamente dos trilhos. — Tenho certeza de que vai ficar tudo bem. Ela provavelmente nem vai ligar. Estou com comida no fogo, então tenho que ir. Bom falar com você!

Bedford está olhando para ele, abanando o rabo, quando Patrick desliga, sempre pronto para uma boa história. Roy funga e sai da sala. Ele nunca se importou muito com as façanhas românticas de Patrick.

seis

MARNIE

Estou no trabalho, mas entre mandar mensagens para o extremamente neurótico Patrick e atender aos clientes, eu me olhei no espelho umas cinco vezes hoje, porque é possível que, quatro dias depois do Grande Fracasso da Camisinha, eu esteja começando a apresentar alguns sinais de gravidez. Acho que meu cabelo está começando a parecer mais brilhante e lustroso, o que a internet diz que acontece com as mulheres grávidas. Talvez eu também esteja com o menor dos brilhos na minha pele. Estou só dizendo.

De qualquer forma, estou feliz pela distração quando as Incríveis aparecem.

Geralmente elas falam sobre os amigos e todos os problemas que todo mundo tem: um cara que elas gostam chamado Mookie acabou de perder o pai, e Justin não tem dinheiro para ir para a faculdade. Todos parecem ter algo do qual estão se recuperando. Suas vidas adolescentes são complicadas e difíceis. Mas o assunto de hoje parece ser por quantas pessoas é possível se apaixonar ao mesmo tempo. Ariana, a líder, que está vestindo leggings rasgadas e cerca de quatro tops simultaneamente, somado com vários colares em volta do pescoço, está argumentando que o número é infinito, dependendo do tamanho do seu coração e de quanta "energia de alma" você tem. A que se chama Dahlia não tem tanta certeza. Ela tem cabelo roxo repicado e franja de três milímetros de comprimento, e acha que você deve escolher uma pessoa e dar tudo de si a essa pessoa.

Kat olha para mim por cima dos óculos. Eu escondo um sorriso. É difícil explicar o quanto adoro essas conversas.

Casamenteira em Apuros

— Não, não, não — diz Ariana. — É o contrário. Não existe *uma única pessoa* para cada um de nós. Isso é um monte de propaganda para manter as mulheres no lugar delas. A verdade é que, quanto mais amor você dá, mais amor volta para você, e então o amor continua indo e vindo. Assim, você pode ter muitas pessoas na sua vida simultaneamente, e as pessoas vão simplesmente gravitar na sua direção porque sentem que você as ama. — Ela tem enormes olhos azuis de vidro marinho e cabelos louros encaracolados desgrenhados que eu juro que ela mergulha em tinta rosa, o que a faz parecer ainda mais sinceramente maluca. Adoro ouvi-la falar. — As pessoas percebem, sabe, como você realmente se sente em relação a elas. Li algo sobre isso; tem a ver com movimentos oculares microscópicos que sentimos mesmo que não possamos vê-los. É ciência.

A quieta com a cabeça raspada, que sempre gosta de usar estampa camuflada e renda — Charmaine — ri e diz:

— Meu Deus, como você é ridícula, Ariana. Você já vai ter um monte de problemas se não ficar apenas com um de cada vez! As pessoas ficam muito bravas com você se você faz isso.

— Quem se importa se as pessoas ficam bravas? — indaga Ariana. — Elas precisam deixar de lado suas expectativas de que tudo gira ao redor de si. De qualquer forma, parece loucura ficar brava com o amor. O amor é como um lugar físico, uma energia, e tipo, é aberto a todos e é tudo ilimitado, e você ainda tem que trabalhar para afastá-lo, para não ser atingido pela energia do amor. Porque é dessa maneira que você está destinada a viver. Você dá tudo e tudo volta.

Ela acena com as mãos no ar. Belos braços longos e bronzeados com uma pequena tatuagem de rosa bem perto do punho. Como a pessoa já podia ter uma tatuagem aos dezessete anos? Eu mal tinha permissão para furar minhas orelhas nessa idade.

— Espere, do que estamos falando? Tipo, sexo? — Charmaine intervém novamente.

— De nada. De tudo — responde Ariana seriamente. — Dar tudo. — Ela se levanta, vai até sua bolsa no canto e pega uma câmera de vídeo. Ultimamente ela tem feito vídeos. Gosta de capturar expressões, contou-me uma vez, especialmente a aparência das pessoas quando estão falando sobre amor, então vai poder fazer um documentário sobre isso. Ariana tem uma teoria de que as pessoas podem se apaixonar por qualquer um, simplesmente olhando em seus olhos por quinze minutos inteiros sem falar. Ela gostaria de fazer um documentário sobre isso também.

Como sempre, quando ouço Ariana, eu me lembro de Blix, que provavelmente teria a mesmíssima opinião. Blix dançou com cada pessoa no meu casamento com Noah, seu sobrinho-neto – homens, mulheres, crianças, garçons, vasos de plantas. Ainda posso ver seu rosto brilhante enquanto ela girava na pista de dança – vestida, na verdade, muito como Ariana, agora que penso nisso, todas aquelas camadas de cores e tecidos. (Talvez não mostrando tanto a barriga desnuda.) No dia em que conheci Blix, ela me contou muito feliz que havia largado dois maridos porque eles a entediavam. Nenhuma outra razão. Falei que não sabia que a gente tinha permissão para fazer isso, deixar alguém apenas por tédio – e ela disse que *claro* que tinha; ora, ficar entediado a vida inteira seria a pior coisa que poderia acontecer a uma pessoa! Ninguém pode viver assim! A gente tinha a responsabilidade de, pelo menos, salvar nossa própria vida, não tinha? Não melhoraria o planeta se a gente fosse feliz?

Esse pode ter sido o momento em que me apaixonei por Blix. O momento que mudou o rumo da minha vida.

Mais tarde, estou no balcão, cortando espinhos de um novo carregamento de rosas, quando minha mãe liga. A Frivolidades está cheia hoje com alguns dos frequentadores de sempre: Toby Ansioso, que é adorável, apesar de sua testa estar sempre vincada de preocupação e também de ele usar o cabelo preso em um coque samurai; Lola, que vem derramar um pouco de seu amor abundante em mim; e Ernst, o Cara do Roteiro. As Incríveis agora estão fazendo poses

Casamenteira em Apuros

de ioga enquanto uma mulher de turbante e vestido longo, uma recém-chegada, está tocando flauta.

— Ei! Como você está? — pergunto para minha mãe. — Estou aqui no trabalho, aparando algumas rosas. Eu ia te ligar mais tarde.

— Ah, não, entendo que você está ocupada. Ouvi falar de pessoas que precisam trabalhar para viver. Não que eu já tenha tido o prazer... sempre fui "a mulherzinha mantida em casa!", como você sabe. Santa Dona de Casa. Ou alguma coisa assim. Donna Reed talvez.

Há algo tão estranho na voz dela, toda essa alegria raivosa. Fico em silêncio. Ela gostava de ficar em casa, não gostava? Era uma daquelas mães que faziam de tudo por mim e pela minha irmã. Levava-nos para aulas de baliza de fanfarra, encontros de torcida e ensaios de banda. Roupa limpa e dobrada. Sabia fazer pacotinhos de lençóis antes de colocá-los no armário de roupa de cama, enrolando as pontas, alisando-os com tanta força que era quase como se tivessem sido passados. Ela costurava nossas roupas, a gente querendo ou não. (Na maioria das vezes não queríamos.) Recebia bem as nossas amigas. Ela sempre dizia que sentia pena das mães que tinham que trabalhar.

— Ah, vamos lá — diz ela. — Risos. Estou contando piadas.

Eu finjo uma risada.

— Então. Como... você está?

— Estou bem, acho. Então escute, você está ocupada, mas eu só queria ouvir sua voz.

— Bem, aqui está. Oi. Minha voz. Lá, lá, lá, lá.

— Eu também preciso ouvir sobre o que você faz.

— O que eu faço? Na floricultura, você quer dizer?

— Não, não na floricultura! Entendo o que é uma floricultura. Eu quero saber sobre a magia. Como você une as pessoas.

Ela abaixa a voz quando diz a palavra *magia*, como se pudesse ser ouvida por seu pastor da igreja ou, pior, por alguns de seus vizinhos. Millie MacGraw é uma mulher decente da Flórida e cumpridora da lei, 59 anos (como ela diria), e é conhecida por seus muitos amigos, sua receita de bolo de carne e pelo fato de que pode nadar um quilômetro e meio sem nem ficar sem fôlego. Ela me informou várias vezes que não pensa muito em magia – acredita mais em trabalho duro e em deixar o tempo passar, porque o tempo cura todas as coisas – e certamente não acredita em magia de *juntar as pessoas*. Ela é uma mulher pé no chão que dá conselhos práticos a estranhos em mercearias e é sempre a primeira a levar caçarolas e bolos para comer com café quando algum de seus muitos amigos estão enfrentando problemas. Seu superpoder é que ela pode convencer os policiais a não dar multas de estacionamento. O que ela sempre consegue, porque estaciona impunemente onde bem entende.

– Ah – digo. – Bem. A magia. Não tenho certeza se consigo explicar a magia, sabe? – Espio pela porta o sol brilhando na Frivolidades, onde Lola enrola lã cor de aveia em uma bola e onde Ariana agora planta uma bananeira.

– Bem, então, qualquer uma dessas coisas de amor que você faz. Você sabe. Sei que aquela mulher, aquela tal de Blix, deixou a casa dela para você porque tinha a visão ou algo assim, e suponho que ela pensou que você também tinha, e é por isso que te deu a casa do nada, para falar a verdade. Outra noite, a Natalie falou sobre como agora você realmente se tornou uma casamenteira procurada. Ela disse que até a apresentou ao Brian, quando você estava na faculdade.

– Ah – eu digo levemente. – Sério? A Natalie falou isso? Bem… Sim. Isso aconteceu.

– Então… quem mais você juntou? Além da Natalie.

– Ah, várias pessoas. Pessoas que precisam saber que existe alguém no mundo para elas, acho.

– E… Então como você sabe?

– Bem, acho que vejo faíscas.

– Você *adivinha*?

– Não, eu sei. Eu vejo faíscas.

– Você vê faíscas.

– Vejo.

– No ar? Na sua cabeça? Onde?

– No ar, acho. Ao redor das… pessoas.

Casamenteira em Apuros

— Huh — ela diz e fica em silêncio.

— Sim, então é mais ou menos isso, mãe. Enfim, me conta o que está acontecendo?

— Bem — ela diz. Há uma pausa que é quase alarmante. — Não sei. Acho que posso meio que estar precisando de um pouco agora. Você acha que pode enviar alguma faísca para mim? Não sei o que há de errado comigo, mas eu só... — Ela se interrompe.

— O quê? Meu Deus, mãe, o que foi?

— Provavelmente nada. Estou um pouco para baixo, acho. Seu pai e eu... bem, você sabe como ele é. Nunca quer fazer nada, nunca quer ir a lugar algum. Só quer ficar sentado na poltrona dele todas as noites e cochilar vendo o noticiário. Eu não deveria te incomodar com isso. É só que... Marnie, acho que não vou aguentar isso pelo resto da vida. Vou te dizer a verdade, se eu soubesse que era isso que o casamento se tornaria, eu nunca teria embarcado nessa, em primeiro lugar.

— Ah! — exclamo.

Então ela aparentemente percebe o que disse, porque recua um pouco.

— Não que eu me arrependa de ter vocês, filhas — completa. — Mas agora, com todo mundo crescido e tendo saído de casa e até mesmo com os filhos da Natalie não precisando tanto de mim desde que entraram na escolinha, te digo, eu só quero dar o fora daqui. Estou farta de fazer bolo de carne para aquele homem. Quarenta e poucos anos de bolo de carne toda quinta-feira à noite! O que eu estava pensando quando me inscrevi para uma vida inteira disso?

— Bem. — Eu paro. Não consigo pensar em mais nada para dizer. É aqui que eu confidencio que acho que posso estar grávida? E que realmente apreciaria se ela resolvesse as coisas com meu pai porque ele é meu pai e ela sempre agia como se *gostasse* de cuidar dele e de fazer bolo de carne? E que, a propósito, tudo o que quero agora é me casar e ter uma família, e eu gostaria que ela parasse de falar como se isso tudo fosse tão terrível? — Bem — repito.

Ela faz um som que, ao que parece, é tecnicamente uma risada. Quando volta a falar, sua voz demonstra que ela se sente derrotada.

– Você está atordoada. Tudo bem, já entendi. Eu desabafei. Obrigada por ouvir. Volte e faça suas coisinhas mágicas interessantes, e não se preocupe comigo. Estou muito bem. Só estou parecendo uma pirralha mimada e entediada. Eu estou.

– Mãe, espere...

Mas não adianta. Agora ela voltou a ser a Mãe Atarefada, aquela que costumava nos fazer limpar nossos quartos aos sábados de manhã antes que pudéssemos assistir a desenhos animados.

– Não, não mais. De qualquer forma, você está no trabalho, então vou deixá-la ir agora. Eu só... queria uma boa conversa. Talvez algum dia você realmente explique o que faz. Eu aguento, sabe? Estou aberta à magia. Posso até precisar de um pouco para mim. Mas você se cuida, tá? Eu te amo.

– Mamãe? – repito, mas ela já desligou.

Volto para a Frivolidades e, como sou um livro aberto irreparável, jogo-me em um dos pufes e conto a Lola, Kat e às Incríveis sobre minha mãe, que faz bolo de carne e que está dizendo que não aguenta mais a vida como está agora. Elas fazem barulhos simpáticos sobre como minha mãe provavelmente está passando por um pequeno período ruim e que ela vai ficar bem, que é o que também acho.

E *então*, agora, no ápice do compartilhamento excessivo de informações, conto-lhes tudo sobre como *posso* estar grávida, que tenho pesquisado sintomas de gravidez e como já acho que estou apresentando pelo menos três dos sintomas. Incluindo um brilho muito bom no cabelo, mesmo que seja eu quem esteja dizendo isso. E ontem eu estava *desejando* um taco de frango com creme azedo, o que quase nunca quero.

– Você deve começar a tomar ácido fólico imediatamente – diz Kat.

Ariana se acomoda do lado direito e olha para mim, apertando um pouco os olhos.

— Seu cabelo parece fenomenal – diz ela. – Minha amiga Janelle acabou de descobrir que com certeza está grávida, e o cabelo dela está, tipo, *maravilhoso*. Sério, superbrilhante.

Charmaine diz:

— Ariana! Você não deveria contar para as pessoas!

— Eu posso contar para as pessoas porque a Janelle está contando para *todo mundo*. Além disso, a Marnie nem conhece a Janelle. – Ela olha para mim. – Era para ser um grande segredo, porque a Janelle é do mesmo ano que a gente na escola e, quando descobriu, foi o maior drama sobre o que fazer, mas agora ela decidiu que vai ter o bebê e está superanimada. Acho que ela é louca, sério mesmo, mas ela curte essas coisas místicas, sabe? Portadora de uma nova vida e tudo mais. Ela diz que se sente como uma deusa.

Lola limpa a garganta.

— Bem, querida Marnie, como o Patrick está se sentindo sobre você e ele terem um bebê?

— *Possivelmente* ter um bebê – eu digo. – Com certeza não é nada oficial.

— Você já fez um teste de gravidez? – ela pergunta gentilmente.

— Ah! Ah, não. É muito cedo para isso.

— Ah… – responde ela e levanta as sobrancelhas.

— Sim, é só desde segunda-feira – continuo. – Quatro dias atrás. Não muito grávida ainda. Mesmo se eu estiver. Você sabe.

— Entendo – ela diz gentilmente e volta a olhar para seu tricô, provavelmente com vergonha alheia por mim.

— Esse anúncio ainda é muito prematuro – falo, limpando a garganta. – Muitas pessoas provavelmente teriam ficado caladas ainda nessa fase.

Kat diz:

— Caramba! Sem querer mudar de assunto nem nada, mas aquela mulher com a criança voltou? A do outro dia? Lembra? Ela era da Inglaterra e queria muito falar com você.

— Não – respondo. – Não posso dizer que falei com alguém assim esta semana.

– Esquisito. Ela parecia tão abatida. Era como se ninguém no mundo precisasse mais de uma casamenteira do que ela. Eu tinha certeza de que voltaria.

– Bom – eu digo. – Ela não voltou.

Quando olho para cima, todos estão olhando para mim com pena. Como se eu estivesse irremediavelmente mal orientada ou algo assim.

E aqui estamos: houve uma pequena mudança nas condições atmosféricas. Nada muito, muito importante, sabe, mas, em pouco tempo, derramo minha xícara de chá e minha caneca favorita se quebra, e depois, mais tarde, o tricô da Lola se desfaz quando ela o larga. O Wi-Fi cai e a caixa registradora para de funcionar. Uma cliente chega e reclama que algumas flores que ela comprou na *semana passada* não estão mais frescas, como ela esperava que continuassem.

sete

MARNIE

Durante todo o caminho de volta para casa no metrô, tento diferentes técnicas para não me sentir mal. É como se houvesse um clima sombrio pairando sobre mim, esperando para se estabelecer nos meus ossos e tecidos. Talvez seja ouvir sobre a infelicidade da minha mãe ou talvez seja falar sobre a possível gravidez com minhas amigas da Frivolidades e perceber o quanto eu quero que isso seja verdade e como vou ficar triste se minha única camisinha furada não levou milagrosamente a uma gravidez.

Ou talvez – embora eu odeie admitir –, talvez às vezes possa haver um mau humor indo na sua direção, e você tenha que simplesmente ficar lá e encará-lo.

Blix diria para fazer amizade com ele, não para combatê-lo. Ela diria que, se o humor tem algo para nos dizer, temos de deixá-lo vir até nós e se estabelecer em nós, inabalável. Foi o que ela fez com o câncer, ouvi dizer. O que é uma coisa muito mais difícil de fazer do que simplesmente evitar o mau humor. Ela não aceitou todas aquelas metáforas de guerreiro sobre lutar contra o câncer: não a Blix. Ela fez alguns feitiços para sugerir que poderia deixá-la, mas, quando o câncer lhe deu um sinal de que ia ficar e que este era o fim da vida, ela não lutou mais. Carinhosamente deu ao seu tumor o nome de Cassandra e meditou sobre o fato de que 85 anos poderiam ser o tempo de vida que ela teria aqui na Terra e que a morte era simplesmente uma mudança de endereço de qualquer maneira, e ela estava pronta para novos horizontes.

De qualquer forma, caso houvesse algo que eu pudesse fazer para evitar isso, antes de sair da Brotou um Lance, dei uma olhada no livro de feitiços da Blix. Para completar, coloquei algumas folhas de eucalipto e pétalas de rosa em um sachê de seda e enfiei no sutiã. Um pequeno feitiço de proteção. Não faria mal a ninguém.

Mando uma mensagem para Patrick quando saio do metrô e estou virando na nossa rua.

Quase em casa, escrevo. *Está a fim de um frango do Paco para o jantar?*

Os três pontos aparecem como se ele estivesse escrevendo, mas depois desaparecem.

Eu espero. Nada por um longo tempo, e então eles aparecem mais uma vez.

E desaparecem novamente.

Ah, pelo amor de Deus, penso. Ele está tão chateado com esse negócio de conversa de bebê que nem consegue enviar uma mensagem direito? Atravesso a rua, entro na bodega do Paco e pego um frango da churrasqueira. Paco está lá no fundo, então Dunbar me chama e dá um sorriso.

– O Paco mandou falar que se vocês precisarem de mais comida esta noite, podemos levar – diz ele. Ele está com uma cara esquisita. (Claro que está, porque tudo está um pouco esquisito hoje.)

– Não, isso dá para hoje, tenho certeza – respondo.

São sete e meia quando saio de novo, e o céu parece ameaçador. Os últimos raios do sol estão rompendo algumas nuvens bastante sinistras. O clima também está de mau humor.

Vou para casa, reflito, e vou tentar não falar sobre bebês ou preservativos furados ou reuniões de professores. Vou ficar tranquila. Patrick e eu podemos ter tempo suficiente para comer o frango no terraço antes que a tempestade chegue. Talvez eu ligue para minha mãe mais tarde e veja se ela está realmente bem. Este dia precisa dar o fora daqui. Eu deveria ir para a cama cedo, pôr um fim a ele.

Casamenteira em Apuros

Está escuro no corredor quando abro a porta e ouço o suave murmúrio de vozes. No momento em que entro na sala, faz-se um silêncio. Meus olhos levam um momento para se ajustar. E então vejo: ali, sentada no sofá da sala está uma mulher de cabelo preto encaracolado com uma expressão séria no rosto, usando um vestido de verão com babados e salto alto.

E Patrick está parado junto à lareira, pálido e parecendo um espectro de si mesmo, formal e desconfortável. Ele me lança um olhar de profunda infelicidade, mas não posso estudá-lo agora, porque meus olhos são capturados por uma garotinha sentada ao lado de Bedford no chão, uma criança vestindo um macacão azul e um boné de beisebol dos Yankees virado para trás, que agora salta e começa a pular no lugar, como se houvesse um pula-pula invisível preso a ela, e ela está cantando alguma coisa desafinada.

Uma garotinha! Eu amo garotinhas.

Mas esta... Levo um momento para perceber que há algo ainda mais interessante sobre esta, e então me ocorre que – meu Deus, ela é a cara do Patrick.

Não consigo parar de olhar para ela e estou sorrindo tanto que minhas bochechas doem. Posso estar prestes a largar o frango assado. De fato estou me sentindo um pouco zonza, acho, e Patrick se move rapidamente pela sala, pega o frango das minhas mãos e coloca sua boca perto da minha orelha.

– Esta é a coisa mais louca que já me aconteceu – diz ele. – Você não vai acreditar...

Ele para de falar porque a garotinha está pulando na minha direção em um pé só, e Bedford a segue, abanando o rabo o mais forte que pode.

– Oi, oi, oi! – ela diz, pulando, seu boné voando. Um monte de cabelo castanho Patrickístico cai na testa dela, assim como o dele. – Você é Marnie, a casamenteira? Você quer me ver fazendo uma cambalhota? Consigo fazer doze seguidas! E adivinhe o que acabamos de descobrir: o Patrick é meu verdadeiro papai-biológico! E é por isso que estamos no Brooklyn, o que eu não sabia até uma hora atrás. Achei que estávamos aqui para ir a Coney Island e ver a Estátua da Liberdade, mas era exatamente isso que estávamos fazendo enquanto minha mãe decidia o que fazer! Então isso significa que eu sei há uma hora inteira que tenho um pai de verdade que está vivo! E já mandei uma mensagem para minha amiga Gaia e ela respondeu "NÃO BRINCA" em letras maiúsculas, porque isso significa que ela está gritando.

— Fritzie — diz a mulher no sofá. — Sente-se.

Eu giro meus olhos para a mulher, que olha para mim sem sorrir.

— Esta é Fritzie — ela diz com uma risadinha seca. — E eu sou a Tessa. Desculpe a surpresa aqui. Eu sou do passado.

— Aceita frango? — pergunto.

oito

PATRICK

Ora, sim, assim como Patrick suspeitava, elas aceitam frango. Seria muito bom, disse Tessa.

E ah, ela então quis saber, se Marnie pegou o frango do outro lado da rua, por acaso, porque ela e a menina tinham acabado de passar por lá. Homens tão legais lá naquela loja. Disseram a ela qual casa era a de Patrick.

Patrick não conseguia acreditar que tudo isso estava acontecendo, toda essa conversa tranquila. Frango? Era sério isso? Esse episódio provava o que ele sempre suspeitou, que as mulheres estavam quatro passos à frente dos homens quando se tratava de saber o que fazer, mesmo em situações insustentáveis. Como esta.

Então, aparentemente, quando você estava encarando sua antiga parceira de sexo casual que durou duas noites, que não significaram nada, e sua filha, descobriu que era de comida que precisavam. Frango, então.

Ele era quase sempre pego de surpresa. Quando a campainha tocou, realmente pensou que talvez Marnie tivesse esquecido a chave ou talvez Paco estivesse correndo, como às vezes faz, com alguma nova criação para Patrick provar.

Em vez disso, abriu a porta — ele poderia até estar sorrindo — e lá estava Tessa Farrell parada à sua frente, olhando para uma criança pendurada na lateral dos degraus de entrada, balançando as pernas de fora picadas de mosquito, para a frente e para trás, e lutando para segurar uma pequena mala rosa com rodinhas e um bichinho de pelúcia branco sujo.

— Patrick! — exclamou Tessa. Ela se virou e sorriu para ele. — Surpresa!

Ele foi pego desprevenido. Ele disse "oi" e depois não sabia o que dizer.

— Você sabe quem eu sou? — ela perguntou. Ela enrugou os olhos para ele, desfrutando de seu momento de poder ali.

Ele assentiu. Mas a teria reconhecido se não tivesse ouvido de Elizabeth que ela estava no Brooklyn? Não tem certeza. Afinal, seu envolvimento tinha sido muito breve. E principalmente no escuro. Ele se lembra do cabelo preto encaracolado, das sobrancelhas grossas que pareciam ter sido pintadas com uma caneta marcadora e do sotaque inglês. Ela ainda tinha tudo isso, é claro, mas havia mudado. Parecia mais encorpada, de alguma forma, e mais velha. Talvez um pouco mais sombria. Ela não mudou tanto quanto ele, é claro, um fato que ele viu em seu rosto mesmo quando ela tentou esconder.

— Você está em choque — afirmou ela. — Assustei você. Mas... bem, aqui estamos. Esta é minha filha, Fritzie. — Ela sorriu e gesticulou para a garotinha se aproximar dela. A garotinha, um borrão azul com um rosto fino e pálido e cabelos castanhos lisos, enfiou os dedos na boca e se inclinou contra a mãe, encarando-o seriamente.

— Este é Patrick, querida — disse Tessa. Ela estava lhe lançando um olhar avaliador, seguido por um grande sorriso artificial. Era a Reação Número Quatro das reações que ele não conseguia suportar, a que dizia: *Você está absolutamente, tragicamente horrível, e sinto tanto por você que vou apenas fingir que tudo está normal, e espero que esteja.* Mas também havia outra maneira de ela não parecer chocada com as feições dele. Isso mesmo: Elizabeth tinha dito que contou a Tessa.

Elas pareciam esperar ser convidadas a entrar, então ele as deixou entrar, o que significava que tinha de pegar a pequena mala de rodinhas rosa e guiá-la pela escada. Tinha uma estampa da Pequena Sereia.

— Você gosta de *A Pequena Sereia*? — ele perguntou à garotinha. Brincalhão? Desesperado?

Casamenteira em Apuros

— Não — respondeu ela e olhou bem nos olhos dele. Ao contrário de sua mãe, ela não parecia ter pena dele, nem um pouco. — Acho que ela foi muito burra naquilo lá que ela fez.

— O que ela fez?

— Desistiu de toda a sua voz para conseguir um par de pernas.

— O quê? — soltou ele, espantado. — Por que ela faria isso? Pensei que ela era uma princesa da Disney e, portanto, inteligente e bonita.

— Sim, as princesas da Disney fazem coisas idiotas. Ela desistiu de ter voz só para conseguir que um cara gostasse dela.

Patrick foi na frente até a sala de estar e colocou a mala perto da porta.

— Bem — disse ele, com divertimento, apesar de tudo. — A Disney tem algumas explicações a dar sobre isso. Vozes ou pernas? A gente não ouve falar de caras tendo que fazer esse tipo de escolha, não é?

— Não, a gente não ouve — concordou a garota. — Muitas histórias da Disney são assim. Eu te mostro, se você quiser.

Ele sentiu um pequeno pulso de alarme. Será que elas... iam ficar? Ele havia perdido alguma coisa na conversa com Elizabeth, desconcertado na parte em que talvez estivesse sendo explicado que Tessa tinha uma filha e que ambas pretendiam ficar com ele e Marnie? Ou talvez ele tivesse de alguma forma se prontificado a levá-las para passear pelo Brooklyn. Ele absolutamente não seria um guia turístico. Sem chance. Explicaria, se necessário, que está nos primeiros estágios de trabalho em uma pintura e agora precisa atravessar o corredor até o apartamento que continha seu estúdio e voltar a ele. Mas ali estavam as duas, na sala de estar, olhando os livros na estante, a arte na parede (muito dessa arte, sua). Bedford saiu da cozinha, todo balançando, mas o sábio e velho Roy foi direto para um dos quartos. Ele odiava companhia quase tanto quanto Patrick.

— Sentem-se, sentem-se — convidou Patrick, porque era insuportavelmente estranho apenas deixá-las paradas olhando as coisas, e Tessa se jogou no sofá, dizendo algo professoral para sua filha sobre os famosos sobrados de tijolinhos marrons à mostra do Brooklyn e o granito de que são feitos. Ela parecia um pouco mais grisalha e cansada do que ele se lembrava. Ter um filho podia fazer isso com uma pessoa. Ela estaria, digamos, com 49 anos agora. Ou seriam 48? Ele sentiu uma pequena pontada de constrangimento, lembrando-se daquela noite, daquelas duas noites. Estava tão cheio de si por conseguir um artigo no jornal local e ter seu trabalho exibido em sua cidade natal... *"Vernissage de um novo talento mundial!"* era o que o cartaz dizia.

— Você vive aqui há muito tempo? — ela indagou e olhou ao redor da sala como se talvez estivesse somando quanto dinheiro uma pessoa teria que ganhar para viver aqui.

— Mais de sete anos — respondeu, limpando a garganta. A garota largou uma laranja de porcelana que ele tinha feito anos antes. Provocou um som quando voltou para a prateleira, e ele tentou esconder o estremecimento que sentiu.

— Desde o acidente, então? — Ele voltou os olhos para ela, que disse: — Ah, me desculpe, não deveríamos falar sobre o acidente?

— Não. Está tudo bem — disse. — Falo sobre o acidente sem parar. É o meu tema favorito. — *Vamos ver*, pensou, *se ela entende sarcasmo*.

A menina — sério, ela se chamava Frisky? — estava andando pela sala pegando objetos, e vários eram, como a laranja, peças de arte reais que Patrick havia feito e muito delicadas. E que ele não poderia fazer duas vezes. Por causa do acidente e de suas mãos.

— Sinto muito, mas você não deveria... — ele começou, e esperava que Tessa entendesse a dica.

— Mamãe disse que você esteve em um grande incêndio — disse a criança.

— Elizabeth me contou — explicou Tessa.

A menina apontou para o próprio rosto.

— Parece que meio que derreteu você um pouco, bem ao redor do seu olho. Isso dói?

— Não — respondeu ele. Ele nunca se importava quando as crianças lhe perguntavam sobre o acidente. Era muito melhor do que quando elas pareciam assustadas. Essa garota, no entanto, olhava para ele com

Casamenteira em Apuros

uma frieza que ele achava enervante. — Não dói — continuou —, mas você está exatamente certa. O fogo me derreteu. Você é bem atenta.

Fritzie assentiu solenemente e começou a dançar ao redor da sala — cantarolando e girando em um círculo. Um pequeno dervixe rodopiante. Ele estava olhando para os cabelos castanhos compridos e emaranhados, caindo pelas costas de uma forma que sua irmã teria dito que era bagunçado e precisava ser domado. E então ela parou de girar e caiu no chão, rindo, e ele viu que havia algo em seus olhos — a forma, o tamanho e a cor — e, exceto pelo fato de que ambos estavam exatamente onde deveriam estar, e a pele ao redor era de uma cor rosada saudável, percebeu que poderia estar olhando direto para seu próprio rosto.

Ela se parecia com as fotos dele na escola. Ele fez umas contas de cabeça. Nove anos atrás...

Patrick engoliu em seco e olhou para Tessa, que o observava com um tipo de sorriso satisfeito no rosto.

— Sim, ela é sua — afirmou ela.

Ele não queria encará-la, ver sua expressão ligeiramente arrogante, aquele sorriso conhecedor provocado por tê-lo visto chocado. Mas ele não conseguia desviar o olhar.

Patrick não sabia o que dizer. O topo de sua cabeça parecia estar ficando quente. Ele queria se desculpar e sair. Talvez começar a andar e continuar, talvez dar uma discreta paradinha para vomitar perto da árvore em seu caminho para fora da cidade.

A menina acariciava Bedford, que se aproximou para ver o que estava acontecendo quando ela caiu no chão, mas agora ela se levantou e se aproximou e ficou perto de Patrick. Ele podia sentir seu hálito e seu xampu e algum cheiro indefinível de criança que o deixou desconfortável. Como é que todas as crianças fabricam esse cheiro específico — uma espécie de mistura de meias, cabelo suado, giz de cera, macarrão com queijo e algo próximo a manteiga levemente rançosa?

— Você sabia que é meu papai-biológico? — ela perguntou. Ele viu que ela tinha uma janelinha nos dentes da frente, e o outro estava apenas meio crescido e tinha uma borda irregular. Ele se lembrava daquela fase, quando os novos dentes permanentes pareciam quebra-cabeças. – Antes de agora, quero dizer – continuou ela. – Minha mãe diz que você não sabia porque ela não te contou quando eu estava crescendo no útero dela e, de qualquer forma, você não estava por perto, e também ela disse que vocês não eram realmente amigos nem nada, então você não sabia. Mas achei que talvez você tivesse pensado sobre isso.

– Eu não sabia. Não. – Ele ficou zonzo por ouvi-la falar, então apenas fixou o olhar no topo de sua cabeça, incapaz de se virar. E, a propósito, ele se perguntou, que rumo o mundo está tomando se *papai-biológico* é uma palavra que as crianças usam agora?

– Dê a Patrick um momento – disse Tessa. – Você o está apertando. Venha aqui.

Ele sentiu um lampejo de gratidão. O cheiro de giz de cera e macarrão *era* realmente avassalador, e ele não aguentava ver aqueles dentes irregulares tão perto agora. Além disso, sentiu como se seu cérebro estivesse em curto-circuito enquanto se agitava, tentando descobrir o lampejo de notícias de que, porque havia dormido com essa mulher duas vezes nove anos atrás, o resultado era... esse.

Ele se levantou e foi ficar ao lado da lareira, inexplicavelmente. Talvez pensasse que pudesse segurá-la quando seu cérebro se desligasse por completo e ele caísse no chão.

E foi quando Marnie entrou. Ele observou o rosto dela. Percebia pela expressão dela, enquanto Marnie olhava de um rosto para outro, que ela compreendera toda a cena em questão de segundos. Sabia quem todo mundo era e provavelmente como haviam chegado lá, o que elas queriam e como tudo ia acabar. Era assim que as mulheres eram. Apenas entendiam as coisas. E foi aí que Marnie as convidou para comer frango e, depois disso, a noite estava fora de seu controle, assim como provavelmente estava prestes a acontecer com sua vida.

Casamenteira em Apuros

Uma vez na cozinha, após as apresentações terem sido feitas (e não por ele), Patrick abre uma garrafa de vinho quando Marnie diz que deveria, e ele se afasta e observa enquanto Tessa caminha, admirando a geladeira que Blix havia pintado de turquesa (sempre um prazer para o público), a velha mesa de carvalho arranhada e a vista das torres de água da janela, agora perdendo a cor com as nuvens escuras que iam surgindo acima. Ela tem perguntas sobre o Brooklyn. Eles gostam de morar aqui? As escolas são boas? Parece um lugar tão animado. Mas quente e úmido. A Marnie gosta de ter um negócio? A Fritzie achou a lojinha tão fofa.

Fritzie, não Frisky. Graças a Deus por isso, pelo menos.

A última luz brilha sob as nuvens de tempestade nas janelas dos prédios de apartamentos na rua enquanto ele serve o vinho em três taças do tamanho de uma tigela. Marnie coloca uma música – *easy jazz*, seu gênero favorito para jantares, o que possivelmente está se tornando uma espécie de celebração, a mais estranha de todas – e então ela liga para Paco, que se diverte carregando um recipiente de purê de batata e brócolis e pãezinhos doces. Ele entra e tem que apertar as mãos de todos, e não consegue tirar o sorriso grande e satisfeito do rosto toda vez que olha para Patrick. Como se Patrick tivesse ido lá e realizado algo incrível.

– Você vai me apresentar à nova integrante da sua família? – pergunta ele, sorrindo para a criança, que dá cambalhotas por todo o lugar agora, desviando-se de pessoas e cadeiras, exceto quando anda rápido demais e bate nos adultos. Patrick não consegue acreditar que Tessa não está fazendo nada para impedir. Paco lhe diz: – Elas estavam na minha loja mais cedo, eu a vi, e quando a Tessa aqui me perguntou se você morava perto, entendi. Falei: "Essa garota é um pouco o Patrick". Dunbar e George: todos nós a vimos. Todos pensamos exatamente a mesma coisa. – Ele se vira para Marnie. – Lamento não podermos te contar. Mas foi uma grande surpresa, não? A vida do Patrick antes de você? Aposto que não está chateada com isso. Você está aberta a tudo!

Marnie está sorrindo, colocando o purê de batatas em uma tigela.

– Sim, senhor. Esse Patrick com certeza pode guardar segredos – ela diz, e Tessa:

– Não, não! Ele não sabia! Fui eu quem guardou o segredo. Nunca falei para ele que estava grávida. Nós fomos... – ela sorri timidamente – apenas navios passando na noite. Bem, duas noites, na verdade. Ele era tão jovem! Foi quando ele fez uma exposição de arte, eu estava na cidade fazendo uma entrevista para um cargo de professora, e eu conhecia um pouco a irmã dele... Ei, se lembra da nossa ida ao vestiário dos meninos?

Patrick sente que está gemendo por dentro. Por que dar uma imagem a Marnie? Ela já está lhe revirando os olhos e, quando passa por ele no caminho para pegar sua bolsa e pagar Paco, toca seu braço e sussurra com uma risada profunda:

– Você tem um monte de explicações para dar quando isso acabar, meu jovem.

Mas ele se pergunta: será que vai acabar? Por que elas realmente estão aqui? Qual deveria ser o papel dele? Ele olha para a mala da Pequena Sereia, no canto, sendo farejada por Bedford, e se sente um pouco desconfortável.

Durante o jantar, ele é colocado ao lado de Fritzie, que volta a falar, toda animada, sobre as princesas da Disney.

– Por que ainda temos princesas? – pergunta ela. – Os meninos não têm filmes sobre príncipes, têm? E também no filme *Cinderela*, você já reparou que o príncipe tem que dar um grande baile para encontrar alguém para se casar? Tipo, por que ele não pode só conversar com as mulheres que conhece e descobrir se as ama ou não? – Ela está gesticulando com seu pãozinho. – E ele já não conhece todo mundo no reino? – Ela balança a cabeça, como se isso fosse a coisa mais ridícula do mundo. – O que ele vai aprender sobre garotas em um baile?

– Tenho que concordar – diz ele. – Então, talvez o príncipe não devesse ter procurado a Cinderela com o sapatinho de cristal, é isso?

Ela confirma.

Casamenteira em Apuros

– O sapatinho de cristal foi a pior ideia de *todas*. – E então ela ri, uma risadinha tão graciosa. – Tipo, toda vez que você pisasse nele, provavelmente racharia. Aposto que os pés dela estavam literalmente sangrando por toda parte! – Ele fica impressionado com a forma como a palavra *literalmente* soa *iteralmente* quando ela a diz. Ele acha que não usava essa palavra quando tinha oito anos.

– Consigo entender o que você quer dizer – diz ele, um pouco encantado. Ele fica menos encantado, porém, quando ela pega dois dos pães e começa a jogá-los no ar e a pegá-los novamente. – Aqui! Patrick! Você pode pegar um pão na boca se eu jogar direto para você?

– Não, tenho certeza de que não consigo – responde ele. Mas então tem que fazer mesmo assim, porque a menina lhe joga um bem na cara. Atinge-o no olho, e ele estende a mão para pegá-lo.

Ela observa só as mãos de Patrick.

– Ahhhhh – ela diz. – O fogo também machucou suas mãos.

– Sim. Fiz cirurgias para consertar.

Ela as analisa, avaliando.

– Deixa eu ver. Aposto que ficou doendo um tempão. – Ela estende a mão para tocar a dele, e ele deixa, mesmo que odeie que suas mãos sejam tocadas e que cada fibra do seu ser esteja gritando para puxá-las de volta. Os nervos nunca se recuperaram direito, e agora ele sabe que nunca vão se curar inteiramente.

– Sabe – a menina diz, e seu rosto está tão sério que ele acha que ela vai sair com alguma observação muito sábia, mesmo que ele realmente não acredite nesse tipo de coisa. Ainda assim, ele ouviu de pessoas que gostam de crianças que isso acontece. Ela não, no entanto. Ela diz: – Eu meio que gostaria de ter uma mochila do Homem-Aranha em vez da sereia. Não seria rosa, seria vermelha ou preta. E quando eu voo em um avião... e, ohh! Sabia que eu acabei de chegar de Londres? São cinco horas inteiras NA FRENTE em Londres, e estávamos com a minha avó. – Ela pula no lugar com a cadeira e agora assume a voz de uma criança muito mais nova, cantante e possivelmente malcriada. – Você não a conhece, mas ela é legal. Só que ela não quer ficar comigo. Ela não pode, porque está brava com a mamãe. Essa é a única coisa ruim. A briga. Então viemos para cá. Para te ver. Só que eu não sabia que era por isso que estávamos aqui. Eu nem sabia sobre você!

Tessa, que está conversando com Marnie, de repente olha para cima.

— Fritzie — diz ela, em advertência. — Não vamos entrar em tudo isso, vamos?

Mas Fritzie está muito agitada agora. Até Patrick, que não sabe nada sobre crianças, sabe que está vendo uma situação sair do controle. Fritzie ri e se levanta, coloca as mãos em concha ao redor da orelha de Patrick e sussurra, alto e úmido:

— Então. Minha mãe está apaixonada pelo Richard e os dois querem morar juntos na Itália, mas o problema é que o Richard não quer uma criança. Então, esperamos que eu possa morar com você.

Marnie e Tessa param de falar.

— Ai, meu Deus — diz Tessa. — Isso *não* é…

— O quê? — diz Fritzie para a mãe. — É *isso* que a gente está fazendo. Então a gente pode contar pra ele.

— Ah, bem — ele se ouve dizer sobre algum zumbido desagradável em seus ouvidos.

Tessa começa a rir.

— Fritzie! Eu não posso acreditar… — Ela olha em volta para os rostos silenciosos e chocados que a encaram. Patrick percebe que Tessa está envergonhada para quase além da dor suportável. Ele está realmente fascinado com toda a cena, como se não tivesse nada a ver com ele, como se fosse um programa de televisão sobre seres humanos que tiveram um plano maluco, e se pergunta como vão resolver isso e o que acontecerá a seguir. Estamos de volta na semana que vem, pessoal.

Tessa se levanta.

— Sabe de uma coisa? Deixa pra lá. Esta é uma ideia muito idiota. Estou louca e acabei de perceber que provavelmente pareço a pior mãe do mundo. Vamos, Fritzie. Temos que ir. — Ela olha para

Fritzie, que explode em lágrimas altas e incontroláveis. – Vamos – diz a mãe. – Pare com isso. Você está apenas cansada. Vamos. AGORA.

Patrick, por exemplo, não vê a hora de elas irem embora. Está se dando conta de que é para esse fim que esta comédia excêntrica estava levando – ter Fritzie *morando* com ele e Marnie. Huh! Ele nem conhece essa criança que deveria ser sua, e ela não o conhece. Como ele deveria ser capaz de criá-la? E exatamente que tipo de mãe planejaria com antecedência deixar a filha com estranhos, mesmo que acreditasse que um deles poderia ser o "papai-biológico"? Porque ele tem quase certeza de que um homem não se transforma em pai em questão de segundos e certamente não tem intenção de tentar. Ele vai ser razoável ao enviar cheques e presentes, supõe, se isso for necessário – mas, quando olha para essa suposta filha, não sente o desejo necessário de lhe dar conselhos paternais, corrigir sua lição de casa ou levá-la até o altar no dia do seu casamento.

Na verdade, ele é partidário da ideia de encurtar as coisas neste minuto, apertar as mãos, estender a mala da Pequena Sereia e dizer adeus. Ele pode agradecer à criança por lhe dar algumas coisas em que pensar a respeito das adoradas histórias de contos de fadas e princesas da Disney antes que feche a porta.

Ele se levanta também.

– Espere – diz Marnie. – Não, não. Fique exatamente aqui. – Ela olha para Tessa com uma expressão no rosto que Patrick conhece muito bem. Oh, Deus, ela está vendo uma história de amor. Seus olhos perderam o foco. – Conte pra nós o que está acontecendo. Fale o que você precisa – ela diz e estende a mão para tocar a de Tessa. Fritzie está ao lado de Patrick, os dedos na boca, parecendo arrependida, e então ela lentamente se acomoda contra ele, aconchegando-se de verdade.

Marnie diz com uma voz sonhadora que faz Patrick quase gemer alto:

– Comece do começo. Você está apaixonada por alguém? Me conta toda a história.

E então Tessa, enxugando os olhos, senta-se ao lado de Marnie e começa a falar sobre um professor e poeta chamado Richard e blá- blá-blá... Itália... nunca se apaixonou antes... muito intenso... apenas um ano... e ela continua, até que Patrick, francamente, não aguenta mais o constrangimento de tudo isso. Ele olha para Fritzie por volta dos três minutos e diz:

– Ei, garotinha, por que você e eu não subimos no terraço antes que a tempestade chegue e vemos se conseguimos enxergar daqui até o rio? – É chato, mas é a única coisa em que consegue pensar, e a menina considera a opção por um momento, inclinando a cabeça, olha para sua mãe e Marnie e aceita, mas só se Bedford for também.

E aí está. Ele sabe, vendo as nuvens de tempestade se aproximarem, que, quando voltar para a cozinha, tudo será diferente. E quando os primeiros relâmpagos e trovões acontecem, Marnie sobe ao terraço para dizer que ele está certo.

nove

MARNIE

— Então, podemos repassar tudo mais uma vez? — Patrick me pergunta, três dias depois.

Estamos finalmente sozinhos na cozinha do apartamento do porão — seu antigo apartamento, onde ele morava quando cheguei ao Brooklyn — e estamos limpando, porque Tessa e Fritzie vão ficar aqui por algumas semanas. E então Tessa irá para seu encontro na Itália e ficaremos com Fritzie por um tempo ainda mais extenso. Isto é, ao longo do ano letivo.

Houve alguma conversa sobre como dez meses talvez fosse muito tempo para uma criança ficar longe de sua mãe — mas me peguei argumentando que, se Fritzie vai ficar com a gente, pelo menos ela deveria ter permissão para completar o terceiro ano em um só lugar. Quando falei isso, Patrick teve um ataque de tosse e quase precisou ser reanimado.

— Explica só para eu poder contar para a parte do meu cérebro que ainda não está entendendo — diz ele. — Por que, mesmo, estamos fazendo isso com as nossas vidas?

— Porque é a coisa certa a fazer — respondo alegremente. Então, com um tanto de grosseria, aponto para a direção de seu pênis. — Principalmente por causa desse cara.

Ele vem correndo e se inclina contra o balcão, empurrando o quadril para fora, com a mão contra o armário acima da minha cabeça. Ele está sorrindo para mim. A sensualidade provocativa dessa pose não passa despercebida para nenhum de nós.

— *Este cara*, hein? — ele diz.

– Bem. Sim. E *é* a coisa certa a fazer – falo, olhando para ele. – Seu cachorrão.

– Sim. Esse sou eu, o cara que está deixando um rastro de bebês não intencionais. A propósito, como está indo nossa pequena situação? – Ele estende a mão e toca meu abdômen. – Alguma notícia neste front?

– Não vou saber por mais uma semana – respondo. – Se bem que, só como um aviso, o consenso em torno da Brotou um Lance é que meu cabelo parece brilhante de um modo muito particular ultimamente, o que é um sinal de hormônios da gravidez. Então, prepare-se. Quem avisa amigo é.

Ele geme e enterra a cabeça no meu pescoço.

– Como é que no espaço de uma semana possivelmente me tornei pai de duas crianças? Me explica isso.

– Hum, porque você é absurdamente sortudo? Além de devastadoramente bonito e viril? E as mulheres não conseguem resistir a você?

– Marnie – diz ele, e sua voz ficou séria. – Você sabe, não sabe, que nunca tive nenhum interesse na Tessa? Foi apenas um erro idiota ficar com ela. Então… você não está insistindo para ficarmos com a Fritzie porque está tentando mostrar como você consegue ser magnânima e tolerante?

– Você está brincando comigo? Patrick! Sei que você não a amava. Estou insistindo para ficarmos com a Fritzie porque ela é sua filha e precisa de um lar. E precisa de você. E também porque a mãe dela está envolvida em algum tipo de história de amor épica…

Ele balança a cabeça.

– Ah, é isso! Você farejou o que é possivelmente o Maior Projeto Casamenteiro de Todos os Tempos.

– Patrick, isso não é…

– Sim, é isso. Não se esqueça que vi você correr por restaurantes e pular em parques de cães para garantir que duas pessoas fiquem juntas. Então posso ver como uma história de amor intercontinental seria exatamente algo para você.

Casamenteira em Apuros

– Não. Não! Estou fazendo isso pela Fritzie. Se alguém já precisou de uma família, esse alguém é ela. É de partir o coração o que está acontecendo com ela. E ela é como uma pequena adulta, tentando controlar seus sentimentos. Isso me mata, a forma como Fritzie está tentando ser tão corajosa quando sua mãe está indo embora e a deixando.

– O que quero saber é por que esse Grande Poeta entre os Homens não consegue uma *pensione* maior na Itália se quiser ficar com uma mulher que tem uma filha? Seria de pensar que isso acendesse algumas luzes de alerta para a Tessa. Ela deveria dizer não.

– Patrick, ela não pode dizer não. Ela quer o que todos nós queremos na vida: alguém nos abrace na cama e diga que não pode viver sem nós. E ela nunca, nunca teve isso. Então, talvez agora que encontrou Richard, é *isso* o que vai torná-la uma pessoa melhor. O amor pode salvar os dois.

Ele revira os olhos com tanta força que cai no chão fingindo que está morrendo. É quando sei que realmente o ganhei.

Então sento nele.

– E talvez, seu velho cínico, ela tenha mais amor para dar a Fritzie e acabe sendo uma mãe melhor. Não é o que o amor faz por todos nós se o deixarmos entrar? Talvez isso fosse para ser. Criado pelo universo…

À menção do universo, ele fecha os olhos e cruza as mãos sobre o peito, como um cadáver.

– Sim, Patrick. Sim! Lide com isso. *Criado pelo universo.* Muitas coisas serão colocadas em movimento, cujo fim não podemos ver. É assim que todo o sistema funciona. – Coloco o rosto contra o dele e o beijo quinhentas vezes em suas bochechas, nariz e testa.

– Tão *bom* – diz ele. – Mas como a *minha* vida se enrolou nisso? Eu nem gosto dela.

Eu rio e o cutuco no braço.

– Ah, sério? As evidências indicariam que você deve ter gostado muito dela por pelo menos duas noites felizes da sua vida.

– Deus, Marnie. Ela não estava interessada em mim, e eu era um idiota. Só estava me exibindo.

– E, se eu puder perguntar, ó prevenido, essa foi outra situação de ruptura do preservativo?

– Não. Isso foi tudo estupidez. Achei que ela tinha uns quarenta anos, então devia ter a situação do controle de natalidade toda resolvida. Acho que provavelmente fiquei com vergonha de trazer isso à tona.

– E viu só? Você ganhou uma filha incrível com isso. Prova mais uma vez de que o universo funciona de maneiras misteriosas.

Ele faz uma careta e rolo de seu peito para o chão ao lado dele.

– Eu gosto da menina – diz ele em uma voz que significa exatamente o oposto. – Não, eu gosto. Gosto de quem não está acima de criticar a covardia da Pequena Sereia e que é ousada o suficiente para jogar um pãozinho na cara de um homem no jantar. Mas se você me perguntar se ela parece ser minha, se sinto alguma conexão com ela, eu teria que dizer não. Simplesmente não sinto. Você e a Tessa dizem que ela se parece comigo, e acho que ela pode ter alguma semelhança. Pode ser. E a Tessa diz que não havia mais ninguém. Então, ela é minha. Mas não causa qualquer emoção em mim, para dizer a verdade.

– Então? Talvez isso mude. Talvez você deva mudar em tudo isso também, Patrick. Conhecer um tipo diferente de amor. Você sabe? É possível. As moiras do destino…

– Não – diz ele. – Sou eu que tenho o controle do meu destino. – Ele me puxa e começa a me beijar.

Nós realmente começamos a nos beijar e estamos apenas começando a pensar em tirar a roupa, quando ouvimos Bedford latindo do lado de fora, e é hora de receber Tessa e Fritzie, que voltaram.

– Patrick! Patrick! Onde você está? – Fritzie está gritando.

– Viu? – ele geme enquanto se levanta do chão. – Esse é o tipo de coisa que não podemos mais fazer.

– Nós vamos encontrar maneiras, confie em mim – respondo. E ele balança a cabeça tristemente.

Casamenteira em Apuros

Há apenas uma coisinha que me chateia, acho, depois que ele sai para subir as escadas. Tessa é um desastre total, e ela pode ter uma vida que nunca vai funcionar do jeito como planejou. Mas, caramba, ela *teve* um bebê com Patrick. As células dela e as células dele se misturaram e criaram essa garotinha falante e ambulante que é uma combinação genética perfeita dos dois, e que se parece especialmente com ele.

E talvez eu nunca saiba como é isso. Coloco as mãos na minha barriga, onde talvez, possivelmente, haja alguém, agora apenas uma pequena bola de células se dividindo e crescendo todos os dias.

Mas e se não houver? E se nunca houver? Então o quê?

— Marnie! Marnie! — Fritzie está gritando por mim. — Marnie, venha ver o que Bedford encontrou no parque! A bota velha e nojenta de alguém!

Eu vou para cima. E estou sorrindo quando chego lá, porque a verdade é que faz muito tempo desde que Bedford trouxe para casa uma bota velha e alguém achou isso ótimo.

Alguns dias depois, levo Fritzie comigo para o trabalho. Contei sobre a floricultura, é claro, e também sobre a Frivolidades e todas as pessoas divertidas que vão lá e as coisas que elas fazem. Ela caminha ao meu lado, com leggings jeans rasgadas, uma camiseta do *Purple Rain* e chinelos vermelhos, e solta inúmeras exclamações de espanto quando destrancamos a porta da Brotou um Lance e entramos. Vejo através de seus olhos: todas as luzes cintilantes e os baldes e as cestas de flores, o refrigerador cheio de rosas e tulipas e margaridas, o balcão comprido com o acabamento de mármore e o som da música de flauta que coloquei. É um paraíso, e estou muito feliz em ver que ela concorda.

Ela imediatamente vê a Frivolidades como é: um lugar para dar cambalhotas entre almofadas e pufes. Então ela corre e escreve com uma caneta marcadora na mesa, decorando um pedaço de cartolina para dizer: FRIVOLIDADES DA FRITZIE.

– Marnie! – ela chama enquanto estou falando ao telefone com Patrick. – Posso chamar de Frivolidades da Fritzie? Você pode colocar a minha placa? Frivolidades da Fritzie! Porque nunca tive uma Frivolidades antes! Eu não conhecia ninguém que tivesse uma Frivolidades! Poderíamos colocar a placa: "Venha se divertir na Frivolidades da Fritzie!".

– Sim, nós poderíamos – falo, e Patrick do outro lado diz:

– Ai, meu Deus do céu. Esta manhã ela veio ao meu estúdio e queria saber se poderíamos sentar juntos e fazer algumas pinturas a óleo. Ela está tomando o controle, não está?

– O que você respondeu? Por favor, me diga que você não a empurrou para fora de lá.

– Você tem alguma ideia da extensão do dano que uma menina de oito anos pode causar com tintas a óleo?

– Não.

– Bem, é épico. Então dei algumas aquarelas. Eu a deixei pintar. A brincadeira durou catorze segundos e então ela estava vagando por aí querendo saber se, quando você e eu nos casarmos, ela poderia ser a florista e o que ela deveria usar no cabelo naquele dia. E também se o Sr. Dorminhoco poderia estar no casamento.

Eu ri. O Sr. Dorminhoco é o bicho de pelúcia que ela carrega consigo. Na verdade, é apenas um pedaço de tecido peludo sujo e costurado.

– E o que você respondeu?

– Falei que não havia tais planos e que ela poderia usar o que quisesse no cabelo em qualquer dia da semana. E que o Sr. Dorminhoco pode fazer seus próprios arranjos.

Depois que desligo o telefone, ela me diz:

– É muito bom que você e meu papai-biológico vão ficar comigo. Você acha que ele se importaria se eu o chamasse de papai? Sempre achei que papai parecia um nome legal. Nunca consigo chamar ninguém de papai. Algumas pessoas não têm pais. Claro que eu

Casamenteira em Apuros

poderia usar pai ou papai ou papy. Ele é do tipo que gosta mais de pai? Talvez eu devesse chamá-lo de PapPap. É assim que minha amiga Asia chama o avô dela, mas também acho legal "pai". Acho que provavelmente ele vai ter que se acostumar comigo antes que eu pergunte o que ele prefere. Concorda? – Estou no balcão aparando as hastes das flores do refrigerador, e ela está varrendo, agitando a vassoura perigosamente ao redor da área do balcão.

De repente, ela dá uma cambalhota e, quando se levanta, solta:

– Posso te contar um segredo? Minha mãe e eu viemos aqui outro dia, antes de conhecer você. Eu não sabia por que tínhamos vindo, mas acho que ela queria ver se você conhecia o Patrick.

– Ah... – murmuro.

Ela dá mais cinco cambalhotas.

– Ela é meio diferente das outras mães, sabia? Ela não é muito boa em fazer um monte de coisas. É porque eu sou uma garota-surpresa. Ela e meu pai não queriam que eu acontecesse, sabe, e ela me disse que nunca brincou de boneca, então é por isso que não sabe ser mãe. Então ela diz que somos realmente como amigas no mundo. É assim que ela nos chama: amigas no mundo.

Sinto minhas mãos tremerem um pouco.

– Sabe, sua mãe tem sorte por você ser tão compreensiva e tudo mais. Muitas crianças... bem, quando eu era criança, teria sido difícil para mim, eu acho. E eu quero que você saiba, tudo bem se às vezes você tiver dificuldades. Você não precisa ser corajosa o tempo todo, sabe?

Ela tira o Sr. Dorminhoco de sua mochila e o coloca ao lado da caixa registradora. Continua lambendo os lábios, como se estivesse nervosa.

– Eu estou bem – diz ela e cambaleia até a porta da geladeira. – Acho que aquela cambalhota foi a minha melhor hoje – afirma, quando está de pé novamente. Rosto vermelho e sorridente.

Conto-lhe que uma vez consegui fazer uma série bastante decente de cambalhotas. Acho que meu recorde pode ter sido vinte e duas seguidas, mas isso foi na praia, e eu tinha dez anos.

Ela me considera seriamente. Então diz:

— Preciso ver você fazendo! Vamos para a Frivolidades! — E assim deixo meus instrumentos de corte e as rosas de lado, e vamos para a sala dos fundos, onde ela cruza os braços e insiste que eu mostre o que sei fazer. Faço cerca de duas cambalhotas muito, muito ruins.

Ela franze a testa.

— Hum. Você precisa de mais um pouco de prática. Endireite os joelhos, aí vai dar certo. Vamos trabalhar nisso.

Mais tarde, as Incríveis aparecem, e Ariana e Charmaine imediatamente levam Fritzie e lhe mostram como é divino passar glitter nas bochechas de todos; até Lola recebe uma dose de brilhos roxos nas maçãs do rosto. Lola está tricotando um longo cachecol; dobra um dedo e chama Fritzie para perguntar se ela está gostando do Brooklyn até agora. E se ela queria vir morar aqui.

— Eu moro aqui agora — responde Fritzie. — Esta é minha nova casa porque o Patrick é meu papai-biológico, e ele pode ficar comigo agora enquanto minha mãe vai para a Itália. — Ela diz isso e me dá um grande sorriso. — Eu sou do Patrick e da Marnie agora. E do Bedford! Ah, e do Roy! O Roy ainda está se acostumando comigo. Na verdade, o Patrick também está.

— Oh, que empolgante — fala Lola, assustada, mas então transforma seu choque em um brilho e sorri para mim. — Como as coisas estão interessantes em sua casa esses dias, minha querida. Em que escola você está pensando em matriculá-la?

Ah, sim, *isso*. Haverá muito em que pensar, mas particularmente tenho que pensar um pouco nesse assunto da escola. Ao contrário de onde cresci, matrícula em escola não é uma situação fácil no Brooklyn. Pelo que ouvi, você não pode simplesmente ir até a escola do seu bairro e se inscrever. Fui testemunha de discussões ferozes e apaixonadas o suficiente de mães de Park Slope para saber que existem cerca de um milhão de opções, e muitas delas são horríveis

Casamenteira em Apuros

e algumas são suportáveis, enquanto uma ou duas podem ser absolutamente perfeitas, mas você não sabe qual é qual até pesquisar, explorar e conversar com todos os envolvidos.

Eu não fiz nada disso. Tenho um momento de pânico, mas Lola deixa de lado o tricô e coloca a mão no meu braço.

– Querida, ligue para Emily Turner – ela diz. – Ela vai saber com quem você deve falar.

Emily Turner é conhecida por aqui como Mãe Extraordinária. Ela às vezes aparece na Brotou um Lance à tarde, não raro vestindo calças de ioga magenta e carregando uma enorme garrafa térmica de chá verde e seguindo um contingente de garotinhas. Então ligo para ela e descrevo Fritzie da melhor maneira possível, e ela me diz que a Brooklyn Kind School é o único lugar para onde eu deveria considerar enviar uma criança que está vindo de outro lugar e que pode ter, hum, tendências a tiradas chocantes e séries espontâneas de cambalhotas.

– Além disso, ela precisa de amigos, tipo imediatamente – afirma Emily, e, então, na segunda-feira seguinte, combino de ela trazer suas meninas, Sierra, Autumn e Blanche, que têm seis, oito e onze anos para conhecer Fritzie. Pego alguns biscoitos da Cupcake e uma limonada da bodega do Paco, e Emily e eu ficamos na porta e observamos as quatro brincarem. Eu me sinto do mesmo jeito que costumava me sentir nos primeiros encontros, todo aquele nervosismo no estômago. Mas Fritzie parece alegremente indiferente.

Tudo em que consigo pensar é: e se isso não funcionar? E se elas a odiarem?

Mas funciona. Fritzie é um pouco mandona, mas de uma forma encantadora, se é que existe tal coisa. Ela demonstra sua técnica de cambalhota, é claro, e depois mostra como é legal salpicar o rosto com glitter roxo, e então ela se senta com sua mochila da Pequena Sereia e começa a tirar de dentro os tesouros para sua diversão.

Há um grampo de cabelo que se parece com um que Taylor Swift usou uma vez e um tubo vazio de batom Ridiculamente Vermelho que Tessa a deixou experimentar quando se vestiu de bruxa, dois

Halloweens atrás. Há uma nota de dois dólares que sua amiga Gaia lhe deu, um centavo que foi achatado por um trem e uma carta de amor que um menino chamado George escreveu para ela no primeiro ano que diz apenas "Acho VC LEGAU". – Ela tem um caderno de capa rosa felpuda com um cadeado e um brinco de ouro manchado que sua avó lhe deu. E então, no fundo, uma frasquinho de confeitos de chocolate granulado.

As outras garotas passam tudo e parecem entender o valor de cada um desses tesouros promissores. Mas, quando pega o frasco de confeito de chocolate granulado, Blanche diz:

– Por que você carrega isso?

– Dãã! – diz Fritzie. – Porque o que acontece se você topar com um sorvete e não tiver granulado?

– Uau. Isso a resume perfeitamente – falo para Emily Turner.

– Eu amo essa garota. E, coitada, parece que ela está mesmo lidando com os problemas de abandono com tanta coragem – Emily sussurra, que é quando tenho de sussurrar de volta que eu não tenho certeza se Fritzie está ciente de quaisquer problemas de abandono. Se eu tivesse de descrevê-la, diria que ela está mais aliviada por se livrar da mãe. Ela está mais para a criança que vai estar carregando chocolate granulado para o caso de encontrar uma casquinha de sorvete.

– Ah, ela está com tudo em ordem – Emily diz. – Você não pode evitar os problemas de abandono se sua mãe estiver indo para a Itália e deixando você com verdadeiros estranhos. Simplesmente não dá. Vou falar com a Yolanda na Kind School. Temos que garantir que essa garota seja aceita lá.

dez

MARNIE

Minha menstruação não vem na data, então compro sete testes de gravidez. Como qualquer pessoa poderia muito bem fazer. Agora estou entrando em uma nova fase da vida e quero estar preparada.

Bem, para ser clara, primeiro compro apenas um, corro para o banheiro quando dá uma folga na floricultura e faço o teste. Fico atordoada – mais que atordoada – quando nenhuma linha aparece na janelinha. Este teste é obviamente defeituoso, porque, embora eu tenha muitas coisas irregulares em mim, meu ciclo menstrual não é uma delas. É pontual. Na hora. Todo vigésimo oitavo dia às nove da manhã.

E agora minha menstruação está um dia atrasada. Claramente, portanto, estou grávida. Mas, mesmo assim, gostaria de alguma confirmação externa.

Então, na hora do almoço do dia seguinte, ainda sem menstruação, saio e compro outro teste de verdade, muito mais confiável. Este é do tipo que escreve as palavras, GRÁVIDA ou NÃO GRÁVIDA, caso a leitura de linhas hieroglíficas não esteja fazendo isso por você. Caso você tenha o tipo de sistema hormonal que quer tudo explicado.

NÃO GRÁVIDA, diz, como um tapa na cara.

Ok, então, reflito. *Navegar pelo mundo dos testes de gravidez não vai ser tão fácil quanto eu pensava.*

Consulto a internet, que acha que às vezes no início da gravidez ainda não há o suficiente de algo chamado hCG no corpo de uma mulher para atestar a gestação. Muito bem. A internet acha que ainda posso estar grávida e sugere que eu faça o teste no início da manhã, quando esse hCG está em abundância.

Então compro outra marca para o teste número três, levanto-me mais cedo na manhã seguinte e entro no banheiro para verificar.

Negativo.

Então é guerra. Meu corpo e a indústria de testes de gravidez estão em desacordo.

É estresse, diz a internet. *Aguarde alguns dias e refaça o teste.*

Com certeza, tenho algum estresse. Além das coisas que são óbvias – Fritzie dando cambalhotas pela minha vida, Patrick parecendo cada vez mais uma vítima de acidente em estado de choque, Tessa vagando pela casa como uma adolescente apaixonada que está de castigo e não pode ver seu verdadeiro amor –, minha mãe também ligou de novo e relatou que ela e meu pai viajaram juntos por insistência dela e ele pegou no sono no hotel às sete horas todas as noites.

– Ainda não estava escuro lá fora! – ela grita. Ela se pergunta se isso é motivo para o divórcio.

Teste de gravidez quatro: negativo.

Compro mais três testes para garantir e vou fazendo um de cada vez, um por dia. Novos estressores aparecem: Tessa me diz que pode simplesmente ir para a Itália sem esperar para ver se Fritzie gosta da sua nova escola. Patrick diz que perdeu a vontade de pintar por causa de tanto tumulto na casa. Bedford vomita no tapete três manhãs seguidas, e cada vez encontro sapatos de boneca de plástico rasgados lá no meio.

Ariana me ensina uma nova pose de ioga que supostamente traz todo o chi para o corpo de uma pessoa. Kat me serve chá de framboesa, só porque ouviu que framboesas são boas para mulheres grávidas. Lola me diz para colocar os pés para o alto e parar de me preocupar se Fritzie será ou não admitida na Brooklyn Kind School.

Patrick diz que talvez os testes estejam corretos e não estou grávida e que eu deveria ser grata, já que nossas vidas estão loucas o suficiente agora, não estão? Só porque o amo de verdade, não bato nele. Ao respirar fundo, sou capaz de me controlar ao evitar olhar em sua direção.

Depois que ele sai, vou até a torradeira e consulto Blix. Digo a ela que quero muito um bebê. Que estou *maluca* pela necessidade de um bebê. Ela fica em silêncio por um longo tempo, mas então a ouço. De má vontade.

Pelo amor de Deus, pare de desperdiçar seu dinheiro em testes de gravidez. Vá ver o pôr do sol. Beba uma xícara de chá. Tome um banho quente de banheira. E quantas vezes tenho que te dizer? Seja lá o que acontecer, ame isso. Porque talvez, apenas talvez, tudo esteja perfeito.

Faço todas essas coisas, e ainda assim minha menstruação não vem, o que certamente significa que meu corpo está grávido, mas quer manter as coisas em segredo.

— Me fala a verdade — Tessa me diz, uma noite, ao me acompanhar quando vou levar Bedford para sua última caminhada do dia. — Você é realmente uma casamenteira ou está apenas inventando tudo? Pode me dizer se estiver fingindo. Eu não ligo.

— Bem — respondo, sorrindo. Isso é tão a cara da Tessa... — Depende do que você quer dizer com real, acho. Percebo quando as pessoas têm que ficar umas com as outras. Às vezes.

— Tá, então só me diz uma coisa. Estou fazendo a coisa certa indo atrás do Richard?

— Bem — falo devagar. — Ninguém pode responder a essa pergunta perfeitamente.

— Viu? — ela diz. E solta um suspiro que soa um pouco triunfante. — Eu sabia. Se esse negócio de casamenteira fosse real, então todo mundo estaria com a pessoa certa, porque alguém poderia simplesmente dizer quem é a pessoa certa para cada um. E você olharia para mim e saberia se Richard e eu vamos durar. Talvez seja como minha mãe diz, e eu não mereça nem pensar em amor por mim mesma.

– Tessa, Tessa. Todo mundo merece amor. – Tento imaginar o que Blix diria a ela (Blix, que acreditava na ideia de as pessoas encontrarem seus próprios caminhos). – Deixe-me perguntar uma coisa: você pode acreditar, apenas por um momento, que tudo vai ficar bem, não importa de que maneira acabe? Esteja você com Richard pelos próximos cinquenta anos ou apenas pelos próximos cinquenta dias? Que tal isso? Você pode aceitar que talvez você apenas tenha que se permitir viver essa relação?

Ela franze a testa mais intensamente.

– Preciso saber se amar Richard é *real* e se ele é a pessoa com quem vou poder contar pelo resto da minha vida. É isso que estou te perguntando. Esse. Amor. É. Real?

– Mas talvez valha a pena, mesmo que não seja permanente. Não é? Talvez com a centelha desse amor na sua vida, tudo mude de uma maneira que você não consegue entender agora.

A essa altura, Bedford já fez xixi em quase todos os objetos de que gosta e começamos a voltar para o sobrado de tijolinhos marrons. Quando chegamos lá, sento-me nas escadinhas da frente e faço sinal para ela se sentar ao meu lado.

– Vamos pensar sobre o assunto dessa maneira – digo eu. – Sua vida foi realmente infeliz. Você não estava tendo alegria alguma. Está criando sua filha e tudo parece impossível. Correto? – Ela faz que sim. – E então você conheceu alguém. E se apaixonou, porque talvez algo em você soubesse que é isso o que você precisa para se manter viva. E então você deu alguns passos realmente corajosos: fez um plano, que era ir até ele, e agiu. Você se inscreveu para um ano sabático, começou a pensar em onde Fritzie poderia ficar e agora está pedindo ajuda. Ajuda de Patrick. E de mim. O que é um *enorme* passo para você, aposto. Você provavelmente odeia pedir ajuda.

– Nunca pensei que faria isso – diz ela, e acho que ela pode estar chorando um pouco. – Deixá-la.

Ficamos assim, sentadas em silêncio, ambas observando Bedford andando de um lado para o outro na ponta de sua coleira. Procurando

Casamenteira em Apuros

embalagens de chiclete e pontas de cigarro que possa comer. Depois de um tempo, falo:

— Você não precisa se preocupar, sabe. Vou cuidar dela para você. Eu vou amá-la por você.

Coloquei meus braços ao redor de seus ombros caídos e tristes. Eu gostaria que este fosse um daqueles momentos, quando ela vê que pode baixar a guarda, que talvez possamos confiar uma na outra. Estou até pensando em palavras como *sororidade* e *coparentalidade*, e sei que a qualquer segundo essas palavras vão sair da minha boca. Então, graças a Deus, o celular dela toca. É Richard, e ela me lança um olhar ansioso.

— Fale com ele — eu digo. — Está tudo bem. — E Bedford e eu entramos na casa. Quando olho para trás, vejo as faíscas ao redor dela, quase ofuscantes em sua claridade.

onze

PATRICK

Patrick nunca foi afeito a hóspedes. Ainda antes do incêndio, mesmo quando ele era um escultor revelação e promissor que se movia em círculos sociais regulares, gostava mais quando todos que conhecia ficavam nas suas próprias casas. No metrô, nos aeroportos, ele fica mais feliz quando presume que as pessoas que vê estão voltando para casa.

Na maior parte, isso tem funcionado para ele. Seus pais morreram há muito tempo, sua irmã nunca se aventura a sair de Wyoming e a mãe e o pai de Marnie vieram visitá-la apenas uma vez, ficando por dois dias muito educados antes de desaparecerem de volta para a Flórida. A irmã dela, Natalie, veio com o marido e os dois filhos uma vez e ficou em um Airbnb, aparecendo apenas para as refeições.

Mas agora aqui está uma categoria inteiramente nova de hóspede: uma intrusa que já se considera em casa. E esse é o tipo de pessoa que chama seu nome mil vezes seguidas, com intensidade crescente – como em "Patrick! Patrick! Patrick! *Patrick!*" – e quando ele finalmente não aguenta mais e responde: "O quê? O que você quer?", essa pessoa diz: "Se os cães pudessem falar, você acha que falariam a nossa língua?" ou "Acha que é verdade que os esquilos podem voar?" ou "O que é essa coisa na sua garganta que sobe e desce quando você fala?".

Ela se levanta antes dele todas as manhãs e fica ao seu lado o máximo possível ao longo do dia. Claramente, está em uma campanha para conquistá-lo. Ela quer entrar em seu estúdio e usar suas tintas a óleo, e gostaria de lhe contar um milhão de histórias que

Casamenteira em Apuros

não têm sentido algum, algumas das quais podem até ser as tramas de obscuros programas de televisão que só são exibidos na internet e envolvem personagens chamados Dora e Bob Esponja. Ele não sabe do que diabos ela está falando a maior parte do tempo.

Eeeeeee... ela vai ficar por ali durante quase um ano inteiro. O que é inimaginável. Ele sente a força vital se esvaindo de seu corpo sempre que pensa nisso. Seus dentes doem. Seus *folículos capilares* doem. Ele sente o início de uma úlcera se formando em algum lugar.

Ele aceitou que ela é sua filha, o que, em verdade, tecnicamente falando, significa apenas que ela compartilha um pouco do DNA dele. Francamente, ele nunca teve nenhum tipo de sentimentalismo em relação ao seu DNA. Talvez não tenha em si algum instinto básico, pensa, aquele que faz os humanos quererem espalhar sua semente e rastrear sua progênie, alguma força nebulosa que vê a criação da família como o princípio e o fim de todos os esforços humanos.

Não Patrick. Na sua mente, ter contribuído com alguns cromossomos para Fritzie é estritamente um tipo de coisa química, não algo que faz de alguém um pai. Como poderia ter conexão com ela, se não acordou com ela quando era um bebê nem a acompanhou pela casa com dores de ouvido e resfriados fortes? Ele não colocou band-aids em seus joelhos arranhados ou a confortou quando ela estava triste ou fez qualquer uma das vinte mil coisas que ele teria feito se tivesse planejado sua existência e participado de sua criação nos últimos oito anos.

Ele. Não. A. Conhece. E, no entanto, todo mundo parece esperar que ele ficasse supermaravilhado por se descobrir pai. Até Paco lhe disse ontem:

— Então você é um cara de sorte! Este é com certeza o caminho mais fácil para ser pai, hein? Ei? — E ele realmente saiu de trás do balcão para dar uma cutucada bem-humorada nas costelas de Patrick, como se ele realmente tivesse dado algum golpe.

— Eu não sou pai! — ele quer gritar cerca de dez vezes por dia.

Patrick também duvida que possa se transformar em pai um dia. Ah, ele sabe o que Marnie está imaginando. Se sua vida fosse um filme, ele seria o cara triste e sem esperança que aprende o Sentido da Vida com uma moleca de rua detestável e de rosto sujo que, por acaso, é sua filha, e, quando os créditos finais sobem, ele finalmente joga fora as algemas de sua infelicidade e aprende a abraçar a vida e o amor.

Ele detesta esse enredo em particular. Se tiver que ficar com ela por um ano – e aparentemente ele tem –, então vai ficar. Vai passar o ano como os prisioneiros fazem: marcando os dias até que acabe. E vai devolvê-la para a mãe e retomar a vida que passou a amar: interessar-se por arte de maneira não séria, indo ao Paco uma ou duas vezes por dia para comer batatas fritas e queijo, lendo o jornal por horas a fio, sentado no sofá assistindo a *game shows* na televisão com Roy no colo e Bedford a seus pés, levando Bedford para longas caminhadas, assando tortas doces quando lhe convier, esperando Marnie voltar do trabalho para que possam subir juntos no terraço e acender o fogo na lareira de chão, beber um pouco de vinho e depois ir para a cama. Ele tem a sorte de não ter que trabalhar; a indenização do incêndio garantiu isso. Então, de uma maneira muito real, conquistou – com sua tristeza e suas cicatrizes – esse modo de vida cuidadosamente organizado. E pretende mantê-lo.

Mas enquanto isso – bem, não é nada ótimo. Ele sente como se uma colmeia de abelhas tivesse se mudado para dentro da sua cabeça. Em vez de assistir a *Roda da Fortuna* e *Guerra em Família* com Bedford e Roy, ele é forçado a ponderar se os tamanduás devem ser chamados de papa-formigas. E se acha que existe outro sistema solar onde outros Fritzie e Patrick estão fazendo *exatamente a mesma coisa*, só que *ele* é Fritzie naquele planeta e ela é Patrick. E como seria, hein? E ele já ouviu falar que poderia se transformar em uma garota se beijasse o próprio cotovelo?

Então, um dia ele está em casa e acabou de fazer o almoço para Fritzie quando a Galeria Pierpont liga.

Casamenteira em Apuros

Se ele gostaria de ter uma galeria exibindo seu trabalho em janeiro?

Bem, veja só, ele não gostaria. Deus, não.

Mas é uma galeria refinada e prestigiosa, e o próprio Philip Pierpont está ao telefone, fazendo o pedido, em seu tom culto. Ele também é franco sobre o pedido: houve um cancelamento. Outro artista estava agendado para o mês, mas algo aconteceu.

Claro, pensa Patrick. Ele não era sua primeira escolha. Alguém mais famoso e bem ajustado, alguém sem queimaduras no rosto deveria ocupar a vaga, mas não conseguiu – e tudo porque um escritor da revista *Inside Outside* conhece alguém que conhece alguém que é um admirador do trabalho anterior de Patrick, por isso o proprietário da galeria gostaria de saber se talvez Patrick tenha algum trabalho que ele possa exibir.

Patrick diz que precisa pensar. Ele tem certeza de que não quer expor. Afinal, realmente não tem muito trabalho para expor. Nenhum, na verdade. Mas, depois que desliga, lá está Fritzie, sentada à mesa, balançando as pernas e comendo um sanduíche de manteiga de amendoim e marshmallow com a boca aberta. Ela tem uma mecha de marshmallow no cabelo e está dizendo:

– Ah, agora você desligou o telefone. Não seria engraçado se você tivesse um monte de filhos que não conhecesse, não só eu, e todos nós aparecêssemos na sua casa um dia e...

– Fritzie – diz ele. – Confie em mim. Não tenho outros filhos.

– Bem, mas você poderia. Quero dizer, você não sabia sobre mim, então pode ter alguns outros também. E se todas as outras mães aparecessem e dissessem: "Aqui está seu filho, e aqui estão seus gêmeos, e aqui está uma garotinha...". Não seria engraçado se você tivesse, tipo, oito filhos?

Ele não deixa transparecer para ela o quanto esse pensamento o faz estremecer.

– Não tem mais. Talvez você devesse ir lavar esse marshmallow em seu cabelo.

Mais tarde, Marnie liga e ele não consegue se conter: conta a ela sobre a galeria. Ela acha que é uma ideia fantástica, assim como Patrick sabia que acharia. Ela é total apoiadora do movimento para a frente, do progresso, da vida, do alongamento. Do Volta Lá e Se Joga. Marnie nem se importa que ele seja a segunda escolha.

— E daí? — ela diz. — É uma oportunidade. — Marnie adora oportunidades.

Ele diz que não tem certeza.

— Vai significar que estarei muito ocupado e, beeeeeem, temos a Fritzie agora...

— Está tudo bem, Patrick. Vamos todos colaborar para que as coisas deem certo. Mesmo que você precise fazer um monte de pinturas, a gente consegue. Ela estará na escola e pode se juntar a mim na loja se não houver nenhuma atividade extracurricular que queira fazer por lá mesmo... — Ela já está a mil por hora, do jeito que ele sabia que estaria. — E, se vai haver outro bebê, então é bom para você retomar sua carreira artística.

Ah, sim. O outro bebê.

Isso mesmo; Marnie ainda não menstruou. O médico para quem ela ligou ontem disse que ela faria um exame de sangue para gravidez se não descesse em uma semana. Então... também tem *esse* insetinho de incerteza zumbindo na sua cabeça. Ele fica tentando afastá-lo o tempo todo. Patrick fecha os olhos por um momento, sente a escuridão pressionando suas pálpebras.

— Aceite — diz ela.

— Janeiro não está tão longe. E estou muito atrás neste momento. Para valer a pena, tenho que começar agora.

— Claro — diz ela. — Mas acho que vale a pena. Esta é a sua chance de entrar no mundo da arte outra vez. Você deve isto a si mesmo.

Casamenteira em Apuros

Mais tarde, Fritzie entra em seu estúdio e faz três cambalhotas antes que se jogue no chão e o encare.

— Oiii, Patrick — ela diz depois de um longo momento de contato visual implacável.

— Oi.

— O que você está fazendo?

— Estou pensando. O que você está fazendo?

— Também estou pensando. Está pensando se você e a Marnie vão se casar?

— Na verdade, não.

— Bem, então, em que está pensando?

— Nada com que você precise se preocupar.

— Ah... Tá bom. Quer saber no que estou pensando?

— Quero.

Ela ri.

— Não, você não quer.

— Ok, não quero.

Ela mexe os dedos dos pés e inspeciona a sola, que está imunda. Aponta esse fato para ele, que se levanta e vai para a cozinha. Mas ela o segue.

— Um dia minha unha caiu. Alguma vez já caiu a unha do seu pé? E pensei... você quer saber o que pensei? Achei que era como os dentes de leite. Que eu tinha unhas de bebê e agora teria uma unha de adulto. Mas não é assim que funciona.

Ai, Deus. Ele não aguenta nenhuma conversa sobre unhas dos pés. Não sabia que falar de unha do pé fazia parte do pacote da paternidade.

— Fritzie, na verdade estou tentando tomar uma grande decisão agora, então talvez você possa ir brincar com o Bedford ou algo assim. Vou voltar para o meu estúdio agora.

— Posso entrar e pintar?

Ele olha para o rosto dela. Toda brilhante e animada, e tudo o que ele pode ver é a boca dela se movendo e se movendo e se movendo.

— Se você puder ficar em silêncio.

MADDIE DAWSON

Ele pega as aquarelas e as coloca no canto com um bloco de papel e uma tigela de água, puxa uma cadeira para a mesa e ela desliza no assento sem fitá-lo.

– Vou ficar muito silenciosa, Patrick, e você pode pensar.

– Obrigado – responde. Ele a observa enquanto ela mergulha o pincel na água e começa a fazer traços grossos no papel. Como ela lida com o fato de que sua mãe está simplesmente disposta a ir embora e deixá-la por tanto tempo? Patrick tenta se lembrar de como era sua vida quando tinha oito anos e não consegue nem imaginar o que teria feito se sua mãe tivesse dito que estava indo embora. Sua mãe era o negócio todo! Ela sabia como tudo na vida dele funcionava. Fazia tudo acontecer.

Ele balança a cabeça. Uma pena.

– Só para você saber, sou muito boa em decisões. O que você está decidindo? – ela sussurra.

– Nada. Só uma coisa que tenho de decidir.

– Mas o que é?

– Sabe, você ainda está me interrompendo, mesmo que esteja sussurrando.

– Ah. Desculpa.

Ele se sente mal. A mãe dessa criança a está abandonando.

– Me pediram para exibir meu trabalho em uma galeria.

– Ah. E você não sabe se quer?

– Isso. E não tenho certeza se tenho pinturas suficientes.

– Quantas você tem?

– Fritzie.

– Ah, desculpa.

– Vai dar muito trabalho.

– E as pessoas são assustadoras?

– O quê? Quais pessoas?

– As que te pediram. Elas são assustadoras? Tipo, se você não tiver pinturas suficientes, elas vão todas falar: "Grrr! Patrick! FAÇA MAIS PINTURAS! QUAL É O SEU PROBLEMA?". – Ela transforma as mãos em garras de monstro. Ele a encara.

Casamenteira em Apuros

— Não. Provavelmente não isso.

— Tá — ela diz. — Então o que vão fazer com você?

Ele não responde. Em vez disso, anda de um lado para o outro e olha para algumas pinturas que guardou dentro de um armário. Algumas pinturas a óleo que se lembra de gostar. Retratos.

— Há apenas uma coisa que quero dizer a você e vou ficar muito, muito quietinha pelo resto do dia — diz ela, sussurrando novamente.

— O quê?

— Quando eu estava no porão, mais ou menos uma hora atrás, vi que minha mãe tinha feito a mala. Acho que ela vai embora logo, logo.

Ele a observa, e ela o encara. Não há nada em seu rosto, exceto talvez apenas um pequeno tremor no lábio. Só um pouco, então olha para sua pintura e faz uma grande pincelada de preto na frente.

Deus, como ele está perdido em si mesmo. Talvez devesse ir até Fritzie e dar-lhe um abraço, mas seria estranho, já que nunca a abraçou antes, e talvez ela ficasse assustada com um homem abraçando-a, especialmente um com cicatrizes no rosto e nos braços inteiros.

— Ok — solta ele, e, até mesmo para seus próprios ouvidos, sua voz soa rouca. — Então. Vai ficar tudo bem. Você não acha?

— Provavelmente — afirma ela, alegre. — Além disso, Patrick, por que você não se casou com a Marnie?

— Você disse que tinha só uma coisa para me dizer.

— Mas acabei de pensar nessa outra. — Ele suspira. — Você não quer se casar com ela?

— Olha, é complicado — explica ele. — Ainda não estamos prontos. Ok? Agora pare de fazer perguntas.

— Você deveria se casar.

— Tem coisas que você não entende.

— Tipo o quê?

— Fritzie, seu limite de perguntas acabou.

— Tá, Patrick. Mas espero que me conte quando estiver pronto.

Uma hora depois, ele liga para Philip Pierpont e diz que fará a exposição na galeria. Porque, como ele acabou de descobrir, haverá coisas piores do que ter de ficar preso em seu estúdio pintando e pintando e pintando.

doze

MARNIE

Cinco de setembro é o primeiro dia de aula, e a senhora que cuida da secretaria da Brooklyn Kind School, Maybelle, é a imagem de um cansaço encantado e de bochechas vermelhas.

— O caos vai se acalmar em alguns dias — ela diz e vem de trás do balcão para pegar dois alunos do primeiro ano em seus amplos braços ao mesmo tempo, enquanto grita um número de celular para uma mulher na porta.

Um motorista de ônibus escolar careca e sorridente se abaixa para dizer bom-dia e como está feliz por estar de volta porque aquela cirurgia no pé ameaçou tirá-lo dos trilhos. Tem sido um belo de um verão, diz o motorista. Mas aqui está ele, querendo que ela admire seu andar manquitolando.

— Yonatan, caramba, como você está? Sabe como é o primeiro dia de aula — ela lhe diz. — Volte e manque para mim amanhã. Aí vou ter tempo para uma verdadeira admiração. — Então ela se vira para mim, dando uma piscadela para Fritzie enquanto lhe entrega um crachá e um passe de corredor. A porta da secretaria não para de abrir e fechar, com pessoas correndo e acenando pedaços de papel e gritando "olá!". Alguém deixa um prato de brownies para Maybelle, e Fritzie lambe os lábios e me olha com desejo, então Maybelle lhe dá um.

— Quem está preenchendo os formulários de saúde e emergência agora? — pergunta Maybelle, e Tessa dá um passo à frente. Seu rosto está manchado esta manhã com o delineador que deu errado, e seus cabelos cacheados estão presos em um *scrunchie* de pano bagunçado. Realmente, se você me perguntar, ela parece meio sensualmente desgrenhada, como alguém que acabou de cair da cama depois de ficar acordada a noite toda fazendo sexo. Ela está carregando uma bolsa de tecido que fica ajustando no ombro e cambaleando com botas que parecem um pouco altas demais para serem usadas com segurança. Ela só veio com a gente porque eu a obriguei.

– Tá – Maybelle diz a ela –, você senta aqui, querida, enquanto reviso isso e me certifico de que temos todas as informações de que precisamos. E vamos ver, Fritzie foi colocada na classe da Karen e da Josie. E isso é... sim, sala 115. No final do corredor aqui, à direita. Quase no fim. – Ela para e sorri para Fritzie. – Ah, docinho, você está em um ano tão bom! Karen e Josie conhecem todas as melhores piadas. – Então ela bate na têmpora e diz para mim: – A propósito, se você precisar de alguma coisa, é só falar comigo. Até o final do dia vou saber onde todos deveriam estar, qual é o nome completo, onde os pais trabalham e os números de telefone de cada babá e avô. Você vai ver.

Olho por cima do ombro de Tessa para os formulários, onde descubro que o nome verdadeiro de Fritzie é Frances Elizabeth Farrell, que Tessa Farrell é, na verdade, Tessa Johanna Farrell e que, durante o ano letivo, ela estará residindo em Roma, Itália. Patrick é listado como o pai e o principal contato de emergência.

E então, pouco antes de entregar os papéis para Maybelle, vejo Fritzie cutucando a mãe, e Tessa os pega de volta. Com Fritzie ali em cima dela, ela risca o nome Frances Elizabeth Farrell e escreve o nome Fritzie Pêssego Delaney.

– Obrigada – diz Fritzie em um sussurro urgente. – Você disse. Agora sou do Patrick.

Tessa se vira e olha para ela, mordendo o lábio. Então diz em voz baixa:

– Tudo bem. Eu aceito Pêssego. Mas legalmente você não é Fritzie Delaney.

Fritzie dá de ombros, e Tessa franze os lábios e escreve o sobrenome de Patrick no formulário.

Casamenteira em Apuros

Eu quero dizer: *Espera, o quê?* Que tipo exato de coisa está sendo perpetrada aqui?

Fritzie Pêssego Delaney? Elas estão de brincadeira com isso? Não sei qual parte mais me choca — que Fritzie esteja escolhendo o próprio nome, e é uma fruta, ou que Tessa agora a entrega simbolicamente a Patrick. Com o nome dele. Claro, ela *é* filha dele. Ela deveria ter o sobrenome dele. Provavelmente. Pode ser.

Tessa desliza a papelada sobre a mesa para Maybelle, que a examina e então inclina a cabeça e me diz:

— Marnie, então você é a madrasta da Fritzie?

E então tem que ser discutido que não sou realmente a madrasta, porque Patrick e eu ainda não nos casamos. E Fritzie diz que ela perguntou a Patrick sobre isso, e ele respondeu que ainda não estamos prontos.

— Quando você acha que vão estar prontos, Marnie? — Fritzie pergunta. — Você já decidiu essa parte?

— Não importa, está tudo bem — afirma Maybelle.

— Bem, vamos todos descer até a sala de Karen e Josie? — sugiro. — Conhecer as professoras e ver essas piadas?

— Tudo bem — fala Fritzie. Ela olha ansiosamente para Tessa. — Você vem, mamãe?

— Tenho que fazer uma ligação — responde Tessa. — Vocês duas podem ir.

— Mas você não quer ver minhas professoras?

— Está bem. Elas vão estar ocupadas esta manhã, e o importante é que você e a Marnie as vejam. Elas vão ficar confusas se virem duas mães chegando.

Fritzie abaixa a mochila e vai até Tessa, começa a passar os dedos pela manga dela, circulando a bainha. Ela aproxima o rosto do de Tessa e sussurra algo. Por um momento, suas cabeças estão juntas, e então Tessa dá um tapinha no braço da filha.

— Pode ir com a Marnie, Fritz. Está tudo bem. Você vai ficar bem.

Fritzie fica para trás.

— Mas, mamãe, quando eu falar com você ao telefone e contar sobre a Josie, quero que você saiba de quem estou falando.

— Eu vou saber. Claro que vou saber.

— Mamãe.

— Sabe de uma coisa? — digo, em tom alegre. — Sua mãe pode conhecê-las um outro dia. Ou talvez quando vier te buscar hoje à tarde.

Fritzie e Tessa continuam se olhando. Ao nosso redor, as pessoas estão girando, com seus papéis e suas perguntas e seus celulares apitando, seus bebês choramingando. Mas aqui estão elas, como se estivessem em uma bolha ou algo assim. Separadas. Tem algo estranho.

Fritzie continua a tocá-la. Tessa continua olhando para longe.

— Mamãe, você está muito bonita. — Ela põe as mãos no cabelo de Tessa, que tolera por um momento, então estende a mão e pega as mãos de Fritzie. Ela se levanta.

— Está bem então. Vá para sua sala de aula. E seja boazinha com as professoras. Não crie problemas no primeiro dia. Você vai fazer o seu melhor? Tudo bem?

— Tá.

Maybelle e eu fazemos contato visual, e ela arregala os olhos, tipo, *que diabos está acontecendo aqui?*, e dou de ombros só um pouquinho. Fritzie lambe os lábios de um jeito maníaco, e coloco a mão em seu ombro e digo:

— Você está pronta, querida? Vamos conhecer a Karen e a Josie.

Não sei o que acabei de ver, mas meu coração dói.

O corredor está coalhado de mães e filhos, todos se abraçando e se cumprimentando, conversando depois do verão, sem prestar atenção em nós. Algumas das mães têm bebês gordos, gorgolejantes e volumosos nos quadris ou crianças pequenas — e adoro como elas passam as crianças e como ficam tão animadas falando sobre o quanto todo mundo cresceu. Elas explicam sobre as férias e as catástrofes,

Casamenteira em Apuros

fazem planos para se reunirem, para se encontrarem no parquinho, para marcar um lanche no fim de semana, para viajar no Dia de Colombo. Elas são tão deliciosamente assustadoras, essas mães, com seus cabelos brilhantes, recém-lavados com xampu, e rostos brilhantes e sem maquiagem, sua familiaridade com os hábitos, os problemas e as necessidades umas das outras, seus Crocs estilosos, jeans skinny e grandes bolsas de couro. A universalidade da maternidade, a língua mais antiga. Nenhuma delas foi à Brotou um Lance em busca de um novo amor, percebo. Não, essas são as jovens mães estabelecidas em Park Slope, aquelas que você vê marchando pela rua com seus carrinhos Perego. Elas encontraram seus parceiros na vida e estão avançando, sem olhar para trás.

— Você vai ser a mãe da turma este ano? Ah, sim, bem, e se eles te pedirem?

— Você sabe se a Vanessa está cuidando do Adam de novo?

— A Raven vai comandar o musical do quarto ano?

— A Maybelle tem suas informações de contato? Ela estava procurando por você!

Isso é conversa de mãe, penso com surpresa. Vou ficar fluente nisso. Serei uma delas, chegando na hora da saída, suspirando enquanto pego a pasta da lição de casa e pergunto a Fritzie se ela pegou o casaco ou a lancheira. Serei eu quem vai dizer:

— Por que não convidamos a Annabelle para um café? E podemos fazer brownies veganos!

— Sabe o que é estranho nesta escola? — Fritzie me diz enquanto percorremos nosso caminho entre as coleções de pais e filhos, todos falando em volumes ensurdecedores. Ela praticamente tem que gritar por cima do barulho: — Por que os professores são chamados pelo primeiro nome? Acho que seus nomes deveriam começar com "senhora".

— É a maneira como esta escola faz as coisas, acho. Penso que é meio legal e amigável, você não acha?

— Elas não deveriam ser as chefes da gente ou o quê? — ela quer saber. — Devo dizer: "Ei, Karen, faça esse garoto parar de me encher o saco"? Quero dizer, como isso vai funcionar? O garoto vai mesmo ouvir alguém chamado Karen?

E então ela fica quieta. Eu a observo, em seu short xadrez azul e roxo e sua camisa de lantejoulas – diz OI em rosa quando as lantejoulas estão apontadas para cima, e TCHAU em azul, quando você as coloca para baixo. Ela tem o cabelo preso atrás das orelhas e está usando um boné de beisebol branco de lado e Crocs rosa. Eu tinha algumas dúvidas sobre isso como uma roupa adequada para o primeiro dia, mas, quando Tessa não disse nada, percebi que também não deveria.

Mas agora me pergunto se a Fritzie de repente pegou a mesma ansiedade que eu, se lhe transmiti como uma gripe. Todas essas crianças e pais saltitantes, todos se conhecendo, correndo de um lado para o outro, marcando. Um garotinho esbarra em Fritzie e ela grita:

– Ei!

E ele diz:

– Desculpa! – E continua indo. Eu deveria pensar em algo encorajador e positivo para falar, então digo que há muito amor nesta escola.

– Não se misture – diz Fritzie. – Aqui é a escola, Marnie.

Então chegamos à sala de Karen e Josie, ou assim diz em um pedaço de cartolina azul decorado com chapéus e chifres de cores vivas. Dentro da sala há mesas juntas em grupos de três, e os quadros de avisos são coloridos e festivos. O lugar está cheio de pais e filhos, todos falando ao mesmo tempo. Karen e Josie estão vestindo jeans e grandes sorrisos idênticos, e dão as boas-vindas às crianças em sua colorida, movimentada e calorosa sala de aula.

– Ah, então você é a Fritzie? – pergunta a chamada Karen, que tem um rabo de cavalo loiro alto e grandes olhos azuis sorridentes. – Há uma cadeira para você ali, com uma pasta nela. E aqui está um amiguinho para te fazer companhia no terceiro ano. – Ela entrega a Fritzie um ursinho de pelúcia e então se vira para mim. – Oi,

Casamenteira em Apuros

bem-vinda à sala de aula. Você pode ficar o tempo que quiser, mas espero reunir toda a turma para apresentações e algumas brincadeiras por volta das nove, então, se estiver confortável em sair, seria ótimo. – Ela me dá um grande sorriso de Miss Simpatia.

– Ok, claro – eu digo. Olho em volta para os outros pais, alguns dos quais parecem estar se preparando para dizer adeus. Não há drama, exceto por um menino que decidiu que vai ficar aqui, não importa o que aconteça, e sua mãe tem de persegui-lo enquanto ele começa a desmontar as pastas fofas e alegres que têm nomes de crianças escritos nelas. Ele está carregando um monte delas em suas pequenas mãozinhas doces e então tem um colapso quando descobre que não pode levá-las consigo.

Há um hamster de classe correndo obstinadamente em sua roda, como se assim ele pudesse se livrar de um pouco da angústia existencial que deve sentir, estando cercado por vinte e quatro curiosos de oito anos e seus pais. Fritzie, que não está muito interessada em sua cadeira ou sua pasta, fica de pé e o observa por um longo tempo.

– Sabe – ela diz para um garotinho que veio ver o hamster também –, acho que devemos deixá-lo sair e ver o quanto ele consegue correr. Você quer?

– Não – responde o garotinho.

– Vamos. Podemos ver se ele corre para o armário de casacos ou para fora da porta, ou talvez vá correr para baixo do aquecedor.

Estou prestes a intervir, mas o garotinho se afasta, lançando um olhar estranho para Fritzie. Ela dá de ombros e começa a mexer no trinco da gaiola, eu me aproximo e balanço a cabeça para ela. Faço o Microscópico Movimento de Cabeça da Mamãe, nada que a envergonhe. Fritzie olha para os sapatos e suas bochechas ficam com duas manchas rosadas, quero abraçá-la e dizer que sinto muito.

Nesse momento, Josie bate palmas para chamar a atenção e faz a turma se aproximar e sentar-se no tapete circular na frente da sala.

– Pais, vocês podem sair agora, uma vez que provavelmente já se formaram no terceiro ano – afirma ela, e todos riem.

Saio junto com a maré de pessoas, acenando para Fritzie, que me olha com grandes olhos azuis redondos enquanto estou saindo.

Ela está infeliz? Esses olhos estão prestes a se encher de lágrimas? Ou ela vai ter libertado um hamster até o final do dia e ser expulsa?

Acho que não serei a mesma até o meio-dia, quando tiver certeza de que ela sobreviveu ao primeiro meio-período.

Tessa e eu voltamos juntas para o metrô. Ela está andando com as botas de salto alto, carregando sua mochila, excepcionalmente quieta, olhando para a calçada enquanto caminha.

— Bem, acho que deu certo e que ela vai ficar bem — digo. — Eu me vi ficando meio emotiva, sabe? Deixá-la lá? Por um momento, ela pareceu emotiva também. O que você achou da escola?

— Sim. Tudo certo. — Seu rosto está ilegível, especialmente porque ela está andando um pouco mais rápido do que eu.

— Você quer ir tomar café da manhã? Tem uma história engraçada sobre o hamster da classe que quero te contar.

— Não posso. — Ela para de andar, então eu paro também. O sol está brilhando no início de setembro, infiltrando-se através das folhas verdes dos bordos. O rosto de Tessa está na sombra.

— O que foi? — pergunto.

Quando ela olha para mim, seus olhos estão opacos.

— Ouça — ela diz. — Eu não vou voltar com você.

— Você não vai? Para onde você está indo? — Acho que ela quer dizer que talvez vá tomar um café sozinha em algum lugar ou comprar algo de escola para a Fritzie.

Ela olha de um lado para o outro.

— Richard está aqui. E vou me encontrar com ele.

— O Richard... veio para cá? Mas isso é ótimo! — exclamo. Imediatamente começo a pensar em um bom jantar no terraço, com todos nós. Terei tempo de fazer lasanha e posso pegar alguns dos pãezinhos doces na bodega do Paco e a manteiga irlandesa.

Casamenteira em Apuros

Talvez um bolo. Será tão civilizado, que vamos desejar o melhor a eles. – Todos nós podemos nos conhecer, e…

Paro de falar porque ela fechou os olhos. Acho que está muito envergonhada por mim.

– Oh – solto, entendendo. Então olho para a bolsa e digo: – Ohhhh.

– Vamos embora esta tarde.

– Para a Itália.

– Sim. – Ela muda a bolsa para o outro ombro.

– Mas por que você está fazendo assim? Você poderia ter trazido Richard para cá… espere, por que ele está aqui, afinal? Há quanto tempo ele está aqui?

– Ele apareceu anteontem com uma passagem para mim. Disse que não achava que eu realmente iria, então ele queria vir me buscar. – Ela tira o elástico e joga o cabelo de um jeito que nunca a vi fazer, como uma mulher em um comercial de xampu.

– É claro que ele não achou que você iria. Porque você não fez nada além de dizer que você iria.

– Isso é sarcasmo?

– É sarcasmo. Sim. É a maneira que estou escolhendo para expressar minha consternação com o que você está fazendo. Uau. Você só… você está saindo de fininho, e a Fritzie vai ficar arrasada, e você sabe disso.

– Não, ela não vai. Você não a conhece. Ela não se importa.

– Ela se importa. Você é a mãe dela.

– Bem, mas vai passar rápido. Eu a conheço. Já a deixei mil vezes antes, e ela supera.

– Não como desta vez, você não a deixou. Não durante meses. Venha comigo de volta para aquela escola e vamos contar a Fritzie juntas. Vamos.

– Não. Não vou. Confie em mim. É melhor assim. Ela vai ficar melhor não tendo uma longa e prolongada cena de despedida. Isso não faz bem a ninguém. – Ela enfia a mão na bolsa e me entrega um envelope. – Aqui está. A certidão de nascimento. Caso precise.

– Não posso acreditar que você faria isso. Eu não consigo superar.

– Ouça, vou ligar para ela hoje à noite. Meu Uber está aqui.

Com certeza, quase como por mágica, um Lincoln Town Car preto desliza até o meio-fio, e ela levanta a mão para o motorista.

Então Tessa se vira e olha para mim, e seus olhos parecem um pouco culpados – ou talvez eu esteja apenas *esperando* que ela pareça culpada.

– Sério. Eu não sabia que ele ia fazer isso – diz ela. – Mas talvez seja melhor, porque eu sou péssima em despedidas.

– Todo mundo é péssimo em despedidas – falo.

O motorista já saiu do carro.

– A senhora vem? – ele chama. Quando Tessa responde que sim, o motorista abre a porta do carro, ela coloca a bolsa no banco e então se acomoda ao lado.

Ela olha para mim e diz:

– Lamento que esteja tão brava comigo, mas quero agradecer. Na outra noite, quando você disse que a amaria, isso significou tudo para mim.

O motorista dá a volta ao seu lado e entra, liga o carro e a seta, e, depois de um momento, o carro se afasta, entrando no trânsito.

Ela se foi. E tudo o que vem a seguir vai depender de mim. Lágrimas pressionam meus olhos. Eu poderia honestamente me sentar no meio-fio e começar a chorar.

Uma leve brisa sopra, fazendo algumas folhas girarem em círculo. Mando uma mensagem para Patrick. *Ela foi embora! PARTIU SEM DIZER TCHAU PRA FRITZIE. Ela acabou de entrar em um Uber e foi para o aeroporto. Disse que é péssima em dizer adeus.*

Não sei o que estou esperando que ele responda – uma expressão completa de indignação? Talvez ele sugira pegar um Uber e correr para o aeroporto para gritar com ela.

Em vez disso, depois de alguns minutos, ele manda uma mensagem: *Marnie. Não estamos e nunca estivemos lidando com um ser humano intacto. É por isso que estamos nessa situação, para início de conversa. O que você esperava? Nós vamos dar um jeito. De alguma forma.*

treze

MARNIE

Por volta das onze e meia, depois de andar por aí, reclamar e delirar sobre as más habilidades de Tessa em tomar decisões para a multidão da Brotou um Lance por quase duas horas antes de me acomodar para preencher os pedidos de flores, volto para a Brooklyn Kind School.

Josie e Karen, Josie e Karen, Josie e Karen, digo no caminho, como um mantra. Preciso que essas duas sejam tudo e muito mais. Podemos precisar de uma equipe inteira de psicólogos e assistentes sociais e mães para ajudar essa garotinha a não se sentir uma criança abandonada. Desço do metrô e caminho os três quarteirões até o cruzamento da escola, descruzando os dedos, sorrindo para as outras mães, avaliando-as para possíveis amizades mais tarde. Emily Turner me alcança quando estou a cerca de meio quarteirão de distância.

— Oi! Como ela se saiu quando você foi embora? — ela pergunta, sem fôlego. — E esta não é simplesmente a melhor escola? Você adorou a Josie e a Karen?

— Oi — cumprimento. — Sim, correu bem. E ela realmente parecia bem. Conversou com as outras crianças, não piscou nem um olho quando eu estava saindo e até parecia que ia dar um golpe de Estado para deixar o hamster correr pela sala de aula. Então, estou aperfeiçoando minha Sobrancelha de Mamãe.

— Vamos ver — diz Emily.

— Ainda não está tudo lá. Então não julgue. — Tiro meus óculos escuros e arrumo a expressão facial de modo que minha sobrancelha direita possa se arquear de forma levemente ameaçadora. Vi minha mãe silenciar os gritos de uma carona inteira de garotinhas com esse truque.

— Hum — diz Emily. — Acho que ajuda se você torcer a boca assim também. Mas você vai conseguir. Assim. — Ela demonstra fazendo talvez a cara mais assustadora que já vi. Chega a mostrar um brilho de dentes. — Ei, então como *você* está? Também ficou com o nervosismo do primeiro dia? Sem ofensa, mas você parece um pouco estressada.

— A mãe dela foi embora — falo.

— Mas esse era o plano, não era?

Conto a história toda: sem dar tchau, sem aviso, nem mesmo uma visita à sala de aula para dar uma olhada nas professoras e dizer coisas boas sobre o grande ano que vai ser. Mudou o sobrenome oficial de Fritzie nos formulários para o de Patrick e desapareceu.

Emily estende a mão e toca meu braço.

— Venha para o parquinho com a gente esta tarde. Você quer? Talvez a Fritzie precise desabafar um pouco.

— Tenho que voltar ao trabalho. Tenho uma hora marcada de casamento às quatro.

— Só fique um pouco então. Vamos pegar guloseimas no caminhão de sorvete e deixamos as crianças brincando. Acho que o sistema de irrigação está ligado, e elas podem passar pela fonte e se refrescar. E você pode conhecer as outras mães. Nós seremos seu bando agora. Você pode muito bem vir nos encontrar no nosso habitat nativo: o parquinho.

— Obrigada, gente. Eu tenho perguntas.

— Aposto que sim. Tipo, o que diabos estamos fazendo? Essa é uma das perguntas?

— Isso vai surgir mais tarde. Principalmente, agora quero saber o que todo mundo carrega em suas bolsas gigantes.

— Ah! — ela exclama alegremente. — Refeições com entrada, prato principal e sobremesa, incluindo aperitivos e lanchinhos. Garrafa térmica de água vitamínica. Torniquetes, antibióticos, drogas antipsicóticas. Uma ou duas garrafas de vinho. Um saca-rolhas.

Casamenteira em Apuros

Um notebook. Fones de ouvido. iPhones. Mil dólares em dinheiro trocado. Uma arma de choque.

Viu só? É por isso que amo a Emily Turner. Algo me diz que talvez precise pegar emprestada a arma de choque de alguém imediatamente.

Quando Emily e eu chegamos ao refeitório da escola, onde nós, pais, devemos esperar a dispensa de nossos filhos, vejo Fritzie andando com um grupo de meninos, ainda usando seu boné de beisebol e pulando como se estivesse perfeitamente em casa. Seu rosto se ilumina quando me vê e ela vem correndo, apenas para ser parada por uma das professoras. Aparentemente, as crianças devem esperar em uma determinada área até serem buscadas.

Karen me vê e dá uma leve franzida na testa. O que – não vou mentir – faz meu coração afundar um pouco. Acabou havendo um incidente de hamster, apesar do meu Sinal Microscópico de negação amador? Vou ter que recorrer ao uso de palavras da próxima vez?

Mas não. Ela está apenas marcando as crianças da lista de verificação em sua prancheta e encontrando dificuldade para ligar os nomes às pessoas. Ela me diz, sorrindo docemente, que Fritzie teve um bom dia, que ela vai ser "um grande trunfo para a sala de aula, uma personalidade muito viva", e eu sorrio como se esta fosse uma notícia bem empolgante, embora também pudesse ser um eufemismo para "o ser humano mais perturbador de todos os tempos".

Fritzie está pulando de um pé para o outro e balançando a cabeça para a frente e para trás, o que faz o boné cair no chão, e um garoto ruivo se aproxima, agarra-o e finge que vai comê-lo. Fritzie grita:

– Não coma meu boné de novo! – E o toma de volta.

– Uau, você teve um dia e tanto defendendo esse boné – afirma Karen. Ela sorri para mim. – Todo mundo adorou o boné dela. Algumas pessoas até acharam que seria uma delícia comer, não é mesmo, Fritzie? O que foi meio louco!

E ela dá um grande abraço de despedida em Fritzie.

Quando estamos a caminho do parquinho, seguindo Emily Turner e uma turma inteira de mães e filhos, pergunto:

– Então foi um problema, seu boné?

Fritzie dá de ombros. Ela parece estar de muito bom humor.

– Não. Não foi grande coisa. Ele caiu uma vez, e o Max pegou e colocou na cabeça, e então um garoto chamado Laramie pegou e disse que ia colocar ketchup no almoço e comer, mas então eu peguei de volta, e ele me perseguiu pela sala de aula, e nós batemos na mesa de pastas e todas elas caíram no chão. Grande coisa. Eu recolhi. – Então ela grita a plenos pulmões para o garoto um pouco à nossa frente. – Laramie! – ela chama e depois repete. Ele para e se vira, e ela lhe joga o boné.

– Aqui – ela diz –, pode ficar!

Ele corre e pega.

– Sério? – Percebo que ele estava andando sozinho, olhando para as outras crianças com uma espécie de anseio.

– Sim! – ela exclama. – É seu. Mas não coma, só se você estiver com muita, muita, muita, muita, muita, muita, MUITA fome. E não coloque ketchup nele!

Depois que ele salta com o boné na cabeça, questiono:

– Espera. O boné é seu. Por que você deu pra ele?

E ela responde, sem rodeios:

– Não sei. Ele precisava do boné.

Ela dança de lado e para trás do outro lado da rua, e fico sentindo meu coração parar e recomeçar a bater. Quando chegamos lá, nós nos arrumamos e pegamos os bancos, todas as mães abrem suas sacolas mágicas e distribuem lanches saudáveis, cenouras, garrafas de água especial, pacotinhos de algas secas e algo chamado Butim do Pirata, e chego a me sentar no banco ao lado de Emily Turner e suas amigas Elke, Lily e Sarah Jane, todas usando os calçados mais fabulosos que já vi – Crocs e sandálias e outros acessórios – e alimentamos as crianças com esses lanches maravilhosamente saudáveis retirados de potinhos fofos e ecologicamente corretos.

Casamenteira em Apuros

Elas pegam suas mochilas, e alguém menciona o almoço como se fosse uma coisa em que deveríamos estar pensando, e então reunimos todo mundo, colocamos os gêmeos de Sarah Jane em um enorme carrinho de dezoito rodas, pegamos o bebê de Elke e lá vamos nós, almoçar na rua em um restaurante de sushi, onde há sushis califórnia e jogos sensacionais com o vidrinho de shoyu e muita exuberância feliz.

Há uma dor de cabeça de tensão começando a bater logo atrás dos meus globos oculares. Mas tento ser grata por cada momento em que Fritzie está feliz, despreocupada e brincando com os amigos. Olho para o céu e aperto os dedos um a um, com a intenção de apreciar.

Patrick disse que lidaríamos com isso.

Quando Fritzie e eu estamos indo para o metrô, ela de repente pergunta:

— Ei, cadê a minha mãe? — Ela está pulando de um pé para o outro quando pergunta, com a intenção de não pisar em nenhuma rachadura. — Sabe por que estou fazendo isso, Marnie? Porque você pode quebrar a coluna da sua mãe se você pisar em um — explica ela. — Não sei se você sabe disso ou não.

— Ouvi rumores sobre isso — afirmo. — Mas uma vez, quando eu era criança, eu estava brava com a minha mãe, então pisei em cada rachadura, e suas costas ficaram bem todos esses anos. Então, tenho sérias dúvidas sobre se é verdade.

— Sim — diz ela. — Também fiz isso uma vez.

— E a Tessa estava bem?

— Eu acho. Então, onde ela está, hein? Como é que ela não veio à escola me buscar?

— Bem — falo. Ok. Então aqui estamos nós. Tento pensar no que dizer. Estive pensando no que dizer a tarde toda. Na calçada há uma folha de gingko rasgada e em forma de coração. Tento deixar isso me dar um pouco de coragem. Acredito em sinais de folhas de gingko rasgadas.

Fritzie parou de andar e está me observando. Seus olhos estão cautelosos, como se ela soubesse o que está por vir e tivesse se preparado para isso.

– Bem, querida, sua mãe foi para a Itália hoje – respondo. – Foi uma grande surpresa para todos... até para ela, acho. Richard apareceu em Manhattan com uma passagem aérea para ela, e os dois foram embora.

– Ah – ela diz. Seu rosto esmorece e, sem olhar para mim, ela pega uma vara e começa a arrastá-la ao longo de uma cerca de ferro, batendo nas barras enquanto caminha. É como observar nuvens de tempestade surgindo no horizonte: você pode vê-las chegando, mas não há escapatória.

– Eu sinto muito. É meio que um choque, tenho certeza. – Quando ela não responde, falo: – Eu queria que ela pudesse ter se despedido de você.

Com isso, Fritzie se senta no chão, na calçada. Apenas se joga no chão e se dobra, os braços em volta dos joelhos e a cabeça baixa.

Eu paro de andar.

– Você está bem?

– Me deixa em paz. – Sua cabeça está enterrada nos joelhos.

Eu me abaixo, coloco a mão em suas costas, mas ela a empurra.

Não consigo imaginar qual seria a coisa certa a dizer. O que quero fazer é pegá-la, abraçá-la e abraçá-la, dizendo que ela está segura comigo. Mas ela quer que eu a deixe em paz, então é isso. Olho de um lado para o outro na rua, como se a resposta pudesse ser encontrada em um dos carros estacionados ou em qualquer uma das pessoas que passavam. Por fim, digo:

– Podemos conversar. Você quer falar sobre isso?

– Não. – Sua voz está abafada. Então ela continua: – Só pensei que ela ia me dizer tchau.

– Eu sei. É uma pena que ela não tenha feito isso. Eu realmente sinto muito.

Alguns adolescentes passam, fazendo um grande círculo ao nosso redor. Mais à frente, posso ver Emily Turner já na esquina, olhando para trás em nossa direção. Ela faz o gesto de "você está bem?". Eu confirmo. E então me sento ao lado de Fritzie na calçada. Ela ainda

Casamenteira em Apuros

está toda dobrada, balançando para a frente e para trás, e posso ouvir pequenos sons tristes vindos dela. Pios, como um pintinho faria.

— Você quer ir para casa? — pergunto, finalmente. Coloco a mão em suas costas, e desta vez ela não a afasta.

— Não.

— Ok. Não tem problema. Podemos só ficar sentadas aqui.

— Vai. Embora.

— Não vou a lugar algum.

— Você deveria ir porque vou ficar aqui para sempre e nunca vou falar com você.

— Está bem então. Eu também. Eu também não vou falar comigo mesma.

— Você também pode ir ver o Patrick, porque não vou me mexer.

— Não. O Patrick vai ter que vir nos achar se quiser nos ver.

Sentamos em silêncio. Ela mantém a cabeça baixa em seus braços. Estou rígida, sentada na calçada, então me aproximo do pequeno pedaço de terra e grama, o lugar onde todos os cachorros do Brooklyn provavelmente fizeram xixi. Por um tempo não consigo pensar como isso vai acabar.

E então — não sei, cerca de quatro eras depois —, lembro-me de algo em que acreditei sobre o amor e como é na confusão que todas as coisas boas vêm; fecho os olhos e transmito um pouco de amor para ela. Então, depois de um longo tempo, falo:

— Sabe, quando estou realmente tão zangada e furiosa quanto jamais poderia estar, gosto de gritar e gritar e correr em círculos e bater em alguma coisa.

Ela espia por baixo de um braço.

— Vamos ver — diz ela.

E eis que acontece que, às 15h45 de uma quarta-feira, o primeiro dia de aula e o primeiro da minha vida como mãe substituta, estou na Clinton Avenue, no Brooklyn, soltando gritos de gelar o sangue, correndo em círculo e depois batendo nos postes de pedra do portão de alguém com um graveto. E a garotinha me observando está com o rosto sombrio e sério, com manchas sujas em suas bochechas, onde as lágrimas estavam. Mas pelo menos ela está observando.

– Pare com isso – fala ela com firmeza. – Você está se fazendo de idiota.

– Ah, é? Você acha que poderia fazer melhor?

Ela se levanta, pega o graveto de mim e gira em círculos, gritando tão alto que os aviões provavelmente estão tendo que ser redirecionados do aeroporto JFK, e então ela bate na parede de pedra até que esteja completamente exausta, e, quando termina e está suada, ela declara:

– É *assim* que você faz.

Eu digo:

– Isso foi muito impressionante. O que me diz? Vamos conhecer uma noiva na Brotou um Lance?

– Por que tem uma noiva na Brotou um Lance?

– Ah, ela acha que quer flores para o casamento. Bobagem dela, eu sei.

– Ok – ela diz finalmente. – Mas nunca mais vou ser feliz.

– Absolutamente não. Nem eu.

Assim que chegamos em casa, Fritzie marcha na porta da frente e vai encontrar Patrick, chamando seu nome repetidamente. Estou guardando sua mochila e pendurando seu suéter quando ele sai do estúdio do outro lado do corredor, erguendo as sobrancelhas para mim.

– Patrick – ela começa. – Você vai ter que se acostumar comigo, porque minha mãe foi embora e eu nunca mais vou falar com ela.

– Bem – diz ele, piscando. – Está bem então. Fui avisado.

– EU ODEIO ELES! Ela e o Richard. EU ODEIO ELES!

Estendo os braços para Fritzie, mas ela não se aproxima. Ela é como um pequeno animal selvagem, que não está procurando carinho.

Casamenteira em Apuros

Patrick passa as mãos pelo cabelo e nos olhamos, porque não temos ideia do que fazer, exceto que estou pensando que talvez jantar seja uma boa ideia. Ele diz que gostaria de fazer a comida favorita de Fritzie, qualquer que seja, e ela anda em círculos por um tempo, ponderando, depois fala que seriam hambúrgueres, alcachofras, torta de cereja e refrigerante de baunilha. Com molho de manteiga para as alcachofras e molho rosé para os hambúrgueres.

Patrick e eu trocamos olhares novamente. Ele levanta as sobrancelhas.

– Não pode ser pizza da esquina? – ele pergunta. – Ou um frango do Paco?

– Não! – ela ruge, vai até ele e finge socá-lo no estômago, só que ela realmente se empolga e começa a bater nele, que tem de afastá-la, o que quase a faz começar a chorar. Ela se encontra numa situação emocional bem instável, com os nervos à flor da pele.

E sabe de uma coisa? Porque nós faríamos qualquer coisa para fazê-la se sentir melhor, Patrick assa os hambúrgueres na grelha no terraço, eu vou ao Paco e compro alcachofras, recheio de cereja, massa de torta instantânea e refrigerante de baunilha, e venho para casa fazer uma torta. Estamos todos trabalhando com dedicação, até mesmo Fritzie, que gira em círculos na cozinha cantando uma daquelas canções desafinadas da infância – essa sobre vermes entrando e saindo de um cadáver –, e vejo seus olhos brilharem enquanto ela tem a ideia de perseguir Bedford e vesti-lo com uma de suas camisetas. Ele suporta a questão da camiseta, mas aparentemente não usa roupas íntimas na cabeça. Os dois vêm correndo pela cozinha e depois pela sala, com ele latindo e ela gritando, e de repente ela começa a chorar, corre e se esconde atrás do sofá, não deixando nenhum de nós abraçá-la.

Mas finalmente conseguimos finalizar o jantar, ela carrega a torta até o terraço enquanto Patrick e eu trazemos todo o resto, e então ela lhe conta sobre sua sala de aula, o hamster e como as professoras querem ser amigas das crianças, e é por isso que você não tem de chamá-las de "senhora". Seus olhos estão brilhando enquanto conta tudo isso, e ele brinca com ela sobre ser amigo de professores.

Apesar do ligeiro alívio no jantar, posso ver em seus olhos que ela está em estado de choque e triste, e que a dor que brota de dentro dela é tão grande que a está inundando. Depois disso, apesar dos meus esforços para que tudo corra bem, discutimos se ela precisa de um banho (eu perco), se ela deve escovar os dentes (eu ganho) e quando é hora de dormir (ninguém ganha; ela discute, para e pensa em assuntos cada vez mais ridículos para reclamar até depois das dez, quando finalmente estamos todos exaustos).

Deito-me com ela e com o Sr. Dorminhoco, e, mesmo que ela diga que nunca vai dormir, que *nunca* mais vai ser feliz, que *nunca* vai falar com a mãe ou ser legal com Richard, Fritzie enfim adormece. Assim que tenho certeza de que ouvi cada pio dela, saio da cama. Minhas costas estão rígidas, e meu pescoço tem um torcicolo. E não só isso: tenho cólicas e dor de cabeça. Cambaleio até o banheiro, piscando na luz forte. Já passa das onze agora.

E aí está: minha menstruação.

Olá, diz. *Você realmente não achou que aquele pequeno rasgo na camisinha quatro semanas atrás traria um* BEBÊ, *não é? Achou? E você pensa em si mesma como alguém que tem um senso de magia e possibilidade? E não sabia que eu estava esperando por você? Hahahahahahaha.*

Minha menstruação é sempre um pouco má e caprichosa, mas eu nunca soube que seria tão terrível.

Deslizo pela parede e me deito no chão com o rosto contra o azulejo frio. Não quero pensar em nada agora, exceto em como as fibras do tapete marrom do banheiro são bastante irregulares. É fascinante, sério, como existem diferentes tons de bege, creme e areia, todos tecidos e torcidos juntos, colados e apoiados um no outro. Você pode deixar isso passar se nunca teve tempo para se deitar no chão, eu acho.

Devo chorar? Talvez eu devesse me permitir chorar. Estou mais triste do que acho que já estive.

Casamenteira em Apuros

Patrick entra para escovar os dentes. Eu não me movo. Apenas olho para os pés dele na minha frente no tapete. Os pés perfeitos e não queimados de Patrick.

— Hum. O que você está fazendo? — ele questiona.

— Estou sentindo pena de mim mesma.

— Ah — ele diz. E então — *Ahhhhh.* — Ele notou a caixa de absorventes na beira da pia. — Posso fazer alguma coisa? — pergunta. — Você quer chá?

— Não. Acho que vou me deitar no chão e chorar um pouco.

— Ok. — Seus dedos dos pés não se movem. Fecho os olhos. E então sinto o calor dele me cercando. Ele se junta a mim no chão e, a princípio, apenas esfrega minhas costas e minha bochecha, então me pega, me segura contra seu peito e diz: — Você sabe. Se esta noite for alguma indicação, podemos ter evitado…

— Nem pensar — contraponho.

— Quero dizer, só estou falando…

— Patrick. Estou falando sério. Para.

Ele beija meu cabelo, uma centena de beijinhos. Seu coração está batendo contra minha bochecha. Permanecemos assim por muito tempo. Sinto lágrimas queimando sob minhas pálpebras. Estou muito cansada e muito triste.

— Marnie — ele sussurra. — Se você realmente quiser, se é isso que você precisa, podemos tentar de novo.

Eu me afasto e olho para seu rosto.

— De propósito desta vez?

Ele fecha os olhos por um momento.

— Deus. Devo ser um lunático, mas, sim. De propósito. Mas posso te perguntar uma coisa? A gente poderia esperar? Poderia se acostumar com esta meio crescida primeiro? Podemos apenas ter certeza de que conseguimos sobreviver a isso antes de embarcar em outro?

— Tudo bem — falo.

— Eu devo estar louco dizendo isso. Eu *sou* louco.

– Não pense demais, Patrick. Basta deixar a vida levar. As coisas são *assim*.

– Ok, mas você pode, por favor, vir para a cama agora? Porque Deus sabe que vamos precisar da nossa energia.

catorze

MARNIE

E então as primeiras semanas da Fritzie foram horríveis. Tipo, as piores.

Por um lado, Fritzie não fala com Tessa ao telefone quando a mãe liga. Ela diz da sala ao lado:

— Fala pra ela que eu morri.

Outra vez, a menina grita para mim:

— Por favor, fala que eu a odeio e que também não me lembro do nome dela.

Na quinta-feira seguinte, Fritzie diz:

— Fala que agora sou a filha de vocês e ela pode ficar longe.

No domingo seguinte, Fritzie está fazendo a lição de casa quando Tessa liga.

— Fala que já cresci, saí de casa e estou morando na minha própria *pensione* com um homem que é mais bonito que o Richard e mais legal.

A cada vez, Tessa desliga sem forçar o assunto. Ela realmente me disse da última vez que aconteceu:

— Bem, acho que isso mostra o que eu estava dizendo o tempo todo. Fritzie não sente minha falta.

— Não, não! — respondi rapidamente, mas era tarde demais, porque ela já tinha desligado. *Não,* eu teria dito. *Prova exatamente o contrário. Fritzie sente tanto a sua falta que não consegue suportar.*

Três semanas depois, enquanto setembro se transforma em outubro, Fritzie e eu começamos a pintar o quarto dela com um rotineiro mas reconfortante azul-pálido. Estou aliviada por ser a cor escolhida, porque parecia igualmente plausível que ela fosse optar por – ah, não sei – manchas metálicas de arco-íris ou Preto-Morte-da-Civilização. Estou tão feliz com o azul-claro que, quando ela escolhe estrelas de folha dourada para colar nas paredes, bem como cortinas de bolinhas douradas para as janelas, estou dentro. Na verdade, estou dentro para quase tudo. Meu coração é uma grande bola molhada e pulsante de compaixão por Fritzie agora. Passamos pelas lojas como se fôssemos da família Kardashian, empilhando no carrinho tudo o que a menina quer: pôsteres de unicórnios e pugs e um do Dumbo com a mãe, além de um grande travesseiro em forma de pretzel, um abajur de lava, bichos de pelúcia variados com olhos enormes e um despertador que também informa o tempo. Pegamos um pufe e estantes brancas da Ikea, uma cama nova, uma escrivaninha com luz giratória, uma cômoda, uma cadeira com ro-dinhas, um tapete com listras e cestos para seus brinquedos.

Enquanto estou em uma escada pintando com o rolo, ela corre pelo ambiente, quase pisando na bandeja de tinta quatro vezes diferentes, e então insiste em me ajudar a pintar os cantos, o que significa que, em dado momento, um pincel inteiro cheio de tinta sai voando pelo piso de madeira, e tenho que correr para pegar toalhas de papel molhadas, e, enquanto estou fora, Fritzie pisa na bandeja de tinta e salpica ainda mais pegadas azul-claras pelo quarto. Quando eu (muito gentil e pacientemente) a convenço a parar, a nunca mais na vida mover um músculo sequer se houver pintura acontecendo em qualquer lugar nas proximidades, ela veste Bedford com seu boné e uma de suas camisetas, e os dois correm pelo corredor, latindo e gritando, o que faz Roy entrar correndo no quarto, guinchando, com o pelo totalmente eriçado, e fica claro que, entre os vapores da tinta e o barulho interespécies, ele está tendo seu merecido colapso nervoso. É claro que ele derrapa direto nas poças de tinta no chão, vira no ar e voa pelo corredor fazendo um som sobrenatural. Sinto muito por ele, mas tenho de capturá-lo e lavar suas patas com água, o que ele odeia mais do que tudo. Então tenho de lavar o chão no corredor. E os lugares na parede, onde ele, de alguma forma, tocou, porque eu jurava que ele estava voando em vários momentos.

Casamenteira em Apuros

Digo para Fritzie:

— Você quer tirar uma foto do seu quarto e mandar uma mensagem para que sua mãe o veja?

— Você sabe escrever a palavra não? – pergunta. – N-A-O-TIL-N-A-O-TIL-N-A-O-TIL-N-A-O-TIL-N-A-O-TIL. Ela repete mais uma centena de vezes, pelo menos.

— Ok, ok, entendi – solto, depois de um tempo.

Conseguimos viver até chegar ao final deste dia.

Patrick, que está trabalhando em seu estúdio, vem de vez em quando para oferecer consolo, toalhas de papel molhadas, sanduíches e alguma experiência com a chave Allen, mas nós dois sabemos que este é meu projeto, não dele. Sou eu que sei o quanto é importante para Fritzie ter um refúgio com as próprias decorações, um lugar onde ela possa ir e fechar a porta, sentir saudades da mãe, ouvir música, fazer a lição de casa, fazer o que for preciso para este ano ser bom para a menina.

Sinto como se estivesse sempre tentando empurrá-lo para ela, fazê-lo enxergar como Fritzie é maravilhosa. Eles têm uma piada sobre como Roy pensa que ele é seu irmão e que ela é apenas mais um gato que está sempre querendo pegar seus petiscos para gatos. Vou ouvi-la rindo enquanto Patrick está brincando com Fritzie sobre como Roy esconde a surpresa de atum em qualquer lugar que possa encontrar.

— Roy vê você olhando para aquela surpresa de atum – eu o ouvi dizer à menina. – Ele costumava escondê-lo em seu quarto, mas agora você o fez de um jeito que ele tem que procurar novos esconderijos todos os dias.

Fritzie riu.

— Ele colocou no seu sapato hoje!

— Não, não – disse Patrick. – É aí que você está errada. Está debaixo do seu travesseiro.

— Não! Está debaixo do *seu* travesseiro!

— Está bem longe.

Às vezes ele a leva junto quando vai ao Paco e compra chicletes, balas azedas e aquelas tortinhas de maçã fritas que vêm em saquinhos de cera. Ele não me diz muito, mas imagino que deve se orgulhar de ter uma garotinha que conversará com quase todo mundo e que é tão autoconfiante que precisa ser impedida de dar a volta no balcão e exigir aprender a usar a caixa registradora.

Minha mãe ri quando lhe conto tudo. Bem, ela ri quando supera o choque de Patrick ter um filho fruto de um encontro anterior. Tenho que explicar várias vezes que ele não abandonou uma namorada grávida e depois resistiu ao pagamento de pensão alimentícia.

— Não, não, não — falo. — Tessa nunca contou a ele que estava grávida.

— Mas, querida, ele não a *viu*?

— Não, mãe. Ele mal a conhecia. Foi só nessa ocasião.

— Ela engravidou em um caso de uma noite? — pergunta. — Tem certeza que acredita nisso?

— Sim, acredito. Porque é verdade. E, de qualquer forma, esse não é o ponto. O ponto é que a mãe sente que agora é a vez dele de cuidar da criação da filha, então temos uma criança de oito anos que vai ficar com a gente por alguns meses.

— Então você é a madrasta de alguém! — exclama. — Aposto que você não consegue fazer uma coisa certa, não é?

— Bem, estou descobrindo à medida que prossigo — afirmo. Mas fico um pouco irritada com isso. É difícil explicar para minha mãe o quanto eu já amo essa criança, como isso parece um pouco da magia do universo em ação, trazendo-me uma garotinha corajosa. Há momentos em que a estou ajudando com a lição de casa, lavando seu cabelo ou escolhendo suas roupas para o dia seguinte que me sinto flutuando em algum lugar perto do teto, olhando para baixo com espanto ao ver como minha vida está mudando.

Mas, por alguma razão, todo mundo quer fazer disso uma história sobre eu ter sido prejudicada.

Casamenteira em Apuros

Antes de desligarmos, conto-lhe alguns detalhes que acho que podem diverti-la: a decoração do quarto com o abajur de lava, o Sr. Dorminhoco que parece ter sarna, o desejo de Fritzie de vestir Bedford e Roy com camisetas e o fato de que, na reunião a que fui na escola, Josie e Karen disseram que ela era aventureira, obstinada e destemida, e que odeia ser deixada de fora de qualquer coisa.

– Rá! – minha mãe exclama. – E você sabe que as professoras querem dizer que Fritzie quer as coisas do jeito dela o tempo todo e é a líder de todos os encrenqueiros.

– Sim – afirmo. – Sim, acho que é exatamente o que elas querem dizer.

– Ela fala com a própria mãe, querida?

– Bem, Fritzie não quer, mas insisto em ligar uma vez por semana para a Tessa, só para mantê-la informada. Até agora as conversas são bem curtas e estranhas, mas acho que ela precisa ter contato com a mãe.

– Não posso dizer que a culpo, no entanto, por não querer. Que tipo de mãe faz isso?

– Eu sei, eu sei. Mas pode acabar sendo a melhor coisa para todos. Você sabe? Não podemos descartar nada.

– Faça um pouco da sua magia – diz minha mãe – e então entregue sua varinha mágica ou o que quer que seja para mim. Estou pronta para trancar seu pai na toca dele e jogar a chave fora. A única coisa é que ele nem mesmo perceberia. Ele ficaria lá!

Pelas tardes, fico com as outras mães no parquinho, mas estou sempre de olho em Fritzie, que salta do topo da estrutura de escalada, persegue as outras crianças em círculos e sobe tão alto nos balanços que meu coração para. Quando voltamos para casa, meus dentes parecem que eu estava mastigando metal.

– Não olhe – Elke fala, quando me vê estremecer. – Eles têm que fazer isso. É algum tipo de lei da natureza. Ninguém entende.

As pessoas da Frivolidades pontuam que fiquei muito menos ensolarada ultimamente. O amor, quero dizer a eles, pode fazer isso com a gente. Pode deixar você completamente desconfortável até encontrar o seu caminho.

— Você está mais nervosa — afirma Ariana. — Precisa que eu venha tomar conta de você algum dia? Acho que você está desenvolvendo uma contração no olho.

— Uma *contração*? — indaga Kat. — A contração é o de menos. Ela parece uma prisioneira de guerra, sendo privada de sono e água. Aqui, minha querida, pelo menos se hidrate. — Ela me entrega uma grande xícara de chá. — Vá cheirar um pouco de lavanda no refrigerador. Ouvi dizer que isso vai mudar seu cérebro.

— Conta pra gente qual é a pior parte — ordena Lola, inclinando-se para a frente, seus olhos gentis brilhando nos meus. — Você tem que dizer em voz alta. Desabafe um pouco.

— Sssh. Ela não vai fazer isso — diz Kat. — Ela não quer ser negativa. Você conhece a Marnie.

— A pior parte — falo lentamente — é que eu quero mostrar tanto amor a Fritzie, mas não posso compensar o que ela passou com a própria mãe. E a pior, a *pior* parte é que quero nos tornar uma família maravilhosa, grande e feliz, e... e...

Lola se levanta e me abraça, e Ariana declara que precisamos de um abraço em grupo.

— Você é mágica, Marnie — afirma ela. — Não esqueça que a Fritzie chegou até você por um motivo.

Curiosamente, esse é o dia em que me sinto melhor. Como se eu pudesse estar voltando para mim mesma. Quando saio, deixando a Brotou um Lance para pegar Fritzie na atividade extracurricular da escola, olho para cima, vejo o céu e percebo que as folhas estão mudando de cor e o céu está em um tom cristalino de azul.

Louco, eu sei, mas é como se eu tivesse esquecido tudo sobre o céu.

Casamenteira em Apuros

– Quantos meses mais nos restam? – Patrick me pergunta uma noite quando vamos para a cama.

– Sobre o quê?

– Sobre o quê? Da Fritzie morando aqui.

Não respondo, então ele envia uma de suas longas pernas para o meu lado da cama e me cutuca com o dedão do pé.

– Vamos – diz ele. – Falando sério. Quando a Tessa volta para buscá-la para que a gente possa retomar as nossas vidas?

– Sei que você está brincando e não acho engraçado.

Ele ri.

– Eu não estou brincando. Isso é tudo o que descrevi com antecedência que seria difícil sobre a paternidade. Reuniões com professores. Projetos escolares. Olhares infantis. A única coisa que deixei de fora foi que eu não sabia como uma criança ia querer pintar um quarto e, no processo, destruiria o acabamento do piso de madeira em pelo menos dois cômodos e um corredor. Isso não previ.

– Primeiro de tudo, o acabamento não está destruído. Eu limpei a tinta. E você, meu bom homem, não teve que ir a nenhuma reunião na escola. E acho que ter a Fritzie (que, só para lembrar, é sua filha) está abrindo nossas vidas.

– Talvez nossas vidas estivessem bem, meio fechadas do jeito que estavam. – Ele vem para o meu lado da cama e me acaricia, tentando me fazer sorrir. – Vamos falar sério. Você sabe que isso aqui em que estamos envolvidos é uma coisa infernal. É surpreendente que as pessoas vivam dessa maneira. Olhe para nós. Somos destroços da nossa antiga versão, e não acho que estejamos nem na metade do caminho. E, por favor, não me conte de novo sobre o grande mistério da vida sendo exposto diante de mim.

– Metade do caminho! Você acha que estamos na metade do caminho? Estamos em outubro, Patrick. *Outubro.*

Ele finge parecer chocado.

– Então você está dizendo que isso vai demorar muito mais.

Eu o encaro. Quer dizer, sei que essa é a ideia dele de humor, mas me deixa louca da vida.

– Patrick, talvez este não seja o melhor momento para trazer isso à tona – digo –, mas, na verdade, sou eu quem está fazendo nove décimos do trabalho por aqui: tanto o trabalho emocional quanto o físico. Então, se alguém tem o direito de reclamar, sou eu.

– Sem dúvida. Eu me curvo ao seu direito de reclamação. Por favor. Vá em frente. Reclame o quanto quiser. Eu *adoraria* ouvir qualquer reclamação que você tenha sobre nosso estilo de vida atual.

– Sim, bem, não vou reclamar, porque esta é a vida que eu esperava ter. Esta vida: com uma garotinha que precisa de nós, que é corajosa, engraçada e inteligente, e que parte todos os dias para um mundo que ela não pediu, sem a mãe... e, bem, acho isso incrivelmente comovente.

– É muito emocionante. E, de fato, daria um bom documentário algum dia. Mas, dito isso, é um monte de trabalho não planejado. Olhe para nós. Nós dois estamos exaustos, e agora estamos discutindo quando, nos velhos tempos, poderíamos estar fazendo amor, lendo ou planejando nosso pacífico dia seguinte. Em vez disso, gastamos todo o nosso oxigênio de sobra falando sobre quem fez o almoço de Fritzie, se ela fez a lição de casa, por que ainda não está dormindo, e...

– Patrick.

– ... e quem vai estar em casa quando, e se...

– Patrick.

– O quê?

– Sei o que você está fazendo e estou apenas avisando que ainda quero um bebê. *E*, como devo ter mencionado, tenho trinta e três anos, o que não é tão jovem quando se trata de fertilidade. E a Fritzie está indo bem, então acho que é hora de começarmos a tentar de propósito.

Ele desliza lentamente da cama para o chão, como se estivesse exalando força vital.

– Volta para a cama.

– Eu morri.

Casamenteira em Apuros

— Não, me escute. Acho que a paternidade é mais fácil quando você começa com um bebê novo e vai progredindo.

— Essa é uma teoria que não foi comprovada.

Eu me levanto de joelhos no colchão e o encaro de cima. Ele está sentado no chão de costas para mim, caído contra a cama.

— Não, não. Patrick, ouça. Já saberemos tanto sobre crianças por sermos pais de Fritzie, que, quando tivermos um bebê, não haverá surpresas.

— Sempre há surpresas — diz ele. — Esta conversa aqui é uma grande surpresa, na verdade.

— Bem, não deveria ser. Já passamos por isso antes.

— Sim, mas concordamos em esperar um pouco. Lembra-se disso? Meritíssimo, posso tratar a testemunha como hostil enquanto revisamos as fitas? Você, Marnie MacGraw, disse que queria um bebê. Eu disse que não me via como pai. Você disse que eu deveria pensar sobre isso. Fizemos sexo, durante o qual a camisinha se rompeu misteriosa e *acidentalmente*... — Ele cruza os dedos no ar.

— Não cite a palavra *acidentalmente*. Você sabe tão bem quanto eu que...

— Posso prosseguir, Meritíssimo? Mais tarde naquela semana, descobrimos que vamos criar uma criança por um ano em circunstâncias que só podem ser descritas como surpreendentes e completamente fora do esperado, e não por minha escolha. Mas tudo bem. Um ano. O que me traz de volta à minha pergunta original: o ano já acabou?

— Sim, a camisinha estourou, mas não resultou em gravidez, e aí você disse que poderíamos tentar de novo, então acho que, tendo em vista que estou na casa dos trinta e tantos anos e você concordou em tentar ter um filho, legalmente tenho direito a tantas chances quanto possível. Quero comprar um termômetro e começar a fazer o gráfico da ovulação e tudo mais.

— Você diria isso para um homem que está atualmente deitado no chão do seu quarto, ofegando por sua vida?

— Tudo o que estou pedindo é que você se levante na cama e tire suas roupas.

– Por que você é tão mandona?

– Porque eu te amo e o tempo não espera.

– Você! Você está me matando.

Mas ele sobe na cama mesmo assim, e eu o cubro de amor, e, quando estamos prontos para dormir, acho que ele não está nem perto de morrer.

quinze

PATRICK

É novembro, o mês que Patrick acredita que deveria incluir um aviso-prévio no calendário.

Novembro foi o mês em que ele foi liberado de volta para o mundo após suas internações por causa do incêndio, e todos os anos, perto do aniversário desse episódio, sempre há uma manhã em que ele acorda e percebe que o mundo está coberto de teias de aranha e poeira. Quando ele não consegue erguer a cabeça. O cheiro penetrante do outono, a luz específica que entra pelas janelas e a diminuição das horas de luz se instalam mais uma vez em seus ossos. Ele até acha que ainda consegue sentir o odor acre da fumaça. Suas células *sabem*. Elas estão registrando tudo.

Este ano, na manhã do aniversário, como todas as manhãs, ele faz uma xícara de café e entra em seu estúdio. Roy, que decidiu morar lá em tempo integral desde que a vida ficou tão agitada na parte principal da casa, cumprimenta-o com desdém como o colega refugiado/traidor que ele é. Senta-se majestosamente em cima da pilha de telas não utilizadas, lambendo suas partes inferiores como se estivesse em seu próprio spa particular e o raiozinho de sol fraco em que está sentado tivesse sido projetado exclusivamente para ele. De fato, esse estúdio é o lugar onde ambos, ele e Patrick, conseguem capturar até mesmo o menor vestígio de sua vida anterior.

Cada vez mais, esse é o momento pelo qual Patrick espera todos os dias, o momento de entrar no estúdio, fechar o mundo lá fora e buscar o sedutor conforto escuro de sua dor. Mas hoje não há conforto em lugar algum. Ele sabe que não está cumprindo sua parte nas tarefas domésticas. Vê Marnie o observando, medindo o quanto está fazendo a mais do que ele por Fritzie. Marnie parece feita para a correria da vida doméstica, enquanto ele se sente lento e desajeitado. Ele prepara o café da manhã de Fritzie todos os dias e inicia a cafeteira, e hoje, heroicamente, foi ele quem encontrou o sapato dela que Bedford tinha levado para a sala de estar e escondido embaixo do sofá.

E então, como todas as manhãs, ele está lá na porta da frente para ver enquanto elas partem. Talvez seja algo perfunctório, mas ele faz isso. Todos os dias ele as observa à medida que se afastam juntas, caminhando em direção ao metrô com suas bolsas, ajustando seus suéteres e seus chapéus. Hoje ele viu Marnie se inclinar e arrumar o chapéu de Fritzie, depois lamber o dedo e limpar seu queixo. O gesto universal das mães.

Ele se afastou e fechou a porta. A dor lancinante em seu coração não era por testemunhar aquele momento tocante entre duas pessoas com as quais ele está conectado. Não. Era a realização de seu próprio vazio. Lá, bem no fundo de si, não há nada. Nenhuma sensação.

Ele sabe que não vai se permitir amar essa criança. Não pode. Isso seria preparar-se para uma decepção que pararia seu coração quando ela vier ser buscada pela mãe. De qualquer forma, é melhor assim, manter distância. Ele é muito desajustado para ela contar com ele. Isso é o que ninguém além dele parece entender. É como se ele estivesse gritando no deserto para o universo: *Eu não sou confiável. Tenho um histórico ruim com outros seres humanos. Você não lembra que eu estava presente na morte de uma das suas melhores pessoas? Não foi possível contar comigo para salvá-la, e também não consigo ajudar ninguém.*

Patrick vai para o outro cômodo, onde colocou as pinturas em que trabalhou e depois abandonou. Ele não sabe o que esperava que lhe dissessem, mas o que vê o derruba. Aqui está tudo, disposto diante dele, capturado nas telas: o cheiro do quarto de hospital, o incêndio descontrolado, o eu perdido tentando seguir em frente e fracassando e então fracassando novamente – tudo isso está aqui no estúdio.

Ele se senta para trás sobre os calcanhares, atordoado.

Casamenteira em Apuros

Alguém vai querer ver toda essa dor? Há sequer uma partícula de beleza ou esperança aqui? Ele os examina de perto.

Maldição. *Tudo* o que ele fez é desespero. Tudo. Estão ali as duas grandes obras inacabadas e cinco pinturas individuais concluídas, ou quase. São uma porcaria. Como ele não percebeu? Como isso o pegou de surpresa? Todo esse trabalho que ele vem fazendo está se transformando em uma retrospectiva de seu relacionamento condenado com Anneliese. Não há misericórdia nessas pinturas. Elas mostram apenas sua visão distorcida do mundo, seu poço de desolação.

Anneliese, ele percebe, é seu fantasma e sua musa. E ele não sabe como se libertar dela. Ela sempre estará lá em sua mente, interrompendo quando ele está fazendo amor com outra pessoa, gritando quando ele está dormindo, jogando-se nele quando ele está fazendo algo tão simples quanto pegar um pincel.

Não é de se admirar que ele esteja exausto ao fim de cada dia. Porque todos os dias ela vive e morre novamente. Todos os dias há o fogo que respondeu à pergunta de quem eles eram um para o outro. Se for completamente honesto consigo mesmo, ele sabe que eram um casal ambivalente. Ela era uma mulher difícil. Ele era um homem desorientado. Eles entravam em conflito às vezes, e às vezes, mesmo esculpindo lado a lado na mesma sala, respirando o mesmo ar, eles estavam tão distantes quanto duas pessoas poderiam estar.

É isto que ele pinta: as distâncias, os silêncios, o fogo, a morte. Ele está nesse mundo o dia inteiro.

— Ei — ela diz. — *Você gostaria de pintar o momento logo após acordar do coma, quando soube que seria sempre aquele que não morreu?*

Às vezes, quando faz uma pausa para o almoço, ele fica parado na cozinha silenciosa, ouvindo os ruídos da casa e os sons do trânsito lá fora. O motor da geladeira liga, os radiadores gritam em protesto, a água borbulha nas antigas tubulações. Essa casa antiga tem rangidos e reclamações enquanto se acomoda ainda mais na terra. Ela está se acomodando há mais de um século e ainda afunda. Ele espera que Blix lhe diga o que fazer. Marnie afirma que às vezes é possível falar com Blix perto da torradeira, a torradeira temperamental que provavelmente deveria ser jogada fora, só que Marnie tem essa ideia boba de que Blix pode ser a responsável por fazer a torrada voar para fora dela em momentos estranhos. *Você pode conversar com ela, Patrick. Faça uma pergunta. Blix está com a gente. Eu sei que está.*

Mas ele não acredita. Em vez disso, pega seu almoço – um pedaço de peito de frango que sobrou do jantar, uma laranja, um pedaço de queijo Manchego e uma xícara de café – e volta para seu estúdio, sem sequer se permitir olhar para a torradeira. Às vezes, ele se pergunta se o espírito de Blix pode correr atrás dele assim que ele fecha a porta. Se ela poderia entrar, com seu amor expansivo, sua risada, e mudar a dinâmica para ele, como costumava fazer.

Mas só há Anneliese. Talvez Anneliese afaste Blix.

Horas depois, consumido pelo trabalho, ele ouve barulhos na outra parte da casa e olha para cima. A escuridão pressiona contra as janelas, e seu pescoço e suas costas estão rígidos. Seu tempo no estúdio acabou. Ele guarda seus pincéis sem entusiasmo e tenta recuperar todas as partes de si mesmo para poder entrar novamente naquilo que todos os outros consideram sua vida real, mas que ele sabe que é realmente sua vida falsa. Precisa se apressar, porque, se não o fizer, Fritzie vai entrar correndo para buscá-lo, com o rosto brilhando de empolgação. Ele sabe que Marnie tenta impedi-la de interrompê-lo; mas, em algum momento, se ele não aparecer, ela se prepara para entrar e se joga em seus braços. Ela olha para as pinturas, e ele vê seu rosto mudar de alegria para confusão e tristeza.

Ele quer que ela saia de lá o mais rápido possível, então eles vão juntos para a cozinha, onde há calor, música e o conforto louco da geladeira turquesa, e onde ele se conecta tocando objetos: os vasos

Casamenteira em Apuros

com flores, a cerâmica e o antigo fogão a gás preto com a chaleira laranja em cima, o chão de madeira desgastado e a antiga torradeira de Blix. Lentamente, ele deixa ser absorvido de volta para essa vida diferente. Cumprimenta Marnie com um beijo, pega pratos e copos para o jantar, mexe o molho de espaguete, coloca a assadeira de biscoitos no forno, serve o leite, limpa a mesa, sorri, faz perguntas, ouve parcialmente as histórias do dia.

Ri com elas, mesmo que, aos seus ouvidos, seu riso soe oco.

Como elas não sabem com quem estão lidando? Como não veem seu medo? É como se a cada dia fosse um pouco mais difícil trazer-se completamente de volta para elas. Um pouco mais dele ficou para trás.

Patrick vê Marnie olhando para ele às vezes antes que sua personalidade habitual tenha voltado completamente, vê seu olhar perplexo enquanto ela tenta descobrir onde ele está. Em alguns momentos ele pensa em lhe dizer, mas volta à realidade. Não, ele não faria isso. Não quer que ela saiba. Seria a pior coisa.

Como ele poderia sequer dizer? *Ainda penso na minha ex-namorada. Meu relacionamento com ela não terminou. Na verdade, pode estar começando de novo, surgindo em um novo lugar. Além disso — você deve saber —, eu realmente a amava, e foi minha culpa ela ter morrido. Você precisa saber que eu posso destruir as coisas que amo. Eu não acho que posso ser o que você quer que eu seja.*

dezesseis

MARNIE

— Estou com uma dor de barriga grande, grande, gritante e não posso ir para a escola hoje – diz Fritzie certa manhã. – É a pior dor de barriga que já tive em toda a minha vida.

— Uma dor de barriga *gritante*? – digo, sorrindo. – Nem mesmo uma que fala?

Fritzie se encurva.

— Ela GRITA e GRITA.

A verdade é que eu estava esperando por isso – a dor de estômago falsa. Sei que é falsa porque, até este exato momento, ela estava sentada à mesa da cozinha desenhando a imagem de um palhaço em uma bicicleta com um macaco nos ombros, e três vezes foi preciso que eu parasse de fazer o almoço dela para ir até lá e elogiá-la por um desenho tão inventivo, e ela me deu um sorriso enorme e grato a cada vez. Ela também tomou um copo de suco de laranja, comeu aveia com uvas-passas e metade de um muffin de mirtilo. E me disse em detalhes exatamente o que colocar na lancheira dela, detalhes nos quais uma pessoa com uma dor de barriga real não conseguiria suportar pensar.

Além disso, ela acabou de pensar nessa história de dor de barriga quando deu a hora de vestir o casaco.

Acredite em mim, posso não ter experiência com esse negócio de ser mãe de uma criança de oito anos, mas sei algumas coisas.

— Então, de verdade: qual é o problema? – digo. – Me fala a verdade, e prometo tentar entender. Por que você não quer ir para a escola? De verdade?

Ela parece que vai fingir chorar.

Casamenteira em Apuros

— Porque minha barriga está doendo muito, e provavelmente vou vomitar, e também estou com febre, e a Blanche estava doente ontem e brincamos no trepa-trepa, e estava muito frio para ficar lá fora, e a gente pode ficar doente se estiver muito frio. Foi o que a Lola me disse. Ela disse para entrar quando estivesse frio, e eu esqueci.

— Sabe de uma coisa? Vou ser honesta com você. Isso são muitas coisas. Quando você não está dizendo a verdade exata sobre alguma coisa e quer ser convincente, você precisa limitar a apenas uma desculpa realmente deslumbrante e irrefutável.

— O que significa *irrefutável*?

— Significa: por que você realmente não quer ir para a escola? O que está acontecendo?

Para minha surpresa, ela escorrega da cadeira, cai no chão e se enrola em uma bolinha.

— Não posso ir para a escola! Minha barriga está me matando. Se você me fizer ir, vou ficar vomitando o dia todo na enfermaria, e não vão me deixar ficar na escola, e então você vai parecer uma mãe muito ruim.

— Mas você não parece doente.

— Mas eu estou. Minha mãe teria me deixado ficar em casa. Então, não seja má comigo.

— Calma, levanta. Deixa eu sentir sua testa. — Não sei o que estou procurando, mas agora ela está se fazendo parecer uma menina da era vitoriana que perdeu a vontade de viver. — Tudo bem — falo finalmente. — Você pode ficar em casa.

Fritzie fica animada.

— Amanhã também?

— Amanhã também? O quê? Espere um minuto. Do que se trata tudo isso, Fritzie Pêssego?

— Nada. Eu só acho que ainda vou estar doente amanhã. Talvez eu ainda não esteja bem. Se for virose, com certeza não vou estar bem.

— Espera aí. Você não está com virose. Do que se trata tudo isso?

Ela traça uma linha no padrão floral da toalha de mesa, levantando-se para segui-la até o outro lado. Fritzie não quer olhar para mim.

— Estou do seu lado, sabe. Você e eu. Contra todas as forças do mal.

Então ela fala em voz baixa:

— A Josie disse que eu roubei dinheiro.

Sinto meu coração afundar com essa notícia. Principalmente porque não faço ideia do que é a coisa certa a fazer. Quero pausar essa conversa e procurar no Google: "O QUE DIZER QUANDO SUA FILHA É ACUSADA DE ROUBAR DINHEIRO?". Eu automaticamente tomo o partido dela ou começo a investigar se ela fez algo errado? Por que ela roubaria dinheiro? Isso é a manifestação do comportamento problemático que estávamos esperando ver?

— Deve ser muito difícil — digo finalmente. — Por que Josie acha isso?

— Bem, Josie acha isso porque fui a pessoa responsável por recolher o dinheiro para a feira do livro. Fui a escolhida para levar o dinheiro para a secretaria e, quando cheguei lá, o dinheiro não estava mais no meu bolso. — Ela estende as mãos, no gesto universal de o-que-diabos-pode-ter-acontecido-aqui.

— Ah. — Sinto um pouco de alívio. — Então você acha que deixou cair o dinheiro pelo caminho? Talvez tenha caído do seu bolso?

— Ta-a-lvez.

— E talvez outra pessoa tenha vindo e pegado e não sabia a quem pertencia, e então... levou para casa? — indago, como a boa facilitadora que sou.

— Sim! — ela exclama, animada. — Aposto que foi isso que aconteceu. Você pode contar para minha professora que foi o que aconteceu?

— Hmm. Por que não verificamos com a Maybelle? Talvez esteja no Achados e Perdidos agora. Espere. De quanto dinheiro estamos falando? — Ela dá de ombros, esmorecendo novamente. — Você não sabe? Por que eu não mando um e-mail para sua professora e pergunto? Talvez a gente apenas substitua o valor. É facinho resolver isso, Fritzie. Não é um grande problema. Todos nós perdemos ou deixamos cair coisas às vezes. Vamos só explicar o que aconteceu...

— É um grande problema — diz ela em voz baixa.

— Vou enviar um e-mail para a Josie agora mesmo — falo e pego meu notebook debaixo da pilha de correspondências no balcão. Mas,

Casamenteira em Apuros

puxa vida, assim que ligo o computador, vejo que há um e-mail de Josie na minha caixa de entrada, com o assunto "Você e o Patrick podem vir?". E então continua: "Há uma situação que preciso trazer à sua atenção em relação à Fritzie. Estamos realmente apreciando a vivacidade, a inventividade e a generosidade dela com todos os colegas, como comuniquei na reunião de pais que tivemos em outubro. Mas, recentemente, algumas coisas estranhas parecem estar acontecendo com dinheiro desaparecido em nossa sala de aula, e, a cada vez, Fritzie tem sido o denominador comum".

"Temos motivo para acreditar que ela está pegando dinheiro das outras crianças e do envelope da feira do livro, e achamos que ela pode estar dando para outra criança de quem se tornou amiga. Se você e Patrick puderem vir algum dia com a Fritzie, eu gostaria de lidar com isso em particular, se possível. Que tal amanhã?"

— Fritzie — digo, olhando por cima do notebook. Ela está me encarando da outra extremidade da mesa.

— Eu quero a minha mamãe.

— Eu sei, e podemos ligar para sua mãe hoje à noite se você quiser. Mas agora, me diga o que está acontecendo. Por favor.

Seu rosto se contorce.

— Quero ligar para ela agora mesmo. Eu não falo com minha mãe há muito tempo.

— Podemos ligar para ela hoje à noite. Então, me diga, o que aconteceu?

Sua voz aumenta.

— Você vai acreditar na professora ou vai acreditar em mim? Minha mamãe acreditaria em mim completamente, sabe. Mas você não deve acreditar em mim porque não sou sua filha de verdade.

— Espera, espera, espera. — Não consigo deixar de rir. — Caramba! Não fala essa coisa de "não sou sua filha de verdade" antes de me contar o que é. Apenas me diga isto: você está dando dinheiro para outra criança?

— O que Josie diz está errado.

– O que ela está dizendo de errado? – Fritzie coloca a cabeça sobre os braços na mesa. – Srta. Pêssego. Você está dando dinheiro para outra criança?

De seu rosto, ainda enterrado nos braços, vem isto:

– Você sabia que tem uma criança na minha escola que tem que morar em um abrigo? Ela *não tem casa*. Como o cara do metrô.

– E...?

Ela levanta a cabeça e começa a fungar, então lhe entrego um lenço de papel e espero. Ela olha para o lado e traça o dedo na toalha de mesa novamente.

– Fritzie?

– *Tááá booom* – começa ela. – Então, o Laramie me disse no parquinho que ele queria me contar um segredo, e o segredo é que ele mora em um abrigo com várias outras famílias e... e... o pai dele está trabalhando em algum lugar distante e não pode voltar para casa, e a avó dele está tentando mandar dinheiro para eles porque a mãe dele não consegue um emprego, porque ela tem filhos pequenos e ninguém pode cuidar deles. E o Laramie está tão triste, e eu disse a ele que não é justo que outras crianças tenham tanto dinheiro. Marnie, eles têm dinheiro que simplesmente cai dos bolsos às vezes. Cai no chão até, e ele nem tem tênis bons. Os dele estão furados.

– Caramba – digo.

– Então, não quero falar que sinto muito. Porque não sinto. Mas todo mundo está bravo comigo, e o Grady disse que sou uma idiota e foi ele quem dedurou, e agora não quero mais ir para as atividades extracurriculares porque odeio todo mundo lá, e o Grady contou para todos que sou uma ladra, e até o Laramie ficou bravo comigo porque todo mundo descobriu.

– Ok – falo. – Vamos resolver isso. – Saio da cozinha e vou para o corredor, em direção ao estúdio de Patrick.

– Não, não, não! Não incomode o Patrick! – Fritzie me chama. – Por favor! O Patrick está muito triste! – Ela segura a barra da minha camiseta. – Não entre lá. Ele está pintando todas as coisas

Casamenteira em Apuros

tristes, e precisamos deixá-lo tirar as coisas tristes de dentro dele, porque então ele vai poder pintar coisas boas.

— Ele te disse isso? — pergunto.

— Bem, não, mas *falei* para ele. Entrei lá um dia porque precisava de um pouco de manteiga de amendoim, mas a tampa do pote estava muito apertada, e ele falou que eu não deveria incomodá-lo quando ele está pintando, respondi que precisava que ele abrisse o pote de manteiga de amendoim e então falei: "Você deveria pensar em coisas felizes, como quando eu vim morar na sua casa com você, ou talvez você pudesse pintar sobre a Marnie. Ou levar o Bedford para passear. Qualquer uma dessas coisas seria boa!". E ele contou que não consegue fazer isso, e falei que talvez seja porque as coisas tristes precisam sair primeiro. Então disse que eu precisava deixá-lo sozinho. E abriu o pote de manteiga de amendoim, eu fui embora e o ouvi trancar a porta.

Afirmo que tudo vai ficar bem. Peço a ela que escove os dentes e digo que vou chamar o Patrick, triste ou não, e que nós três vamos para a escola resolver as coisas.

E, depois de resolvermos o problema do roubo na escola, bem, então vou ter que descobrir o que está acontecendo com o Patrick.

Meu celular toca no meu bolso naquele momento. Quando olho para baixo, vejo que é minha mãe. Porque é claro que tudo sempre acontece ao mesmo tempo. Deve haver uma fenda na tessitura do universo em algum lugar que permite que tudo aconteça de uma só vez. Mas não posso falar com ela agora.

Alguns minutos depois, recebo uma mensagem.

Marnie, seu pai passou o fim de semana inteiro sentado no sofá vendo filme no computador. Palavras que ele falou para mim = 2. Palavras que falei para ele = aproximadamente 250.487. Palavras que pretendo falar com ele hoje = 0.

dezessete

PATRICK

Eles têm que ir à diretoria, o que é terrível.

A mera palavra *diretoria* faz Patrick estremecer. Ele havia passado um bom tempo em uma delas em Barnaby Falls, Wyoming, por crimes banais e contravenções dos quais sempre parecia ser acusado na escola primária. Engraçado como ele conseguiu empurrar as lembranças de todos esses incidentes para fora de sua mente, e engraçado como todas elas voltam em turbilhão quando ele entra na Brooklyn Kind School, um imponente prédio de tijolinhos com tetos altos, pisos quadriculados e aquele cheiro de escola, uma mistura indefinível de cola branca, sopa de vegetais da cantina e crianças suadas.

A mulher na recepção da escola, chamada Maybelle, informa:

— Bem, vocês todos terão que esperar na diretoria. — E é nesse momento que ele sente suas entranhas se retorcerem.

Maybelle olha para ele e diz com risadas:

— Ah, meu bem! Acabei de te assustar? Você ficou cerca de quatro tons mais branco do que estava quando entrou aqui.

Ele sente-se endurecer. Aqui está, exatamente como ele temia: uma estranha comentando sobre sua aparência. Mas então Marnie toca seu braço, e ele se acalma. Mesmo que Maybelle *tenha* mencionado tecnicamente sua aparência, ele percebe que ela não falava sobre suas cicatrizes — estava brincando sobre ele ter que ver a diretora. Só isso. Ele pode ser charmoso com relação a isso, não pode?

Porque sim, ele pode, e vai ser.

Porque algo mais lhe ocorreu. Essa reunião, essa situação, é maior do que qualquer coisa a seu respeito. Fritzie estava tentando

Casamenteira em Apuros

corrigir alguma injustiça que havia presenciado, e ele está aqui para defendê-la. Claro, talvez ela tenha agido de forma desajeitada – certamente não deveria pegar o dinheiro destinado à feira do livro –, mas, enquanto ele a fita, sentada reta na cadeira de madeira na sala da diretora ao aguardarem, tentando ser corajosa, mas se contorcendo e remexendo na cadeira, lambendo os lábios do jeito que ela faz quando está nervosa, ele sente um pouco de tristeza pela humanidade. Mais uma pequena pessoa está prestes a aprender o fato frio de que nenhuma boa ação passa impune.

Coitadinha, ele pensa, enquanto a observa. Fritzie está usando leggings azuis e verdes com pequenas estrelas douradas e uma blusa de moletom amarelada que diz GRRL POWER, e seu cabelo castanho--claro está um pouco comprido demais e pode estar emaranhado ainda de dormir; ele ouviu enquanto ela e Marnie discutiam que talvez fosse hora de cortar, mas obviamente quem achava que era hora agora havia perdido – e ele vê que o rostinho dela está tão pálido e magro, como o dele, e seus olhos parecem um pouco avermelhados e assustados. Ainda assim, ela ergue o queixo no ar. Desafiadora.

Fritzie sente que Patrick a está olhando, e ele dá um tapinha na cadeira ao lado dele, e ela se aproxima e senta-se ao seu lado. Apoia-se nele, na verdade, de uma maneira que quase nunca faz. Ela é toda ângulos e ações inquietas, essa menina, e, se toca alguém, provavelmente é Marnie. E *onde* está Marnie, afinal? Ele consegue ouvi-la na outra sala, conversando com Maybelle. Talvez adular a oposição. Mostrar seu charme.

– Vai ficar tudo bem – ele sussurra para Fritzie, dando tapinhas em seu braço. – Tenho um plano infalível sobre como podemos vencer essa batalha. Vamos lutar juntos contra os opressores que possam tentar nos deter. Se for necessário, invocaremos o budismo e Jesus e o Preâmbulo da Constituição dos Estados Unidos e a Bíblia do Rei Jaime e a Doutrina da Bondade, mesmo que tenhamos que *escrever* a Doutrina da Bondade, porque a vida não tem uma de verdade.

Ela dá uma risadinha. *Bom*, ele pensa.

Então sua adversária, a diretora – que se chama Annie, no diminutivo, apenas para confundir as pessoas –, entra apressada, pedindo desculpas. Ela é uma mulher de cerca de quarenta anos, com cabelos pretos longos e lisos divididos ao meio, está vestindo jeans e tem uma expressão apressada, e a primeira coisa que faz é parar ao lado da cadeira de Fritzie e dar um abraço nela.

– Oh, querida, precisamos encontrar uma solução para que isso fique bem – diz ela. Então se vira para Patrick e continua: – Então você é o pai, suponho. E que alma doce e empática você está criando!

Ele sente seu rosto ficar vermelho. Então é *assim* que elas vão jogar, desarmá-lo primeiro. Patrick sabe que a transparência total requer que ele diga algo sobre como ele está na vida de Fritzie há apenas dois meses – não necessariamente os anos formativos –, e ele mal a está criando. Mas ele não fala, porque Annie pisca para Patrick, que pode ver que a diretora já sabe disso. Ela diz:

– E você, tão novo em sua vida também! Que presente ela é! – E ela sorri, aperta sua mão, claramente não reagindo ao fato de sua mão ter cicatrizes e pele seca e estar em um estado terrível. – Enfim! – exclama, batendo palmas. – Vamos nos sentar e descobrir juntos como consertar isso e fazer o que é certo.

Então Annie se joga em uma poltrona velha e gasta, diante deles, e, inclinando-se para a frente, chega ao primeiro ponto, que é: o que Fritzie fez foi motivado por um desejo tão doce de ajudar outra criança, e como esse é exatamente o tipo de espírito necessário no mundo e é tão bom de se ver, especialmente vindo de uma menininha nova na escola, mas que já fez tantos amigos e cujos professores pensam muito bem dela.

Patrick está ciente de que Marnie e Maybelle entraram e estão paradas perto da porta, observando. Ele fica muito quieto, esperando com seu plano de batalha.

– Mas – diz Annie –, às vezes, queremos ajudar tanto e nem sempre sabemos a maneira certa de fazer as coisas, não é, Fritzie? Então vamos tentar pensar em outra forma melhor de ajudar o Laramie sem tirar algo das outras pessoas ou envergonhá-lo. Porque, como

Casamenteira em Apuros

você já sabe, Fritzie, pegar dinheiro das outras pessoas não é a coisa certa a fazer. Certo?

Fritzie concorda com a cabeça. Mas Patrick fica satisfeito ao ver que ela não parece terrivelmente envergonhada. Ela está bem.

Annie pega papel e uma caneta e começa:

— Então vamos ouvir algumas ideias. Todos podem contribuir. — Annie olha ao redor, esperando, seus olhos brilhando.

Patrick tira o pedaço de uma folha velha da bainha de sua calça e, quando ninguém mais diz nada, ele fala:

— Bem, poderíamos devolver o dinheiro para as pessoas que doaram para a feira do livro.

Ela acena com a cabeça e anota isso.

Fritzie sugere:

— Eu poderia pedir desculpas.

— Sim, e…?

— Já sei! — exclama Fritzie. — Nós poderíamos pedir para a família do Laramie vir morar na nossa casa! Temos bastante espaço!

Marnie ri, e o estômago de Patrick afunda. Ele conhece Marnie bem o suficiente para saber que não está fora de cogitação que ela e Fritzie iniciem uma campanha para trazer uma família inteira sem-teto para sua casa.

Annie sorri.

— Bem, embora seja muito, muito gentil da sua parte, Fritzie, talvez devêssemos pensar em algo que não envolva uma mudança tão drástica. Existe alguma coisa mais simples que a gente possa fazer por enquanto?

Fritzie morde o lábio.

— Hmm, eu poderia convidar o Laramie para brincar na minha casa depois da escola. Nós poderíamos fazer pinturas com o meu pai, que é pintor, e então poderíamos ir à loja da Marnie, que tem flores, e talvez a Marnie nos pagasse para trabalhar na loja. Sei mexer no caixa, é muito divertido lá, e então… e então… então podemos ir até a rua e comprar lanches. Estaria tudo bem, Marnie?

O cérebro de Patrick sofre um curto-circuito ao ouvir as palavras *meu pai*; é como se tivesse recebido um choque elétrico. *Meu pai?* Ele cruza o olhar com Marnie, que sorri para ele.

– Bom – diz Marnie –, uma ideia seria talvez o Laramie, sua mãe e as outras crianças da família virem jantar com a gente algum dia. Poderíamos nos tornar amigos, e talvez isso os ajudasse mais do que tudo.

Annie está radiante olhando para eles. Patrick sente seus ouvidos zumbindo, sem dúvida resultado do curto-circuito.

Eles ainda estão zumbindo vinte minutos depois, quando Patrick e Marnie saem juntos, voltando para o metrô, depois de deixarem Fritzie em sua sala de aula. Ele cumprimentou e apertou as mãos de Karen e Josie de alguma forma, suportou os olhares de trinta pares de olhos enquanto as crianças erguiam os olhares para ele, decorando perus de papel machê para o Dia de Ação de Graças, e agora ele sente que está coberto por um tipo de amor fraterno e bondade tão palpável que é quase desconfortavelmente pegajoso. Crianças pintando em seu estúdio? Uma família vindo jantar? Ele está tentando se preparar para uma exposição. Será que todos se esqueceram disso? O dia parece claro demais; o ar, cortante contra sua pele.

Marnie segura seu braço.

– Você foi brilhante lá dentro – ela o elogia e o abraça. – E o que você achou da escola? Não é simplesmente fantástica?

Ele se vê franzindo a testa sem motivo aparente.

– Bem – afirma ele. – Eles fizeram um bom espetáculo. Isso posso afirmar.

Ela ri muito alto com essa resposta.

– Você é um verdadeiro ouriço, Patrick Delaney! Não consegue tirar um momento para se deliciar com a ideia de que o que acabamos de vivenciar foi pura alegria? – Ela cutuca o braço dele e, ao ver que ele ainda está franzindo a testa, fica na ponta dos pés e o beija longa, intensa e suculentamente nos lábios. Bem ali em público, duas

Casamenteira em Apuros

semanas antes do Dia de Ação de Graças, e ele com suas cerdas de ouriço espetadas por toda parte.

Não, não, não, ele pensa. *Pura alegria seria ter nossas vidas voltando ao que eram. Sem exposição de arte, sem uma filha que eu nunca soube que existia e sem precisar visitar uma escola primária no meio da manhã. Seríamos apenas eu, Bedford e Roy assistindo aos nossos* game shows, *visitando o Paco, deixando os dias passarem, e então a calma e linda Marnie chegando em casa à noite. Sozinha.*

dezoito

MARNIE

No dia seguinte, Ariana entra aos trancos e barrancos na Brotou um Lance depois da escola, e consigo perceber, assim que o sinete toca sobre a porta, que problemas estão a caminho. E lá está ela, encharcada pela chuva e cheia de raiva. Ariana, é claro, geralmente é o equivalente humano a um unicórnio brilhante de amor, então me sento e presto atenção.

Ela sobe no balcão para se sentar, como costuma fazer quando quer conversar. Preencho um formulário de pedido que está atrasado, e ela mexe no arranjo de flores que mantemos perto do caixa. Hoje são lírios e crisântemos. Espero para ver o que ela quer me contar.

— Você deveria definitivamente trazer mais daquelas tulipas, aquelas que são multicoloridas — ela diz. — Todo mundo as adora demais.

— Bem, é verdade que elas são adoráveis, mas estão fora de estação agora, então acho que vou me concentrar mais nos crisântemos.

— Oh! Com certeza! Sim. O outono é a época dos crisântemos. Acho que você provavelmente teve que estudar sobre flores antes de poder abrir este lugar. — Ariana suspira e olha ao redor, tira um suposto farelo imaginário de sua bota esquerda. Seus cachos amarelos e encaracolados caem sobre os olhos quando se inclina para a frente. Vejo que as pontas estão tingidas de roxo. Sem me olhar, ela diz: — Então. Tenho que fazer um feitiço mágico no meu pai. Alguma ideia?

— No seu pai? Por quê? O que está acontecendo?

— Ele decidiu que sou uma perdedora porque não quero ir para a faculdade no ano que vem.

Casamenteira em Apuros

— Espere, espere, espere. Eu conheci seu pai, e ele não parece nem ser capaz de dizer seu nome e *perdedora* na mesma frase. Se ele tivesse botões no terno no dia em que o conheci, eles teriam estourado, de tanto orgulho que sentia de você. — Então acrescento: — E também, tem outra coisa. Por que você não quer ir para a faculdade?

— Porque tenho outro plano para minha vida. — Ariana penteia alguns de seus cachos deslumbrantes para trás. — Decidi que quero sair pelo mundo com minha câmera de vídeo e entrevistar pessoas sobre suas vidas e depois fazer uma série completa disso. E meu amigo Justin também quer, e vamos pegar a van do tio dele e fazer uma campanha de financiamento coletivo no GoFundMe para equipá-la com podcasts e vídeos e coisas assim, e então vamos transmitir nossa jornada pelo país por pelo menos um ano, e, depois disso, se ainda não estivermos famosos, a gente volta a estudar.

— Puxa — falo. É verdade que ela tem feito vídeos de todos nós sem parar. E também é verdade que ela e Justin, um cara bonito e esguio com um queixo de matar, e que tem uma postura bastante admirável, começaram a frequentar a Brotou um Lance, e eles têm ficado sentados no canto ultimamente, com as cabeças juntas, escrevendo animadamente coisas em um caderno. Eu podia sentir que planos vinham sendo arquitetados, mas achei que estávamos vivendo uma história de amor de último ano do ensino médio. Até disse um dia para Kat: "Bem, agora teremos muita ação amorosa de unicórnio brilhante. Não vamos conseguir enxergar as flores por causa da quantidade de faíscas de amor que vamos ter por aqui", e ela disse: "Você se esquece de que você é a única que vê as faíscas. O resto de nós consegue ver as flores perfeitamente bem, e também a poeira e as rachaduras nas paredes e as nuvens de tempestade." (Aparentemente, estou cercada de ouriços.)

Mas voltando a Ariana, que agora está contando uma história de lamentações.

— Então falei isso para o meu pai, pensando que ele vai ficar feliz por eu querer ajudar as pessoas a falarem sobre suas vidas... mas, em vez disso, encontro resistência. – Ela faz uma cara de má. – Tipo, ele não respeita a criatividade *de jeito nenhum.*

– Bem – começo. – Quer dizer, se você não se importar de me explicar em detalhes, o que exatamente é essa coisa criativa que você e o Justin estão fazendo?

Ariana me olha com uma paciência forçada.

– Eu te disse! Vídeos! Podcasts! Quero dar esperança às pessoas, como você faz. E parte disso seria apenas deixar as pessoas nos contarem sobre as coisas em que acreditam. Como o que as faz ter esperança.

Não consigo desviar os olhos dela. Hoje ela tem um pouco de brilho arco-íris no rosto e claramente mergulhou o cabelo em Tang roxo. Enquanto fala, fica inquieta e gira alguns dos dez anéis diferentes que usa. E seus olhos brilham como loucos. Posso ver como seu pai deve estar enlouquecido ao ouvir que sua filha quer viajar pelo país com um cara de dezoito anos de cabelos compridos, usando jeans, barba por fazer, um chapéu-coco e alguns microfones.

Assim, ela diz:

– Então, isso deve ser superirritante e você pode dizer que não, mas você acha que eu poderia ir morar na sua casa? Posso ajudar com a Fritzie, posso limpar a casa e sou bem tranquila, e minha mãe diz que está tudo bem se eu encontrar um lugar por um tempo, até meu pai se acalmar e isso passar.

– Ah, querida – falo. – Claro que pode.

Ela se anima.

– Sério? Real oficial?

– Sim. Sem dúvida. Vamos apenas ter certeza de que sua mãe está de acordo antes.

– Acredite em mim, ela vai agradecer pela paz e tranquilidade.

– Ela está do seu lado, você acha?

– Ela não gosta de criar problemas. Ontem à noite ela entrou no meu quarto e falou que eu deveria simplesmente ir para a faculdade e fazer meu lance de vídeos no meu próprio tempo, e que meu pai não precisaria saber. Que eu deveria ir para a faculdade pela segurança

Casamenteira em Apuros

financeira que isso traria. Mas por que eu deveria ter que ir para uma faculdade idiota e ficar com pessoas bebendo, usando drogas e desperdiçando o dinheiro dos pais, só porque meu pai acha que é isso que eu deveria fazer? Vou conseguir meu diploma depois de tudo isso.

Converso com a mãe de Ariana, Rebecca, ao telefone, e conto que poderíamos precisar de alguma ajuda em casa com nossa filha de oito anos, especialmente em relação à matemática, além de buscá-la à tarde alguns dias, e adoraríamos que Ariana ficasse em nossa casa.

Rebecca fica aliviada e grata.

– Adolescentes! – exclama ela. – Você pensa que será boa em criá-los e que será uma mãe legal, mas então... *boom!* Exatamente aquilo que você não esperava acerta em cheio nos seus olhos! – Em seguida, abaixa a voz. – E você ouviu que a amiga dela, Janelle, está grávida? Descobrimos *isso* por acaso. Parece que nos dias de hoje, quando têm controle de natalidade, quando eles têm todas as vantagens... educação sexual, pais compreensivos... nenhuma criança precisaria passar por isso. E, no entanto, elas passam. Acho que algumas coisas nunca mudam. – Ela ri um pouco. – Então, se não for pedir muito, nós apreciaríamos muito se você, de alguma forma, proibisse a Ariana de engravidar enquanto estivesse na sua casa. Nós até gostamos desse namorado dela, mas vou gostar ainda mais se eles não engravidarem pelos próximos dez anos.

– Sua mãe disse que você pode ficar com a gente – conto quando desligo o telefone. – Mas ela preferiria que você não engravidasse na minha casa. Eu disse que achava que todos concordaríamos que seria melhor assim.

– Minha mãe é surreal – começa Ariana. – Como se ela nem soubesse que acho que não quero engravidar *nunca na vida*. A Janelle está, tipo, sempre passando mal, e é como se ela achasse que seria superglamoroso ou adulto ou algo assim, e agora só está tudo horrível. Ela está tão cansada e não quer sair mais. Outro dia a filmei, e tudo o que ela queria fazer era chorar. – Então Ariana cobre a boca com a mão. – Oooh, não deveria ter dito isso porque você e o Patrick estão tentando, não estão? Como está indo, ou é falta de educação perguntar isso?

– Até agora, nada – respondo. E fico muito ocupada com papéis, sem olhar para cima, e depois de andar sem rumo por um tempo, Ariana diz que vai para casa arrumar algumas coisas e estará na minha casa para o jantar. Está mesmo tudo bem se começarmos hoje? E precisamos que ela traga coisas? Ela deve morar no apartamento do porão ou dormir no sofá? Ou no quarto da Fritzie? Só para eu saber, qualquer opção dessas está ótima para ela. E, a propósito, é mesmo verdade que precisamos de ajuda com os problemas de matemática da Fritzie? Porque, se sim, ela está totalmente de acordo.

– Vai dar tudo supercerto! – São as últimas palavras que Ariana diz ao desaparecer pela porta da frente. Junto com ela, Ariana leva boa parte da vibração feliz do lugar, que só volta uma hora depois, quando olho para cima e vejo um homem e uma mulher de mãos dadas, sorrindo para mim. O lugar está praticamente iridescente, com faíscas por todos os lados.

– Marnie? – pergunta a mulher. Ela tem cabelos ruivos longos e está radiante. – Você se lembra de mim? Sou a Winnie.

Claro! É a mulher do restaurante, e, ao lado dela, sorrindo bobamente, está Graham, ainda com seu chapéu fedora com a pena.

– Ei, como vocês estão? E como está sua mãe? – pergunto. – Ainda na Flórida, usando álcool para resolver problemas de lavanderia das pessoas?

– Estamos ótimos – diz ele, corando um pouco. – E, bem, queríamos que você fosse a primeira a saber, depois dos nossos pais, é claro! Ficamos noivos ontem à noite!

Claro que ficaram.

– Ah, sua mãe deve estar muito animada por vocês.

– Ela está nas nuvens – diz ele. – Mandou agradecer a você por derramar aquele vinho na sua saia, senão talvez nada disso tivesse acontecido.

– E devemos contar para ela…? – pergunta Winnie, inclinando a cabeça para cima e sorrindo para ele.

Casamenteira em Apuros

Mas eles não precisam me contar. Eu sei. Eles vão ter um bebê. Às vezes dá para perceber. Suas auras estão loucamente felizes. Saio de trás do balcão e os abraço, e então escolho algumas rosas-amarelas para comemorar tudo. Eles dizem que devo ir ao casamento e, por favor, levar o Patrick também.

Claro, claro, afirmo. Às vezes ser uma casamenteira é a melhor coisa que existe.

— Blix? — chamo, depois de vê-los partir. — Quando algo vai acontecer para mim?

De lá perto do refrigerador, Blix afirma: *Só espere. Não surte. Só espere. E, a propósito, bom trabalho com a Ariana. A faculdade seria um desperdício para ela agora.*

dezenove

PATRICK

A campainha toca, e algo sobre o som insistente faz Patrick estremecer e se desprender da pintura que está fazendo. Isso requer que Anneliese se afaste. *Desculpe, mas é apenas momentaneamente, não para sempre. Ainda estou pintando o que você manda*, ele sente-se dizendo a ela. Ela é agora sua musa em tempo integral, afinal. Alguns dias é como se tivesse tomado conta de todo o resto dele também.

Normalmente, ele tem uma política autoprotetora de ignorar todas as campainhas enquanto trabalha, mas hoje não está completamente concentrado. Está tendo problemas para dormir, é a verdade, então tem se sentido mais cansado. Com o som surpreendente da campainha, ele vai até a janela e olha para a entrada. Há uma jovem com cabelos que parecem ter sido mergulhados em tinta roxa parada ali usando um suéter fino, leggings e botas Ugg, batendo os pés e olhando ao redor.

Espere. Ele sabe quem é essa.

Ah, sim. Como ela se chama, mesmo? Ariana. Ele a via na Brotou um Lance ao levar refeições para Marnie quando ela precisava ficar trabalhando até mais tarde. Marnie diz que ela é a líder de um grupo de garotas adolescentes que fazem coisas, que não têm medo de nada. É aquela que faz vídeos. E por favor, Deus, que não seja uma mala isso que está segurando.

Ótimo. É exatamente o que ele precisa: outra mulher destemida parada em sua porta com uma mala. Já está mais do que cheio de mulheres que parecem estar avançando em sua vida, bradando pedidos sobre o que querem, especialmente quando seus desejos incluem

Casamenteira em Apuros

um ano criando sua filha, o tipo certo de queijo no macarrão... e um bebê. E o que esta vai pedir a ele? Alguma coisa, ele tem certeza.

Seu celular apita, e ele olha para baixo.

Patrick. A Ariana vai aparecer aí em casa. Ela está enfrentando problemas com os pais. Falei que poderia ficar com a gente por um tempo. Você pode levá-la até o apartamento do porão e lhe dar uma chave? #PatrickElaPrecisaDaGente #VocêVaiGostarDelaEuPrometo

Desculpe, ele escreve. *Tenho certeza de que você mandou isso para o número errado. Não tem nenhum Patrick neste número. Nunca nem ouvi falar do nome Patrick. Nome muito estranho, aliás.*

Rsrs. Patrick. Ela é uma menina. E é só por um tempinho. Você lembra como é ser um adolescente tentando se entender. Insanidade temporária. Além disso, ela sabe matemática básica, o que vai nos poupar de ter que aprender. #LadoPositivo

Marnie. Ela está na porta. #suspiro #OQueEstáAcontecendo #InsanidadePraVidaInteira E quando devo esperar que a família sem-teto da escola se mude pra cá? Vou ficar sabendo com um pouco mais de antecedência nesse caso?

Imediatamente deseja não ter escrito essa última parte. Marnie pode entender que seria tudo bem convidar a família do Laramie para morar com eles. Ele não duvidaria de que ela seria capaz disso.

vinte

MARNIE

Ter Ariana morando conosco acaba sendo ótimo.

Fritzie e eu a ajudamos a arrumar o apartamento no porão, com cestas, almofadas, velas e colchas. E à noite, agora que Patrick está trabalhando em suas pinturas no estúdio, ela sobe e nós três fazemos o jantar e a lição de casa e dançamos pela cozinha como mulheres selvagens. Falamos sobre feitiços de amor, as alegrias de filmar as pessoas, a maneira certa de resolver um problema de matemática e como é divertido quando os cães usam camisetas.

Todas nós temos nossas coisas. Fritzie faz estrepolias e desenha para nós. Minha contribuição é que sei cozinhar e também tenho um milhão de histórias sobre a vida e uniões amorosas, e Ariana sabe cem maneiras de amarrar echarpes. Ela também tem um produto para a pele que faz seu rosto ficar brilhante e cheio de glitter chamado – acredite se quiser – Meleca de Unicórnio. E tem pelo menos quatro pacotes diferentes de giz de cabelo em cores vibrantes, que até agora estou evitando usar, mas pode estar chegando o momento em que vou ceder. Afinal, o que é um pouco de giz de cabelo roxo entre amigas, não é mesmo?

– Como é que você mora no Brooklyn e não conhece todos esses produtos? – ela me perguntou certa noite. Estávamos em frente ao espelho do banheiro enquanto ela enrolava meus cabelos lisos em pequenos cachos de alegria, e depois me ajudou a massagear uma substância brilhante e gelatinosa nas minhas bochechas. – Para realçar seu unicórnio interior – ela disse.

Casamenteira em Apuros

Tentei explicar que no meu círculo nerd de amigos, quando eu era jovem, não tínhamos unicórnios interiores; queríamos uma aparência natural.

— Até admitir que você passa creme pode ser interpretado como esforço demais – contei. Era importante parecer simples e sem firulas. Às vezes a gente poderia passar um pouco de rímel para realçar a beleza, mas negaria até a morte que tinha usado.

— Esforço demais é maravilhoso! – ela disse, animada. – Você acha que ser simples e sem firulas vai te trazer alguma alegria verdadeira?

E é isso que adoro em ter Ariana aqui. Ela me lembra de tudo em que eu realmente acredito.

Isso é especialmente bom para mim, agora que não tenho mais Patrick por perto tanto tempo. Sei que ele está fazendo o que precisa fazer. Sei que a exposição de arte será a melhor coisa para ele. À noite, adoro quando ele finalmente deixa o estúdio e dorme ao meu lado, mesmo que não estejamos conversando naquele momento.

Sinto falta de suas mensagens, de suas piadas e de suas danças engraçadinhas.

Minha irmã me liga uma noite quando preparo um curry vermelho para o jantar. Enquanto refogo os peitos de frango e a cebola, Ariana ajuda Fritzie com o que parece ser o passo vinte e sete de um problema matemático de rotina. E então Natalie está ao telefone.

— A mãe ficou louca – ela diz, sem rodeios.

Deixe-me dizer que Natalie e eu não conversamos tanto ao telefone ultimamente. Ela está ocupada com seus dois filhos, nossos pais (que moram em seu bairro), seu trabalho como uma cientista muito importante, seu marido, Brian, e sua obsessão por limpeza, blá-blá-blá – e moro no Norte, um lugar onde nenhum sulista respeitável ousaria se aventurar, na opinião particular de Natalie. De acordo com seu plano original, Natalie e eu deveríamos ter filhos juntas e morar a uma quadra de distância, mas então herdei esta casa e vim para cá.

Mas às vezes Natalie liga. Raramente.

– Ai, meu Deus. O que ela anda fazendo? – pergunto.

– Bem, para começar, ela se largou. Não está mais arrumando o cabelo.

– Oh-oh. – Ponho a mão sobre o telefone para não rir. Decido adotar a abordagem de fingir ser uma policial. – Sim, senhora, estamos anotando isso. Não. Está. Mais. Arrumando. O. Cabelo. Alguma coisa pior que isso, senhora, antes de enviarmos um policial até a casa?

– Pare com isso! Viu só como você é? Isso é um grande problema, acredite em mim. A mamãe vai na Drena desde sempre.

– Sempre achei que a Drena abusava no laquê, para dizer a verdade.

Minha irmã fica em silêncio, e consigo perceber que ela está furiosa. Quando consegue se recompor, Natalie fala:

– Você poderia prestar atenção em mim, por favor? Isso é sério. Acho que não cuidar do cabelo é um sinal de depressão em uma mulher da idade dela. Ela nem mesmo se comprometeu a vir para a minha casa no Dia de Ação de Graças... quando sabe o quanto é importante para mim ter tradições para os meus filhos. E *diz* que papai não fala mais com ela, mas, sinceramente, ela está tão rabugenta que eu não o culpo. E, na semana passada, quando perguntei por que está agindo assim, ela disse que não entendo como é fazer sessenta anos.

– Hmm. Então talvez isso seja apenas a versão dela de uma crise da meia-idade.

– É um pouco tarde para isso, não acha? Sessenta está longe de ser a meia-idade, a menos que a mãe pretenda viver até os cento e vinte.

– Sim, mas ela pulou a crise que todo mundo tem aos quarenta. Ela estava ocupada demais nos levando para lá e para cá.

– Você sequer fala com ela? Percebo que você nem *me* liga mais.

– Desculpe – falo.

Casamenteira em Apuros

E sinto um pouco de culpa. É só que a vida é muito mais interessante do que Natalie poderia imaginar. Mais doce e mais bagunçada, ao mesmo tempo.

Então tenho que desligar, porque a campainha está tocando. Lola e William chegaram para o jantar, com Charmaine, Justin e Mookie logo atrás. Estão aqui para ver a Ariana – mas adolescentes estão sempre com fome, e tenho bastante curry vermelho, então os convido a ficar. Adoro como eles entram em tropel, rindo, brincando e provocando uns aos outros. Mookie levanta Fritzie no ar e a gira, e então ela ensina a ele uma daquelas brincadeiras de palmas que apenas alunos do terceiro ano conhecem.

Por um tempo, todos estamos conversando, rindo e resolvendo problemas de matemática básica, e Lola me mostra o cachecol que está tricotando para William. Pela segunda vez nesta semana, Justin e Mookie tentam nos ensinar a fazer o Dental Floss, uma dança que parece simples, mas que desafia minhas tentativas de dominá-la. Fritzie é a única que pega de imediato. Lola nos mostra como fazer o Charleston, porque ela se lembra de ter aprendido com a mãe dela, e, em meio a todas as risadas, eu realmente preciso de um momento para olhar ao redor e apreciar esta deliciosa mistura de seres humanos. Todos perfeitos e esperançosos, mas apenas um pouquinho tristes por sentir falta de alguém que não pode estar presente.

Triste, mas seguindo em frente mesmo assim. Acho que posso explodir de tanto amor por todos eles.

Após o jantar, quando volto depois de colocar Fritzie na cama, Lola me chama de lado.

– O que está acontecendo com o Patrick? – pergunta ela. – Por que ele não está aqui com a gente?

– Está trabalhando em pinturas para a exposição. Ele janta mais tarde. Não gosta de interrupções quando está criando.

– Hmm – ela solta, e consigo perceber o quanto isso deve soar estranho. Patrick não participando da vida de jeito nenhum. Como o antigo Patrick.

– Um cara vai vir em breve para entrevistá-lo sobre o "retorno" dele, e acho que ele está tentando fazer muito trabalho antes disso. Está nervoso por não ter o suficiente. – Faço aspas no ar quando digo a palavra *retorno*. Patrick não gosta de pensar assim.

Enquanto digo isso – e os olhos de Lola estão tentando entender algo no meu rosto –, consigo sentir que isso não é o que realmente está acontecendo.

O que *está* acontecendo é que Patrick está se afastando cada vez mais. Hoje em dia, ele praticamente fica no apartamento do outro lado do corredor a maioria das noites. Eu o convido para se juntar a todos nós para jantar, mas ultimamente ele se esquiva de mim. Tem uma lista de razões que joga para fora:

Está trabalhando muito, ele diz.

E precisa se concentrar.

Quando ele começa uma pintura, tem dificuldade em parar. E em alguns dias tem dificuldade em começar.

Além disso: ele está pensando no que vai dizer na entrevista da *Inside Outside*. Poderia facilmente dizer a coisa errada, ele explica.

Além disso: provavelmente não deveria ter concordado com a matéria na revista.

Além disso: talvez não devesse ter concordado em fazer uma exposição, pura e simplesmente. Quem ele pensa que é, afinal, para pensar em um retorno? Retorno de onde, exatamente? As pessoas vão achar que soa pretensioso.

Mas não digo nada disso para Lola. Depois que ela e William Sullivan saem e os adolescentes vão embora para o andar de baixo, no entanto, vou até o estúdio dele.

– Patrick? – chamo com a voz baixa.

Ele não está no espaço principal. Paro no cavalete ao lado da janela. Normalmente, ele não quer que eu veja no que está trabalhando. Diz que não acredita em mostrar coisas no meio do trabalho.

Casamenteira em Apuros

As imagens mudam – a luz, o humor, até a mensagem que cada pintura tem. É tudo tão subjetivo, diz ele, que pode ser alterado simplesmente por ser observado por outra pessoa.

Mas está ali. Não entendo tudo o que deveria sobre expressionismo abstrato, mas sinto um arrepio ao olhar para essa pintura. São pilhas de tinta marrom-esverdeada. Um mínimo esfumaçado de tons de cores discordantes ao lado. Aquilo é um olho? Parece um olho. Aproximo-me e aperto os braços ao redor do corpo.

– Patrick? – digo suavemente. Ouço um movimento vindo da outra sala, e Roy sai e se aproxima de mim, miando. Ele se enrosca nas minhas pernas, e me inclino para acariciá-lo.

Quando chego ao quarto dos fundos, Patrick está sentado no chão. Há uma tela grande apoiada na parede de frente para ele, e ele a está fitando, com a cabeça apoiada nas mãos.

Seus olhos se voltam lentamente para mim, e ele se levanta, assustado. Eestava tão absorto em seus pensamentos que não me ouviu.

Sinto meu coração apertar de alarme.

– Patrick – repito. – Querido...

Porque acabei de perceber que o rosto de Patrick está tão triste e abatido que mal parece ele mesmo. Como não percebi isso antes?

vinte e um

PATRICK

Ele ouve Marnie chamando por ele e decide se recompor. Levanta-se, apressado, e compõe um sorriso no rosto, imitando um homem que está bem. Parece que sua boca está cheia de poeira.

– Oi – ele cumprimenta. – Eu estava voltando. Todo mundo já foi? – Sua voz soa pesada e embaraçada, até mesmo para próprios ouvidos. Sente tontura ao se levantar tão depressa.

– O que aconteceu? – ela pergunta, alarmada, ao se aproximar dele. Ah, Deus. Seu rosto o examina. Ele mal consegue se controlar para não lhe contar. Porque sabe que ela está vendo tudo, de qualquer maneira: como as pinturas o estão dilacerando, como ele está despedaçado. Talvez esteja passando por alguma espécie de estúpida crise existencial; é assim que as pessoas chamam, não é? Ele poderia dizer: "Oi, Marnie. Posso ouvir sua voz e ver seu rosto, mas tudo ao seu redor é poeira e morte. Não posso participar da história de amor que você está imaginando".

Mas de que adiantaria lhe contar? O que *ela* pode fazer? Em vez disso, ele diz com voz suave:

– Não é nada. Sério. Só estou cansado. Todo mundo já foi?

– Eles acabaram de sair – ela informa. – Você não queria vir comer com a gente?

Palavras surgem de algum lugar.

– Não posso parar quando tenho algo em andamento. Eu precisava controlar essa pintura. – Ele consegue sentir a ponta de irritação em sua voz e tenta abafá-la, mas pode ver pelo rosto de Marnie que não conseguiu fazer isso muito bem. Ele se vira e vai até a bancada, coloca uma xícara de café na pia e liga a água. Sente

Casamenteira em Apuros

a água correndo em suas mãos. Lembra-se de ter caído no dia do incêndio, tentando chegar à água.

– E conseguiu? – pergunta ela. – Você está infeliz com a pintura ou algo assim? O que há de errado?

– Apenas estou exausto – ele afirma. E então se vira para Marnie.

– Vamos – chama e pega a mão dela. *Veja como estou tentando? Não ganho alguns pontos por isso, pelo menos?* – Vamos sair daqui. Sobrou um pouco daquela comida com cheiro delicioso? Ei, eu também ouvi a Lola e o William lá fora.

– Sim – ela diz. – Eles estavam aqui. A Lola queria saber se você estava bem.

– Fiquei ocupado com o trabalho.

Marnie o observa atenta demais.

Eles andam pelo estúdio. Ele joga um pano sobre a pintura na sala da frente, esperando que ela não a tenha visto.

Mas é claro que Marnie viu. Ele pode perceber pela forma como ela recua um pouco, só de passar pela tela. Provavelmente foi isso que a alarmou em primeiro lugar.

– É a nova? – ela pergunta.

– É. Uma delas.

– Patrick, é muito triste. Nossa, me deu até um arrepio.

– Bem, é para isso que a arte serve – ele responde. – Não são apenas flores e filhotinhos, você sabe. É *arte*.

Marnie não responde. Ele sabe que foi muito duro agora. Cruzou a linha para fazer um verdadeiro insulto. Então ele a beija na bochecha e pede desculpas. Diz que algo cheira muito bem.

– Acho que você deve estar faminto – diz ela e acrescenta que fez curry vermelho. Ela aposta que a taxa de açúcar no sangue dele diminuiu. Há quantas horas não come? É fácil sentir o emocional sobrecarregado e nem saber por quê. Não há um termo para isso? Irritado de fome? Ele deve estar irritado de fome.

Patrick conta que ama curry vermelho, pega uma cerveja na geladeira e se senta à mesa. Está melhor agora. Ele aguenta. Pode comer, beber e sorrir. Como uma pessoa de verdade, alguém que não vê o mundo através de teias de aranha. Um pé na frente do outro. Uma frase seguindo a frase anterior. Um sorriso ocasional, um inclinar de cabeça.

— Então, como você está? – ele indaga, e o espectro de Anneliese se afasta, agora quase completamente desaparecido. – Como estão as coisas na Brotou um Lance?

— Estão boas – ela diz. E conta a ele sobre ter visto o casal Winnie e Graham, que ela havia reunido na noite em que ia lhe fazer a grande pergunta.

Patrick faz uma careta ao se lembrar. Provavelmente sempre se lembrará daquela noite como o início de uma série de eventos descontrolados em cascata. Ela querendo um bebê, o preservativo furando, a pergunta adicional de quando e se eles vão tentar ter um bebê nunca sendo realmente respondida. E então Fritzie aparecendo. E depois tem a exposição de arte que ele concordou por engano em fazer.

— Ah, sim – ele consegue dizer. Tenta sorrir. – Então, pelo que entendi, eles ainda estão juntos? Isso deve te deixar feliz.

— Sim, e estão esperando um bebê.

— Ah, que incrível para eles. Aposto que querem erguer uma estátua em sua homenagem.

Marnie está olhando para baixo, para suas mãos. Ai, Deus. Ele foi sarcástico demais agora e a deixou magoada. O pior de tudo é que o assunto de alguma forma retornou para o tema dos bebês. Sinos de alarme ecoam em sua mente. É tão difícil evitar todas as armadilhas das conversas quando não se vê muito um ao outro. Daria para pensar que seria o oposto, que seria possível manter os assuntos neutros por alguns minutos de conversa, mas não. É como se todas as coisas importantes e difíceis naturalmente esperassem, saltando até mesmo para conversas rotineiras, como um animal selvagem pulando de uma árvore em sua cabeça desprevenida.

— Você pensa muito em tentarmos novamente em breve? – ela questiona.

Eeeeeeee… aqui vamos nós, ele pensa. Tamborila os dedos na mesa.

Casamenteira em Apuros

— Sabe, talvez você tenha percebido que estou um pouco estressado agora — ele responde.

— Sim, bem, ouvi dizer coisas boas sobre sexo e estresse — responde ela.

Ele franze os olhos e decide fazer uma piada.

— Sabe, de alguma forma quase sinto como se já tivéssemos uma criança.

— Uma criança, não um bebê.

Ele sente um riso amargo vindo de algum lugar profundo.

— Além disso, você já notou que agora nossa casa está lotada até as tampas de humanos? Quantas pessoas estavam realmente aqui jantando esta noite? Parecia que era pelo menos um batalhão.

— Não acho que tenhamos realmente tampas. Ou um batalhão.

— Você está brincando? Temos batalhões de pessoas enchendo até as tampas, *penduradas* nas tampas. — Ele inclina a cabeça para trás e toma um gole de sua cerveja na tentativa de mostrar o quanto nada daquilo o preocupa ou desespera. Mas, ainda assim, ela o encara solenemente. Marnie não entendeu seu humor engraçadinho. Onde está o senso de humor dela?

Ele tenta mais uma vez.

— Você sabe que eu não tinha ideia de que, ao me juntar a você, você ia trazer tanta gente. Está lotado de gente por aqui ultimamente.

— Como isso é culpa minha? — ela diz.

— As pessoas te seguem. Este lugar parece uma pensão. E é uma pensão *de verdade*, agora que penso nisso. As pessoas entram no meu estúdio, fazem comentários sobre o meu trabalho. Aliás, até mesmo a Ariana entrou para pegar uma tesoura emprestada outro dia…

— O quê? Ariana fez isso? Falei para ela não te incomodar.

— Todo mundo me incomoda! — ele exclama, tentando adotar um tom amigável e exasperado. Engraçado, até. Não tão irritado como se sentiu quando viu Ariana parada na porta. — Enquanto estava lá, ela disse que meu trabalho parecia muito triste e se eu havia pensado na minha *marca*. Minha *marca*! Acredita nisso? Já que eu seria entrevistado, ela pensou que eu poderia decidir qual seria minha plataforma. Ela falou que parecia que eu estava seguindo a rota do Artista Triste. O que talvez não seja a melhor aparência para mim, ela achava.

Ele quer parecer engraçado/exasperado, engraçado/irônico. Engraçado/alguma coisa. Sério: crianças, até mesmo adolescentes, falando sobre marketing é hilário, mas obviamente ele não está conseguindo transmitir esse sentimento porque Marnie parece aflita. Por que ela não está entendendo?

Seus olhos se enchem de lágrimas, e ele sabe que deveria querer se aproximar e puxá-la para perto, para confortá-la, para dizer que ele entende. Porém, o que ele realmente quer é voltar para seu estúdio, parar o fardo dessa conversa que não está levando a nenhum lugar bom. Ele não deveria estar com humanos agora. Mesmo Marnie, com toda a sua fé e esperança. Ele está *criando*, e a arte que está fazendo é estranha, difícil e perturbadora, e ahhhh, siiiiim, *ele* viu a cara dela quando olhou para a pintura. Viu como a afetou. Ele deveria se desculpar por *isso* também? Pelo que sua arte está tentando expressar? Por acaso não se encaixa com a visão de mundo de felicidade o tempo todo que ela tem?

– Você ainda me ama? – pergunta ela. Baixinho.

Ai, Deus. Não isso!

– Eu... o quê? – pergunta ele. – É claro que te amo. Por que você acha que não te amo?

Deixe-a, diz Anneliese. *Ela não deveria estar fazendo isso com você.*

– Porque você não olha para mim quando fala comigo. Porque você nem mesmo realmente fala comigo. Porque não te vejo mais. A última vez que passamos algum tempo juntos foi no dia em que fomos à escola da Fritzie...

– Olha – ele começa e solta um suspiro alto. – Você *sabe* que estou ocupado...

– Não. Eu *sei* como é quando as pessoas te amam mesmo quando estão ocupadas. Não me fale sobre ocupação, Patrick, porque te conheço. E o que sei é que você está passando por algum tipo de crise.

Ele cruza os braços em frente ao peito.

Casamenteira em Apuros

— Estou fazendo algo muito difícil. É o processo criativo.

— Eu sei e quero te ajudar – diz ela. – Suas pinturas são devastadoramente tristes, e está tudo bem, Patrick, porque é isso que está na sua alma agora e é isso que você precisa pôr para fora. Mas, enquanto isso, você parece muito distante de mim, e a cada dia está se afastando mais e mais. – Ela levanta a mão em sinal de pare, para impedi-lo de interrompê-la, o que ele estava prestes a fazer. – Mas, seja o que estiver machucando dentro de você – ela fala calmamente, olhando para ele com seus olhos azuis, tão azuis, cheios de sentimentos –, quero que você saiba que eu te enxergo e te amo, e estou disposta a esperar enquanto passa por isso, pelo tempo que for necessário. Acredito em você, mesmo que você não acredite agora.

Ele fecha os olhos, tenta pensar no que pode dizer – *obrigado?* – e, quando os abre novamente, Marnie já saiu da sala.

Ela diz essas coisas, mas não entende, diz Anneliese.

Mais tarde, ele deita na cama ao lado dela e fica se odiando.

Talvez devesse subir no terraço e chamar qualquer pessoa interessada – aparentemente, isso inclui todas as pessoas que ele conhece – e dizer que sabe que está sendo impossível, muito obrigado, mas que não tem mais nada a oferecer a ninguém e, também, para a própria segurança deles, todos devem se afastar. Deixá-lo em paz.

E, enquanto estiver lá em cima, gritando no terraço, quer dizer que também está tremendo junto com eles. Gostaria muito de deixar de ser ele mesmo e experimentar ser outra pessoa por um tempo.

Alguém de sua plateia imaginária grita:

— Por que diabos você simplesmente não para de pintar então, se você se odeia tanto? Qual é o sentido disso?

Certo. Ele poderia parar de pintar se quisesse, não poderia? Mesmo depois de todo esse tempo, poderia cancelar a exposição na galeria. Poderia dizer que surgiu algo. Poderia cancelar a entrevista na revista, bem como todo o chamado maldito retorno. Ele não está fazendo isso pelo dinheiro; nem está fazendo isso pela arte. Tem uma vida suficiente sem a arte. Poderia apenas continuar em sua casa, assistindo a *game shows*, levando o cachorro ao parque, cozinhando no terraço, fazendo amor com Marnie, do jeito que ele vinha fazendo antes de tudo isso.

Mas – ahá, aqui está o problema real – e se ele cancelar a exposição na galeria, parar de fazer essas pinturas dolorosas e acabar descobrindo que ainda é o mesmo maldito zoado de sempre? O que aconteceria então? Quem ele seria? Apenas um cara com um monte de cicatrizes pelo corpo, lamentando um passado que não pode mudar; um cara sarcástico que se sai bem em mensagens de texto, mas que está trancado em uma prisão, sem esperança de liberdade condicional. Um homem que machuca as coisas que ama.

Ele sente Marnie se mexendo ao seu lado. Então ela também não está dormindo.

– Patrick? – ela sussurra.

– Estou acordado – ele responde após um momento.

Marnie se aproxima dele, que a abraça, a princípio relutante, mas então segue os movimentos de beijá-la e, quando fecha os olhos bem apertados, de alguma forma encontra o caminho para fazer amor. Ele consegue. Talvez. Só precisa continuar buscando a força dela para levá-lo adiante. Ele precisa se proteger de Anneliese, que se ergue em sua cabeça, querendo fazê-lo prestar atenção. Ele não precisa prestar atenção ao que Anneliese acredita sobre ele. Ele pode voltar para sua vida real e comum. Sente o cheiro do cabelo de Marnie e percebe seus braços ao redor dele, e, por um momento, não precisa viver na tristeza.

Mas então, na manhã seguinte, entra no estúdio e ouve os gritos, vê o medo. Preenche a tela com tudo o que ouve, mas há mais e mais para ser pintado, e ele sabe – Anneliese lhe diz – que precisa trabalhar mais rápido.

vinte e dois

MARNIE

Estamos nos preparando para ter um Dia de Ação de Graças calmo, chato e rotineiro, o que vai contra todos os meus instintos animais, bem como meus desejos mais fervorosos. Na verdade, vai contra tudo o que defendo. O Dia de Ação de Graças, veja bem, é minha data favorita, e as datas de que mais gosto são cheias de mais convidados do que podemos acomodar de forma sensata, além de muita gratidão, pratos descombinados, peru, recheio e muuuitas tortas. Adoro quando as obrigatórias batatas-doces são cobertas com açúcar mascavo e marshmallows, e quando as vagens têm cebolas fritas que vêm de uma lata, e tudo bem se tiver dezenove tortas e todas elas forem de abóbora. Eu simplesmente gosto da ideia toda.

Mas este ano, em deferência à Situação de Patrick, diminuímos a escala. O cara da *Inside Outside* veio ontem e fez uma entrevista com ele, e horror dos horrores, Patrick me disse que o cara trouxe consigo uma equipe de filmagem inesperada, o que pode tê-lo deixado totalmente perturbado: câmeras e luzes, todas apontadas para ele e para o seu trabalho, trabalho que aparentemente ele não quer que ninguém veja. Porque ele é – bem, é o Patrick. Se existe uma verdade é que Patrick é ambivalente. E ele conversou com o cara por horas e horas, e agora tem certeza de que falou demais, e, pela forma como as perguntas estavam indo, agora acredita que o repórter vai retratá-lo como um herói trágico, lutando para se recuperar de uma tragédia pessoal devastadora para um retorno improvável e desesperado.

– Não quero ter que ser o herói de ninguém – ele afirma. – Não sou um herói.

– Mas eles têm que ter um enfoque, sabe. Você não pode ser Apenas um Cara Comum Chamado Patrick Que Costumava Fazer Escultura, Mas Agora Pinta, e está fazendo um bom trabalho... então, ei, pessoal, venham dar uma olhada. Isso não atrairá ninguém.

– É exatamente por isso que eu não deveria ter concordado em fazer a exposição ou o artigo – ele diz. – E por que eles trouxeram uma equipe de filmagem?

– Mas *era* uma equipe de filmagem ou apenas um fotógrafo com algumas luzes?

– Era apenas um cara com uma câmera e uma luz – interrompe Fritzie. – Ele também tirou uma foto minha.

– Ai, meu Deus – diz o pobre Patrick.

– Você poderia ligar para o repórter – digo pela milionésima vez. – Ele é um ser humano; ele vai ouvir você dizer o que te preocupa e talvez possa deixar essa parte de fora. Se você acha que ele vai representá-lo de forma errada, acredito que ficaria interessado em obter a versão correta.

– Você não entende. Ele quer que eu seja o artista triste e heroico.

– Viu só? Isso acontece porque essa é a sua "marca", Patrick – fala Fritzie. – Ligue para ele e diga que você quer ser o Artista Que Pinta As Filhas Que Não Sabia Que Tinha, e então você poderia me pintar.

Patrick olha para ela e balança a cabeça, sem palavras.

– Você também? Não posso acreditar que até alunos do terceiro ano estejam falando sobre "marca" hoje em dia. Acho que este pode ser o verdadeiro fim da civilização. Não tenho uma "marca". Nem quero uma "marca". Eu sou um artista! – Ele percebe que está elevando a voz. Roy sai correndo da sala.

Fritzie não se deixa abalar.

– A Ariana – ela continua, calmamente – me disse que todo mundo tem uma "marca".

Casamenteira em Apuros

Eu só quero que Patrick recupere a calma. Então digo que será apenas o Dia de Ação de Graças para nós três. Sem estranhos. Sem pessoas desabrigadas da esquina, sem funcionários deslocados da Brotou um Lance. Sem as Incríveis. Ariana vai jantar com sua família na casa da avó dela de qualquer maneira, e Lola e William Sullivan estão fazendo uma viagem para visitar o filho dela na Pensilvânia. Fritzie queria convidar a família de Laramie, e devo admitir que tive pensamentos sobre como poderíamos ajudá-los a encontrar um lugar para morar, mas, quando ligo para a mãe de Laramie, Gloria, para convidá-la, ela conta que vão viajar para Massachusetts para ver um lugar onde a avó de Laramie sabe que eles podem morar.

Então... somos só nós.

– Obrigado, obrigado – agradece Patrick.

– No entanto, isso vai contra tudo o que o Dia de Ação de Graças representa – digo a ele. – Você sabe disso.

– Eu sei.

– E pode passar a mensagem errada para a Fritzie sobre o amor familiar e a comunidade.

– Marnie.

– O quê?

– A Fritzie está imersa em amor familiar e comunidade aqui. Talvez sirva como uma mensagem saudável para ela sobre limites e respeito ao ver um membro da família passando por uma noite obscura da alma.

– Você está passando por uma noite obscura da alma?

– Não sei.

Eu o encaro, medindo a quantidade de luz em seus olhos.

– Que hora do dia você diria que é na sua alma?

– Agora?

– É, agora.

– São quatro e meia da tarde.

– Inverno ou verão?

– Final de outono, eu diria. Depois do fim do horário de verão.

– Isso soa sombrio.

— Está escurecendo, mas ainda não é completamente a noite obscura da alma.

Estudo-o cuidadosamente.

— Você vai ficar bem. Tenho fé em você. *Blix* tem fé em você.

Ele faz uma careta quando menciono Blix.

— Não. Não vou ficar bem! Não exibo meu trabalho há anos e nunca exibi minhas pinturas. Não faço ideia se são boas, e um homem veio, me entrevistou e fez todas as perguntas a que eu não conseguia responder. — Ele bate a mão na bancada com força. — E *era* uma equipe de filmagem. Uma equipe de filmagem com um cara que era nojento de chato e não parava de tirar fotos minhas. Com luzes.

Vou até ele e o beijo.

— Então, seremos apenas nós no Dia de Ação de Graças.

— Mais uma vez, agradeço sua compreensão e seu apreço. Embora eu deva acrescentar que não acredito completamente em você.

Então, Fritzie e eu saímos para comprar um peru que não seja muito, muito gigante (ou seja, que caiba no forno), junto com batatas, vagens e latas de cebolas fritas, e lhe explico como você tem que colocar cebolas fritas enlatadas e sopa de cogumelos na vagem apenas uma vez por ano, o que é uma regra sobre a qual ela diz nunca ter ouvido falar. Ao que parece, não está sendo devidamente cumprida em todos os estados da federação. Mas quero que ela saiba disso, porque percebo que posso ter apenas um Dia de Ação de Graças com essa menininha e, para sempre depois disso, gostaria de imaginá-la parando na véspera de Ação de Graças e lembrando que as pessoas têm que pôr cebolas fritas na vagem. Essa será minha contribuição para ela.

E então, o que você acha que vai acontecer depois? Blix teria sabido me alertar sobre isso, acho. Odeio invocar o universo porque as pessoas ficam cansadas de ouvir que o universo está fazendo coisas — mas sério, creditamos ao espírito de tudo o que é bom sobre o amor, a vida e a comunidade para decidir que nosso Dia de Ação de Graças deve ser consertado, afinal.

Casamenteira em Apuros

Assim que chegamos em casa e estamos guardando a comida, a mãe de Laramie me liga e avisa que a mãe dela teve algum tipo de contratempo e eles precisam ir no fim de semana seguinte – e, se a oferta ainda estiver de pé, ela adoraria ter um Dia de Ação de Graças normal, fora do abrigo, com a gente. Ela vai trazer o Laramie, as gêmeas de três anos, Luna e Tina, e o bebê, Marco. Se isso estiver tudo bem.

Então, o que eu poderia dizer? Nem hesitei. Exclamei:

– Sim, sim! Venham!

Vou contar para o Patrick que, oops, teremos companhia afinal, e ele apenas geme. Nem fica zangado.

– Tudo bem. Eu sabia que seria assim – ele diz, sombriamente. E então acrescenta: – E se o cara fizer parecer que *eu* acho que sou algum tipo de herói? Acho que eu poderia aguentar qualquer coisa, menos isso.

– Por favor. Ligue para o repórter e diga por que você está preocupado – peço. Depois de dizer isso três vezes, apenas encurto para "LPR".

Na manhã do Dia de Ação de Graças, quando estou retirando as louças do café da manhã e tive que dizer "LPR" pelo menos algumas vezes, Fritzie se levanta e leva seu prato até a pia.

– Bom, Patrick, *eu* falei com o repórter e achei ele muito legal – diz ela.

– O quê? *Você* falou com o repórter? – questiona ele. – Como eu não sabia disso?

Ela se contorce.

– Só fiz algumas perguntas para ele, e ele me fez algumas também. Me disse que também tem uma filhinha.

Patrick diz:

– Não dei permissão para ele te entrevistar.

– Não foi uma *entrevista* – responde ela.

Ele a encara por um longo momento e indaga:

– Meu Deus. *Do que* essa história vai tratar?

– LPR – intervenho. – LPR, LPR, LPR!

– Por que você está bravo *comigo*? – pergunta Fritzie. – Eu não disse nada errado para ele! Fui legal.

Patrick cambaleia até a fruteira, pega uma maçã para si e volta para o estúdio, balançando a cabeça e segurando o coração. Eu ficaria preocupada, exceto que a maçã é um bom sinal.

– O quê? – Fritzie indaga na minha direção. – E não diga LPR.

– Ele está apenas sendo dramático – explico. – Aqui está um segredo sobre as pessoas: às vezes, quando parecem nervosas com uma coisa, na verdade é por causa de outra coisa.

– Então por que ele está nervoso?

– Ele está nervoso... bem, ele está nervoso, acho, porque está tão feliz de ter uma menininha aqui que é filha dele, mas... – Não posso acreditar que estou dizendo isso.

– Marnie. – Ela ri e balança a cabeça, como se sentisse pena de mim por estar tão iludida. – O Patrick *não* está acostumado comigo. Eu *não* diria que ele está assim tão feliz por minha causa. Ainda.

Fritzie está certa, é claro. Eu não deveria ter tentado lhe falar isso.

– Bem, querida, ele está com medo porque há muito tempo ele perdeu alguém que amava muito, e agora não quer que isso aconteça de novo. Então está protegendo o coração dele. Mas o que ele ainda não aprendeu... mas vai aprender... é que você não pode viver e proteger o coração ao mesmo tempo. Você tem que se entregar completamente ao amor com tudo o que tem. Lembre-se disso para sua vida futura. Dê tudo o que você tem para o amor. É a única coisa que importa.

– Você é boa nessas coisas de amor, não é? – ela diz.

Eu vou até ela e a beijo por isso. E então, porque sou boa nessas coisas de amor, ligamos para a mãe dela e fazemos uma chamada de vídeo, e, sim, para mim parece um pouco estranho e desconfortável, mas talvez seja apenas porque não entendo tão bem a Tessa, e então, quando ela fala com a Fritzie e conta sobre os prédios e as igrejas que está vendo e não pergunta sobre as coisas que a Fritzie está fazendo – bem, levo para o lado pessoal. Eu me sinto um pouquinho ofendida ao ouvir a única pergunta dela, que é sempre: "Você está

Casamenteira em Apuros

se comportando bem?". Mas, tendo dito isso, acho que as chamadas telefônicas ocasionais são importantes, e eu gostaria que acontecessem com mais frequência. Sou boa nessas coisas de amor, então faço com que elas aconteçam.

Mesmo quando doem.

Gloria chega por volta do meio-dia com sua comitiva. Laramie é muito doce e tímido, e as gêmeas adoram pular na cama do quarto da Fritzie, e eu me apaixono loucamente por Marco, um bebê feliz de seis meses, que gorgoleja e saliva, e estende os braços para mim assim que nos apresentamos, como se estivesse me procurando a vida toda. Ele me deixa carregá-lo no meu quadril pelo resto do dia, presenteando-me com seus sorrisos apaixonados sem dentes e, às vezes, plantando beijos molhados e abertos nas minhas bochechas.

Sinceramente, é embaraçosa a maneira como Marco e eu nos sentimos um com o outro. Acho que estou encantada. Talvez ele e eu estejamos destinados a ser almas gêmeas e, quando ele tiver quarenta e cinco anos e estiver passando por uma crise de meia-idade, e eu estiver nos meus sábios e velhos setenta anos, viajaremos juntos para a Europa e lhe contarei tudo o que sei sobre a vida e o vinho.

Ou talvez ele tenha vindo até mim para que meus ovários comecem a pensar em como seria divertido ter um menininho nosso, e isso os inspire a tirar a melhor ideia de óvulo do baú, arrumar as trompas e dar uma "arrumada" no útero. Ou qualquer coisa que precise ser feita.

Patrick sai de sua toca e assume as tarefas de anfitrião, enchendo os copos de bebida e cortando o peru. Ele está apenas um pouco robótico. Fritzie fica toda boba e tenta arrastá-lo para a sala de estar para dançar, o que ele finalmente faz. Ele até sorri para Marco e as gêmeas saltitantes — e então Luna, que parece não conseguir tirar os olhos dele, irrompe em lágrimas histéricas.

— O rosto dele está... doendo! — ela exclama. — Dói nele!

Por que as crianças sempre pensam isso?, eu me pergunto. Todos continuamos dizendo que não dói, que ele está bem, que não está sentindo dor – e finalmente Patrick, que parece cada vez mais sombrio, como se realmente estivesse sentindo dor, faz-nos sinal para ficarmos quietos e se ajoelha ao lado dela no chão da cozinha. Luna se esconde atrás das mãos.

– Aqui – ele diz suavemente para ela. – Viu só? Quer tocar na minha pele? Não dói em mim. Está apenas enrugada e puxada de um jeito engraçado. Mas é só pele, como a sua pele.

Ele toca o rosto dela muito suavemente, e eu o ouço sussurrar:

– Agora você toca no meu. – Mas ela balança a cabeça e não olha para ele.

– De verdade, Patrick – fala Gloria. – Você não precisa fazer isso. – Gloria se senta ao lado deles e coloca Luna no colo. – Querida, está tudo bem. Olha, é só o Patrick. Viu? – continua. – Posso? – E toca o rosto de Patrick. Então Luna espreita por entre os dedos.

– Oh, pelo amor de Deus – diz Fritzie. – Vamos lá, todo mundo. Estamos todos tocando o rosto do Patrick! Todo mundo toca o rosto de todo mundo!

Ela corre, pendura-se em Patrick e passa as mãos pelo rosto dele, e então Luna faz a mesma coisa, rindo, e Tina também. Prendo a respiração.

– Vamos lá, Laramie – incentiva Fritzie, e em pouco tempo todas as crianças estão tocando nele e bagunçando seu cabelo. E, mesmo que eu esteja nervosa por ele, ele está sorrindo para elas e tocando em seus rostos, e então eles rolam pelo chão, as gêmeas riem e Gloria faz cócegas nelas bem de levinho.

– Obrigada – agradece Gloria. – Digam obrigado ao Patrick.

Sinto um nó na garganta, porque sempre espero que coisas assim vão curar meu doce Patrick ferido, e sou como uma criança antecipando o Natal ao vê-lo absorver tudo. E, quando vejo que ele não está curado por isso, que provavelmente até ficou um pouco irritado, tenho que aumentar o som da música ainda mais e dançar pela cozinha com Marco no meu quadril, enquanto espero pela próxima

Casamenteira em Apuros

coisa que talvez possa curá-lo. Quando o sininho toca, significando que os pães estão dourados e é hora de levar as travessas para a sala de jantar, entro e malabarizo o bebê e as panelas, chamando todos para comer.

– Dança em fila! – grita Fritzie, e ela, Laramie e as gêmeas formam uma fila improvisada em direção à sala de jantar – mas é claro que, por ser liderada por Fritzie, a fila primeiro passa pelos quartos, pelo banheiro e pela cozinha, e está prestes a sair para o apartamento/estúdio quando eu a interrompo, e finalmente consigo persuadir todos a se sentarem e não ficarem olhando para Patrick, para que possamos comer.

É caótico e barulhento – encontrar almofadas suficientes para serem assentos elevados para os menorzinhos, depois passar os pratos de batata e cortar as porções de peru, responder às perguntas sobre as partes mais saudáveis da carne da ave e explicar por que há coisas de marshmallow nas batatas-doces e cebolas fritas nas vagens. Ninguém com menos de dez anos vai considerar comer essas coisas.

Bedford se posiciona embaixo da mesa, bem ao lado das gêmeas. Ele sabe quem é mais provável de lhe contrabandear um pouco de peru.

Ainda estou discutindo sobre marshmallows quando meu celular toca na cozinha.

– Provavelmente são apenas meus pais nos desejando um Feliz Dia de Ação de Graças. Ligo para eles mais tarde – digo em voz alta.

Mas toca mais uma vez depois de ter parado por um segundo. E então toda a sequência recomeça. E de novo. E de novo. Patrick me dá um olhar significativo.

– Puxa vida – eu digo. – Acho que é melhor eu atender.

– Quando você voltar, pode trazer a manteiga? – pede Patrick, de longe.

– E o leite! – grita Fritzie.

Marco está no meu quadril enquanto entro na cozinha e pego meu celular. É o número da minha mãe, explico para Marco. Ele me encara firmemente, como se já soubesse que precisaremos nos preparar para isso.

— Ei, Feliz Dia de Ação de Graças! — digo quando aperto o botão verde. — Você está na casa da Natalie? Estamos prestes a jantar, posso te ligar de volta em cerca de vinte minutos? Podemos fazer uma chamada de vídeo.

— Marnie? — ela chama com uma voz cheia de estática. — Marnie?

— Oi, mãe. A conexão não parece estar muito boa. Feliz Dia de Ação de Graças!

Marco tenta pegar o celular de mim, mas eu o giro para que ele não consiga.

— Oh, querida. Você está aí? — pergunta minha mãe.

— Sim, estou aqui. Escuta. Posso te ligar de volta? Estamos prestes a comer e vou juntar todos em alguns minutos para fazermos uma chamada de vídeo. Você está na casa da Natalie?

— O quê?

— Bobobobobo — solta Marco, e agora ele usa as duas mãos molhadas e tenta tirar o celular de mim.

— VOCÊ ESTÁ NA CASA DA NATALIE? — grito.

— Bobobo.

— Eu… o quê? Tem um bebê na linha?

— NA CASA DA NATALIE, mãe. VOCÊ ESTÁ NA CASA DA NATALIE?

Marco ri com meus gritos.

— Não, querida. Não estou. Então seu pai não te ligou?

— Não! Quero dizer, acho que não.

Ela ri.

— Isso vai ser uma verdadeira surpresa, então, receio. Mas, querida, estou em frente à sua casa; pelo menos acho que estou. Estou em um Uber. Você está na Berkeley Place, certo? Falei ao motorista "Berkeley Place", mas depois fiquei na dúvida. Qual é o número da casa?

— Sim, é Berkeley — digo atordoada. Dou o endereço. — Você está realmente na frente da minha casa? — Começo a caminhar até a porta

Casamenteira em Apuros

da frente. Quando passo pela sala de jantar, Patrick se levanta da cadeira e me segue.

– Não, não, não – ele diz. – Isso não está acontecendo.

Eu inclino o telefone para o lado para que ela não possa ouvir.

– Acho que está acontecendo.

– Sua mãe está aqui? Tipo, aqui *mesmo*? Merda, Marnie.

– Acho que sim, tipo, na frente da casa, aqui.

O Porco-espinho reúne suas faculdades mentais e suaviza suas feições. Ele endireita os ombros e sussurra em voz baixa:

– Ok, então. Vamos apenas sair e encontrá-la. Eu trago as malas. Sabe de uma coisa? – continua ele. – Em algum momento no futuro, acho que realmente precisamos examinar que tipo de vida levamos para que as pessoas fiquem nos surpreendendo na frente da nossa própria porta. Como se estivéssemos de alguma forma pedindo por isso.

Eu abro a porta.

– Não sei por que está acontecendo, para te dizer a verdade, mas ela está aqui.

Minha mãe – usando um casaco preto peludo, óculos de sol, uma boina preta, leggings e botas, e com seu cabelo loiro cortado em um chanel repartido de lado – está em pé do lado de fora de um Lincoln Town Car. O motorista sai e abre o porta-malas, tira três malas e as coloca na calçada.

– Surpresa! – ela exclama e abre os braços. Sorriso largo. – Aposto que você nunca esperava isso no seu Dia de Ação de Graças!

– Oi – diz Patrick, descendo a escada, com uma postura masculina como de quem está no controle. Minha mãe sorri para ele e, quando ele se aproxima, ela segura seu braço e faz uma pose como se estivessem em um desfile.

– Eu teria ligado! – ela grita para mim. – Mas decidi que seria muito mais divertido e espontâneo aparecer de surpresa! Ver a expressão no seu rosto! É isso que você adora, não é? Espontaneidade?

– É muito espontâneo! – exclamo de volta. – O auge da espontaneidade, se me perguntar! Venha, suba!

Minha mãe fica ocupada conversando com Patrick e abraçando-o. Ele pega duas das malas dela nas mãos, coloca a outra debaixo do braço e sobe os degraus. Ela acena para o motorista, pega sua enorme bolsa e vem logo atrás de Patrick, falando o tempo todo.

– Querida, estou tão feliz em te ver e sinto que fiz a coisa mais louca, *mais* fora do meu feitio, de toda a minha vida! Mas não é divertido? Oh! E quem são todas essas crianças adoráveis? Elas também moram no sobrado? Bom, e qual delas é a Fritzie?

Eu olho ao redor, de repente percebendo que, além de Marco no meu quadril, tenho mais quatro crianças em volta. As gêmeas estão atrás de mim com os dedos na boca, olhando fixamente – e Fritzie pula de um pé só, dizendo:

– Essa é a sua mãe, Marnie? Essa é a sua mãe? Marnie! Essa é realmente a sua mãe? De verdade? Sua mãe? Posso mostrar como consigo deslizar pelo corrimão até embaixo? Ou posso pular os degraus de três em três? Qual dessas você acha que ela vai gostar mais? Qual? Acha que consigo fazer isso, Laramie? Fiz quatro vezes ontem e só me machuquei uma vez. Olhe esse arranhão na minha perna. É o que acontece se você não fizer direito.

– Ela é aquela, a que está pulando – digo. – A que está falando.

– Ah – diz minha mãe. Sinto que ela está observando o cabelo emaranhado e desarrumado de Fritzie, seu sorriso com dentes tortos, a calça xadrez cortada curta demais com a meia-calça estampada de estrelas aparecendo por baixo, a blusa de moletom preta toda esticada no pescoço, as botas Ugg baixas cor-de-rosa e o fato de que ela está em um pé só, oscilando na beirada dos degraus de concreto. Mas minha mãe mantém um sorriso constante e acolhedor. (Conheço esse sorriso; ele está dizendo: "Mais tarde vou iniciar meus projetos de melhoria com essas pessoas".)

Laramie diz que também consegue pular os degraus de três em três – e os dois passam por Patrick e minha mãe, e começam a se lançar escada abaixo. Ela aplaude todos eles, depois aperta o queixo de Marco e fala a coisa que sempre fala para bebês:

Casamenteira em Apuros

— Bem, olá, seu gostosinho! — (Bebês sempre são gostosinhos, e filhotes de cachorro são fofinhos. Vivi minha vida inteira sob essas condições.)

— Feliz Dia de Ação de Graças, estou tão feliz em te ver! — ela exclama. — Não é apenas a coisa mais divertida! É tão bom te ver, querida, e, minha nossa, parece que sua vida ficou tão agitada e feliz desde a última vez que te vi! — Ela aperta a mão de Gloria. — Oi, sou Millie MacGraw, da Flórida. E acho que acabei de fazer a coisa surpreendente de me mudar para o Brooklyn.

Tenho quase certeza de que ouço a mim mesma dizer:

— Você está se mudando para cá? Onde está o papai? — Mas não tenho certeza, porque parece que um enxame de abelhas pode ter se instalado dentro da minha cabeça. Quando isso se tornou minha vida?

Ela passa por mim flutuando para entrar na casa.

— Ah, é tão adorável aqui dentro! Eu sempre amei esses sobrados de tijolinhos marrons antigos! A história! — exclama. Minha mãe já veio nos visitar antes, então nada disso é novo, mas ela sempre sente a necessidade de se extasiar sobre os sobrados de tijolinhos marrons e compará-los às casas térreas de estuque da Flórida. — Patrick, querido, não se preocupe com essas malas. Vamos colocá-las aqui por enquanto, e vou resolver tudo quando souber onde vou morar.

O quê?

— Onde você vai *morar*? — indago. — Você está se mudando… para cá?

Ela se vira, quase como uma bailarina fazendo uma pirueta, e me olha com seus olhos brilhantes e abertos.

— Sim. Estou me mudando para o Brooklyn.

O que quero dizer é: "Onde está minha verdadeira mãe e o que você fez com ela?". No entanto, em vez disso, digo:

— Mas por quê?

— Porque você está aqui — ela diz, sorrindo. — E porque estou mudando minha vida. E talvez eu precise dos seus serviços, então parecia inteligente vir buscá-los pessoalmente em vez de pelo telefone. Então… estou aqui, querida, e não quero que você se preocupe com isso, porque vou me organizar muito em breve e cuidar de mim mesma.

Dou uma olhada no rosto de Patrick, que tem uma expressão indecifrável. Ele parece alguém que pode ter acabado de ser atingido na cabeça com uma tábua.

— Você comeu, Millie? — Patrick pergunta.

Ela responde:

— Ora, querido, ainda não comi! Parece que cheguei na hora certa. Sobrou um pouquinho pra mim?

vinte e três

MARNIE

Quando voltamos para a sala de jantar, fico chocada ao ver Bedford em cima de uma das cadeiras das gêmeas, servindo-se de uma coxa de peru.

— Bedford! — grito, e o cachorro desce, parecendo apropriadamente culpado. Espero que minha mãe diga algo sobre a má educação dos fofinhos, mas ela está tentando não parecer escandalizada. Posso ver em seu rosto.

De repente, sinto como se estivesse vendo a casa inteira — toda a minha vida! — do ponto de vista dela. Todos os pratos lascados e descoordenados, as almofadas do sofá empilhadas de forma desajeitada nas cadeiras das crianças, a toalha de mesa laranja do Dia de Ação de Graças manchada, o chão de madeira manchado, as cortinas de renda surradas que pertenciam a Blix, as obras de arte excêntricas e coloridas na parede — tudo o que valorizo sobre a minha própria vida aqui parece um pouco desgastado aos olhos de Millie MacGraw, que usa tudo combinando e bandejas de prata esterlina e se orgulha de "ter um lar agradável".

— Mãe, aqui. Sente-se no meu lugar. Vou pegar outro prato e talheres — digo. Patrick traz uma cadeira estofada da sala da frente enquanto Gloria junta as crianças para que possamos abrir mais um lugar à mesa. Quando ela vem pegar Marco de mim, o menino a empurra e grita. Ele pode ser agora um acessório permanente no meu quadril.

– Nunca tive um fã tão dedicado – digo-lhe e encosto no doce pescocinho babado. – Você está mexendo comigo da maneira certa, amigão.

Patrick faz uma careta.

– Você consegue comer assim? Com o Marco, quero dizer?

– Claro que consigo! Mas, de qualquer maneira, quem precisa de comida quando tem tanto amor? – Deslizo ao redor da mesa até minha cadeira, balançando Marco no quadril.

Minha mãe se acomoda.

– Ohhh, olhe! – ela exclama. – Você colocou marshmallows nas batatas-doces! Eu não sabia que você ainda fazia do jeito sulista.

– Bem, claro que faço. Qual outra maneira existe? Logo quando você chegou, aliás, eu estava aqui explicando como as batatas-doces têm que ser cobertas com marshmallow no Dia de Ação de Graças. O momento da sua chegada foi perfeito – explico.

Minha mãe sorri para mim.

– O momento não é sempre perfeito? Você não me disse isso uma vez? – Então ela estica o braço e belisca minha bochecha. – Querida, você está muito bonita com esse bebê nos braços. Melhor tomar cuidado, Patrick. Marnie vai querer um desses, aposto. Mas antes, me perdoe por dizer isso, acho que vocês deveriam se casar.

– Eu também! Eu também! – exclama Fritzie.

Patrick dá uma grande mordida no peru.

– Nossa, isso está delicioso.

Minha mãe ri.

– Mas não precisa se casar para ter um bebê – diz Fritzie. – Caso seja isso que vocês estão falando. Eu sou filha do Patrick, e ele não se casou com a minha mãe.

Solto um suspiro tão grande que Marco ri e cutuca meu olho com o dedo gordo e molhado.

– Bem – começa minha mãe e se serve de purê de batatas –, não há nada errado com isso. Estou começando a achar que o casamento não é tão bom assim. Você é casada, Gloria?

Casamenteira em Apuros

– Não... bem, sim, tecnicamente – ela responde. – Nós estamos... sabe...

– Meu pai está na cadeia – explica Laramie, alegremente. – Mas ele vai sair em breve e vamos nos mudar para Massachusetts e ter uma casa. Certo, mãe?

– Certo – confirma Gloria.

Reviro os olhos tão intensamente para minha mãe que ela me observa de volta, com olhos arregalados de forma cômica, e então faz uma pantomima de trancar os lábios, mostrando que não vai dizer mais nada.

Nós nos recuperamos. De alguma forma. Todo mundo volta a comer, minha mãe dá alguns detalhes mundanos sobre seu voo, Gloria sente que precisa explicar sua situação, adicionando que vai levar as crianças para visitar a mãe dela em Massachusetts amanhã e que, aliás, o crime do marido dela foi totalmente exagerado, não violento e não relacionado a drogas, então Laramie dá um soco brincalhão no braço de Fritzie, que revida, e os dois terminam sua refeição e fazem algumas dancinhas que Laramie aprendeu no Fortnite, que é evidentemente um videogame, e Patrick serve mais vinho muito necessário para os adultos. Marco massageia minha bochecha e depois olha extasiado nos meus olhos.

A campainha toca de novo. Patrick e eu nos entreolhamos.

Ele levanta as mãos pro alto.

– Seu pai, talvez?

– Ou talvez seja sua irmã de Wyoming – falo. – Teremos todas as famílias aqui.

– Talvez seja minha mãe da Itália! – exclama Fritzie. E faz uma careta. – Espero que o Richard não esteja com ela.

– Pode ser meu pai, fugindo da cadeia – adiciona Laramie, e vejo Gloria balançar a cabeça e tomar outro grande gole de vinho.

– Provavelmente são todos. Eles dividiram um Uber – diz Patrick melancolicamente.

Mas acaba sendo Ariana, que tecnicamente não precisava tocar a campainha, já que tem a chave da porta da frente – mas ela me diz que achou que seria mais educado do que simplesmente entrar. Em especial porque ela está lá fora no degrau da porta com Charmaine, Mookie, Justin e Dahlia, e todos estão rindo e apoiados uns nos outros, batendo os pés, parecendo um anúncio da juventude. Floquinhos de neve pitorescos, como se tivessem sido providenciados pelo departamento de objetos de cena, pousam em seus ombros.

— AI MEU DEUS! Está nevando! Está nevando! Está nevando! — Fritzie grita. — Mãe da Marnie, venha ver isso! Está nevando!

— Querida, você pode me chamar de Millie — diz minha mãe. — Ou vovó Millie, se preferir. — Ela se levanta da mesa e vai até a porta para admirar a neve e imediatamente se junta às Incríveis, que, assim que tudo é explicado e resolvido, não conseguem acreditar que tenho uma mãe bem aqui na propriedade.

— É sua mãe? — diz Dahlia. — AiMeuDeus! Gente, não é, tipo, surpreendente quando descobrimos que pessoas mais velhas têm mães de verdade?

— Eu sou antiga — diz minha mãe. — Estou por aqui desde que Deus usava fraldas. Na verdade, costumava trocar as fraldas dele.

— Não, não, eu não estava falando isso — diz Dahlia.

Fritzie, que atua como nossa repórter residente obrigatória, é contratualmente obrigada a explicar que minha mãe apareceu "de surpresa" apenas alguns minutos antes e, por algum motivo, tem que pular de um pé só enquanto diz isso.

— Justo como fiz! — diz ela. — Millie e eu somos as Garotas-Surpresa.

Ariana pontua que também é uma garota-surpresa, já que não ligou.

— E a Dahlia e a Charmaine — completa Mookie.

— Sim. Há mulheres-surpresa por toda parte — diz Patrick. — O que temos aqui é uma epidemia de mulheres-surpresa.

Faço as apresentações e vou passar o café e pegar as tortas de abóbora. Todo mundo está falando ao mesmo tempo, e penso como o Dia de Ação de Graças pode ser uma daquelas festas que não podem deixar de se tornar o que se supõe que seja, especialmente na casa de Blix.

Casamenteira em Apuros

Adoro como parece que a própria Blix pode estar orquestrando isso dos bastidores. É exatamente o tipo de mistura de pessoas que ela aprovaria, penso. Justin gira Fritzie, o que pode levar a algum quebra-quebra, e isso faz com que as gêmeas também queiram esse tipo de tratamento – não importa que elas nunca o tenham visto antes, estão dentro –, e todo mundo fala ao mesmo tempo. Dahlia e Gloria estão em uma conversa animada sobre Massachusetts, e minha mãe conta para Charmaine e Ariana como abandonou a velha cabeleireira conservadora porque a mulher não queria fazer o tingimento, e *como* se consegue essa tonalidade roxa intensa? E Ariana ri e diz que sua família era horrível e que mal podia esperar para sair de lá, tanto julgamento sobre suas escolhas de vida, como eles esperam que ela queira ficar por perto depois do jantar se tudo o que vão fazer é encontrar falhas em tudo, e minha mãe – minha mãe! – concorda que os membros da família podem ser as pessoas mais julgadoras de todas, e que é simplesmente terrível como presumem que sabem tudo sobre nós, quando, na verdade, podem saber muito pouco. Então nos sentamos para comer as tortas, e há uma pequena discussão quando Ariana tira sua câmera de vídeo e quer filmar todos nós com a boca cheia, mas Justin a tira habilmente dela, beijando-a na boca, o que faz as crianças dizerem "Oooooh", junto com a minha mãe.

Os pratos de torta e as xícaras de café parecem desaparecer da mesa enquanto converso com Mookie, e, quando procuro Patrick, para podermos revirar os olhos juntos com companheirismo, ele não está em lugar algum. Foi para a cozinha e está lavando a louça, o que é uma coisa boa, é claro. Impulso perfeitamente aceitável: arrumar as coisas.

Mas, simples assim, ele passa ao desaparecimento pelo resto da noite. Absorvido de volta para o estúdio. Todos passam para a sala de estar, os adolescentes enfim descem as escadas e Gloria prepara sua turma para partir. Marco e eu estamos desesperados com a perspectiva de nos separarmos, mas lhe digo que nos encontraremos outra vez, mesmo que eu tenha que dirigir até Massachusetts para encontrá-lo.

Quando, por fim, coloco Fritzie na cama e só restamos minha mãe e eu, ela pergunta:

— Para onde aquele doce Patrick foi?

Encontro um bilhete seu em nossa cama dizendo que minha mãe deveria dormir no nosso quarto comigo. Ele tem muito trabalho para fazer, e isso será melhor para ele, é o que escreveu. Ele pode ficar acordado a noite toda pintando, se quiser, sem perturbar ninguém. E também tem um futon perfeitamente bom no estúdio. Ele assinou o bilhete com um grande e gigante *P*. Sem amor, sem corações, nada a que uma pessoa possa se apegar.

Fico ali parada lendo o bilhete, e minha mão treme um pouco.

— Oh, isso é terrível — diz ela atrás de mim. — Talvez você devesse entrar e falar com Patrick.

— Não — falo. — Ele já deve estar dormindo agora e, de qualquer maneira, tenho certeza de que está tudo bem. Vou falar amanhã.

— Oh, querida — diz minha mãe. — Oh, querida, oh, querida, oh, querida. Estou sentindo uma vibração.

— Você acha?

— É tudo culpa minha — ela diz. — Aqui estou eu fazendo a única coisa espontânea que já fiz em toda a minha vida... vir para o Brooklyn sem te avisar, e, ai, meu Deus! Em que eu estava pensando? Como isso poderia dar certo? Como você e o Patrick não vão me odiar por isso? Parecia tão adorável e... espontaneamente fora do meu feitio! Devo ir para um hotel esta noite, e Patrick pode voltar para o quarto dele. Me deixa chamar um Uber agora mesmo.

— Não, não, isso é ridículo — respondo. — Para ser sincera, acho que Patrick já estava querendo dormir lá mesmo. É mais silencioso, e ele pode pensar, pintar e resmungar sozinho. Na verdade, ele tem ido para a cama cada vez mais tarde. Então ele está bem, tenho certeza.

— Patrick é um homem de humores, acho — afirma ela. — Assim como seu pai.

Casamenteira em Apuros

— Rá! "Humores" não descreve nem um pouco como Patrick tem estado ultimamente. Ele está um caos.

— Seu pai já é quase parte integrante do sofá. Que diabos está acontecendo com os *homens* ultimamente? Em todos os lugares para os quais você olha, eles *não* estão correspondendo. Decepcionando todo mundo ao redor deles.

Então ficamos acordadas até as três da manhã, conversando. Minha mãe está animada, engraçada e autodepreciativa – diferente da mãe que lembro na maior parte do tempo, que talvez tenha sido um pouco exigente quando se tratava de regras, decoro e comportamento.

— Olhe! Olhe para essas olheiras! – ela exclama. – Agora, não quero ser superficial e sei que a aparência horrível da minha pele não é o sentido da vida, mas olho para elas todos os dias no espelho e penso que me pareço exatamente com sua avó.

Minha mãe fala que meu pai não ri mais das piadas dela e quer que tudo permaneça como está, exatamente como está. *Podemos simplesmente não criar confusão* – essa é a frase favorita dele para tudo. Quando minha mãe lhe disse que talvez quisesse voltar para a faculdade, ele respondeu que absolutamente não, desperdício de dinheiro e tempo na idade dela, não havia necessidade disso – e então, mesmo que nada esteja realmente errado, ela diz, e sim, minha mãe sabe, outras pessoas estão em situações muito piores, ela só quer voltar a viver. Ter esperanças de algo grande! Gigantesco!

— Sabe o que realmente quero? Quero me apaixonar – diz ela, melancólica, por volta das duas da manhã. Sua voz é suave e frágil, como a de uma garota jovem. – Me apaixonar mais uma vez. Talvez seja por isso que estou aqui.

— Hmm – murmuro. Eu preferiria tanto que minha mãe não se apaixonasse por outra pessoa além do meu pai.

— Isso é tão errado? – indaga ela, e nós duas rimos porque nos recorda de uma antiga série de comédia que nenhuma de nós consegue lembrar direito. – Me tornei o pior tipo de clichê. Vá em frente. Sei que é isso que você está pensando. Compro todo creme hidratante que vejo na televisão... espere até ver o que está na minha mala... e tudo o que quero é que alguém me olhe com um sorriso sacana, alguém que *queira* me ouvir, e não fique ali desinteressado em tudo, me dizendo que sou velha demais para isso e aquilo, e onde está o bolo de carne, e por que não podemos colocar uma televisão no quarto. Se colocássemos uma televisão no quarto, Marnie, juro que aquele homem nunca sairia de lá! Em seguida, seriam penicos!

— Bem. Se ele quer colocar uma televisão no quarto, claramente precisa de uma reabilitação.

Estou tentando ser engraçada, mas ela me olha e sorri.

— Exatamente! Viu só? Agora aposto que você nunca viu um homem sugerir uma televisão aqui, não é? Não vejo uma aqui. — Ela franze o nariz e diz: — Claro, também não tem homem aqui. Então me diga. O que você acha que está acontecendo com o Patrick? Ele parecia bem quando falei com ele algumas semanas atrás.

E era só disso que eu estava precisando, tenho vergonha de dizer. Conto-lhe sobre a exposição, de como ele está triste, como quero ter um bebê e ele não tem certeza se consegue lidar com isso, e o quanto Patrick tem ficado estressado com a presença da Fritzie. Meus olhos se enchem de lágrimas, e *seus* olhos também se enchem de lágrimas, talvez apenas porque é de madrugada, a hora em que as pessoas poderiam chorar pelo último triste e negligenciado ovo na caixa de ovos, mas talvez tenhamos atingido a dureza do fundo do poço de viver uma vida longa — que é: quando as coisas dão errado e você constantemente tem que recriar suas experiências para poder enxergar o caminho para sair do desespero. Tento lembrar o que Blix diria sobre tudo isso. Com certeza, sua vida nem sempre foi como planejava.

Ela diria que Patrick é meu para a vida toda e que estou destinada a acreditar nele e ele em mim — e que todos esses sinais de infelicidade agora são distrações temporárias da verdadeira solidez do nosso amor um pelo outro.

— Ele está apenas passando por um momento difícil — explico à minha mãe. — Está se comprometendo a fazer arte pela primeira vez desde o incêndio, e acho que as lembranças o estão sufocando.

Casamenteira em Apuros

Então lhe conto, apenas para o caso de ela não se lembrar disso sobre Patrick, que ele correu para dentro do fogo para salvar a namorada e que, quando Blix estava morrendo, cuidou dela completamente sozinho, então resgatou Bedford quando o cachorro foi atropelado por um carro. Em todos os casos, Patrick se apresentou e foi a pessoa em quem se podia confiar.

O problema sou *eu*, concluo.

— Aqui está ele, me apoiando de novo e de novo, me faz rir e é tão doce e apaixonado, e me diz o quanto mudei sua vida, mas agora quero mais. Não estou satisfeita com o que temos. Eu quero tudo! Mais vida ao meu redor, mais pessoas, e ele fala que precisa se afastar e ficar sozinho. Patrick está se fechando. Afirmou que chegou até onde podia chegar e não pode fazer mais nada.

— Eu sei — diz minha mãe, estende a mão e aperta a minha, e então pisca para mim. — Ele é um ótimo cara, mas talvez não seja o *único* cara ótimo para você. Sabe? As coisas mudam.

Eu recuo.

— Não. Eu o amo. Não vou desistir disso.

— Às vezes você *precisa* desistir para se salvar — explica. — Na verdade, você nem deveria pensar nisso como "desistir". Chame de *abrir mão*. Talvez seu pai seja o homem que eu deveria ter na minha vida quando eu estava na casa dos vinte anos e durante todas as décadas em que criei vocês. E nós nos divertimos muito, ele e eu, mas isso não significa que ele precise ser o homem para a minha velhice, não é? Talvez depois de quarenta anos possamos fechar esse casamento e guardá-lo em uma gaveta junto com a antiga louça de prata, e ambos possamos fazer mais das coisas que queremos fazer. Posso me apaixonar, ir ao teatro e entrar para o programa espacial se eu quiser, e ele pode se sentar no sofá e assistir ao canal de golfe. Vamos nos reunir com as filhas e as netas nos feriados.

— Com seus novos cônjuges? Isso parece horrível.

— Sim — ela diz, rindo. — Vou levar todos os homens com quem eu estiver saindo no momento. Seu pai pode aprová-los ou desaprová-los. Vou levar as opiniões dele em consideração.

Enterro a cabeça no travesseiro.

– Não, não, não.

– Estou chocada por ter que te explicar isso – ela diz. – Meio que pensei que esse seria o conselho que você me daria.

Mas aqui está o que minha mãe não entende: ele é meu pai, e sei que ele a ama mais que tudo. E por algumas coisas – e incluo Patrick nelas – pode valer a pena lutar.

vinte e quatro

PATRICK

Patrick acorda e encontra Fritzie sentada de pernas cruzadas na beira do futon em seu estúdio, observando-o. Ainda está escuro, com apenas uma pequena linha de luz cinzenta se infiltrando pelas cortinas. Foi a respiração dela que o acordou.

— Por que você está aqui? — Fritzie pergunta quando ele abre um olho.

— Mais importante, por que você está aqui? — indaga ele.

— Estou aqui porque estava procurando por você, e você não estava no seu quarto com a Marnie. A mãe dela está lá dentro.

— Bem, é por isso que estou aqui. Não há espaço para três em uma cama, não é?

— Não. A menos que você queira se encolher.

— Que horas são?

— São seis e meia.

— Seis e meia! Minha Nossa Senhora! O que você está fazendo acordada?

— Eu tinha que falar com você.

— Por quê?

A menina exibe no rosto a expressão de alguém que não preparou uma resposta para essa pergunta. Fritzie não sabe por que precisava falar com ele, Patrick suspeita. Ela gosta de saber o que está acontecendo, é só isso. Então se levanta do futon e anda pelo estúdio.

— Fritzie.

— O quê?

– Por favor. Não comece a mexer nas coisas aqui. Tem muita tinta molhada.

– Eu sei.

Fritzie continua andando, então ele se deita de novo e fecha os olhos. Esse futon não é horrível. Patrick está satisfeito consigo mesmo por ter pensado em vir dormir aqui como solução para a situação de ter hóspedes.

– Sabe por que vim aqui, Patrick? De verdade?

– Por quê?

– Sabe que a Ariana vai atravessar o país e fazer perguntas para as pessoas e filmá-las?

– Ah, sim.

– Bem, decidi que também vou fazer perguntas para as pessoas e estou começando com você.

– E não dava para esperar até ficar de dia?

– Patrick! Já é de dia. O sol simplesmente ainda não acordou.

– Ok. Gosto mais quando o sol acorda.

– Logo ele acorda. Então, você está pronto para as minhas perguntas? Eu tenho várias.

– Ok. Posso fechar os olhos enquanto respondo?

– Claro. Ei, você gostaria de ir comigo ao planetário?

– Talvez.

– Haha, Patrick! Essa não era a pergunta real do teste. Eu só queria saber. Ok, agora a gente começa. Essa pergunta tinha um asterisco. Você sabe o que é um asterisco?

– Sim.

– Significa que não é realmente real.

– Vá com calma comigo, ok?

– Você ama a Marnie?

– Sim.

– Você me ama?

– Claro.

– Você ama batatas fritas?

– Sim.

Casamenteira em Apuros

– Ok, Patrick, nenhuma dessas eram as perguntas reais. Eu só queria saber o quanto de amor você tem aí dentro. Mas você está indo muito bem. Ok, agora a gente começa. Qual era sua matéria favorita na escola?

– Arte e Matemática.

– Você praticava esportes?

– Não.

– Por que não?

– Falta de coordenação.

– O que isso significa?

– Significava que eu estava ocupado demais desenhando.

– Quem é a sua pessoa favorita no mundo?

– Hum. Stephen Colbert.

– Quem é esse?

– Um comediante.

– Não. Tem que ser alguém que você conhece.

– Hum, o Paco.

– Alguém na nossa casa!

– Ah, então você.

– Isso é verdade mesmo?

– Mil por cento verdade.

– Eu não acredito. Acho que é a Marnie.

– Sim, talvez devêssemos dizer a Marnie para não ficar chateada.

– Ooook. Quando você conheceu a minha mãe, você a amava?

– Fritzie? Isso é meio…

– Só responda.

– Não.

– Não, você não a amava?

– Não, eu não a amava. Eu não a conhecia.

– Ok. Não, tudo bem. Entendo. Ok, agora, próxima pergunta. Quando você e a Marnie tiverem um bebê, você quer que seja uma menina ou um menino?

Ele se levanta apoiado em um cotovelo.

– Não, não, não. A hora das perguntas acabou.

— Ok, *ok*! Hum... Qual é a sua hora favorita no relógio?
— Não tenho uma hora favorita no relógio.
— A minha é 12h34. Entendeu? Um, dois, três, quatro.
— Vamos tomar café da manhã. As outras pessoas estão acordadas?
— Espera. Você gosta de ler o final de um livro antes de começar?
— Eu nunca faria isso. Vamos lá, vamos ver se alguém mais está acordado.
— Do que você tem medo?
Ele fica em silêncio.
Ela o encara.
— Só vou ler o resto. O que você acha que vai me dizer no dia em que minha mãe vier me buscar? Você acha que vai ser meu pai quando eu crescer? Você quer mais filhos ou só eu? Se você pudesse de alguma forma evitar o incêndio, ainda gostaria de amar a Marnie mesmo se a outra moça estivesse viva? Ainda gostaria que eu estivesse morando na sua casa? O que você quer de Natal? Você sabia que ficaria tão triste assim? Você acha que sempre vai ser tão triste? Você acha que sou inteligente? E a última pergunta: você realmente me ama? Você me ama mais do que o Roy? Mais do que batatas fritas? Mais do que pintura?

Patrick se senta na beira do futon e a observa. Não consegue mais responder a perguntas. Sua garganta está apertada.
— Vamos fazer café para sua avó – ele sugere.
— *Patrick!* – diz exclama, rindo. – A Millie *não* é minha avó de verdade!
— Bem, o que Millie é? – pergunta ele.
E dá de ombros. Ela não tem uma resposta para essa.

O sol está apenas começando a lutar para atravessar as janelas empoeiradas da cozinha de uma maneira que o faz sentir uma tristeza aguda em relação à sujeira básica e à desordem da vida.

Casamenteira em Apuros

Patrick está tão cansado que é extremamente difícil percorrer os nove passos necessários para preparar as xícaras de café, o que envolve primeiro encontrar os filtros e os grãos de café, depois o moedor e a prensa, além das xícaras, das colheres e do creme. As xícaras estão na lava-louças. Sua favorita está sumida. Além disso, em desdobramentos não relacionados, mas também decepcionantes: as tortas de abóbora foram deixadas fora a noite toda, e alguém se esqueceu de fazer algo com a assadeira de peru, que está na banca-da com restos de peru e partes gordurosas esbranquiçadas de uma maneira nada apetitosa.

Fritzie dança com Bedford, que está em pé nas patas traseiras. Roy apareceu para ver o que tem para o café da manhã.

— Você quer cereal? — Patrick pergunta para Fritzie, então ouve Millie dizer:

— Bom dia.

— Oi — ele responde.

— Eu declaro que fiquei acordada até tarde da noite passada e pensei que dormiria por dias, mas parece que não consigo ficar dormindo. Estou muito animada por estar aqui. Isso acontece com você, Fritzie? Você já ficou tão animada que não conseguia dormir?

— Bem — começa Fritzie. — Houve uma vez em que estávamos... — E conta uma história longa e confusa em que Patrick não consegue prestar atenção. Tudo o que ele consegue fazer é finalmente servir uma xícara de café e entregar a Millie, sorrindo de volta quando ela sorri. Millie está usando um roupão acolchoado azul comprido, o tipo que mães pelos Estados Unidos inteiro devem estar vestindo. Tem uma total aparência de mãe suburbana, ele pensa, com seus cabelos loiro-acinzentados curtos e organizados como se tivessem ido a uma escola de treinamento capilar. Ela parece jovem, mas ele pensa que você nunca veria alguém com menos de cinquenta anos fazendo exatamente aquilo — o que quer que seja — com o cabelo.

Sim, ela diz, em resposta a uma pergunta que ele esqueceu que havia feito: uma torrada seria maravilhoso.

Patrick está alarmantemente distraído. Na verdade, acordou às 5h14 da manhã, uma hora antes de Fritzie aparecer e interromper sua soneca. Permaneceu deitado com o travesseiro cobrindo o rosto por um tempo, examinando a nova realidade de dormir em um futon em seu estúdio enquanto as hóspedes (também põe Ariana, bem como Millie e Fritzie no mesmo pacote – as mulheres-surpresa, como foram identificadas ontem à noite) saqueiam o que resta de sua solidão. Ele trouxe todos os fatos do assunto à mesa e os revirou várias vezes na cabeça, analisando-os, fazendo a si mesmo algumas perguntas difíceis sobre como ele deveria encarar tudo isso. Por um lado, gosta muito de Millie; não é essa a questão. Afinal, os dois trocam mensagens. Receitas e coisas do tipo. Ela admira suas habilidades de preparos de forno, diz muitas coisas maravilhosas sobre o seu bolo de creme azedo para comer tomando café, que leva cobertura crocante de canela, por exemplo. Compartilha isso no Facebook. E ela já fez sua torta de limão (feita com uma massa de biscoito e manteiga) para ocasiões especiais.

Mas, droga, ele está ocupado! Ele não tem assado nada ultimamente e não precisa de receitas. E, além de ser naturalmente introvertido, ele agora é um introvertido frenético, na verdade. E percebe que Millie está tendo algumas dificuldades com o marido (um homem de quem Patrick também gosta, mesmo sem o conhecer tão bem quanto conhece Millie), o que significa que haverá muita conversa. Conversa, planejamento, ruminação e resolução de problemas. Além disso, há a surpresa nada ortodoxa que Millie aprontou: aparecendo assim sem avisar. Ele coloca isso na lista de pontos negativos de uma pessoa. E então, como se essas coisas não fossem ruins o suficiente, houve a bomba alarmante que ela soltou ontem à noite, de que está se mudando para cá.

Mudando para o maldito Brooklyn.

Sem nem mesmo perguntar o-que-você-acha-desse-plano para as pessoas que podem ser afetadas por ele.

Bem.

Casamenteira em Apuros

Ah, hoje ele está um caos. Com frio, cansado, sonolento, suas pinturas tristes estão lhe esperando no estúdio, ele sabe que os vários adolescentes dormindo lá embaixo provavelmente vão subir a qualquer momento, e Marnie provavelmente vai convidar todos para comer waffles ou algo assim, e Fritzie está de férias da escola por sabe-se lá quanto tempo, e Millie MacGraw está aqui conversando sobre tudo, desde a maravilha dos Ubers até o mistério de se uma torta de abóbora pode ficar fora da geladeira a noite toda e ainda ser considerada não letal.

Patrick percebe que não tem prestado atenção nenhuma. Ele se envolve novamente na conversa, que agora é sobre imóveis no Brooklyn e onde faz sentido procurar. Millie não quer ser um incômodo para ninguém, é claro, mas precisava tomar uma decisão. Fazendo sessenta anos, sabe. Não pode passar o resto de um terço da sua expectativa de vida sem experimentar um pouco da vida real. (Um terço! Pensa com um susto. De alguma forma, isto lhe parece extremamente otimista, ter certeza de que você vai viver até os noventa.) Millie está dizendo que um amigo deles morreu no mês passado, uma pessoa que, tragicamente, nem sequer teve a oportunidade de viajar pelo país. Em seguida, muda habilmente para o assunto de Fritzie – como é adorável, surpreendente, como a vida é interessante, cheia desses tipos de eventos não planejados.

– É isso que estou procurando, alguns eventos não planejados – ela diz. E então acrescenta: – E, Fritzie, só para você saber, vou considerar você minha neta. Você já deve ter uma avó, mas precisa de outra. Todo mundo deveria ter duas, e acho que, quanto mais, melhor na maioria dos casos.

Patrick dá uma piscadela para Fritzie e diz:

– Viu só?

– Mas isso não pode estar certo, porque Patrick e Marnie não estão casados, então você não pode ser minha avó – diz Fritzie, a literalista. – Não até eles se casarem.

– Eu sei. Mas cada vez mais penso que isso não é o mais importante sobre os relacionamentos humanos – diz Millie. – Mesmo que eles nunca se casem de verdade, ainda podemos ter um ao outro, e posso ser a avó na sua vida. De qualquer forma, gostaria de me candidatar ao cargo.

— Eu tenho uma avó – começa Fritzie –, que mora na Inglaterra, e minha mãe está brava com a minha avó porque ela disse que eu não poderia morar com ela, porque minha avó disse que minha mãe deveria ficar e cuidar de mim ela mesma. Mesmo que minha mãe achasse que minha avó ficaria comigo porque somos da família.

Millie olha para Patrick, que limpa a garganta.

— Você não precisa realmente entrar em todos esses detalhes – ele comenta.

— Ah, mas está tudo bem – diz Millie. – Fritzie, se foi isso que aconteceu, então teremos que dizer que ela é quem saiu perdendo. E de ela ter feito isso, você encontrou seu verdadeiro papai.

— Meu papai-biológico.

— Sim, seu papai-biológico, e ele é maravilhoso com você. Os relacionamentos mudam, e é isso que é empolgante na vida. Eu me casei com meu marido quando tinha dezenove anos, e o que eu sabia sobre mim naquela época? Nada, é isso que eu sabia. E agora descubro que sou uma pessoa que quer sair desse casamento, tingir o cabelo de roxo, entrar em sites de relacionamento e, quem sabe, até fazer uma tatuagem.

Fritzie a fita, incerta.

— Eu sei tingir o cabelo das pessoas de roxo. E talvez a Ariana possa te dizer onde fazer uma tatuagem. Se você realmente quiser.

Patrick pisca.

— Então você… e o Ted estão se divorciando? – ele pergunta.

— Quem sabe o que estamos fazendo! – Millie ri. – Recuso-me a fazer qualquer afirmação definitiva sobre qualquer coisa. Costumava saber tanto e agora sinto que sei praticamente nada. Na verdade, é muito mais divertido passar pela vida assim. Pelo menos por enquanto.

Será mesmo?, Patrick pensa. Francamente, adoraria saber o que está fazendo. Ter uma noção das coisas.

Casamenteira em Apuros

Millie olha para ele atentamente, e ele percebe que estava franzindo a testa.

— O que foi, querido? — pergunta ela. — O que há de errado?

Então ele murmura algo sobre seu projeto de pintura, a exposição de arte que se aproxima e que precisa reaprender a ser disciplinado. Nada disso é exatamente o que é, ele percebe, mas ela se agarra a esses fatos mesmo assim. Ela diz que compreende tudinho.

— Sua arte é tudo — Millie lhe diz e parece tão sincera que, por um momento, ele teme que ela vá atravessar a sala, pegá-lo pelos braços e olhar nos olhos enquanto elenca todos os seus argumentos. Ele não vai suportar. — É quem você é. Eu queria ter algo assim para me sustentar. Minha vida inteira era ser dona de casa. Agora, não é a coisa mais estúpida do mundo quando você percebe que seu único propósito era manter as bancadas limpas e as camisas dobradas? Não posso dizer o quanto me sinto tola. Nada do que fiz na vida valeu de porcaria alguma.

— O que aconteceu? — pergunta Patrick, contente pelo assunto ter se afastado do suposto propósito. — O que fez você perceber...?

— O que aconteceu? Bem, acho que foi uma série de coisas. Todo mundo me deixou. Esquecemos que tudo e todos vão nos deixar, e que precisamos estar preparados.

Ele se sente surpreso ao ouvi-la dizer essas coisas. É exatamente o que ele sente.

— Sabe — diz ela —, é por isso que estou vivendo o agora. Um terapeuta de felicidade me disse que você pode mudar a sua vida inteira fazendo essa única coisa. Faça constantemente esta pergunta quando tiver uma decisão a tomar: isso me faria mais feliz ou aquilo me faria mais feliz? É como quando você está no oftalmologista e ele pergunta: "Você enxerga melhor com este conjunto de lentes ou é melhor desse jeito? Desta forma ou daquela?". E então você sempre tem que escolher a coisa que traz mais alegria. Deixe de lado todo o resto. Apenas opte pelo pensamento que te faz sentir melhor.

Talvez seja algo aceitável para uma pessoa inocente fazer, ele pensa. Mas e se você fizesse algo tão horrível que não pode se perdoar, e todos os dias está aumentando essa situação apenas buscando o próprio prazer? E se realmente dói escolher algo que é apenas para você se sentir bem? Com certeza não funcionaria! Você escolheria aquilo que te faz sentir bem, mas isso te faria sentir pior... então talvez você só possa se sentir bem escolhendo a coisa que te machucaria. Mas então, lá está você se sentindo um pouco bem outra vez.

Patrick odeia a ideia de que exista algo chamado terapeuta de felicidade, mas, se tivesse um momento com um deles, eis o que gostaria de perguntar: *E se você já sabe que não pode amar as pessoas porque dói demais quando as perde?*

E se estão prestes a publicar uma matéria de revista que vai fazer o público acreditar que você acha que é algum tipo de herói quando foi responsável pela morte de outra pessoa, alguém que tinha talento e que te amava? E agora você está em um estúdio pintando quadros e apaixonado por outra pessoa, alguém que acha que a vida é apenas diversão e alegria, enquanto as cinzas do seu primeiro amor estão em algum frasco – provavelmente na cornija da lareira dos pais dela.

Então você apenas pode se perguntar: o que seria a coisa mais feliz a fazer hoje?

Não, você não pode.

Precisa voltar ao trabalho. Na sua mente, uma mulher está esperando seu retorno para o estúdio e que ele trabalhe através da dor que lhe causou, do dano que provocou.

E as pessoas aqui na frente dele correm o risco de serem perdidas também. Apenas porque ele as ama. Ou pode amar. Ele nem sequer acha que sabe o que esta palavra significa: *amor. Quem nos deu o direito de usar essa palavra o tempo todo quando ninguém sabe seu significado?*

Então eis o que você tem que fazer, Patrick pensa: você cede seu lugar na cama para a mulher que *deveria* ser sua sogra, muda-se para o estúdio e dorme no futon cercado por suas pinturas. Aquelas que você terminou e as que estão inacabadas. Aquelas que estão tão cheias de gritos que às vezes te assustam quando você as olha e aquelas com as quais você tenta fazer as pazes, mesmo que tenham surgido das profundezas do seu desejo. Você diz a todos ao seu redor que não pode se preparar para a exposição, a menos que viva com o trabalho por enquanto. Você explica que precisa disso. Grita se necessário, se não parecerem estar acreditando.

Diz para a mulher que ama, a que pensa em ter um filho com você, que você dormir em outro lugar é a melhor coisa para ela também. Ela poderá se concentrar em estar com a mãe sem ter que se preocupar com você.

E você diz para aquela garotinha de queixo teimoso e cabelo desgrenhado idêntico ao seu, a garotinha com o impulso de roubar dinheiro por uma causa e explorar o mundo e o sistema solar, que você está cuidando dela e que ela é ótima e merece ser amada — e a faz lembrar que em poucos meses ela também te deixará e sairá da sua vida.

E você diz a si mesmo que é muito inteligente de sua parte não se apegar.

Porque, nas famosas palavras de Millie MacGraw, tudo e todos vão te deixar em algum momento. Então talvez esse seja o plano mais seguro.

vinte e cinco

MARNIE

— Sua mãe vai ficar aí por no máximo uma semana — diz meu pai, quando me liga na manhã seguinte. Ele está usando sua voz bem masculina, confiante e previsora. A mesma voz que usou quando disse que eu me tornaria uma analista financeira se apenas me esforçasse. — Ela só está, ah... bem, sua mãe está passando por algo com o que acho que não consigo ajudar. Quem sabe? Talvez você possa.

São sete e meia e estou parada na calçada segurando a coleira e observando Bedford cheirar o chão. Bocejo mais do que o normal porque acho que *posso* ter dormido cerca de duas horas. Como em todas as manhãs, Bedford tem uma grande decisão a tomar sobre em qual pedaço de grama ele gostaria de fazer xixi, mas a diferença desta manhã é que não tenho pressa alguma para voltar para dentro de casa, então ele está livre para cheirar embalagens de chiclete, canudos velhos e grama previamente urinada pelo tempo que quiser. Estou com o casaco sobre a minha camiseta de pijama e um par de calças de moletom, calcei as botas e saí antes que alguém me encontrasse. Eu conseguia ouvir Patrick e minha mãe conversando na cozinha enquanto escapava.

— Não sei, pai — falo. — Ela falou que quer se mudar para cá.

— Eu sei que sua mãe *diz* isso, mas ela é uma floridiana de corpo e alma. Não pode se mudar para o Brooklyn — ele afirma com sua voz firme de pai.

— Tem certeza?

— Marnie. Primeiro de tudo, sua mãe tem a vida dela aqui. Eu, por exemplo. E as amigas da piscina, da academia. A Natalie e as

Casamenteira em Apuros

netas. E em segundo lugar, o inverno. Ela nunca passou por um inverno na vida. Não, sua mãe está passando por uma fase agora. Talvez eu não tenha precisado dela o suficiente. Você poderia me fazer um favor e ressaltar minhas qualidades maravilhosas e dizer que eu realmente preciso dela? Confie em mim, Marnie. Ela só está passando por uma falta temporária de raízes.

Meu pai, Ted MacGraw, é um homem maravilhoso, um bom provedor e um cara que acreditava fortemente nos direitos de suas filhas de se destacarem em qualquer ambiente de trabalho e serem o que quisessem no mundo. A menos que o que elas quisessem fosse estar subempregadas, como eu. Ou ser uma casamenteira bruxa, como eu. Ou uma pessoa que se mudou para o Brooklyn sem um plano real, como eu. Felizmente, ele também tinha a Natalie, que se tornou uma cientista de primeira classe, com a visão de se casar com um homem estável, ter dois filhos e se mudar para uma casa no bairro do meu pai.

Eu sempre o adorei e às vezes acho que seria legal ter tanta certeza quanto ele a respeito de tudo. Ele sabe exatamente como se sente. O bom em vez do ruim; o certo em vez do errado; as calças cáqui em vez das calças jeans; futebol americano em vez de futebol inglês; reuniões do Rotary Club em vez de acordar tarde aos sábados.

– Mas, pai – começo –, minha mãe não parece triste. Parece quase animada demais para mim.

– Isso é uma encenação. Você não reconhece uma encenação quando vê uma? Ela não sabe o que quer.

Percebo que sou covarde demais para lhe contar as coisas que ela disse ontem à noite. Deixe que *ela* lhe conte sobre o desejo de se juntar ao programa espacial e se apaixonar por novas pessoas.

Há um silêncio.

– Nós somos um casal sólido – afirma meu pai. – Todo mundo nos inveja. Todos os nossos amigos. Sua mãe tem uma boa vida, mas, não sei, há uma inquietude ultimamente que está me deixando louco. Ela sempre quer ir, ir, ir. Sem motivo algum, apenas para sair de casa. E reclama que não me exercito o suficiente e que não vou ao médico fazer um check-up. Francamente, sua mãe está se tornando um pouco chata.

— Pai, você está bravo com ela? Porque você parece um pouco bravo.

— *Não*, não estou bravo — ele diz com a voz mais zangada de todas. — É só que não precisava fazer essa palhaçada no Dia de Ação de Graças. Escuta só. Sua mãe acordou muito, muito cedo de manhã e fez o peru, a farofa, as vagens com cebolas fritas e a batata-doce com marshmallow, e tudo estava pronto ao meio-dia, então subi depois de assistir ao Desfile da Macy's, pensando que iríamos nos sentar e comer, e lá estava ela com as malas prontas, dizendo: "Estou indo embora. Estou me mudando para o Brooklyn. Não se preocupe. Tem um táxi me esperando, então você não vai precisar se preocupar em buscar o carro no aeroporto. E vou falar com você em breve". E colocou a chave da casa na mesa, me deu um beijo na bochecha e saiu pela porta da frente. Nem sequer comeu a refeição que ela havia preparado. Você acredita nisso?

Bedford está agora comendo um pedaço de osso de frango que encontrou embaixo de algumas folhas, então me ajoelho para tirar de sua boca.

— O que você fez?

— O que você acha? Sou um cavalheiro, então carreguei as duas malas dela para fora e coloquei no porta-malas do táxi. E paguei o motorista para ela adiantado. Fui até a janela do banco do passageiro e disse: "Espero que você tenha uma viagem muito agradável para o Brooklyn e tenha um Feliz Dia de Ação de Graças".

— Ah, você não fez isso!

— Eu fiz. — Ele ri. — Estou tranquilo. Não contei nem para a Natalie ainda, é assim que estou sendo legal. Quero evitar o máximo de drama possível. Dar um pouco de espaço para sua mãe para que em três dias, quando ela decidir voltar, não seja um grande problema e não sinta que está passando por cima do orgulho ou algo assim. Não vou implorar para sua mãe voltar. Vou deixá-la extravasar esse sentimento.

Casamenteira em Apuros

— Acho que é algo muito sábio — afirmo.

— E, patinha, você poderia fazer um favorzinho para mim?

— O que seria, ó meu pai, que não enxergou nenhum dos sinais que precisava ter visto?

Ele ri.

— Mostre todas as maneiras como o Brooklyn *não* é a Flórida. Trema muito! Diga como os metrôs são sujos e nojentos. Não sei. Diga que você sente falta das praias da Flórida. Millie é uma garota da Flórida. Ela vai voltar para casa.

vinte e seis

MARNIE

Meu pai está redondamente enganado. Minha mãe não está nem um pouco interessada em voltar para casa. E por mim tudo bem. Já faz duas semanas e, na verdade, a gente está se divertindo muito na nossa nova função como amigas. Ela tinha perguntado se eu poderia chamá-la de Millie em vez de mãe. Assim seria mais fácil para nós falarmos de coisas reais, afirmou. A gente tem ficado acordada até tarde da noite conversando, falando de quase todos os assuntos de interesse, coisas sobre as quais jamais pensei que poderia falar com ela, tipo namorados ruins; homens que, quando você não está prestando atenção, transformam-se em inúteis que só querem saber do sofá; a evidência da magia; cabeleireiras ruins que abusam demais do laquê; o fato de a minha mãe ter sempre pensado que éramos almas afins enquanto os outros dois membros da família eram rígidos demais; se o tédio era razão suficiente para alguém mudar a vida por completo… eeee os prós e contras de engravidar.

Não acho que a minha gravidez vá acontecer em breve, pelo menos não até a exposição do Patrick acabar. E ele está ficando cada vez mais recolhido em si mesmo. Passei a organizar o que chamo de Minuta das Visitas Conjugais quando o faço se sentar comigo na sala, debaixo de um cobertor fofinho, por vários minutos por vez, bebendo café no sofá depois de mandar a Fritzie para a escola e antes de a minha mãe acordar. Não são condições ideais, é claro, mas se um casal *quisesse* fazer sexo sob tais circunstâncias, faria. Ao que parecia, porém, nós não éramos esse tipo de casal.

Casamenteira em Apuros

Nós nos sentávamos lá juntos, e vez ou outra eu deixava minha mão vagar pela coxa dele com a intenção de reanimar e... bem, nada acontecia. Era como se houvesse uma força que afastava Patrick do mundo real e tangível de sentimentos e amor, atraindo-o de volta para o conflituoso mundo de arte e infelicidade. Às vezes, parecia que havia apenas um pouquinhozinho de Patrick que ainda era meu, um nadica de nada dele que não pertencia a esse projeto, mas que estava correndo o risco de desaparecer também.

Talvez, sem querer criar alarde demais, isso nada mais é que uma batalha pela alma dele. Essa é a mensagem que pareço receber da Torradeira Blix quando pergunto. *Lute por ele*, diz a voz.

Então um dia jogo tudo para o alto e fico nua debaixo daquele cobertor. Ele parece horrorizado, e lhe digo que já é hora de lembrarmos o que há de bom nesse mundo. Sabe como era dar uns amassos? Sabe como era fazer amor e como as coisas se encaixavam tão bem?

Então fiz isso e dei o pontapé inicial, mas aí ele achou que ouviu um rangido nas dobradiças da porta do quarto e saltou de mim como se tivesse sido disparado de um canhão, e logo se sentou, com o braço jogado casualmente nas costas do sofá.

— Então, como os Mets estão indo esse ano? As perspectivas são boas? — perguntou ele, bem alto.

Eu ri e sussurrei:

— Volte para cima de mim; foi só o vento.

— Marnie! E se sua mãe entra aqui e nos vê?

— Bem, Patrick, somos melhores amigas agora, e não mãe e filha, e acho que ela voltaria de fininho para o quarto e torceria por nós em silêncio. Ela sabe que é assim que os bebês são feitos, e sabe que a gente quer um bebê.

Mas oh-oh. Uma sombra atravessou o rosto dele quando falei aquilo.

— A gente não concordou em esperar para levar o plano adiante? — pergunta ele.

— Creio que as minutas mostrariam que decidimos esperar e que então *eu* declarei, com precisão o bastante, que estou mais velha que o tempo e que eu queria começar a acompanhar a minha ovulação...

Patrick fechou os olhos e se trancou na mesma hora.

— Agora não, por favor — pediu, como se estivesse sentindo dor só de pensar naquilo. — Não posso assumir mais nada.

— Você sabe que levam nove meses para formar um pequeno humano — falei, forçando a sorte. — Não vai ser uma criação espontânea.

— Depois da minha exposição — falou. E em seguida adicionou: — Talvez. Se ainda restar algo de mim.

Eu deveria ter respondido imediatamente, mas senti medo demais. Do que Patrick *estava* falando? Estava insinuando que aquele seu pedacinho que ainda era meu ficaria menor ainda? Que ele o faria desaparecer por completo?

Olhei dentro dos olhos dele e não consegui encontrá-lo.

Foi quando fiquei aflita de verdade.

Espere, disse a torradeira.

Bem quando eu estava me adaptando à nova realidade: sendo melhor amiga da minha mãe, cuidando de uma menina atrevida de oito anos, com um bando de adolescentes ficando lá no porão, tudo isso enquanto tento me agarrar a um Patrick que está desaparecendo rapidamente... o mundo faz uma curva fechada direto para a época de festas. Sempre fui uma grande fã das festas de fim de ano, todo o tra-lá-lá, as decorações e as coisas brilhantes... mas também significa que há mais pedidos de flores chegando, que mais laços de veludo vermelho são necessários, assim como poinsétias tomando cada espaço disponível, e junto com isso vem o fato de que é provável que mais pessoas vão irromper em lágrimas na Frivolidades em meio àquele monte de propagandas de alegria-do-Natal.

E a Fritzie, que está fervendo a fogo baixo, aproveita a oportunidade para pirar.

Casamenteira em Apuros

Começa com uma tradiçãozinha que mais parece um campo minado chamada Almoço com os Pais, realizada na escola. O aviso chega na mochila um dia desses. Eu o vejo quando estou tirando a lancheira e a pasta com o dever de casa (PROBLEMAS DE MATEMÁTICA COM PRAZO PARA AMANHÃ: DIVIRTA-SE COM ELES). E lá, logo atrás da promessa de diversão ilimitada com problemas de matemática, vem um aviso ainda *mais* instigante, impresso em papel roxo: ALMOÇO COM OS PAIS NA ESCOLA SEXTA-FEIRA.

— Ah — falo. — Fritzie, a gente vai? — Estou super no controle da situação, já pensando o quanto deve ser difícil para ela e se posso perguntar para Kat se sua amiga Sal pode ajudar com os pedidos da parte da manhã enquanto dou um pulinho na escola.

Ela está no chão, fazendo carinho no Bedford, e nem sequer olha para mim.

— Pedi ao Patrick, que não vai porque está ocupado demais — ela diz, fazendo pouco, mas não tão pouco quanto pensa. — E, de qualquer forma, é uma chatice.

— Tem certeza? Assim, *eu* poderia ir. A gente poderia tornar tudo divertido, não poderia?

— Não — diz ela e sai da sala.

— Vou falar com o Patrick — grito para as suas costas. — Talvez ele possa tirar a manhã de folga.

— Não, obrigada — cantarola ela.

Minha mãe me lança um olhar alarmado e grita:

— Você acha que eles fazem o Dia dos Avós também? Porque, se fizerem, já vou te avisando: eu vou!

A porta do quarto de Fritzie fecha. Eu mordo o lábio.

— Acho que você deveria convencê-la — diz minha mãe.

Era assim que minha mãe sempre funcionava: na base do convencimento. Mas gosto de pensar que sou sensível à necessidade dos outros. A minha ida, de certa forma, talvez seja pior para Fritzie... se tiver que explicar para todo mundo que não sou sua mãe; que nem sequer sou a madrasta.

Patrick, quando lhe pergunto, aponta para o calendário sem dizer nada... como janeiro vem logo depois de dezembro. Ele faz um gesto que parece uma cabeça explodindo e se arrasta de volta para o estúdio, balançando a cabeça recém-explodida.

Dias depois, abordo o assunto com Fritzie enquanto desembaraço o cabelo dela depois do banho.

— O Patrick pediu desculpas, mas a exposição está chegando. Tem certeza de que não quer que eu vá?

Ela afasta o olhar.

— Tenho.

— Mas... você não vai ser uma das poucas pessoas que não terão nenhum representante presente?

— Marnie — diz Fritzie. — O Patrick deveria ir, mas você não é nem minha madrasta. Se você se casar com o Patrick, você pode ir.

— Ei, Patrick! — grito. Ele não pode me ouvir; está no estúdio. — *Patrick!* Querido? A gente pode fugir para se casar esta noite, assim posso ir ao Almoço dos Pais?

— Para — diz Fritzie, e parece que está prestes a rir e chorar ao mesmo tempo.

Dois dias depois, recebo um e-mail de Karen. A gente pode conversar?

Ligo para ela lá da Frivolidades.

— Nós temos umas poucas preocupações — começa, sem nem dar margem para conversa-fiada. — Entããããão, a Fritzie está se adaptando bem, está fazendo os deveres e não tem havido mais roubo nenhum, ou melhor, *empréstimo* de dinheiro. Mas... bem, no dia do Almoço com os Pais, ela perguntou se poderia dizer algumas palavras sobre a mãe, já que ela não pôde ir.

— Não estou gostando do rumo dessa conversa.

— É, bem, seu instinto está correto — diz Karen. — Fritzie se levantou e disse que a mãe estava morta. Eu sabia que isso não era verdade, mas lá estava ela, contando toda a história de como a mãe

Casamenteira em Apuros

morreu em um acidente gravíssimo. Na verdade, Fritzie deixou algumas das mães em prantos. Então a interrompi e disse: "Vamos lá, Fritzie, você sabe que isso não é verdade, docinho", e começou a rir e disse que era só uma piada.

— Ela não me deixou ir ao almoço — falei, infeliz. Só no caso de Karen pensar que sou péssima por não estar disposta a aparecer. — Porque não sou nem o pai nem a mãe, ela disse.

— Eu sei. Quando tentei conversar com Fritzie sobre o almoço, antes do evento, dissemos que qualquer pessoa importante na vida dela poderia vir. E foi quando ela ficou chateada de verdade. A gente nunca viu essa menina chorar, ela simplesmente segue adiante, como uma otimistazinha determinada... e foi quando começou a chorar muito, dizendo que o Patrick ainda não a ama e que ele provavelmente nunca vai amar, e que a mãe dela se foi para sempre.

— Ah — digo. Não consigo pensar em nada mais. Preciso beliscar o alto do nariz para segurar o choro. — Bem, obrigada por me contar. — Digo que estamos passando por uma época atribulada... transições... que sei que seria difícil ficar com ela por um ano... que a amávamos... que o Patrick está tentando, mas que ele tem uma exposição de arte chegando... blá-blá-blá. Tudo soa como desculpas, até aos meus próprios ouvidos.

Depois de desligar, quero marchar direto até o estúdio de Patrick e lhe dizer para cair na real. Parar de viver longe de nós! Se abrir! Se emocionar! Amar a filha! Amar a *mim*! Onde ele se enfia quando precisamos dele?

Pela primeira vez desde que me apaixonei por Patrick, sinto vontade de gritar e berrar com ele. Fico parada na Frivolidades, ouvindo as vozes das pessoas na loja escolhendo suas poinsétias, conversando com Kat sobre qual laço é melhor: vermelho ou dourado?

E quer saber? Não estou nem aí para nada disso. Pego minha bolsa de baixo do balcão e digo a Kat que tenho que ir para casa. Preciso reconfigurar a minha vida.

Na manhã seguinte, quando Patrick está tomando a segunda xícara de café na cozinha, conto-lhe sobre a minha conversa com Karen. Estou tentando controlar o aborrecimento que sinto. Uma coisa é ele *me* afastar, mas a Fritzie é sua filha.

Ele parece adequadamente desgostoso. Ou talvez seja apenas porque o nível básico dele de desgostosidade subiu um degrauzinho.

— Não sei o que posso fazer — diz. — Estou até o pescoço.

— Mostre que você a ama — falo. — Tire uma folga para fazer alguma coisa com a menina. Você é o pai dela, sabe? Meio que tudo o que ela tem no momento.

— Do que você está falando? Fritzie tem você, que é mil vezes melhor que eu.

— Não conto — falo. — É de você e da Tessa que ela precisa ouvir isso. Eu sou uma substituta.

— Olha, não sei absolutamente nada sobre criar uma menina de oito anos! Eu te disse desde o início. Fritzie quer coisas de mim que não sei como dar, e ela nunca para de se mexer e de subir nas coisas nem de fazer comentários sobre tudo. *Tudo.*

Eu o fito.

Ele tira algo do cobertor, um fiapinho de lã.

— Rá! E pensando que o pior de ter filhos fosse ser a reunião de pais. Mas, em vez disso, são atos aleatórios de loucura. E se ela for mesmo uma lunática?

Respiro fundo.

— Fritzie não é lunática. Acho que as coisas que ela está fazendo demostram uma boa dose de ânimo e reação saudável ao que aconteceu. Ela foi abandonada e deixada com pessoas que eram basicamente estranhas. Você só precisa se esforçar mais para demonstrar que a ama. Não pode fazer isso?

Patrick me encara.

Estendo a mão e pego a sua antes de ele afastá-la.

— Estou nessa com você — digo-lhe, porque acho que a Blix ia querer que eu o tranquilizasse também. — Você não precisa passar por isso sozinho.

Casamenteira em Apuros

— Bem, tenho que fazer a porra dessas pinturas sozinho, não tenho? — diz ele. — *Essa* é a verdade.

— Quando a exposição acabar... — digo.

— Se ainda restar algo de mim.

— Tem que restar, Patrick. É melhor que reste um monte de você!

— A essa altura, mal resta algo de mim — diz ele. — Além do mais, acho que não posso continuar essa conversa no momento.

E aí, sabe o que eu faço? Depois que Patrick volta para o estúdio, ando pisando duro, choro um pouquinho e jogo todos os pratos na lava-louças. E então pego o livro de feitiços que normalmente fica perto dos livros de receitas quando não o estou carregando para lá e para cá comigo. O livro da Blix. Pego uma folha de violeta-africana, uma pitada de folha de eucalipto e um pouco de sálvia desidratada, ponho em um saquinho de seda que está no armário e o guardo no bolso. E digo as palavras para um feitiço de lar feliz.

Porque, quando parece que o seu coração vai se partir, não dói ter um pouco de eucalipto, violeta-africana e sálvia desidratada junto com a gente.

Mais tarde, quando minha mãe e eu estamos saindo do metrô a caminho da Brotou um Lance, bebericando café da nossa garrafa térmica e tremendo por causa do vento frio, ela diz:

— Estou pensando em abrir um perfil em um site de namoro. Estou pronta para ver o que há por aí.

— Ai, meu Deus — digo. — Vocês podem, *por favor*, fazer o que têm que fazer? E parar de agir como se tivessem enlouquecido?

Ela parece chocada.

— Do que você está falando? Não enlouqueci!

— Sabe — digo, bem devagar —, não querendo dar a entender que estou julgando nem nada disso, mas quando você estava falando de ter casos e tal, pensei que fosse apenas a sua encantadora hipérbole sulista. Você quer mesmo sair… com pessoas que não são o meu pai? Estranhos, diga-se de passagem?

Ela ri, uma risada nova e animada que adotou esses dias.

— Isso mesmo, Marnie! Bom Deus. Não chamo de encontro quando você sai com alguém com quem está casado. Além do que, não estou vendo o seu pai aqui para sair comigo, então é necessário que seja um estranho.

— Não. Eu só… bem, só um segundo. Vocês dois vão se divorciar? Porque isso é algo em que se pensa quando vai se envolver com outro homem, sabe.

— Eu *não* sei — ela diz. — Acho que talvez você e eu estejamos pensando em coisas diferentes. Vejo encontros como algo que é simplesmente divertido. Sabe? Sair. Jantar. Ir ao cinema. Passear.

— Ouço o tempo todo que encontros são horrorosos. Tipo, sério, noventa e três por cento das pessoas vão dizer que são horríveis, ridículos, dolorosos e excruciantes.

— Não se você não faz isso há quarenta anos.

— Acho que não melhora com a idade. E as pessoas esperam que isso leve a… bem, sexo. Talvez amor.

— Ah, lá vem você — diz ela. — Acho que você está sendo ingênua. As pessoas podem ter namoricos que não envolvam sexo. E é isto o que quero: me divertir. E se eu me apaixonar… então, bem, farei as mudanças necessárias. Na verdade, não é algo que eu precise decidir agora. Mencionei que o seu pai não notou nenhum dos cortes de cabelo que fiz nos últimos cinco anos? Isso parece remotamente aceitável para você? Um pouquinho de ajuda da casamenteira viria a calhar.

— Mãe.

— Millie. Você não pode me chamar de Millie?

— Estou tentando. É só que não vejo você como alguém que precisa de uma casamenteira. Nem mesmo se o meu pai jamais mencionar nenhum dos seus cortes de cabelo pelo resto da vida. E, a propósito, se eu quero que Patrick note, acho que deveria lhe dizer. Você não

Casamenteira em Apuros

larga um homem só porque ele não nota que você cortou o cabelo. Sinto muito se...

— Não são apenas os cortes de cabelo. Você sabe muito bem — diz ela. — Preciso de mais da minha vida. — Ela para de andar, então paro também. Minha mãe está de pé lá na calçada, com o cabelo todo bagunçado e os olhos cheios de tristeza, parecendo alguém que qualquer um poderia amar. Cara, sério mesmo. Minha mãe, percebo, na verdade é *bonita*.

— Sou invisível para ele — minha mãe fala, com tristeza. — Ele nem sequer me enxerga, muito menos gosta de nada mais em mim.

— Ah, mãe, sinto muito por você se sentir assim.

— E é por isso que preciso de um romance. Um pequenininho. Então como você faz essa coisa de casamenteira? Envolve obrigar as pessoas a se apaixonarem umas pelas outras?

— Obrigar? Não. Na minha experiência, não se pode obrigar as pessoas a nada.

— Bem, isso é certeza! Então... o quê? Você vê faíscas ao redor de alguém, e aí como você encontra com quem ela combina?

Suspiro.

— Sinto muito te dizer isso, mas quando leio sua energia, o que vejo é que lá no fundo você está apaixonada pelo meu pai.

— Você pode estar lendo uma velha edição minha. A atualizada está disponível na internet.

— Sério? Você não acha que o ama mais?

— Digamos que eu esteja completamente exasperada com ele.

— Bem, mas você não acha que exasperação também pode ser amor? O amor nem sempre dança por aí em seu vestido reluzente, sabe. Às vezes, envolve se esforçar para resolver as coisas com a outra pessoa. Acho que desde que você não esteja completamente indiferente a ele, então tenho certeza absoluta de que ainda é amor.

— Não sei — minha mãe fala. — Eu te disse: quero romance. Preciso ser *vista* por alguém antes de ficar velha demais para me importar.

Afasto uma mecha de cabelo louro que está soprando para o rosto dela.

— Você… não consegue? Você consegue lembrar que o ama e tentar resolver as coisas? Meu pai ainda ama você. Tenho certeza.

— Acho que nem sei mais o que é amor. E tenho certeza de que ele não me ama mais.

— Credo, mãe. Você passou quarenta anos com o cara e cerca de cem milhões de jantares e cafés da manhã. Vocês tiveram duas filhas, duas netas, pagaram a hipoteca, criaram tradições…

Minha mãe se apruma.

— Olha, você não precisa me ajudar se não quiser. Sou perfeitamente capaz de cuidar de mim — afirma ela.

À noite, depois de Patrick e eu termos colocado Fritzie e o Sr. Dorminhoco na cama, dizendo mais vezes do que nunca o quanto a amamos, e depois de Patrick ter jantado em silêncio e em seguida se arrastado para o estúdio, minha mãe e eu nos sentamos diante do computador. Minha mãe quer que eu dê uma olhada em seu perfil no site de namoro.

Gemo.

— Só quero que você dê uma olhada — pede. — Não precisa tomar parte nem trocar nada. A Ariana está me ajudando com tudo isso. Vamos só ver se alguém me respondeu.

Como era de se esperar, havia alguns pretendentes.

Tinha o Hiram Putnam, de oitenta e um anos, que amaria conhecer uma boa "moça" e esperava que ela clicasse nele. Ele tinha apenas uns poucos probleminhas cardíacos, mas se via dançando quadrilha direto para a década de 2020.

— Deus o abençoe — diz minha mãe.

E o Joseph Cranston, que posta uma foto de si mesmo sorrindo para câmera no espelho do banheiro. Gosta de caminhar na praia e valoriza o senso de humor e uma mulher que está "em forma".

Casamenteira em Apuros

— Bandeira vermelha! Em forma significa magra — digo. Já ouvi algumas coisas lá na Brotou um Lance sobre as palavras cifradas.
— Você não quer sair com um cara que pensa assim.
— Mas sou magra — diz minha mãe, o que é verdade.
— É, mas você não quer que seja com isso que ele mais se importe, não é? Alguém monitorando quanto de sorvete você toma? Contando as suas calorias? Além do que, a foto no espelho do banheiro é um belo corta-clima. Demonstra um pouco de vulgaridade. Ou, em última instância, nesse caso, um banheiro feio.
— Você é difícil de agradar — diz ela, dando um tapinha no braço —, e é por isso que preciso de você ao meu lado.

Elliott Chase é um advogado cuja esposa morreu em um acidente de carro há cinco meses.
— Cedo demais — digo.
— Mas ele é bonito. Talvez precise se animar um pouco.
— Não é obrigação sua fazer isso. Não, nada disso, não mesmo.
— Deus, você é difícil mesmo. Se algum dia você perder o Patrick, não sei como você vai conseguir outra pessoa, não com esses padrões.
— Não vou perder o Patrick — digo.

Ela está passando por mais pretendentes, e não olhando para mim. E é quando a percepção me atinge com tudo, como um soco na boca do estômago: alto lá, *estou* perdendo o Patrick. Talvez eu já o tenha perdido. Penso no olhar relutante que me lançou ao se arrastar para o estúdio depois do jantar, no quanto fica impassível quando conversamos, no quanto, a cada dia, ele mal pode esperar para voltar para lá. Para ficar completamente sozinho. Sou *eu* quem está forçando as Visitas Conjugais. Que tenta deixar tudo nos conformes para ele.

Mas Patrick se foi.

Há uma dor se espalhando por mim, deslizando pelas minhas terminações nervosas.

— Enquanto estamos falando disso — diz minha mãe —, se não se importa de eu perguntar, por que você nunca se casou com esse menino? Não é típico de você não querer ter as coisas lavradas em papel.

— E-eu não sei.

— Bem, você o ama? — Ela digita algo. Um sinal de checado.

— Sim. Sim! Eu amo o Patrick.

— Ama? Então se case com ele, por que não faz isso? Francamente, você e o Patrick podiam muito bem estar casados, dada a forma como estão vivendo. Patrick é vulnerável e bonzinho, e você quer um bebê, está criando a Fritzie e, ao que parece, alguns adolescentes também, então não consigo ver qual é a diferença. Talvez algo assim o faça feliz.

— Nada o fará feliz agora — digo, antes que eu consiga me segurar. Ela vira o olhar para mim, parecendo preocupada.

— É, foi o que imaginei. Então... é só a exposição de arte, você acha? Ou tem algo mais acontecendo?

— Não sei — confesso.

— É como se ele nem estivesse aqui — pontua. — Não é?

Algo está tomando forma no fundo da minha mente.

— Os homens conseguem se retirar completamente quando há algo mais se passando — comenta, sem olhar para mim. As palavras pairam no ar, como drones minúsculos apontados para a minha cabeça.

Um pensamento de repente se forma perto do teto. Eu o observo se aproximar de mim e se assentar na minha cabeça, percebendo que sempre soube o que estava se passando. Já até mencionei antes, sem realmente aceitar ou acreditar nisso.

Patrick não está aqui porque está revivendo seu relacionamento com outra mulher.

É isso, não é?, penso. *É como se ele estivesse naquele outro quarto, dançando com a morte.*

Sim.

— Vocês deveriam estar dormindo na mesma cama para dar um jeito na situação — minha mãe diz, mas mal consigo ouvir por cima do tamborilar dos meus pensamentos. — Estou sendo terrivelmente egoísta — diz ela. — Preciso encontrar um lugar para mim, e vocês

Casamenteira em Apuros

precisam de tempo para se reconectar. Sinto como se vocês estivessem se afastando mais a cada dia e aposto qualquer coisa com você que é porque não estão transando. O sexo mantém as pessoas unidas, é o que as impede de matar umas às outras.

– Não é só sexo – digo, devagar. Mas talvez aquelas palavras estivessem dentro da minha cabeça também.

Ela continua falando:

– Vou procurar um lugar onde morar. Tenho me divertido tanto aqui com você, mas já ficou ridículo. Você está dormindo em uma cama com a sua mãe, e o seu namorado está dormindo no estúdio dele. Eu deveria ser processada por isso.

– Não, não, mãe – falo. – Patrick quer estar lá, com as pinturas. Ele me disse. Está tudo bem. De verdade.

A compreensão estala na minha cabeça como se flutuasse acima de mim e só agora encontrou caminho até o meu cérebro. Patrick está mesmo envolvido com Anneliese de novo. É nela que está pensando o tempo todo, não em mim. Estou competindo com uma mulher morta, caramba, e estou perdendo!

Deveria ser o exato oposto, você não acha? Ela já descartou o que tinha de melhor nas mãos e não tem mais o que jogar, e eu, estando viva e consciente, poderia simplesmente impressioná-lo com um gesto incrível de amor e ternura que apenas um humano vivo e respirando poderia fazer. Posso cozinhar para ele, por exemplo. Fazer amor com ele.

Mas não é bem por aí. Ela está congelada no âmbar, é a perfeição, e eu sou um caso perdido, e de verdade, e uma bagunça, e eu digo e faço tudo errado, e, mesmo quando tento amá-lo, usar meu corpo no corpo dele... é patético. É isso. Sou patética.

Depois de um instante, minha mãe suspira e volta a olhar para a tela do computador.

– E aqui há o jovem e empertigado Randolph Greenleaf. Um médico de cinquenta e quatro anos, que tem um belo bigode e nunca foi casado. Qual você acha que é a cilada nesse caso?

– Gay? Misógino? Egoísta? Rabugento?

– Estou pensando em clicar nele. Lá vamos nós! – exclama minha mãe. – Posso? Deus, é inacreditavelmente difícil optar por um desses caras.

– Mãe.

– Millie, por favor.

– Millie. Desculpa. Você vai para casa no Natal para ver o meu pai?

Ela não olha para mim, simplesmente continua rolando a tela do computador.

– Não está nos meus planos.

– Ele vem para cá, então?

– Não... não ouvi nada sobre o assunto.

– Mas você sabe que isso é estranho, não sabe?

– O Natal não é grande coisa quando seus filhos não moram mais com você – diz ela. – Você supera bem rápido.

Supera? Porque nunca na minha vida superei nada rápido e agora só quero me rastejar em posição fetal e dormir até as festas de fim de ano acabarem. Dormir até eu saber o que devo fazer.

vinte e sete

MARNIE

Em uma manhã de sábado, saio com Fritzie e minha mãe para pegar uma árvore, que encontramos em uma esquina em Greenpoint, e conseguimos transportá-la no metrô. O que é louco e ridículo pra caramba, porque três homens precisaram nos ajudar a tanto colocar a árvore no vagão quanto a tirá-la dele, de tão grande que era ("Estamos super não tendo um Feliz Natal discreto!", diz Fritzie), e então a levamos para casa e escada acima, e minha mãe diz que ficará surpresa se ainda houver uma agulha presa aos galhos quando chegarmos lá dentro. Mas, de alguma forma, há. E, aliás, a árvore preenche a sala toda, tendo, na verdade, crescido em estatura no caminho até lá. Com certeza não era tão grande assim quando a vimos na esquina, embalada e recostada no caminhão-baú.

Nos últimos anos, sendo um artista e tudo mais, Patrick amou decorar a árvore de Natal, mas este ano ele não sai do estúdio. Pego os enfeites do sótão, e minha mãe me ajuda a desembolar as luzes. Assim que ela as coloca na árvore, anuncia que não pode ficar muito tempo porque vai sair com o dr. Randolph Greenleaf, que parece não ter todas as más qualidades que presumi. Claro, ele odeia restaurantes e ama bares de karaokê, uma combinação estranha para um homem, acho, mas talvez ele seja tão complicado quanto o resto de nós, e minha mãe diz que é legal porque, na verdade, é meio antiquado e chato até começar a soltar a voz no bar, desafinado, mas no volume máximo.

Não sei como me sinto sobre minha mãe saindo com Randolph Greenleaf, mesmo que seja estritamente platônico, como ela diz.

E mesmo que tecnicamente não fosse da minha conta. Acho que preferia *não* o conhecer tão cedo, para dizer a verdade. Minha mãe afirma que eu ia gostar da *joie de vivre* dele, e lhe digo que gostaria muito mais da *joie de vivre* dele se estivesse sendo vertida sobre a mãe casada de outra pessoa.

Ela ri.

— Seu pai preferiria cortar fora um braço a cantar em um bar de karaokê e com certeza jamais permitiria que nenhum amigo ou parente fizesse uma coisa dessas — ela informa. — Então é sociologicamente interessante para mim.

— Sociológico, hein? — provoco.

— Talvez antropológico — ela responde. — Quero ver como os nativos de Nova York lidam com a aproximação da velhice.

Em sua pesquisa, minha mãe também se matriculou em uma aula de ioga duas vezes na semana e, para se misturar melhor com os objetos de pesquisa, fez um novo corte de cabelo que é mais curto de um lado e mais longo e todo jogado do outro. A cabeleireira elogiou as pontas rosa que Ariana fez no cabelo dela. Sendo sincera, não sei mais o que pensar. É a minha mãe, a pessoa que costumava usar brincos natalinos iluminados, imensos suéteres festivos com uma rena na frente e tênis branco com meia de cano curto e detalhes em renda. Minha mãe usava o cabelo chanel e bermuda.

Ela me diz para relaxar.

— Estou chocada por que você, de todas as pessoas, está me julgando — fala. — Não que seja da sua conta, mas não estou dormindo com o Randolph Greenleaf. E não pretendo fazer isso.

Bem, então meu pai não viria para o Natal nem minha mãe iria para a Flórida. Ele me liga quando estou no trabalho pelo menos sete vezes nas semanas que antecedem o Natal para me perguntar se acho que minha mãe iria para casa se ele lhe enviasse uma mensagem, e tenho que lhe dizer todas as vezes que ela não quer. Minha mãe ainda não está pronta para ir para casa.

— Por acaso você está precisando muito dela? — ele me pergunta, meio que esperançoso. — Talvez se deixar de precisar um pouco dela, Millie volte para casa. Sua mãe tem medo de neve. Talvez comece a nevar e ela acabe voltando.

Não lhe conto que minha mãe comprou algumas botas de neve. Ela está preparada.

— O que você vai fazer no Natal? — pergunto.

— Ah, vou à casa da Natalie de manhã para ver as meninas abrindo os presentes. E depois devo voltar para assistir ao jogo de golfe. E vou ligar para você e para a sua mãe.

— Parece bem legal, exceto a parte do golfe — digo. — Pelo menos você vai estar com a Natalie e as crianças.

— É — diz ele. — E não implique com o canal de golfe. Golfe no Natal. É muito divertido.

Neva na véspera de Natal, o que tanto minha mãe quanto Fritzie pensam ser a coisa mais incrível já orquestrada pela galáxia, e ao que as duas agem como se eu tivesse, de alguma forma, providenciado.

— Parece um filme natalino! Ou um livro! — diz Fritzie.

As duas vão para os degraus da entrada tentar capturar alguns flocos com a língua. Apesar de o meu coração parecer vazio, faço chocolate quente, conforme se espera quando neva na véspera de Natal, e nós caminhamos rua abaixo, arrastando os pés e admirando os gordos flocos caindo sob os postes. Tento ver tudo através dos olhos da Fritzie e da minha mãe. A vida pode ser difícil, mas há momentos que vão além do que a gente espera. Momentos de beleza quase penetrante. Foi isso que aprendi ao longo dos últimos anos, não foi? Seja grata pela noite, pela neve, pelas expressões no rosto de Fritzie, pelo calor que faz lá dentro e pela árvore. E envie um pensamento para Patrick, que está lutando não apenas consigo mesmo, mas também com uma mulher morta. Talvez eu devesse ir em frente e desafiá-la para um duelo. Acho que talvez eu vá dar uma olhada no livro de feitiços e procurar uma poção que a mandará para longe.

Fritzie, maluca que é, obviamente quer andar de costas no meio da rua em vez de para frente e começa a cantar "Jingle Bells" a plenos pulmões, e então ela quer saber se a gente pode tocar a campainha dos outros e cantar canções natalinas quando eles atenderem, igual fazem nos filmes. Falo que não, mas minha mãe diz:

— Sério, por que não?

Vamos para a casa de Lola e cantamos para ela e William Sullivan. Leva uma eternidade para eles atenderem à porta. Quase exaurimos o repertório, que inclui apenas "Alegria no Natal", "Noite feliz" e "Jingle Bells".

— Entrem! Entrem! — Lola nos convida quando ela e William atendem à porta. Estão se preparando para ir para a Flórida, conta ela. Eles sempre passam janeiro e fevereiro lá, porque é mais quente.

— Não acho que os coristas devessem entrar e perturbar as pessoas — digo. — Só queríamos desejar feliz Natal para vocês.

— Ah, que amor. E vou sentir saudade enquanto estiver fora — diz ela. — Está tudo bem?

Vê? Sendo uma pergunta tão inofensiva — a maioria das pessoas consegue responder a uma pergunta igual a essa. Mas aqui estou eu, de pé à porta dela, tentando me lembrar da segunda estrofe de "Noite feliz", e estou com a minha mãe que quer trair o meu pai, e Patrick está entocado na prisão de dois cômodos dele com o fantasma da Anneliese, e Fritzie é uma lunática e eu a amo, e tudo o que quero é responder à pergunta de um jeito meio otimista, meio afirmativo. Eu gostaria de lhe responder que tudo está bem; sério, eu quis fazer isso, mas o problema é que meus olhos marejaram bem naquele momento, sem qualquer aviso. Ninguém nota, exceto Lola. Minha mãe e William Sullivan estão falando das canções natalinas de que eles mais gostam, e Fritzie está colhendo frutinhas da guirlanda na porta deles e atirando na rua.

Casamenteira em Apuros

— Vai ficar tudo bem — diz Lola, baixinho. — Entre. Vamos fingir que preciso te dar alguma coisa. O que, agora que paro para pensar, é o que vou fazer.

E Lola me leva para dentro de casa, uma casa que costumava ser tão solitária e triste até quatro anos atrás, quando ela finalmente cedeu e se permitiu se apaixonar por William Sullivan, um projeto casamenteiro orquestrado pela Blix e que depois completei.

— Escuta só — diz ela e pega a minha mão. — Sei que está sendo difícil agora. Céus, todos nós passamos por tempos difíceis, não é? E conseguimos superá-los. Confio nas previsões da Blix, meu bem, e ela foi firme quando declarou que você e o Patrick deveriam ficar juntos. Certo? Só se lembre disso. Blix tinha algo verdadeiro. Ela sabia do que eu precisava e sabia do que você precisava. Então você só tem que segurar as pontas.

— Você vai me levar com você para a Flórida? — pergunto-lhe, meio que de brincadeira.

— Não — responde Lola —, mas o que vou fazer é deixar a chave da minha casa com você. Talvez em algum momento sua mãe queira se mudar para cá. Acho que vai ser importante para você e para o Patrick retomarem a vida real. Voltar a dividir a cama pode ser um bom começo.

— Ele não vai fazer isso — falo.

— Aposto que vai — afirma ela. — Não se esqueça de que vi aquele homem fazer mudanças incríveis na própria vida.

— Bem, não ultimamente.

— Não, não ultimamente. Mas não vamos desistir dele, tá? Conheço o Patrick há anos, e se há algo de que tenho absoluta certeza sobre ele é que ele te ama muito. E se sente seguro com você.

Quando chego em casa e coloco Fritzie na cama e minha mãe se acomoda na frente do computador, faço chocolate quente com cobertura de chantili e levo lá em cima para o estúdio do Patrick. Minha intenção é dizer: "É véspera de Natal, vamos transar!" — ou algo igualmente descontraído e desenvolto.

Mas aqui está o problema: chego à porta do estúdio, e leva aproximadamente cinquenta e quatro respirações e trinta e seis autoconversas tranquilizadoras para eu conseguir me convencer a bater na porta. E por que tenho que bater? É para isso que minha mente continua exigindo saber a resposta. Desde quando duas pessoas que se amam se veem tateando ao redor uma da outra?

Quando finalmente bato, Patrick abre a porta. Seu rosto está contraído, mas consigo ver o esforço que faz para abrir um sorriso. Ele me convida a entrar, e nos sentamos e bebemos o chocolate quente juntos no futon dele. Estamos tomando tanto cuidado para não nos desviarmos para o território dos sentimentos ruins que parece que mal nos conhecemos.

Depois de eu estar ali há alguns minutos, ele se levanta, vai para o outro cômodo e traz uma caixinha de lá. Ele fez para mim um colar de arame com uma pedra azul cristalina enrolada em meio ao arame. Tudo em que posso pensar quando olho para aquilo é que a coitadinha daquela pedra linda está presa pelos nós. Meus olhos se enchem de lágrimas, mas eu as seco no mesmo instante.

Quando vou beijá-lo, é como beijar um estranho.

Nenhum de nós sugere que transemos. Eu lembro, então, que o livro de feitiços diz que, para se livrar de um fantasma, é necessário colocar sal nos cantos de todos os cômodos. Talvez da próxima vez eu traga um *saco* de sal comigo. E o espalhe por todo o maldito lugar.

Na manhã seguinte, Fritzie se levanta absurdamente cedo, como se espera que crianças de todas as partes do mundo se levantem, estejam os cuidadores delas animados com isso ou não. Estou tão alegre que corro o risco de entrar em Sobrecarga de Animação. Sério, minhas bochechas chegam a doer de tanto eu forçar o sorriso falso natalino.

Minha mãe, que fez carreira enriquecendo o Natal para as crianças, intervém sugerindo que brinquemos de jogos de adivinhação com Fritzie para impedi-la de continuar insistindo em abrir os presentes

Casamenteira em Apuros

antes que Patrick acorde. Começo a passar o café e ponho pãezinhos de canela e uma torta salgada no forno. Por volta das oito, quando Fritzie não consegue aguentar mais, eu a deixo entrar no estúdio e pular nele. Consigo ouvi-la gritando:

— É Natal, Patrick! É Natal!

Quando Fritzie consegue arrastá-lo para a sala, já coloquei música natalina para tocar e pus a mesa com a prataria mais elegante da Blix e alguns pratos com poinsétias pintadas neles. A casa está com um cheiro delicioso de canela e manteiga.

Se um estranho olhasse pela janela e nos visse reunidos aqui — movendo nosso rosto sorridente, os pisca-piscas, as meias penduradas na lareira —, com certeza pensaria que formávamos uma família amorosa prestes a embarcar unida em um novo e fabuloso ano.

Mas nada é o que parece. E me preocupa que este pode muito bem ser o meu último Natal tanto com Patrick quanto com Fritzie, e meu último Natal tendo uma criança para encantar, e quero fazer da ocasião algo de que a Fritzie vai falar pelo resto da vida.

Fritzie abre os presentes que comprei em meu nome e no de Patrick: o videogame que ela queria, uma caixa de material de arte, um sabre de luz e um bicho-preguiça gigante de pelúcia, que ela diz que será o melhor amigo do Sr. Dorminhoco. Tessa lhe enviou uma caixa imensa e intrigante que passamos uma semana imaginando o que era.

Lá dentro, há dois vestidos idênticos de cetim: um azul de um tom vivo e o outro vermelho, com renda, faixas, decote em formato de coração e botões forrados na parte da frente.

Prendo o fôlego quando Fritzie os tira da caixa e volta a colocá-los lá dentro.

— Podem ir direto para o bazar — afirma ela.

— São muito... menininha – diz a minha mãe.

— Não o tipo de menininha que sou – rebate Fritzie. O que, é claro, é verdade. – Eu poderia transformá-los em chapéu, de repente.

Tessa liga para a casa à tarde, depois de estarmos todos com os olhos turvos e pensando em tirar um cochilo, e Fritzie conversa com a mãe de forma muito educada e monossilábica. É assustador de ouvir, na verdade, o quanto Fritzie se desconecta de qualquer coisa que consigo ouvir Tessa dizer. Depois de desligar, ela se senta no sofá e se recosta na minha mãe por um bom tempo, e minha mãe passa o braço ao redor dela, sugerindo que a gente veja *A felicidade não se compra* na TV. Tenho que levar minha mãe até a cozinha e lembrar-lhe de que esse filme fala de um cara que quer se matar e que talvez não seja o melhor para o dia de hoje, não para uma menina de oito anos. Nem para um homem que está lutando com seu amor por uma mulher morta, penso comigo. Embora Patrick tenha, de alguma forma, sido reabsorvido de volta para o estúdio e provavelmente não viesse assistir a nada mesmo.

– Tudo bem, então, *Simplesmente amor* – sugere minha mãe, quando volta para a sala, então a levo *de volta* para a cozinha e lembro-lhe de certos elementos que ela pode ter deixado passar batido naquele filme também: por exemplo, o casal simulando sexo no filme pornô mais bem produzido de todos os tempos, o marido infiel e o irmão sofrendo de psicose.

– Você está certa, você está certa – diz minha mãe. – Por que será que só me lembro é do Hugh Grant dançando?

Este Natal, penso, é realmente um grandessíssimo engodo, afinal. Uma quantidade impressionante de trabalho, e para quê? Apenas para esconder a mágoa que nós quatro estamos sentindo. Sinto como se eu estivesse me esforçando tanto, e ainda assim, é claro, está posto bem lá no meio da minha cabeça, como uma luz vermelha intermitente: ESTE NATAL É UM DESASTRE.

No fim da tarde, quando todos os requisitos do Natal haviam sido cumpridos e quando estou exausta e em farrapos por causa de todo o esforço, vou batendo os pés até o som, *desligo* as canções natalinas e ponho músicas que amo: Beatles, Rolling Stones, Bruce Springsteen, Marvin Gaye, Lady Gaga, The Supremes. Minha mãe grita que ela quer ouvir Frank Sinatra. E a gente coloca para tocar. E aumentamos o volume o máximo possível, e a gente desliga todas as luzes, exceto as coloridas da árvore de Natal, e dançamos

Casamenteira em Apuros

e cantamos a plenos pulmões. Fritzie pula no sofá, porque é o que ela ama acima de tudo. Bedford late e corre para lá e para cá. Minha mãe faz danças da época da sua adolescência, o que inclui o jerk, o twist, o boogaloo e umas outras coisas doidas, tipo o purê de batatas. Consigo fazer o Charleston e o Texas two-step. Todas fracassamos magistralmente ao tentar fazer o Dental Floss.

A certa altura, minha mãe está me girando em um círculo quando eu a sinto se afastar, e, quando me viro, Patrick assumiu o lugar dela. Ele me puxa para si, e minha cabeça está apoiada em seu peito. Ouço seu coração bater e sinto seu peito se mover para cima e para baixo, ouço o tom grave da sua voz quando ele canta junto com Diana Ross "You Can't Hurry Love", que fala de tudo em que não acredito. Acho que a gente deve, sim, apressar o amor, porque, de outra forma, ele pode rodopiar para longe com muita facilidade.

Passei o dia todo me segurando, tentando deixá-lo festivo para Fritzie e minha mãe, e agora estou tão surpresa por sentir o corpo de Patrick ao lado do meu que quase não consigo respirar por um momento. Sinto como se eu estivesse me desfazendo na suavidade familiar dele.

Fecho os olhos e agradeço a quem quer ou o que quer que esteja por aí e que faz as coisas acontecerem. Às vezes, é necessário um milagre de Natal, e pode-se dizer que ele não virá dos lugares de sempre, como de velas e canções natalinas. Todos esses tiveram a própria chance. Às vezes, o milagre do Natal precisa se encaixar nas notas de um Motown e no Texas two-step. Dançar, creio eu, é quase sempre uma boa ideia.

Mas aí a canção acaba, Patrick me solta e, quando volto a abrir os olhos, é como se ele tivesse se retirado novamente. Mas, ei, pelo menos ele tentou.

vinte e oito

PATRICK

Oito da manhã do dia depois do Ano-Novo, o telefone de Patrick toca. O vibrar do celular o arranca de um sono profundo. Ele tinha ficado acordado até as três, andando para lá e para cá e produzindo arte. Talvez tenha sido até as quatro. Espera. Não. Ele se lembra de ter visto que o relógio marcava 4h20 em seus números vermelhos gigantes. Não consegue se lembrar muito bem, para ser sincero. As coisas estão confusas e parece haver cogumelos crescendo no seu cérebro. Ou talvez tenha pintado cogumelos. Teria que dar uma olhada.

É Philip Pierpont. A espada de dois gumes que é Philip Pierpont. Desta vez, é o irritantemente comemorativo Philip Pierpont berrando ao telefone:

– Patrick! Patrick, meu amigo! O artigo saiu e está sensacional. Não poderia ter emplacado melhor! Vai ser um chamariz para as pessoas! – (O que não faz Patrick se sentir nada melhor, por alguma razão. Ele duvida que ele e Pierpont fossem concordar sobre o que seria um bom artigo.)

E, em seguida, está o próximo golpe de Philip Pierpont, bem ali à sua espera. A voz do homem muda, indicando que tem uma pergunta importante. Então! Quantas pinturas exatamente Patrick vai exibir? Quantas estão prontas e quando elas poderão ser embaladas e trazidas?

Patrick não faz ideia do número de pinturas. Não sabe nem quantas pode suportar mostrar entre as que terminou. Ou supostamente terminou. Para não mencionar as que acha que vai terminar antes

Casamenteira em Apuros

da exposição, que ele crê que será apenas dali a algumas semanas. Dezoito de janeiro, se não se engana? Correto, diz Pierpont, com uma voz engraçada.

– Mas preciso da quantidade para saber o espaço de parede. Você já fez mostras antes, meu amigo artisticamente complicado. Sabe como é.

Pierpont continua falando e falando, e Patrick é forçado a perceber que ele ia gostar das coisas quantificadas a um ponto com o qual Patrick não está confortável. E se ele disser dez pinturas? São muitas? Não, provavelmente são insuficientes.

E agora Philip Pierpont, como se estivesse mirando de propósito para atingir todos os pontos mais baixos, dirigindo-se ao Ponto Número Três. A noite de abertura! Haverá queijo e vinho, é claro, e talvez alguns crudités. Algumas pessoas da imprensa talvez apareçam... os convites foram enviados... Patrick aceitaria fazer umas poucas observações? Dar uma breve visão geral da obra? Que, é claro, fala por si mesma, mas as multidões sempre gostam de um quê a mais do artista. Talvez um reconhecimento dos ali presentes. Da honra da situação. Espaço da galeria.

Não, com certeza não. Claro que não. NADA de observações. O coração de Patrick está disparado enquanto ele recusa.

A ligação termina mal, então, do jeito que começou. Pierpont está apreensivo e nervoso. Talvez esteja com o pressentimento de que Patrick não vai ser o grande atrativo que ele esperava. Ninguém se lembra de que houve um tempo em que ele costumava ser um escultor promissor, e com certeza absoluta não se importam que um ninguém que esculpia agora está tentando ser um ninguém-sob-todos-os-aspectos que pinta. E um que não vai falar com o público, para completar.

Que artista ia querer falar em uma ocasião como essa? Bem, parando para pensar, ele conhece alguns. Muitos, na verdade. Tipos que usam o ego estampado no peito, que penteiam para trás seu brilhante cabelo de artista, cuidam da sua brilhante barba de artista e dizem coisas pomposas para o público, falando de arte, significado e simbolismo.

Se ele chegasse a isso, diria:

— Arte é dor. É luto e agonia, e odiei a minha vida enquanto pintava esses quadros. Olho para eles agora e desejo nunca mais vê-los. Nem ao menos quero que qualquer um de vocês os veja. Eu fui… fui esfolado vivo por esse trabalho. — E aí ele iria embora. Pegaria um táxi e voltaria para algum lugar onde não o encontrariam para lhe perguntar outra coisa.

Patrick reflete se teria coragem de entrar na internet e ver o que o artigo diz.

Ele o temeu tanto que, agora que está aqui, Patrick tem certeza de que não quer mais se submeter a isso.

Só que ele não consegue sossegar. Nada ajuda. Ele anda para lá e para cá, encara seu reflexo no espelho do banheiro, decide que está tão feio como sempre, anda mais um pouco, fala com Roy, que com certeza não esboça nenhuma simpatia. Enfim, com imenso esforço, levanta-se e obriga-se a passar pela porta da frente, e vai até a bodega do Paco, onde as revistas já tinham sido entregues há várias horas.

— Olha, o homem do momento! — diz Paco. — Olhe só você, na capa da *Inside Outside*, seu danado.

— É — Patrick diz. — Olhe só para mim.

— Não precisa se preocupar, Patrick. É um bom artigo. Nós o lemos em voz alta para nós mesmos hoje de manhã. E todo mundo diz a mesma coisa: "Aquele Patrick. Ele é um cara legal de verdade".

Casamenteira em Apuros

INSIDE OUTSIDE
O ARTISTA DO MOMENTO DO BROOKLYN

Cheio de cicatrizes, enlutado, mas firme: artista do Brooklyn prepara seu retorno

Patrick Delaney, 36, não parece nada com o artista arrojado e bonito que era quando foi considerado o "Menino de ouro da escultura", oito anos atrás. Seu rosto, antes cinzelado e com um queixo de dar inveja em muitos atores, está agora revestido por marcas das queimaduras que sofreu em um trágico incêndio em um loft de Nova York – um incêndio que matou sua jovem namorada, mesmo ele tendo tentado lhe salvar a vida.

Mas o que Delaney perdeu em seu visual de menino de ouro ele mais do que compensou em estatura, como herói e, agora, como artista que busca retornar em um meio totalmente novo.

Delaney não gosta de falar do incêndio nem de suas consequências e dos meses em que passou em um hotel no centro da cidade, contemplando a própria mortalidade e jurando que nunca mais produziria uma escultura ou qualquer tipo de arte. Ele é um homem de poucas palavras que fica visivelmente desconfortável quando lhe perguntam o que aquele divisor de águas significou na sua vida.

"Perdi meu apetite pela arte", diz ele.

Conforme o boletim de ocorrência, era um dia comum de verão, em agosto de 2010, quando Delaney e a namorada, Anneliese Cunningham, acordaram em seu loft no SoHo e, como faziam quase todos os dias, foram trabalhar em suas esculturas. Delaney estava trabalhando em uma peça chamada *O anjo caído*, que havia sido encomendada pelo colecionador nova-iorquino Regis Harrington – uma peça que nunca seria terminada.

Cunningham, 24, uma escultura por si só, trabalhava em uma peça sem título que ela esperava que fosse entrar em uma exposição no segundo semestre. Ela foi para a pequena cozinha passar o café naquela manhã. De acordo com os bombeiros, um vazamento de gás desencadeou uma explosão imediata, que matou Cunningham na hora, engolida pelas chamas.

Delaney correu ao seu socorro, disse a polícia, e, por causa do seu heroísmo em resgatá-la, ele sofreu queimaduras de segundo e terceiro graus no rosto, nos braços e nas mãos. Foi levado de ambulância para a unidade de queimados do hospital Mount Sinai, onde foi colocado em coma induzido. Ao longo dos meses seguintes, ele passou por várias cirurgias para reparar o dano em suas mãos e seu rosto. Cogitou-se que ele nunca mais seria capaz de produzir arte.

Hoje, Delaney tem pouco a dizer sobre o assunto. Sua única declaração, feita em voz embargada, é: "Não consigo imaginar por que ela precisava morrer e por que continuei vivo. E não fui nenhum herói naquele dia. Não sou o herói dessa história. Não há herói".

Patrick não se vê como herói porque não foi capaz de salvá-la. Na verdade, os prontuários mostram que Delaney desmaiou por causa do calor ao tentar alcançá-la e nem sequer soube o que aconteceu, até que acordou no hospital semanas depois com rosto, mãos e braços que precisavam de inúmeras cirurgias. O mundo da arte estava perdido para ele.

Os meses e anos que se seguiram cobraram seu preço, e, ao falar com ele hoje, um visitante consegue notar os remanescentes do luto e da culpa do sobrevivente. Ele se tornou um recluso, viveu em um apartamento de porão no Brooklyn com Roy, seu genioso gato laranja, escreveu para um site médico e se aventurava do lado de fora

Casamenteira em Apuros

apenas quando estivesse razoavelmente seguro de que não encontraria outras pessoas.

Apenas recentemente sua vida deu uma virada, o suficiente para Delaney estar disposto a mais uma vez voltar a produzir arte. Ao longo dos últimos três anos, Delaney recomeçou a pintar a óleo, embora sem qualquer interesse genuíno. De acordo com o proprietário da galeria, Philip Pierpont, amigo de Delaney, parecia que, de início, Delaney havia perdido o desejo de tentar penetrar nas profundezas da criatividade e se empenhar para encontrar tal significado.

"Ele estava escondido. Mas", diz Pierpont, "em um triunfo do espírito humano, Patrick continuou. Sempre soube que, bem lá no fundo, a vontade de triunfar sobre as adversidades surgiria, e com essa reestreia em uma nova forma de arte, tenho confiança de que ele vai mostrar a nós um retorno de nada menos que a sua própria alma."

Pierpont convidou-o a fazer uma exposição de suas pinturas em janeiro em uma mostra de um único artista na Galeria Pierpont em Manhattan, algo que aqueles que o conhecem jamais pensaram que aconteceria.

"Sempre fui um admirador da sensibilidade de Patrick Delaney, a sensibilidade e a comoção que seu trabalho causa", diz Pierpont. "Tenho várias das esculturas dele, e fizemos duas mostras bem-sucedidas juntos. Entrei em contato com ele e disse: 'Está na hora, homem, de você voltar ao mundo da arte'. Ele concordou, embora com um pouco de relutância, e agora mal posso esperar para ver o que preparou para a gente. O lance com Patrick Delaney é que você sabe que vai mergulhar nas profundezas dos sentimentos, de todos os sentimentos, representados em seu trabalho. Você sai mudado da experiência."

Delaney sempre foi considerado um escultor muito versátil e até mesmo extravagante, com suas representações do romance em *Flecha perdida do Cupido* e *Encontro de sexta à noite*. Seu *Pássaro em fios metálicos* recebeu um American Post Prize, e seu tríptico intitulado *O jeito dos homens* foi mencionado na revista *Art Today* como evidência de que Delaney era um "artista com menos de trinta anos que merece ser observado".

Delaney talvez seja compreensivelmente reservado com as pinturas que está preparando para a exposição, como deveria estar. Afinal de contas, ele nunca foi conhecido por suas habilidades na pintura, ainda mais como um expressionista abstrato.

Mas Pierpont diz não ter dúvida de que isso dará a Delaney a oportunidade para crescer e ver o que resta, agora que o passado ficou para trás. "É claro que sabemos que, para os artistas, o passado nunca é totalmente digerido e descartado", diz Pierpont, "e esperamos que o trabalho de Patrick reflita toda a extensão de seu sofrimento. Estamos ansiosos para recebê-lo de volta no mundo da arte e em uma nova gama de possibilidades."

A vida pessoal de Delaney também mudou de rumo. Recentemente, ele e a atual namorada, a florista Marnie MacGraw, receberam em casa a filha de Delaney de um breve relacionamento anterior. Fritzie Delaney, 8, diz que está feliz por finalmente ter conhecido o pai e que ela ama pintar com ele no estúdio.

"Sou uma menina-surpresa", diz Fritzie. "Ele não sabia de mim até que minha mãe e eu procuramos por ele na internet. E agora minha mãe está na Itália, e por isso estou morando com o Patrick e a Marnie. E estou tentando animar o Patrick. Espero que ele faça uma pintura minha algum dia desses."

Casamenteira em Apuros

LEGENDA DAS FOTOS:

O artista Patrick Delaney, do Brooklyn, em seu estúdio, olha para o trabalho do dia anterior. Escultor aposentado, ele não quer mostrar as novas pinturas a ninguém até a abertura no dia 18 de janeiro na Galeria Pierpont.

Uma breve olhada não autorizada em um dos trabalhos em andamento de Delaney, retratando o horror do incêndio que matou sua namorada, a artista Anneliese Cunningham, oito anos atrás.

Fritzie Delaney, 8, a filha de Patrick Delaney, diz que faz pouco tempo que ela veio morar com Patrick e a namorada dele. "Eu nem sequer o conhecia até três meses atrás", diz ela. "Agora sei que ele é um herói. Ele tentou impedir que alguém se queimasse em um incêndio."

vinte e nove

MARNIE

Minha mãe se muda para o apartamento de Lola no dia seguinte ao Natal. Nada mais de Hora das Amigas depois de irmos para a cama à noite, arrematada com manicure, pedicure, falar de marido, namoricos e tinta roxa de cabelo. Melhor assim. Estou cansada e não gosto de ouvir falar do Randolph Greenleaf, e com certeza não quero ver o olhar trágico da minha mãe quando ela pensar em mim e Patrick.

Creio que tanto ela quanto eu imaginamos que Patrick teria voltado para o quarto caso tivesse a chance, mas é claro que ele não aproveita a oportunidade.

Trabalho demais a ser feito no estúdio, diz ele. Patrick parece estressado e abatido quando o vejo na cozinha, e mal consigo alcançá-lo, verdade seja dita. Quando tento beijá-lo, os beijos retribuídos são estalinhos na bochecha, da forma como você beijaria uma tia velha e desagradável. Ou uma ex que estava se jogando em cima de você.

Uma mulher com o mínimo de respeito por si mesma teria expulsado o sujeito de lá. Mas, veja bem, há a filha dele. Não consigo me forçar a perdê-la. E, é claro, ela teria que ir junto. O resultado não seria bom para ninguém.

Bem, no dia dois de janeiro, com a volta às aulas, entro na cozinha depois de deixar Fritzie no ponto de ônibus, e lá está a minha mãe cortando legumes para a sopa do jantar. Às oito da manhã, mas tudo bem. Estou um pouco esgotada, pois Fritzie está chateada porque Patrick não a acompanhou até o ponto de ônibus hoje de manhã,

Casamenteira em Apuros

que ela diz que é a única hora que ele conversa com ela ultimamente. Patrick está em um frenesi agora, tentando terminar tudo.

Então Fritzie faz birra. Criou dificuldade para vestir o casaco mais quente e as botas, e aí disse que Patrick a deixa atravessar a rua sozinha, o que sei que não é verdade. Ele é a pessoa mais ciente do perigo que há neste mundo.

— Você precisa parar de me amolar assim — digo, por fim, e ela se encolheu toda, fazendo beicinho.

Então a abracei e disse que a amava muito. Fritzie olhou para cima com aqueles imensos olhos opacos, recostou-se em mim e perguntou:

— Vai ficar tudo bem de novo quando o Patrick terminar as pinturas para a exposição?

— É claro que vai — respondi. — Tudo vai voltar ao normal. — E saltitou pelo restante do caminho até o ponto.

Minha mãe está cortando cenouras e cebolas com um olhar no rosto que as pessoas devem fazer quando vão matar pítons birmaneses nos Everglades, ou assim eu supunha. Ela diz que ontem à noite o dr. Randolph lhe disse — chame-o de antiquado, se assim preferir — que ele não gosta muito que uma mulher use maquiagem. Ou calças. Sua santa mãe nunca usou nada disso, e ela era a mulher mais elegante que ele já conheceu. Sua mãe também tinha uma bela voz baixa e calma. Às vezes, ele precisava confessar, que a voz das mulheres lhe dava nos nervos. A voz da minha mãe sendo uma dessas, por exemplo, mas só às vezes. Quando ela estava animada. Só quando ela estava animada.

Tiro a coleira de Bedford e olho para a mesa, onde a revista *Inside Outside* está.

— Ah, minha nossa — digo.

E minha mãe fala:

— Sim. Então não vou ver mais *aquele* homem.

E emendo:

— É claro que não, mas, oohh, olha só isso: o Patrick na capa da *Inside Outside*! E ela está aqui! O artigo saiu.

– Sim – responde minha mãe, mexendo a sopa no fogão. – Acho que é uma matéria muito boa. Mas, pelo visto, o Patrick não achou.

– Ele está no estúdio?

– Está. Meio que bravo, acho.

– Ai, Deus. – Então, depois de eu ter lido o artigo, repito mais algumas vezes só para garantir: – É claro que Patrick odeia a matéria. É tudo o que sempre temeu. – Começo a bater na mesa. – Todo esse triunfo ante a adversidade e o Menino de Ouro da Escultura, a alma da arte.

– Por que é tão ruim? Só disse coisas boas sobre ele.

– Ele não quer ser um herói, mãe. E, na verdade, não fala nem dele nem da arte que ele faz. É mais o repórter e o dono da galeria precisando que ele pareça um herói resiliente orquestrando um retorno triunfante. Usando boletins de ocorrência. Aff. Ah, Deus, e eles falaram da Fritzie. Creio que o repórter não tivesse permissão para isso.

– Mas… bem, Patrick foi um herói, não foi? Assim, tentando salvar aquela mulher.

– É, foi, sim – respondo. É difícil de explicar, mas tento mesmo assim. – Aquela mulher era a mulher que ele amava. E ela morreu bem diante dele. E isso faz parecer que ele esteja tirando vantagem da tragédia. Que ele esteja se beneficiando, de alguma forma, ao ser o Grande Sofredor.

– Bem, não acho que pareceu nada disso – diz minha mãe. – Se quiser saber a minha opinião, a única coisa negativa foi que eles poderiam ter falado um pouco menos sobre ele não ser mais bonito. Isso teria me incomodado, se eu fosse ele.

Da torradeira, sai uma torrada queimada, voando das aberturas lá em cima e pousando direto no chão. Indiferente, Bedford ergue a cabeça e vai até lá para pegar.

– Ah – diz minha mãe. – Acho que nunca vou me acostumar com essa torradeira geniosa de vocês. Vou encomendar uma nova logo que terminar de lavar esses pratos. Antes, vou enviar uma mensagem de texto para o Randolph, dizendo que não quero mais incomodá-lo

Casamenteira em Apuros

com a minha voz irritante porque nunca mais o verei de novo. E aí compro a torradeira nova.

— Nada de torradeira nova — eu me apresso a dizer. — A gente ama essa. E, a propósito, mensagem é considerado um jeito ruim de terminar com alguém.

— Que chato — diz ela. — Eu ia odiar obrigar o homem a me ouvir esganiçar ao telefone.

No caminho para o estúdio, eu a beijo naquela bochecha magnífica e audaz de mulher corajosa.

Certa vez, há muito tempo, quando descobri que estava me apaixonando pelo Patrick e ele não estava me deixando me aproximar porque estava tão decididamente infeliz e não achava que houvesse nada como o amor para um homem que tinha cicatrizes no rosto, eu o acusei de viver no planeta Meu Amor Morreu no Incêndio. Na verdade, eu disse isso mesmo. Eu estava zangada quando disse e fiquei parada lá na cozinha dele, a cozinha do porão, querendo fazer amor com ele mais do que já desejei qualquer coisa na minha vida toda, mas Patrick não queria. Ele estava com vergonha por eu amá-lo tanto e me falou que tinha escolhido viver na infelicidade e na culpa, mas que não precisava fazer isso. Falei que o fato de ele estar bravo o tempo todo significava que estava se recuperando e que seu problema se resumia ao fato de se odiar por se recuperar. Ele queria ficar preso ao luto e deixar a vida seguir em frente sem ele.

Então, para enterrar o dedo ainda mais na ferida, falei que o amava. O que eu nunca tinha dito antes.

Ele disse não para mim naquela noite, com muita tristeza, mas ainda era um não. E, assim, reuni o que restava da minha dignidade e voltei para o meu apartamento, este apartamento, esta mesma cozinha, na verdade, e disse a mim mesma que precisava desistir dele. Que ele nunca estaria pronto. Eu já sabia, àquela altura, que a Blix queria que nós ficássemos juntos, que tinha lançado feitiços e magia para unir o nosso amor. Que ela tinha espiado o futuro e visto que seríamos perfeitos juntos. Eu tinha visto as coisas que ela havia escrito no livro de feitiços: nosso nome interligado de novo e de novo. Então eu não só senti muito por mim e por Patrick, mas também senti muito por Blix ter fracassado naquilo que ela mais queria.

Mas, às vezes, você percebe que não pode passar a vida forçando todo mundo a fazer o que você acha que eles deveriam fazer, mesmo quando isso é perfeito para eles.

Assim, nos dias que se seguiram, decidi que venderia o sobrado de tijolinhos marrons e voltaria para a Flórida. Patrick já tinha decidido que ia morar com a irmã no Wyoming. Quando tivemos aquela briga sobre o amor, o caminhão de mudança estava estacionado lá fora do prédio, esperando que ele pusesse as coisas dele lá dentro.

Creio que eu não possa explicar muito bem o que aconteceu em seguida, só que tive que desistir dele, e, às vezes, quando nos rendemos às coisas, toda a energia muda.

No dia seguinte, acordamos com trinta centímetros de neve, e as aulas foram canceladas, então levei o Bedford e o Sammy, o garoto que morava no apartamento onde agora é o estúdio do Patrick, para o parque. E o Bedford se perdeu. Sammy e eu procuramos e procuramos, mas estava nevando tanto que a gente não conseguiu encontrá-lo em parte alguma. A bateria do meu celular tinha acabado, então nem sequer podia pedir ajuda. Simplesmente continuei chamando e procurando o Bedford, com o coração congelado e também os pés, e temendo o pior.

Mas então olhei para cima e lá estava Patrick, vindo na minha direção, erguendo os braços, como uma miragem atravessando a nevasca. Foi como ver um são-bernardo com o barrilzinho de conhaque, só que melhor. Patrick, que detestava cães quase tanto odiava estar em público, tinha saído para procurar o meu cachorro e havia encontrado Bedford machucado na rua, atropelado por um carro. Patrick pegou o caminhão de mudança e o levou ao veterinário, e então foi atrás de mim e me encontrou no parque.

Casamenteira em Apuros

Lá estava ele: um homem com neve nos cílios e nas sobrance-lhas, um homem com olhos enrugados e sorridentes e um sorriso triste e torto, um homem que me amava. Que tinha salvado a vida do meu cachorro.

Até aquele momento, acho que o Patrick não sabia exatamente que o amor poderia ser parte de sua vida. Ou que poderia salvar a vida de um cachorro ao levá-lo direto ao veterinário e autorizar a cirurgia. Ou mesmo que iria atrás de uma vida pela qual ansiava, mas que tinha parecido estar impossivelmente distante de si. Depois disso, no entanto… bem, talvez Patrick tenha percebido que resistir seria inútil, que há amor por aí para todos nós. Ele me amou. Eu o amei, e eu, para variar, estava certa de que o amor era realmente tudo o que era necessário para fazer as coisas darem certo.

Tivemos uma conversa. Patrick disse que faria um trato comigo: ele não iria para casa, no Wyoming, se eu não fosse para casa, na Flórida. A gente vai ver no que vai dar, falou. Então, com todo seu patrickismo, ele me deu tudo quanto é tipo de aviso de que seria difícil arrastá-lo permanentemente para longe do planeta Meu Amor Morreu no Incêndio, mas esperava que eu não desistisse dele. E afirmou que também ia tentar. Pelo menos tentaria parar de estacionar a espaçonave no planeta, disse ele.

E, assim, fomos morar juntos. Foi maravilhoso. Tomamos longos banhos juntos com velas delineando toda a banheira, e tanto Bedford quanto Roy se aconchegavam no tapete do banheiro, observando-nos (e um ao outro) desconfiados. Naquela noite, ficamos sentados até tarde ao redor da fogueira do terraço, com minha cabeça em seu ombro, só conversando e conversando. Ele me contou tudo sobre a Blix e suas ultrajantes traquinagens. Como ela o fez acreditar em magia.

Naquele primeiro verão, compramos uma rede e dois ukuleles, e aprendemos quatro músicas que cantávamos a plenos pulmões, tão desafinados, que tínhamos certeza de que os carros buzinando lá na rua estavam tentando nos abafar. Líamos o *New York Times* na cama aos fins de semana, lutando pelos cadernos de arte e pelo estilo de vida, e só nos levantávamos depois do meio-dia. Descobrimos a valiosa coleção de receitas da Blix e fizemos todas, dançando devagarinho na cozinha enquanto esperávamos o macarrão cozinhar.

E seguindo a clássica tradição dos apaixonados de toda parte, sentíamos muitíssimo por qualquer um que não fosse a gente.

Sempre vou acreditar que foi a Blix quem lutou por nós dois de verdade, quem, de alguma forma, certificou-se que as coisas se endireitassem para nós. Nós rimos de todas as coisas que ela teve que providenciar apenas para aquele momento em que Patrick mudou de atitude: uma tempestade de neve, um dia sem aula, um cão vadio saindo em disparada e se perdendo, um acidente que foi feio, mas não tão feio assim, a urgência de um caminhão de mudança que precisava ser carregado. Ah, claro, ela já estava morta àquela altura, mas, sejamos sinceros, Blix não era do tipo que deixava uma pequena mudança de endereço atrapalhar os seus planos. Ela entrou em cena e dirigiu Patrick direto para o amor.

E agora... bem, aqui estamos nós de novo. Enquanto eu não estava prestando atenção, Patrick embarcou na espaçonave e rumou para o seu velho e conhecido planeta. Consigo sentir a velha porção enorme de espaço vazio onde Patrick costumava estar. Não é de se admirar que minha própria fé nele estivesse vacilando; não é de se admirar que eu me sinta tão abandonada enquanto espero para ver o que acontece. Já faz tempo demais que ele está no espaço.

Vá atrás dele. Ouço a voz dela na minha cabeça. *Vá encontrá-lo. Mostre-lhe novamente o que significa amar.*

Assim, ajeito os ombros e ponho o equivalente ao meu próprio traje espacial, pego meu tanque de oxigênio e sigo caminho para trazê-lo de volta à Terra.

trinta

MARNIE

As pinturas estão alinhadas na frente da sala. Dez, sendo cada uma delas uma frágil e arrasadora medida sobre a devastação. Como os monstros disformes que se mostram em pesadelos.

Eu as encaro o máximo que consigo suportar. Não que sejam tristes: eu poderia lidar com a tristeza, *respeito* a tristeza. As pinturas são indescritivelmente desoladoras. Cores verde-amarronzadas espalhadas em gotas disformes. Não há Patrick nelas.

Não sei bem o que dizer quando ele aparece à porta, secando as mãos em uma toalha.

— Nem precisa olhar — afirma Patrick. — Elas não vão para a exposição.

— Não?

— Não. São horríveis demais. E, falando em horrível, creio que você tenha lido a matéria. — Sua voz está bem articulada, quase profissional.

— É.

— O que achou? — Ele usa uma camisa xadrez preta e azul e calça de moletom, ambas as peças parecem pender no corpo. A luz da manhã o faz parecer fatigado.

— Bem, sei que não é o que você esperava que fosse. Mas o cara disse um monte de coisas bacanas sobre você. *Verdadeiras*, até. Você se saiu muito bem dessa, na minha humilde opinião. Vai atrair o público à galeria, não acha?

— É, bem, em um mundo perfeito, eu diria que não havia necessidade nenhuma de mencionar a droga do boletim de ocorrência apenas para escrever pelo bem de uma exposição de arte, pelo amor de Deus. E todo o negócio de herói... Argh!

Patrick faz careta, e vejo em seus olhos que está muito pior do que semanas atrás. Ele não só embarcou na velha espaçonave, como fez um pouso forçado no planeta Meu Amor Morreu no Incêndio e construiu para si uma fortaleza lá. As palmas das minhas mãos estão suadas. Patrick me olha como se de longe, mas estou determinadíssima a salvá-lo e, assim, obrigo-me a olhá-lo nos olhos.

— Então... se você não vai exibir as pinturas, isso não equivale a cancelar a exposição?

— Não — explica ele, depois de um instante. — Tenho outros trabalhos. Aqui. Venha comigo. Posso muito bem te mostrar o que andei fazendo de verdade.

Patrick me conduz pelo corredor, abre a porta e acende a luz, e ficamos ambos parados ali, piscando no ambiente iluminado. Na mesa no meio do cômodo está um punhado de esculturas pequenas, esculturas realistas de uma mulher, todas elas tendo de quinze e a vinte centímetros de altura. Levo um momento para me concentrar nelas, para enxergar o que realmente são, e aí preciso tomar uma respiração muito, muito profunda.

Elas são Anneliese.

Algumas das esculturas mostram apenas o rosto dela com suas curvas sensuais, as bochechas inclinadas em um meio sorriso. Vejo os olhos dela, a falta de vida esculpida do cabelo.

— *Esta* é a arte que vou apresentar na exposição — diz Patrick. Sua voz treme com... orgulho? É isso o que estou ouvindo?

Eu me aproximo. Deve haver dez ou doze esculturas, todas alinhadas, como bonequinhas requintadas: em algumas ela está sentada ou refletindo, deitada de costas em um travesseiro com a mão sobre o rosto. Ali, ela está de pé com os braços erguidos para o céu, as pernas bem separadas; seu rosto, uma máscara de triunfo. Outra mostra seu corpo curvado no chão, em posição fetal, o rosto escondido, as pernas puxadas com força para o corpo. Há algumas outras que mostram seu torso, o movimento suave dos braços estendidos.

Casamenteira em Apuros

São lindas. São sensuais, são genuínas, são humanas. Expressões sublimes de vida e energia. E são, cada uma delas, representações de seu amor por Anneliese.

E nenhuma delas sou eu. Algo comprime o meu peito.

– É – ele confirma, baixinho. – Você entendeu. – E caminha ao redor da mesa para poder olhar cada uma delas mais de perto. – Então, isso é o que estive tentando esconder de você, que eu estive revivendo toda a experiência com Anneliese. – Sua voz está hesitante.

– Patrick – digo, falando alto, como se talvez eu pudesse tirá-lo dessa. – Mas por quê? Qual é o problema aqui? Isso não é nenhuma vergonha para que você tenha que esconder de mim. Por que está agindo assim? A gente se *conhece*. Estou ao seu lado, lembra? – Eu me viro e o observo, mas o ar entre nós caiu perigosamente. Como os trovões que precedem uma tempestade, talvez.

Patrick não afasta o olhar de todas as Annelieses.

– Não. Não é assim tão simples. Simplesmente me afundei e me afundei. Sinto como se Anneliese estivesse bem aqui comigo. Ela me parece muito real agora. Me passando as coordenadas.

– Caia na real. Anneliese não está aqui te passando coordenadas! Você estava pensando nela e fez algumas esculturas, e elas são lindas, por isso você deveria mostrá-las.

Ele me olha cheio de pesar.

– Preciso te dizer uma coisa – começa. E sei, pela atmosfera do ambiente, que Patrick vai terminar comigo. Não vou engolir essa hoje.

– Não. Não. Sério, vamos deixar isso de lado por ora e ir lá para baixo tomar uma sopa. Minha mãe fez sopa. Você precisa comer. Olha só você. Está trabalhando tanto que nem come, não é?

Os olhos dele parecem vazios.

– Sinto muito – diz ele –, mas não consigo mais fazer isso.

– Não consegue mais fazer o quê? Esculturas da *Anneliese*? Tomar sopa? É claro que consegue. Você só precisa voltar a si. Está tudo *bem*.

Calma, digo a mim mesma. *Nada disso é real. Ele me ama. Eu o amo. Não é assim que vai acabar. A magia vai surgir a qualquer segundo. Só não o deixe dizer algo que não tem volta. Continue falando com ele.*

Mas Patrick não está sentindo a magia. Ainda. E, por isso, ele ergue as mãos para me avisar para ficar longe e profere a versão Patrick do que os caras dizem quando não te amam mais. Todo aquele amontoado de coisas, tão confusas que mal consigo ouvir. Frases saltam para mim através do zumbido nas minhas orelhas.

— Estou decepcionando você... não está fazendo bem a ninguém... não consigo ser um pai para a Fritzie... não consigo suportar esse lugar cheio de adolescentes a metade do tempo... odeio caos... preciso ficar sozinho... preciso de um tempo.

— De um tempo? — rebato. — O quê? Não. A gente não vai discutir isso agora. Não vou aceitar. Porque nada do que está se passando agora é permanente. Você não tem que jogar tudo fora quando tudo vai mudar daqui a poucos meses. É só esperar.

— Marnie. É melhor você aceitar. Não está dando certo.

— Do que você está falando? Está, sim! Isso é papo de maluco, Patrick. Já faz anos que estamos juntos, e *amo você*. Você vai ficar bem! Sei disso mais do que de todo o resto.

— Não se trata de amar. E-eu preciso ficar longe, voltar para como as coisas eram antes, ficar sozinho, viver com a Anneliese.

— Viver com a *Anneliese*? — indago. — Oi?

Ele assente, quase que imperceptivelmente.

— Anneliese, que... me desculpa por mencionar este pormenor... está morta?

— Ela está morta, mas ainda vive na minha cabeça — explica ele, que muda o peso de um pé para o outro e encara o nada. Sinto o impulso de estalar os dedos em seu rosto para trazê-lo de volta à realidade. Em seguida, sinto o impulso de abraçá-lo e segurá-lo com tudo o que tenho. Queria saber o equivalente emocional de uma ressuscitação cardiopulmonar. Mas apenas fico parada ali.

— Eu amo você — diz ele —, mas não quer dizer nada quando ainda estou atormentado por Anneliese, pelo que fiz a ela. Eu a deixei morrer, Marnie. Eu estava de pé bem ali e não consegui salvá-la.

Casamenteira em Apuros

— Você não a *deixou morrer* — repito. — Você tentou salvá-la, mas o incêndio estava forte demais, e você não conseguiu. E você sobreviveu. Só que esse fato não faz com que seja culpa sua.

— Ninguém entende.

— Tudo bem, então. Só um minuto. Vamos ver se entendi direito — digo. Opto pelo humor ou o que talvez se passe por humor. — Camarada, acredito de verdade que *você*, o meu namorado, o cara que afirma me amar e que só recentemente emergiu de sua caverna da desolação para tentar viver uma vida real entre a famosíssima exposição das Family of Man, agora descobriu uma *subcaverna* da desolação, onde, em segredo, você está se relacionando com uma mulher com quem não tenho nem chance de competir? É isso que está se passando? Você não consegue mais *nos* ver juntos porque vai ficar neste cômodo enquanto pensa nessa... mais uma vez, perdão pela expressão... na *mulher morta*? Como isso sequer faz sentido? Me explica.

— Tecnicamente — diz ele, com tristeza —, é apenas uma alcova da desolação.

— Entendo que Anneliese consegue ser perfeita, porque não está mais aqui, mas a *minha* vantagem é que eu ainda poderia, sei lá, inventar formas novas e fantásticas de estar na sua vida e amar você, se você simplesmente abrir seus olhos e me deixar me aproximar. A solução, ao que me parece, não é se fechar para a vida de novo, mas se permitir ser amado. Talvez você possa amar a vida precisamente *porque* a Anneliese não pode. Sabe, como um tributo ao amor.

Patrick fica em silêncio por um instante, encarando os dedos e pensando, estou prendendo a respiração, é claro que a qualquer segundo ele vai se virar para mim e ser o Patrick amoroso de sempre.

Mas, então, ele fala. A voz soa rouca e como se estivesse machucando a sua garganta, e fala tão baixinho que tenho de chegar mais perto para ouvi-lo.

— Tem mais. Preciso te dizer uma coisa. Não posso te dar o que você quer.

MADDIE DAWSON

– Ah, pelo amor de Deus, Patrick. O que você está me dando, pelo menos até as oito da noite de Ação de Graças, quando você se mudou para essa *alcova da desolação* idiota, estava decente, ok? E, de todo modo, sou *eu* quem digo se é ou não o bastante para mim. Não você. E acho que estamos bem.

Ele suspira e balança a cabeça. Então, bem baixinho, revela:

– Não. Não posso te dar filhos.

O cômodo fica tão quieto que é quase como se o ar tivesse se esvaído.

– Não pode ou não vai? – pergunto, por fim.

– E-eu sou estéril.

Sinto como se eu estivesse debaixo d'água, e tudo estivesse entrando e saindo de foco. E então meu cérebro clareia.

– Mas, espera, não é verdade. Você já tem uma filha! Você não é estéril. – Afirmo como se eu fosse uma aluna brilhante que localizou o erro que ele não tinha percebido.

– Sou. Estéril. Por causa do incêndio – revela. – O dano do fogo… acontece.

– Então… o quê? Você mentiu para mim esse tempo todo? Enquanto eu estava tentando engravidar? Você não conseguiria jamais essa proeza, mas me deixou acreditar…

– Não. Não foi assim. Eu tinha esquecido.

Eu ri, na verdade. Uma risada aguda e estrangulada.

– O que você quer dizer com *esqueceu*? Como alguém esquece algo assim?

Ele suspira.

– Fui ao médico há algumas semanas para pegar a receita dos meus remédios. Perguntei sobre fertilidade, e ele me disse que era impossível, desde o acidente. Ele falou que tinha me dito, mas eu não me lembrava. Talvez na época eu sequer tenha me importado, por isso a memória se perdeu. Mas o principal é que a gravidez é impossível. Sinto muito. Você precisa encontrar outra pessoa e seguir com a sua vida.

Eu o encaro.

Casamenteira em Apuros

– Você não sente! Você nunca quis que eu engravidasse. Não aja como se *sentisse muito*. Essa é a coisa mais conveniente que já aconteceu com você, e você sabe bem disso.

– Sinto muito por você enxergar dessa forma, porque não vejo conveniência nenhuma – diz ele.

– Ahhh! Então é por *isso* que você quer terminar? – indago. Estou com raiva agora. – Basicamente, o que você está dizendo é que, como não pode me dar um filho, *você* decidiu por nós dois que não deveríamos mais ficar juntos. Nada de me perguntar o que quero. Ou o que penso. Talvez eu fosse entender e preferir ter você na minha vida em vez de bebês, isso passou pela sua cabeça? Que é nisso que consiste o amor? Pensar juntos em uma solução? Nada mais ocorreu a você, exceto morar em uma caverna, sendo infeliz, você e o seu gato. Ir no Paco para comprar comida e fugir para cá de novo. Só que agora, tenho certeza, não vai ter Paco por perto, porque, sem dúvida alguma, você não vai querer ficar neste sobrado enquanto gero todo esse *caos* ao redor. Seria estranho para você, não seria?

Patrick parece abalado, fico contente por perceber.

– Então o que você *imagina* que vai acontecer? – pergunto. – E a Fritzie? Está pensando que vocês se mudarão para outro lugar? Ou você vai despachar a menina para a Itália e devolvê-la para a mãe?

Ele dá de ombros.

– A gente vai precisar tomar algumas decisões – diz ele, baixinho. Encaro as estátuas e há um zumbido alto nas minhas orelhas, e fico surpresa por ele ainda estar falando. Prosseguindo com uma voz triste e derrotada, falando que vai tentar pensar em uma solução viável, algo que funcione para todos nós. Ele só não tem certeza de quais serão as implicações. Por enquanto, será que poderia ficar no estúdio? E não aparecer na minha frente?

A raiva irrompe de mim em ondas, um tsunami de pura fúria. Preciso cerrar os punhos para me impedir de pegar cada uma daquelas esculturas e atirá-las nele. Patrick está tão destruído que nem sabe como terminar com alguém direito. Seria de se esperar que você cortasse tudo pela raiz e com respeito, declarasse sua posição e desse o fora do lugar. Deixando todo mundo com o mínimo de dignidade.

Preciso me afastar dele. Não quero ficar aqui ouvindo essa conversa mole sobre os próximos estágios: a mudança ou o plano nebuloso que tem para a Fritzie. A mim parece que um homem que está orquestrando a droga de um fim de um relacionamento deveria ter pensado nisso tudo de antemão.

Socorro!, penso. *Blix, olhe o que está acontecendo aqui! Lembre a ele o que é importante.*

Espero um minuto, no caso de a Blix poder contribuir com um pouco de magia. Um aguado raio de sol de inverno está atravessando a janela empoeirada sem entusiasmo algum, e encaro o paralelogramo que se forma no assoalho de carvalho. Blix está calada, os grãos de poeira estão calados, Patrick se vira, e a raiva dentro de mim é a única coisa a que posso me agarrar com certeza.

E, então, dou meia-volta e saio do estúdio, batendo a porta o mais forte que consigo.

trinta e um

PATRICK

Patrick apanha duas das Annelieses que caíram quando a porta bateu e as endireita, encontrando um bom local para elas sobre a mesa, onde ficarão seguras. O mínimo que pode fazer é manter as Annelieses de gesso em segurança.

Porque ele, com certeza, não consegue manter mais nada em segurança, pensa. No momento, tem sido um merda na vida.

Mas... apesar do vazio na boca do estômago, apesar de que talvez vomite a qualquer segundo, sabe que fez a coisa certa. Contando a ela. Terminar com Marnie nunca seria fácil, mas seria muito mais difícil levar as coisas assim, observando-a ficar paulatinamente mais decepcionada.

Em breve, Marnie vai perceber que ainda é nova o bastante para encontrar um cara com quem vai querer ter filhos. Ela pode ir atrás de todas as coisas as quais certa vez disse, por mensagem, que queria: as almofadas de amamentação, as mamadeiras, as meias com detalhes em renda e tudo o mais. Três anos, no máximo, e ela será uma mulher empurrando um carrinho com um bebê, uma bolsa de fraldas e um marido bonito saltitando ao lado, parecendo muito satisfeito consigo mesmo. Presunçoso a ponto de parecer que eles inventaram a procriação.

E, apesar de Marnie estar infeliz agora, é bem melhor Patrick ter agido dessa forma, simplesmente *arrancou o esparadrapo de uma vez só*, em vez de deixar as coisas seguirem nessa espiral descendente, com os dois pensando que o amor seria o bastante para fazê-los superar tudo. E não era. Na verdade, esse era um ato de bondade da sua parte, libertá-la para que ela tivesse a vida à qual estava destinada.

Um dia, ele seria capaz de lhe contar a verdade: "Terminei com você porque eu te amava e queria que você vivesse a vida que você merecia".

Mas, por ora, teria que enfrentar a fúria dela.

E, é claro, ele precisa começar a elaborar um plano. Talvez sugira voltar para o porão, quando Ariana se mudar. Dessa forma, a vida de Fritzie sofrerá o mínimo de impacto possível. Nesse meio-tempo, ele ficaria longe de Marnie, seria um hóspede educado que ajuda com o jantar e os pratos, leva o cachorro para passear, paga as coisas e não aborrece ninguém. Ele consegue ser agradável por... o quê? Mais cinco meses.

E aí, depois disso, vai arranjar um lugar para morar. Sozinho. Em outra parte.

Patrick se levanta, olha para a coleção de Annelieses e se sente orgulhoso de um jeito que faz tempo que não se sentia. Machucou as mãos ao dar-lhes vida, o que só servia para fazer com que valessem ainda mais a pena. Não pensou que poderia voltar a esculpir. Não seria possível por causa do dano nos nervos, por causa das cicatrizes. E, mesmo assim, alguns dias ele sentia tanta dor que precisava se levantar no meio da noite e enfiar as mãos no gelo só para conseguir mover os dedos. Vivia à base de ibuprofeno e uma pomada de ervas que havia encontrado na loja de produtos naturais.

Mas havia superado a dor. Vezes repetidas em sua vida ele havia superado a dor. É o que faz. E agora terá que superar a dor de perder Marnie também.

Patrick pensa em Blix e em como anos atrás ela havia entrado de supetão no seu apartamento no porão e o forçado a conversar com ela, e, em um ato de maior ousadia, ela o fez se levantar da cadeira para dançar juntos. Ele informou que *não* dançava. Mas Blix o fez vestir uma camisa havaiana igual à dela, ligou a música alto e fez uma versão engraçada da hula, nem aí para nada, e o puxou para fora de si mesmo. Ela não tinha medo de nada.

Casamenteira em Apuros

Blix ficaria orgulhosa por ele superar a dor. Ela havia cometido o erro imenso de pensar que Marnie e ele estavam destinados a ficar juntos, mas talvez fosse por não saber que Marnie queria ter filhos. Mesmo Blix veria que terminar tudo era, na verdade, um ato de amor supremo.

Ele se lembra de Blix dizer certa vez: "Ah, não seja idiota sobre o amor, Patrick! É a única força que importa nesse mundo. As pessoas dizem muitas tolices em nome do amor, mas você precisa se permitir *viver* e, ao viver, precisa se permitir amar".

Blix era uma mulher bacana, excêntrica e desenfreada que vivia exatamente como queria. E agora é isso que Patrick vai fazer. É claro que ela se orgulharia dele por isso.

trinta e dois

MARNIE

Quando deixo Patrick no estúdio, vou direto para o meu quarto e para a cama, vestida como estou, e puxo o cobertor de algodão, o edredom de baixo, a colcha e meu lençol todo revirado, e cubro a cabeça. Estou congelando, batendo os dentes, e meus braços e pernas parecem que não conseguem mais trabalhar para mim.

Cubro a cabeça com o travesseiro também. E é quando deixo meu coração se partir.

Como consigo amar tanto alguém que está tão quebrado e magoado que não consegue se permitir qualquer felicidade? Que porra aconteceu que o fez voltar correndo para toda aquela agonia? Não entendo. A gente se ama. Quero voltar lá e gritar com Patrick mais uma vez. Talvez agora segurá-lo pelos ombros e sacudi-lo. Mas nada faria diferença. Vi a expressão em seus olhos quando ele me disse que era estéril.

De alguma forma, quando eu não estava prestando atenção, Patrick se desapaixonou de mim. E não é como se tivesse *aconteci-do* em um momento específico. Foi vazando, isso que foi. Ele foi se esvaziando de amor por mim, gota a gota, enquanto eu saracoteava pela casa entretendo minha mãe, conhecendo os adolescentes, ajudando a Fritzie com o dever de casa. O amor foi todo drenado, preciso superar isso. E o que deve ser ainda mais difícil é que tenho de encarar a probabilidade de que Blix estava errada sobre tudo.

Por fim, minha mãe aparece na beira da minha cama. Daqui do meu casulinho úmido, consigo ouvi-la respirar.

— Você está bem? — pergunta. — O que está acontecendo com você?

Casamenteira em Apuros

Começo a chorar de novo.

– O Patrick.

– O que houve?

– Ele... não... – Apenas torço para minha mãe captar o quadro geral e perceber que não estou aguentando mais e que ela precisa fazer tudo por mim de agora em diante. Não posso seguir em frente, sério, não posso mesmo.

– Saia de debaixo das cobertas.

Essa, na verdade, é uma boa ideia, porque já esgotei todo o ar aqui embaixo. Mas ainda estou congelando. Parece que meus pés estão correndo perigo de cair. Mas ponho a cabeça para fora e inspiro um pouco de oxigênio de verdade.

– Agora me conte o que aconteceu – minha mãe pede, senta-se na minha cama e apoia a mão nos montinhos de coberta em que estão meus pés.

Conto-lhe que Patrick está terminando comigo e conto todo o resto também: que ele acabou de se lembrar que é estéril, e isso significa que ele não quer mais que fiquemos juntos porque desejo muito ter um filho. E também que, nessas últimas semanas, ele estava lá em cima fazendo estátuas de Anneliese, que ele basicamente está apaixonado pela namorada morta e o mais importante: Patrick não quer mais ficar comigo.

Quando ponho tudo para fora, não soa nada bem para Patrick. Na verdade, isso o faz parecer um caso psicótico, que, por acaso, é exatamente o que minha mãe pensa.

– Não acredito em nada disso. Ele enlouqueceu – diz ela. Agora, eu me lembro muito bem desse seu lado, a mãe pragmática forçando Natalie e eu a superar quaisquer dos nossos traumas de infância, fazendo uso de chavões, ordens e qualquer coisa que tivesse à mão. Era parte do seu arsenal de mãe, um arsenal que agora percebo que eu *jamais* vou precisar desenvolver. Nunca vou ter o meu próprio filho. E começo a chorar de novo.

— Patrick não enlouqueceu. Ele não quer estar comigo, só isso. Não vai dar certo. Não importa a *desculpa* que esteja dando. Ele só me disse de todas as formas que sabe que acabou.

Minha mãe suspira.

— Acho que o mundo dos homens pirou de vez — diz ela. — É lua cheia? Ou, como você diria, Mercúrio retrógrado?

— Não importa. Ele não me ama mais. Ele precisa estar sozinho a droga do tempo todo, e não paro de atrair o caos. Então está acabado. Fim da história. — Volto a puxar as cobertas para cima da cabeça. Oxigênio o suficiente por ora. Não consigo suportar o modo como minha mãe está me olhando, como se eu fosse um projeto que estivesse fazendo-a sofrer.

— Você deveria tomar um pouco de sopa. Vou te trazer um pouco de sopa.

— Não quero sopa.

— Você precisa de sopa, e o Patrick precisa de sopa — anuncia minha mãe, saindo da cama, e então uma corrente fria de ar me atinge. — Vocês dois enlouqueceram sem qualquer razão aparente, e a sopa é uma cura tão boa quanto qualquer outra. Foi ridículo da parte dele fazer isso. É só o estresse falando.

— Vá dizer isso a *ele*. Preciso ficar sozinha.

Ela ainda está de pé perto da cama, respirando.

— Por favor — peço.

— Só quero te perguntar uma coisa e não quero faltar com respeito nem nada — começa ela. — Que bem há em toda essa magia de que você está sempre falando se você acaba tendo toda a sua perspectiva destruída em um único dia desse jeito? Não precisa ter fé para que o negócio dê certo?

Se eu tivesse forças, tacaria o travesseiro nela.

Quando Fritzie chega da escola, ela vem e se senta na beirada da minha cama. Está comendo uma maçã. De início, a mastigação ruidosa é insuportável, e então parece meio que uma representação de algo sagrado e inspirador. Comer! Igual a amar, que, no entanto, é algo para os outros, não para mim.

Casamenteira em Apuros

— Você está doente?
— Estou.
— O que você tem?
— Não sei.
— Por que você está com as cobertas e o travesseiro por cima da cabeça?
— Porque estou congelando.
— Ah.
Mordida.
— Você tem dever de casa? — pergunto, depois de um tempo.
— Ah! O Patrick falou que eu deveria te falar que ele não vai vir jantar.
— Você deveria deixar o Patrick em paz.
— Eu não estava *incomodando* ninguém, Marnie. Só fui ver se o Roy queria um petisco.
— Você tem dever de casa? — A conversa já estava se estendendo demais para o meu gosto.
— Não.
Mordida.
— Marnie, posso te perguntar uma coisa?
— Pode.
— Você está na cama porque está triste?
— Não. Sim. Estou um pouco triste.
Sinto sua mãozinha tocar o meu ombro, tímida, de início, e depois dando um tapinha atrás do outro. Um fluxo contínuo de tapinhas reconfortantes.

É quando sei que devo sair de debaixo das cobertas, pelo bem dela. Levantar-me, começar a me mover pela casa. A vida tem que continuar.

Então me levanto.

Na manhã seguinte, Patrick está na cozinha com Fritzie quando saio da cama. Ele preparou o café dela, o favorito da vez: ovos cozidos por três minutos aninhados em uma torrada com um círculo cortado no meio. Fritzie examina a precisão da coisa; é como se tudo o que fazemos por ela fosse um teste do nosso compromisso. Essa manhã, o furo está um pouco torto e, para minha surpresa, um Patrick cansado aceita fazer outra torrada e cortá-la com mais precisão.

Ele não olha na minha direção.

— Está tudo bem, Patrick — diz ela, depois de um instante. — Eu como assim mesmo.

Normalmente, nós teríamos trocado um olhar de triunfo em um momento assim, mas não o fito e posso sentir que ele não olha para mim. Minha mãe chega da casa da Lola, exclamando sobre a neve que caiu ontem à noite e que os degraus estão escorregadios, tomem cuidado.

— A escola não deveria estar fechada por causa do tempo? — pergunta ela.

Há um silêncio, então Patrick e eu começamos a falar ao mesmo tempo, explicando que o Brooklyn não tem o costume de cancelar as aulas por causa da neve. Envergonhados, paramos de falar ao mesmo tempo. E aí, pior ainda, voltamos a falar no mesmo instante.

Fritzie ri. Minha mãe diz:

— Deixa. Já entendi. — Ela se serve um pouco de café e vai para a sala, balançando a cabeça para nós.

Faço a ele o favor de sumir para dentro do meu quarto. Eu o ouço arrumar Fritzie para o Apronte-se para Sair, e, embora seja eu quem normalmente a leve até o ponto de ônibus esses dias, hoje não vou lá e me ofereço para ir. É doloroso ouvir, ele não sabe o que guardar na mochila, esquece e precisa ser lembrado do almoço, e daí não entende que as botas de camurça dela não servem para a neve. Ela precisa das maiores, de borracha, forradas de pelo. Eu me deito na cama e escuto o desespero de Patrick conforme ele aprende as coisas. Que lhe sirva de lição.

— Patrick — ouço-a dizer. — Você é um horror!

Casamenteira em Apuros

E os dois saem.

A gente quase conseguiu superar as primeiras vinte e quatro horas. Não consigo nem começar a imaginar o quanto minha vida está prestes a ficar horrível. Em algum momento, minha mãe vai voltar para a Flórida, os adolescentes vão seguir em frente... e Patrick, a quem agora detesto, vai levar minha doce Fritzie embora. E a casa vai ficar tão quieta. Tão terrivelmente quieta.

Faço um breve inventário psicológico. E é nesse pé em que estamos. Magia não funciona, o amor talvez não governe todo o universo, afinal de contas, e aqueles saquinhos de seda com ervas encantadas que cultivei e carreguei por aí... bem, talvez eu não devesse ter desperdiçado meu tempo. Patrick e eu nunca estivemos destinados a ficar juntos. Blix estava errada. Eu estava errada e estou tão triste que preciso redobrar forças para me levantar e encarar cada novo dia horrível. Espero muito que todos os casais que insisti em juntar voltem, um a um, para a minha vida e mostrem que as coisas não foram tão boas assim, afinal. Lola vai ligar e dizer que William Sullivan foi o pior erro que já cometeu. Aquele casal no restaurante também. Eles vão entrar e se retratar de tudo. Dúzias de pessoas aparecerão brandindo os punhos para mim e declarando que os enganei.

Certa manhã, olhei para a torradeira no canto e comecei a rir. A torradeira, sério! Eu tinha mesmo me feito acreditar que Blix era uma força que ainda estava por aí, atirando torradas da torradeira para me passar uma mensagem? Sério, eu só podia estar maluca! Dançando pela vida, pensando que as pequenas faíscas no ar fossem evidência de amor e que eu poderia me intrometer na vida dos outros! Quem eu achava que era?

Não havia magia nenhuma em mim, e nunca houvera.

Como se, para provar o meu ponto, recebo uma mensagem dele:

Proposta para seguirmos em frente. Com a intenção de atrapalhar a vida da F o mínimo possível, pensando se por vc td bem se eu ficar morando no estúdio até as aulas acabarem e ela voltar pra Tessa. Vou tentar ficar fora da sua vista. P.

Acho que são as abreviações que machucam mais. Ele se orgulha de digitar cada palavra e de usar a pontuação de forma correta. Até mesmo era uma piada nossa. Uma coisa nossa.

— Você consegue acreditar nessa merda? — falo para a minha mãe, que dá de ombros. — O camarada me escreve um bilhete!

— Patrick não tem coragem de falar com você pessoalmente porque te ama tanto que sabe que vai ficar em frangalhos e começar a chorar de soluçar — diz ela. — Ele já está se arrependendo do que fez.

— Não, ele não está — digo.

— Só estou dizendo que Patrick vai voltar atrás. Você vai ver.

Mas ele não volta.

E, então, certa manhã, minha mãe e eu estamos indo juntas para a Brotou um Lance, ela olha o telefone e solta:

— Ai, meu Deus, seu pai vem para cá.

— Mentira — digo. — É mesmo? Ele vem visitar você? Ou está vindo para te levar para casa?

— Bem, ele com certeza não está vindo para me levar para casa! exclama ela, enfática. — A não ser que pretenda me sequestrar. Não sei mesmo o que seu pai espera que aconteça. Aquele homem! Sério. Ele marcou a passagem para daqui a duas semanas. Por quê? *Por que* ele está vindo? Não estou pronta.

Sei por quê. Meu pai está vindo porque, depois de quarenta anos de casados, enfim está sentindo uma mudança nas correntes de ar conjugais. Meu pai pode demorar a pegar no tranco, mas não é bobo. Ele está vindo para recuperar a mulher dos sebosos Randolph Greenleafs da vida. Está vindo porque está cansado de assistir ao golfe na Flórida sem ela pedindo para trocar de canal.

Casamenteira em Apuros

E, basicamente, meu pai está vindo porque ama a minha mãe e sabe, por meio de alguma corrente tácita que eles compartilham, como um cabo conectado que os liga desde a Flórida até Nova York, que ela está apaixonada por ele e que precisam ficar juntos de novo. Basta desse disparate dessa separação. Já saquei.

Já saquei, mas acho que meu pai vai ficar embasbacado com a nova Millie MacGraw. Ela ficou destemida sem tê-lo perto para silenciá-la com seus suspiros de desaprovação. Não há ninguém para vetar suas compras, para torcer a boca quando ela chega em casa com uma saia nova e dizer: "Mas você *precisava* disso?". Não há ninguém para fazê-la se sentir insignificante ou incipiente, para questionar as escolhas que ela faz.

Coitadinho: ele achava inato seu direito de ser homem de família, de ser a voz profunda e derradeira da autoridade governando um pequeno reino doméstico com benevolência. Ele se saiu bem, também... com um comportamento risonho na maioria das vezes, gentil e leal. Estava acostumado a ser obedecido, sua retidão nunca foi questionada? Aquela mesinha de centro? *Aquelas* férias? Não, não, não. É *assim* que se faz. Ele não tinha razão para pensar que não passaria o resto da vida daquela forma.

Mas algo aconteceu, e a esposa é uma força a ser considerada agora. Se me perguntar, minha mãe está se tornando a Anciã Residente e a Sábia da Frivolidades; e, como filha, estou alternando entre estar orgulhosa e horrorizada ao ouvir a maneira como ela declara suas opiniões.

Por exemplo, eu a ouvi dizer a Ariana outro dia que ela seria muito mais atraente para "rapazes da melhor categoria" se se sentasse mais empertigada. (Ariana nem ficou brava; minha mãe riu e cruzou os olhos com os meus e articulou um "Oi?" e ajeitou a postura, só para garantir.)

— Millie — falei. — A Ariana está com o Justin, que é um rapaz de categoria maravilhosa.

— Não foi o que eu quis dizer — emendou minha mãe. — Nessa idade, ela precisa experimentar uma gama maior de rapazes. Assim,

MADDIE DAWSON

pode enxergar com muito mais clareza o próprio caminho para o que quer da vida. Nós, mulheres, não devemos nos conformar com o grupo de malandros que vemos na nossa frente quando somos adolescentes, sabe? Na verdade, com todo o respeito devido aos seus poderes de casamenteira, posso adicionar que não precisamos nos conformar com homem nenhum.

E agora, depois de fazer Ariana se sentar direito, minha mãe está empolgada para começar com os conselhos de moda: apontando que é considerado um pouco misterioso e até elegante quando uma mulher não exibe a barriga em cada uma das roupas que usa. E que leggings talvez não possam ser consideradas calças. Para minha surpresa, as Incríveis simplesmente aceitam o conselho de moda de Millie como se fosse algo excêntrico, fofo e digno de ser seguido.

Quase não consigo suportar a Frivolidades esses tempos. Eu me sinto como se simplesmente estivesse fazendo tudo no automático, uma pessoa que tem sido desprezada pela magia. Tudo em que eu acreditava parece ter se revelado como idiotice ou obstinação. Magia? Faíscas? *Faça-me o favor.* Não me lembro de como é que isso de formar casais acontece. Olho ao redor, procurando as faíscas no ar, e, mesmo depois de estreitar bastante os olhos, não consigo encontrá-las. E nem sequer posso juntar energia para participar de todas as conversas animadas e joviais que acontecem lá. Tudo parece um pouco ridículo, se você quer saber a verdade. Eu me vejo bocejando bastante, querendo voltar para a sala dos fundos e adicionar números às colunas e preencher os formulários de pedidos. Kat, que me disse que tinha certeza de que esse dia nunca chegaria para mim e Patrick, agora me olha com preocupação e simplesmente balança a cabeça.

— Você não vai mais mencionar o universo? — ela me perguntou certa manhã.

— O que é esse troço chamado *universo*? — indago. — Não sei a que conceito louco você pode estar se referindo. — Minha mãe se aproxima e me dá um abraço, o que faz meus olhos se encherem de lágrimas. De novo.

Casamenteira em Apuros

Certo dia, ouço minha mãe avançar nas águas da contínua e sempre presente discussão na Frivolidades que deveria ser chamada de "O Que Devemos Pensar da Janelle". A Janelle é amiga das Incríveis, a jovem que está grávida e arrependida. Ao contrário de Ariana, que se recusa a ir para a faculdade, a Janelle já tinha sido aceita antecipadamente e conseguido uma bolsa para a Universidade de Boston, e, com bebê ou sem bebê, ela quer ir. Mas como? Janelle não tem dinheiro, creche nem tempo. É uma situação ainda a ser resolvida, e todo mundo que vem à Frivolidades é arrastado para a conversa, ao que parece.

— Ela está circulando com aquela barriga enorme pelos corredores da escola — diz Ariana. — Tentando fazer todas as tarefas necessárias. Mas dá para ver o quanto está chateada. A água meio que simplesmente vaza dos olhos dela esses dias.

— Ela está chorando por causa daquele merda que a engravidou e depois não quis ficar com ela — completa Charmaine, mas Ariana não gosta desse tipo de conversa, então começa a acenar com os braços.

— Não, não, não! O Matt não é um merda. É um cara normal com uma vida normal, e nenhum deles achou que haveria uma gravidez, então não é como se ele tivesse dado para trás em qualquer promessa que fez. Estou cansada das pessoas esculachando o cara.

— Mas ele vai para a faculdade, não vai? Me parece injusto demais — diz Charmaine. — É ela que vai ter que sofrer enquanto ele escapa ileso.

— Além do que, acho que Matt deveria ficar com Janelle pelo menos enquanto ela está gerando o filho dele, você não acha? — questiona Dahlia. — Ele com certeza não deveria estar de rolo com a Lulu.

— E quem é que tem o direito de dizer que ele não deveria estar de rolo com outra pessoa? — Ariana quer saber. — A Janelle e o Matt não são tecnicamente um casal e, se algum dia foram, durou cerca de vinte minutos. E *bum!* Janelle engravidou e quis manter a criança, e ele não pôde nem dizer nada, agora Matt conhece alguém de quem está a fim de verdade, e qual é o problema?

MADDIE DAWSON

– O que você quer dizer com não são um casal? Os dois são a definição de um casal – pontua minha mãe. – São um casal que está verdadeira, técnica e fisicamente se tornando uma outra pessoa. O DNA deles está se misturando.

– Sei disso – diz Ariana. – Mas as coisas não são mais como costumavam ser na época em que os casais tinham que se casar porque havia um bebê a caminho, gostasse você ou não da pessoa. E quem pode dizer que o Matt, a Janelle e a namorada nova dele não vão encontrar uma forma de criar a criança? Sabe? – Ela agita os braços ao descrever, com as mãos no ar, um trio, em uma série de círculos e gestos. – Coisas estranhas acontecem, sabe? Talvez todos eles encontram um apartamento perto da Universidade de Boston, assim a Janelle poderá estudar, e os outros dois também, se quiserem, e todo mundo ajuda a cuidar do bebê. Pronto. É uma vida decente para todo mundo.

Ouço minha mãe falar mais alto, em plena força de Millie MacGraw agora.

– Isso é obviamente ridículo, um sonho impossível, e não é assim que humanos são feitos. O que *você* precisa dizer à Janelle, se quiser ser uma boa amiga, é que ela deveria considerar pôr a criança para adoção. Não há vergonha nenhuma nisso, nenhuma mesmo – afirma minha mãe. – Algumas das pessoas mais bacanas que conheço foram adotadas, inclusive o meu marido.

Estou no balcão aparando as flores e mantenho a boca fechada, porque estou me demitindo da posição de ser a pessoa que traz à tona possibilidades aparentemente impossíveis. Talvez eu não acredite mais nelas. E não digo mais às pessoas o que elas devem fazer.

E, para ser sincera, por autopreservação, preciso encerrar uma parte de mim quando Janelle em pessoa entra, viçosamente grávida e infeliz com a situação. Ela é uma típica menina bonita de cabelo castanho e pele clara, mas resplandecente, usando um casaco acolchoado gigante e botas quentinhas, arrastando-se pelo inverno esperando um bebê que nascerá na primavera, um bebê que ela não quer. Ela flutua como uma convidada de honra meio avoada, e as

Casamenteira em Apuros

Incríveis, incluindo Justin e Mookie, se estiverem por perto, dão abraços e beijos nela, ajudando-a a encontrar um lugar confortável em que se sentar. Odeio sentir tão dolorosamente o meu próprio luto por causa da gravidez que provavelmente nunca vou vivenciar. Observo Janelle tão rabugenta e, ainda assim, parecendo que seu corpo está em uma missão radiosa, e quero chorar por nós duas.

Sempre lhe damos flores, Kat e eu, porque Janelle está precisando de conforto. Damos-lhe chá de framboesa, apoiamos seus pés em pufes e dizemos que ela está linda, que vai ficar bem e que a vida vai cuidar de tudo. Mas não posso dizer que acredito de verdade em nada disso e, às vezes, quando ela está aqui, eu me vejo indo para os fundos e deixando as lágrimas caírem, silenciosas, sobre as folhas do livro-razão.

Minha mãe, até onde sei, jamais comenta com Janelle sobre a adoção.

O que também é bom. Se eu fosse a Janelle, não sei se estaria buscando a opinião dos outros para decidir o que fazer da minha vida.

trinta e três

PATRICK

Na manhã da inauguração da exposição na galeria, Patrick se prepara para o pior e diz a Marnie que não quer que ela vá naquela noite. Para o bem dela, é claro. Não que ele ache que Marnie vá, com aquela fúria recém-descoberta, mas quer se certificar. Quando ele fala isso, ela passa um bom tempo encarando-o, como se tivesse perdido o resto do pouco juízo que lhe restava. E aí Marnie volta a limpar a mesa, largando os talheres na pia com um pouco mais de força barulhenta do que ele teria pensado ser o absolutamente necessário.

— Estou só tentando levar seus sentimentos em consideração — afirma ele. Porque, caramba, era verdade.

— Tudo bem. Muito obrigada. — Ela se desvia de Patrick e pega os pratos cheios de migalhas de pão sobre a mesa, e ele estremece, pensando que ela os jogará na pia também ou talvez até mesmo nele, mas Marnie os coloca lá com cuidado. Patrick fica grato por isso. Ela pode ser capaz de ouvir a voz da razão.

Patrick tenta apelar para esse lado dela.

— Só estou pensando que talvez seja estranho. Caramba, eu queria não ter que ir.

— Também queria que você não tivesse — diz ela, sem olhá-lo.

— Tudo bem — responde ele. — Bem. Então é isso. Você não vai.

Marnie nem sequer responde. Simplesmente sai do cômodo.

— Olha! — grita ele às suas costas. — Eu só não quero te magoar mais. Quero que tudo isso acabe.

Ela retorna à porta.

Casamenteira em Apuros

— Acabe? — pergunta ela. — Acabe? Você quer que o negócio com a galeria acabe, quer que nossa pequena questão doméstica acabe ou quer que toda a humanidade conforme a conhecemos neste planeta acabe? Qual das alternativas?

— Hum, toda humanidade conforme a conhecemos neste planeta. Porta número três — responde ele. Humor mórbido. Talvez ela reconheça. *Estamos todos sofrendo aqui, nada de mocinhos e vilões. Só nós, nos atrapalhando ao longo do caminho.*

Marnie para e o observa, e ele quase não suporta a mágoa nos olhos dela.

Nevou ontem à noite, e a luz branca se infiltrando pelas janelas se reflete no rosto de Marnie, que está linda ali, com o cabelo ainda despenteado de dormir, todo bagunçado e meio cacheado. Os olhos ainda não estão maquiados e o observam, claros e verdadeiros. Ela o lembra de um cervo que certa vez ele viu nos bosques no inverno, o jeito como ele e o cervo pararam e se olharam, sem nem piscar.

— Patrick — diz ela. — Sou eu que decido se vou ou não à galeria esta noite. Sua filha quer ver o seu trabalho, conforme você pode imaginar, assim como a minha mãe e algumas das Incríveis. Seria uma bela de uma declaração se eu não aparecesse. Então a decisão não é sua.

— Mas não quero que você se sinta desconfortável... — diz ele.

Desta vez, ela vai embora.

— Devidamente anotado! — grita ela por cima do ombro. — Me faça um favor e não se preocupe mais com isso. Tomo minhas próprias decisões de agora em diante. Você não precisa nem esquentar comigo, ok? Na verdade, *não esquente*.

Patrick não deveria ter dito aquilo de não querer que ela se sentisse desconfortável. Você não tem permissão de dizer coisas rotineiras e condescendentes sobre os sentimentos dos outros, já que é você que os está magoando. Ele sabe disso. Mesmo você estando com um medo do caramba por causa da exposição de arte que está prestes a fazer. Talvez mais ainda se estiver com medo.

– Desculpa – ele grita depois que ela sai.

Tudo piora as coisas, então ele volta para o estúdio e fecha a porta.

Oi, diz Anneliese. *Sabe, Patrick, nada disso importa. Somos apenas poeira no universo, flutuando por aí pelo tempo e pelo espaço, com apenas um prazo limitado para viver. Você pode lutar e brandir os punhos e gritar, mas a verdade é que você também vai embora, Patrick. Puff!* *Acaba bem assim.*

trinta e quatro

MARNIE

Patrick é um sucesso na abertura, apesar de tudo. Ainda consigo sentir todos os seus pensamentos, então posso dizer que ele odeia, é claro, odeia que as pessoas o estejam olhando… odeia, odeia, *odeia* que estejam vendo suas cicatrizes. Imagina que estejam pensando no incêndio e sentindo pena. Mas aqui está ele, desfrutando da notoriedade do mesmo jeito, desfrutando mesmo em seu desdém por ela, sendo artista e vestido todo de preto, e com o cabelo escuro bagunçado e seus imensos olhos azuis turvos e defensivos.

Todo mundo aqui com certeza leu a matéria na *Inside Outside*, da qual o sr. Pierpont teve o cuidado de ampliar três cópias e pregá-las em três das paredes só para o caso de ter passado despercebida por alguém. Todo mundo aqui sabe pelo que ele tem passado, e todos ficaram um bom tempo ao redor das pequenas esculturas. A beleza da forma dela, a sensualidade de seus membros e suas expressões.

Ainda assim, gostando ou não, eu o conheço o bastante para sentir a sua dor aqui. Ele fica nos fundos da sala o máximo possível, evitando falar com a multidão em geral, apenas com os poucos que arriscam se aproximar. Que Philip Pierpont cuide da algazarra, que fale com estranhos. Consigo sentir Patrick pensar isso. Fico perto da entrada, rodeando-me com as Incríveis. Ariana fica perto, de um jeito protetor, assim como a minha mãe.

As pessoas continuam chegando, vindas da rua, recebidas pelas luzes quentes e cintilantes, o tilintar da música do piano, as bandejas de queijo e os calicezinhos de plástico com champanhe sendo servidos pelas pessoas de preto. Philip Pierpont é um homem elegante, agitando-se em meio às pessoas, com mãos que parecem estar sempre juntas, como em uma oração. Ele está orando pelo sucesso de Patrick, e Patrick está atraindo uma boa multidão, ou pelo menos é o que acho que deve ser considerada uma boa multidão para a noite de abertura de uma exposição. Uma boa quantidade.

Ouço o entusiasmo deles. Mudo, é claro, porque esse é o meio da arte de Nova York.

Vamos embora cedo. Há um limite para o que posso suportar. Noto minha mãe observando meu rosto com curiosidade, perguntando-se se estou aguentando firme, provavelmente pronta para pular e me arrastar de lá se o estresse se provar excessivo. Então, depois que cada uma de nós conseguiu comer quatro pedaços de queijo e alguns biscoitinhos, e minha mãe e eu tomamos uma taça de champanhe cada uma, a gente sai. Minha mãe está cansada. As Incríveis estão zanzando. Não há muito a fazer. O vento frio e enregelante sopra do rio, e estou feliz de sair da intempérie quando descemos para o metrô. Um homem toca trompete lá dentro do forte de azulejos, pessoas passam apressadas. As luzes estão brilhantes. Seguro a mão de Fritzie, que se aconchega em mim e começa a chupar uma mecha de cabelo, um hábito recente. Ultimamente, ela tem se agarrado a mim, o que eu meio que gosto.

– Está com saudade da sua mãe? – perguntei uma noite dessas enquanto a punha na cama, e ela estava de bico, chutando os cobertores, dizendo-me que estava enjoada e cansada de tudo, e que não queria ir dormir.

– Não – respondeu ela. – Estou com saudade do meu pai.

Quando, por fim, saímos do metrô para a noite do Brooklyn, meu celular vibra no meu bolso. Olho para baixo e vejo que é a Natalie, então aperto o botão enquanto caminho. Na minha frente, Fritzie está fazendo o equilibrismo de sempre de parar o coração ao longo da mureta, desviando-se dos espigões de ferro incrustados nela.

Casamenteira em Apuros

Tenho ficado melhor em suportar isso, mas ainda faz os meus dentes doerem.

– Oi, Nat – digo, cansada. – Está ligando para a mãe?

Há uma barulheira no fundo.

– Não – responde ela. – Estou ligando para você. Escuta, o pai sofreu um infarto e acabou de ser levado para o hospital em uma ambulância. Ele está estável, disseram. Mas acabaram de levá-lo. Com as sirenes ligadas.

– *O quê?* Quando foi?

– *Está* sendo. Neste exato minuto, Marnie. Eu te falei!

– Mas o que aconteceu? – Não sei mais o que dizer. Sinto que, se eu conseguir fazer minha irmã me contar a história, então vou conseguir explicar para a minha mãe por que isso tudo está errado. Nosso pai é saudável. Na verdade, ele vai vir para o Brooklyn em breve.

– Olha. Não sei detalhes, mas ele estava sozinho em casa, começou a sentir dor no peito e no braço, depois ficou com falta de ar, mas conseguiu me ligar. Não faço ideia de por que ele não ligou para a emergência, mas foi o que aconteceu. Chamei a ambulância e dirigi até lá para encontrá-los. Fizeram alguns procedimentos e acabaram de sair. Vou segui-los no meu carro quando encontrar alguém para ficar aqui. Estou tentando ligar para a mãe, mas ela não atende o telefone. Então deixei um recado. Vou ligar depois, quando eu souber de mais detalhes.

– Espera. Você disse que ele está estável? Os paramédicos...

– Sim – confirma. – Ele está estável. Preciso desligar, ligar para o Brian e encontrar alguém para ficar com as crianças para que eu possa ir para o hospital.

Vejo a cabeça da minha mãe virar, os olhos arregalados. As palavras *estável* e *paramédicos* têm uma forma de flutuar pelo ar noturno e chamar a atenção para o que importa. Ela estende a mão para o meu telefone, mas Natalie já desligou. Fico parada lá no ar congelante da noite e fico muito, muito calma enquanto lhe dou as notícias.

Fritzie consegue se equilibrar até o fim da muretinha e só escorrega quando minha mãe solta um grito e sai em disparada pela calçada.

– Espera, mãe! – grita. – Millie, espera!

Pego Fritzie pelo braço e corro com ela, mas minha mãe já está muito à frente, correndo e correndo os quarteirões do Brooklyn.

Ela é corajosa e sempre foi incrível quando uma crise surgia, a menos que fosse algo bobo tipo ficar sem batata quando quer fazer um purê de último minuto, aí ela entra em pânico. Mas, enquanto corro, repasso as tragédias que eu conhecia, e o máximo que consigo me lembrar é de quando a mãe dela estava à beira da morte, ela estava tranquila e calma orquestrando tudo, só desmoronou após o funeral, e mesmo assim se retirou discretamente para a cama por dois dias e pranteou de um jeito organizado e ordenado que qualquer um poderia entender.

Minha mãe chega à bodega do Paco e passa direto, correndo até os nossos degraus, onde para e se apoia no corrimão. Fritzie e eu chegamos segundos depois.

– Preciso ir até ele – diz, com a voz fria feito aço. – E preciso que você venha também.

– Ok – digo. É o meu pai lá naquela ambulância, sendo levado às pressas para o hospital em Jacksonville, Flórida. As sirenes devem estar berrando, e meu pai, em uma maca, deve estar sendo atendido por paramédicos. Pessoas tentando acalmá-lo. Eles o ligaram a monitores, máquinas e soro. Seus olhos estão abertos ou fechados? Ele está com dor? Ele acha que vai morrer? Mando-lhe um pouco de energia. Um pouco de luz branca.

Aguente firme, digo ao ar, e espero que minhas palavras o alcancem.

– E quanto a mim? – pergunta Fritzie. – Você não pode me deixar aqui. Marnie, preciso que fique comigo. – E começa a chorar.

Casamenteira em Apuros

Foi uma noite e tanto. Minha mãe fala ao telefone com minha irmã quatro vezes e duas vezes com o médico de plantão no pronto-socorro e, por fim, descobre que meu pai deu entrada. Minha mãe conversa com a enfermeira na Unidade Coronariana. Conversa com o irmão do meu pai, Joe, que mora em Cincinnati. Conversa com o marido da Natalie, Brian, que está em casa com as crianças, mas que quer falar com a minha mãe para ver se há algo que ele possa fazer.

Então, à uma da manhã, ela fala com o meu pai, cuja voz está vaga e sedada. Ele diz que a ama. Minha mãe lhe afirma que chegará em breve. Ele a chama de Lumpkin, que, ao que parece, é um apelido da época da lua de mel, algo que ela nunca me contou.

Caio no sono pensando em algo que nunca passou pela minha cabeça: minha mãe e meu pai jovens saindo juntos em lua de mel, crianças se pegando nas ondas de Fort Lauderdale e inventando apelidos bobos. Ela era Lumpkin, e, quando lhe pergunto, ela sorri e me conta que ele era Le Peidô.

Pela primeira vez em séculos, eu rio. Talvez eu não precisasse saber disso.

trinta e cinco

MARNIE

– Quantos anos o seu pai tem?

– Hum, ele vai fazer sessenta daqui a alguns meses.

– Sessenta é velho, não é? – Fritzie está apoiada no meu braço, tão perto de mim que mal consigo digitar no notebook. Estou tentando reservar a passagem para mim e minha mãe. Não quero pedir para ela se afastar, não exatamente, porque é sábado de manhã e estamos lutando contra uma senhora camada de desastre iminente. Há malas a arrumar e arranjos a fazer. Minha mãe passou quase a manhã toda ao telefone com parentes, amigos e conhecidos do meu pai do golfe. Os médicos disseram que meu pai está fora de perigo, em grande parte; o infarto não foi muito severo, e ele está reagindo bem à medicação. Mas, ainda assim, precisamos ir até ele.

Fritzie cheira a manteiga de amendoim, sono, joelho ralado, queijo de ontem à noite e, também, bem lá no fundo, em algum lugar, a xampu chega-de-nós.

– Bem – digo –, não é *velho*, mas já está ficando avançado em anos.

– Uma pessoa pode morrer aos sessenta.

– Bem, pessoas de todas as idades morrem.

– Mas quando elas têm sessenta, ninguém ficaria muito surpreso. Não é? – Ela se aproxima ainda mais, como se algo assim fosse possível.

– Acho que ficariam surpresos. Diriam que a pessoa morreu muito jovem.

– Hum. Eu não diria isso. Diria que é uma pena, mas só diria que era jovem demais se a pessoa tivesse... vinte e oito.

Casamenteira em Apuros

— Ok, anotado.

Fritzie coça o joelho, que ainda tem sangue seco por causa do tombo de ontem à noite.

— Você conheceu o seu pai a vida toda?

— Se eu o quê? — Quero dizer que é claro que conhecia, mas então lembro que, para Fritzie, isso não é algo garantido. — Ah, sim. Conheci.

— Diferente de mim. Sempre vou ter que dizer às pessoas que só conheci o meu pai quando eu tinha oito anos. E, se ele me devolver para a minha mãe, então eu também vou ter que dizer que só o conheci por um ano.

Digito a data de amanhã no computador. Minha mãe queria ir hoje, mas não vejo como seria possível. E Natalie avisa que está tudo bem. Ele está estável.

Aquela palavra de novo: estável. É só uma palavra que você usa quando alguém não está lá muito, muito bem. Estou estável, por exemplo, mas se eu responder *estável* à pergunta *como você está?*, as pessoas vão pensar que não estou nada bem.

A American Airlines não tem voos à tarde, só às 5h45 da manhã, quando prefiro não ir.

— Você vai fazer uma reserva para mim também? — pergunta Fritzie.

— Amor, não posso. Sinto muito. Só minha mãe e eu vamos desta vez.

— Eu te disse que queria ir. Por favor, me leva.

— Sei que você disse e eu queria poder, mas simplesmente não vai dar certo. A gente vai passar muito tempo no hospital, e não é um lugar em que deixam crianças entrarem. E teremos coisas a decidir e tudo mais.

— Tipo o quê?

Por que eu disse que teríamos coisas a decidir?

— Não sei bem.

— Tipo se ele vai morrer?

— Não. Meu pai não vai morrer.

— Você não pode ter certeza.

— Bem, tenho muita certeza.

MADDIE DAWSON

— Muita certeza não é a mesma coisa de ter certeza. Tipo não ter certeza se a minha mãe ainda está viva na Itália. Ela deve estar, mas não conversamos desde o Natal porque não gosto de falar no telefone com ela, então não sei. Ela poderia estar morrendo neste exato minuto e eu não saberia. Você costuma pensar em coisas assim? Penso nelas às vezes.

— Bem — digo. — Você está certa. Creio que várias coisas na vida sejam assim, sabe? As coisas devem ser boas porque elas são basicamente decentes, mas...

— Mas não sabemos com certeza.

— Acho que não tem como.

— É por isso que faço as minhas coisinhas.

Domingo, 13h30, Delta, saindo do JFK. Pela bagatela de cinquenta milhões de dólares. Sessenta milhões, se você quiser despachar a bagagem. Minha mãe vai precisar, mas eu provavelmente não.

— Me deixa ver o que você está fazendo — pede ela.

— Vem, você pode se sentar no meu colo. Viu? Pressiono esse botão aqui, e aí já tem os dados do cartão de crédito da minha mãe porque ela voou há pouco tempo quando veio para cá... e...

— Então a sua mãe vai pagar?

— É. Ela é boazinha a esse ponto. Então aperto aqui e *voilà*! Está reservado.

Ela bate no meu braço cinco vezes.

— Por que você sempre bate em mim?

— É para te dar boa sorte.

— Espera. Você bater em mim me dá boa sorte? Acho que me dá é hematomas.

— Não. — Ela sorri, constrangida. — Faço isso para te dar boa sorte para viajar de avião. E ontem à noite pulei na cama cinco vezes para que o Patrick tivesse uma boa exposição. E às vezes pulo do sofá três vezes para ajudar a Ariana com os vídeos dela.

— Ah, Fritzie, Fritzie, Fritzie, não sei do que você está falando, mas vou sentir saudade de você quando eu estiver fora. Mas vão ser só poucos dias. Você sabe, não sabe? — Espero que sejam só uns

Casamenteira em Apuros

poucos dias. Provavelmente, não deveria ter dito isso, acaba criando expectativas.

— Eu sei.

— E você vai ajudar o Patrick a cuidar de você?

Fritzie faz que sim e olha para as próprias mãos.

Mais tarde, enquanto eu a estou colocando na cama depois de uma discussão cansativa sobre a teoria dela de que você pode, sim, causar dano a si mesmo ao lavar o cabelo duas vezes por semana, então cai no choro e se agarra a mim, dizendo que minha mãe é mais legal do que eu, que ela odeia o jeito como faço os ovos e que não queria jamais ter que mencionar isso, mas fico muito gorda no jeans que mais amo. E só para garantir ela fala:

— Espero que você fique na Flórida e não volte nunca mais.

Quando chego à sala, para minha surpresa, Patrick está sentado lá, mexendo no celular. A gente não tem se falado, exceto quando lhe atualizo notícias do meu pai, o que consigo fazer em três frases curtas antes de dar meia-volta e sair do cômodo. E agora digo que ele vai ter um trabalhão ao cuidar da Fritzie.

— Alguém acha mesmo que consigo fazer isso? — pergunta ele, sem olhar para mim.

— Quem sabe? Talvez você se saia melhor com Fritzie do que eu — respondo. — Pelo menos ela não vai te dizer que você fica gordo de calça jeans.

— É, bem. A gente vai ver como vai ser quando eu for a única pessoa que restar para ela — diz ele.

Olhar para Patrick faz o meu coração doer. E, quando eu voltar, vou ter que começar a planejar uma vida sem ele morando aqui. Em algum momento, serei só eu neste imenso sobrado de tijolinhos, e então o quê? Talvez eu volte a alugar os apartamentos, o estúdio dele e o porão. Conseguir pessoas novas. Convidar o caos a entrar.

Mas nenhuma imagem me vem à cabeça.

Meu futuro parece em branco. Uma assustadora e solitária tela em branco.

No dia seguinte, Patrick desperta o suficiente para conseguir beijar a minha bochecha, falando que sente muito pelo meu pai e que eu não deveria me preocupar com voltar para cá, ele vai ligar se tiver perguntas sobre os cuidados e a alimentação da Fritzie. Mas sei que não vai, então digo o que ela gosta de levar para comer na escola e que não precisa tolerar a menina andando de costas nas muretas baixas do caminho até o ponto de ônibus, e também que ele deve ligar para a Maybelle se tiver perguntas sobre a escola. Ariana também é uma pessoa muito solícita. Para garantir, dou uma dica que peguei no ar lá no parquinho: crianças meio que gostam quando você diz não a elas. Tem a ver com fazê-las se sentirem mais seguras.

Patrick abraça e beija minha mãe, enquanto eu vou lá em cima dar à emburrada e furiosa Fritzie um abraço, e então o Uber chega e é hora de partir para a Flórida.

Patrick nos acompanha até a calçada, carregando as malas da minha mãe.

— Liga para me dar notícias do seu pai — ele pede e me dá um abraço hesitante.

— Não é assim que eu queria ir embora daqui — diz minha mãe ao entrarmos no carro.

— Nem eu — concordo e sinto calafrios por causa do quanto aquelas palavras soam derradeiras.

trinta e seis

PATRICK

A primeira coisa que Fritzie faz sob a vigília de Patrick é entrar no banheiro e cortar o cabelo quase todo.

Ela chega na sala em seguida, como se nada tivesse acontecido, como se seu cabelo sempre tivesse tido a aparência irregular de algo que foi mastigado por guaxinins até ficar a uns dois centímetros do couro cabeludo. Ela vai até onde Bedford está deitado no chão e se deita em cima dele, cantarolando.

Patrick, que não consegue se concentrar em nada nessa meia hora desde que Marnie e Millie partiram, basicamente está andando para lá e para cá no apartamento, ajeitando os quadros na parede, pensando no quanto de trabalho vai ter que fazer agora que está oficialmente de volta à função de artista e também se perguntando o que há de errado com ele por não querer fazer nada. Ele se larga no sofá para encarar o teto e descobrir se há alguma resposta, e é quando a vê.

De início, quer cair na gargalhada, mas então percebe a verdadeira esquisitice da situação. Marnie foi embora há exatos trinta e cinco minutos, e Fritzie já parece uma mistura de um prisioneiro de guerra com a Sinéad O'Connor. Isso, obviamente, é um grito por socorro e, obviamente, está fora demais de qualquer coisa com que ele sabe lidar.

– Fritzie? – chama ele, sem erguer a voz. – O que você fez com o seu cabelo?

– É arte, Patrick – responde. – Artifiquei o meu cabelo. Estou surpresa por você não saber. Você é um artista, não é?

MADDIE DAWSON

Ok. Então é arte. Tudo bem. É um cabelo de expressão. Mas, ah, Deus.

Patrick supõe que não há razão em gritar ou ficar histérico. O que está feito está feito. Ele vai precisar vigiá-la com mais atenção, é tudo o que pode fazer, antes de ela decidir *artificar* qualquer outra coisa. Adicione isso à lista daquilo que ele não consegue corrigir.

Esse pode ser o momento no qual percebe algo fundamental sobre como será sua própria vida em um futuro próximo: ele vai ter que passar por essa sozinho. Sabe que Marnie diria que Ariana estaria disposta a ajudar e que ele deveria se valer da bondade e da inteligência dela. Mas ele não vai fazer isso. Patrick enrijece a mandíbula e decide perseverar. Ele tem muita prática em *perseverar*, e perseverar é o que vai fazer.

Passam o dia desnorteados. Patrick tem a ideia de limpar um pouco o estúdio, mas, quando chega lá, não consegue suportar arrumar nada daquilo. O sol atravessando as janelas está aguado e tímido, o estúdio está frio e ele não está a fim de acender o fogo na lareira. Não está a fim de fazer nada.

Patrick vagueia de volta para o apartamento. Talvez devesse voltar a dormir aqui agora, dado que agora Fritzie é sua responsabilidade. O quarto que dividia com Marnie, quando ele entra lá, parece proibido de alguma forma, como se não fosse mais o seu lugar. A cama está desfeita, o que faz sentido. O jeito de Marnie avisar que ele deve trocar os lençóis. É exatamente o projeto que ele deve assumir agora. Manter o movimento. Ele tira os lençóis e depois as fronhas. Por um instante, para quando descobre que o travesseiro de Marnie tem o seu cheiro, do jeito que o seu cabelo cheira quando ela está deitada ao seu lado... um aroma meio floral e algo que é só ela. Ele reconheceria em qualquer lugar.

— O que você está fazendo? — Fritzie pergunta da porta.

— Estou trocando os lençóis.

— Não, não está. Você está cheirando o travesseiro. — Ela entra, seguida por Bedford, e os dois sobem no colchão despido. Ela começa a pular, mais e mais alto a cada vez, até Bedford não aguentar mais

Casamenteira em Apuros

e descer. Patrick também não aguenta mais, mas sabe que, se pedir para Frizie parar, vai acabar em discussão. Ela terá fatos à própria disposição que provam que pular no colchão é bom para o meio ambiente ou para a saúde ou, Deus sabe, até mesmo para o colchão. Morar com ela é tipo viver com uma miniadvogada, com olhos de águia e hipermaníaca, alguém que sabe onde estão todas as brechas e onde todos os corpos estão enterrados.

Mais tarde, ele fala com Philip Pierpont ao telefone. Os números foram bons para o fim de semana. Exposição de sucesso. Talvez agora ele faça mais alguns trabalhos? As pessoas querem comprar as esculturas.

— Não estão à venda — responde Patrick. — Quero ficar com elas.

Pierpont começa a querer negociar.

— Nenhuma delas?

Nenhuma.

— Então faça mais, meu camarada. Se você não quer abrir mão dessas em particular, não consegue fazer cópias e outras iguais? Você passou sentimentos reais para elas.

Não. Ele não consegue nem ouvir esse tipo de conversa. Copiá-las? Como se fosse alguma espécie de mercenário? Fazer apenas pelo dinheiro?

Patrick leva Fritzie e Bedford ao parque, e isso quase parece uma jornada do herói, a mera tarefa de arrumar os dois e depois seguir pela calçada. Fritzie discute sobre usar touca, e ele insiste, ainda mais agora que a menina não tem cabelo nenhum. Ele se arrasta junto enquanto os dois — Bedford e Fritzie — pulam e saltitam diante de si ao longo do caminho. Ele nunca tinha parado para pensar na palavra *saltitar*, mas não há outra descrição para essa coisa que eles fazem que não é pulo nem corrida. Começa a nevar quando eles estão no parque, o céu de repente liberando todo o frio que estava segurando, e Patrick fica ali tremendo conforme os flocos caem em sua cabeça e seus ombros, observando Bedford e Fritzie correrem para lá e para cá, perseguindo uma bola de tênis, indo cada vez mais longe. Ele caminha ao longo da trilha, vê os dois no campo, pulando, atirando a bola, latindo e correndo.

Há quantos janeiros ele resgatou Bedford depois de o cachorro ser atropelado, em seguida vindo a esse mesmo lugar no parque procurar Marnie para lhe contar? Ela estava ali fora, procurando aquele vira-lata, que, por alguma razão conhecida apenas por sua insana mente canina, havia deixado Marnie no parque e voltado sozinho para casa e, em seguida, sido atropelado. Patrick estava prestes a ir embora do Brooklyn. Tudo estava acabando para ele lá. Naquele dia, ele estava levando as coisas para o caminhão. E, ainda assim... aquele dia tinha sido o dia decisivo para eles, ele a ouvira dizer quando contava a história dos dois. E talvez fosse verdade. Claro que esse provavelmente foi o dia em que ele descobriu que não conseguiria viver sem amá-la ou pelo menos foi quando admitiu isso para si mesmo. Nenhuma outra força poderia ter libertado Patrick de seu plano de permanecer como um eremita e de se mudar para o Wyoming. Nada além do amor que o faria sair para a rua e pegar o cachorro coberto de sangue e levá-lo para o veterinário, insistir para que o tratassem e então sair para procurar por ela quando não conseguiu contatá-la por telefone.

Era amor. Patrick não tinha escolhido, não tinha desejado se apaixonar, mas forças além do seu controle pareciam colocar toda a coisa do amor em movimento, e ele foi junto. Sem nem notar, tinha deixado a vida o arrastar em sua corrente. No fim daquela semana, depois do incidente no parque, depois de ter beijado Marnie em público, ele havia se mudado lá para cima, para morarem juntos, e tinha se encaixado no yin e yang, na rotina, na risada, nos conflitos, nas cismas, no fazer as pazes e no beijar que é resultado de ser parte de um casal.

Acabou que o amor tomou posse de tudo na vida: quem vinha à sua casa, o que o fazia rir, como era o seu sono. O amor revelou exercer poder até nas calças de moletom e nas camisetas que ele usava, no cheiro dos lençóis, nas opiniões que tinha sobre cães e gatos, nos doces que ele fazia, na música que ouvia, em seu fôlego,

Casamenteira em Apuros

nas batidas do seu coração, nas coisas em que pensava quando tomava banho... e nos temores que mantinha guardados por causa das proporções que haviam tomado.

Agora, olhe só para ele. Está totalmente desprovido de amor. Quem diria que o amor era uma *commodity* e que poderia se esgotar?

Patrick está com frio. Bate os pés e grita para que Fritzie e Bedford voltem. Eles estavam a metros e metros de distância agora, lá no meio do campo de futebol, e nevava mais forte.

– Patrick! Patrick! Patrick! – Fritzie está chamando e pulando no lugar.

Ele põe as mãos em concha em volta da boca.

– Voltem!

– Patrick! Patrick! Patrick! – Ela deve dizê-lo umas setenta bilhões de vezes. Algum ser humano alguma vez usou o seu nome tantas vezes em um mesmo dia? Ele acha que não.

– Hora! De! Voltar! – berra ele.

Patrick procura por Bedford, mas não o vê. Merda. Aquela droga de cachorro está perdida de novo? Ele terá que correr pelo campo, não terá? E para dentro do bosque, e para a rua para ver onde aquele vira-lata idiota se enfiou. Ele não consegue suportar. Simplesmente não pode reviver nada daquilo.

– Patrick! – Ela está berrando agora, pondo as mãos em concha ao redor da boca.

– O quê? – grita Patrick de volta e começa a correr na direção dela.

– QUERO JANTAR PIZZA!

É isso que Fritzie queria lhe dizer? Patrick para de correr, recupera o fôlego. E vê Bedford, galopando daquele jeito nada elegante dos cachorros, indo na direção de Fritzie com as orelhas voando erguidas, parecendo que poderiam erguê-lo no ar com toda alegria, se fossem só um pouco mais curvas, se tivessem um pouco mais de sustentação.

– PATRICK, A GENTE PODE JANTAR PIZZA? A GENTE PODE JANTAR PIZZA? A GENTE PODE? A GENTE PODE? A GENTE PODE?

Terá de haver regras, ele pensa. Esse tipo de coisa não pode continuar acontecendo.

Os dois estabelecem algumas regras enquanto jantam. E, sim, é pizza, pizza para viagem. Patrick insiste em levar para casa, não importam as objeções. Ele sabe que não consegue se sentar em uma pizzaria muito bem-iluminada, que basicamente é um longo balcão e duas mesas. O lugar está tomado por adolescentes, jovens de fala pouco refinada circulando por ali com gorros e blusas de lã, procurando por coisas para apontar, sempre dizendo variações da palavra *oi*, enquanto dividem um prato de papel cheio de pães de alho gordurentos. Patrick não quer ser receptáculo da atenção adolescente enquanto come pizza com um prisioneiro de guerra em miniatura.

A menina argumenta e argumenta, mas ele ganha.

— É porque você está com medo do que os adolescentes falariam de você — diz ela, enquanto eles caminham para casa carregando a caixa de pizza, que está pingando gordura nas suas luvas.

— Não, não é.

— Sim, é sim. Você detesta falar com as pessoas e detesta ainda mais quando as pessoas falam com você.

Ele se obriga a ficar em silêncio. Patrick se pergunta se pode estabelecer uma regra que proíba Fritzie de fazer comentários e observações quanto à personalidade dele. A menina está batendo os pés ao lado dele, com a mandíbula daquele jeito que fica quando sente que foi injustiçada.

— Tudo bem, a gente vai estabelecer algumas regras — diz ele, assim que estão à mesa da cozinha. Mesmo sendo seis da tarde, ele passou um bule de café para si para tentar obter uma quantidade módica de energia para conseguir sobreviver às próximas horas até ser o momento de ela dormir.

Fritzie se larga de qualquer jeito na cadeira e lhe mostra a língua.

Casamenteira em Apuros

— Número um. Nada de sair correndo quando estivermos juntos na rua.

— Tudo bem, mas e se...

— Não. Você tem que ficar comigo. O tempo todo. Preciso ser capaz de te ver.

Ela se curva para a frente e apoia a cabeça no braço.

— E de manhã, você precisa se aprontar para a escola. Roupa, sapato, dever de casa, mochila. Você pode fazer isso?

— O que você vai estar fazendo?

— Vou estar preparando seu café da manhã e o seu almoço.

— E se eu quiser almoçar na escola nesse dia?

— Então a gente vai discutir o assunto, e provavelmente você terá autorização. Agora, a próxima. O que você faz depois da escola? Você frequenta alguma atividade depois da aula, estou certo?

— Não. Fui expulsa.

— Expulsa? O que você... deixa para lá. Então, o que você faz depois da escola?

Ela ri.

— Você não sabe literalmente nada sobre a minha vida, não é?

— Estive um pouquinho ocupado...

Ela se levanta e rodeia a mesa até chegar ao lado dele, estendendo a mão para apertar a sua.

— Oi. Deixe eu me apresentar. Meu nome é Fritzie Pêssego Delaney. Pelo menos esse é o meu novo nome enquanto estou aqui. Meu nome verdadeiro, se você quer saber, é Frances Elizabeth Farrell. Tenho oito anos, e um pai e uma mãe biológicos que não sabem nada sobre mim. É um prazer te conhecer, e agora vou voltar a me sentar. — Ela faz uma reverência e volta para a cadeira.

Fritzie Pêssego? O nome da garota é Pêssego? Como isso passou batido?

— Ah, e depois da escola, geralmente uma moça muito legal me pega no ponto de ônibus, ela se chama Marnie MacGraw, talvez você se lembre dela? E Marnie costuma me levar para a loja dela, onde vendem flores, e Marnie sabe muita coisa sobre o amor, então passa o dia falando de amor com as pessoas. As pessoas sempre entram, a abraçam, a beijam, contam coisas a Marnie, que conta coisas às pessoas e, às vezes, todo mundo dança. Há muita conversa. E ioga.

– Certo – diz ele. Ele não sabe por que aquilo faz o seu peito se apertar, mas é o que acontece. Quando se recupera, fala: – Tudo bem. Então, depois da escola, eu, Patrick Delaney, vou te encontrar no ponto de ônibus e te trazer para cá.

– A menos que eu seja convidada para ir para a casa de um amigo.

– A menos que você seja convidada para ir para a casa de um amigo, certo. O que você vai me dizer.

– Vou tentar lembrar.

– Não, não. Essa é uma das regras. Eu *tenho* de saber onde você está. O tempo todo.

– E se eu estiver lá embaixo com a Ariana e os amigos dela?

– Você me avisa.

– E se eu estiver lá nos degraus com o Bedford?

– Você me avisa.

– E se eu estiver no banheiro?

– Fritzie.

– O quê?

– Você sabe que pode ir ao banheiro. – Ele pega outro pedaço de pizza. – A propósito, sério mesmo que o seu nome é Fritzie Pêssego?

– É.

– E como aconteceu de você acabar com esse nome?

– Eu escolhi.

Ele ri.

– Você é uma peça e tanto, sabia?

– Nem mesmo sei o que isso quer dizer.

Ele se levanta e começa a tirar a mesa.

– Quer dizer… quer dizer… – O telefone vibra em seu bolso. É a Marnie. – Ah, preciso atender – diz à Fritzie.

– Tudo bem, mas a gente tem alguma regra sobre eu furar as orelhas?

– Tem – responde. – Você não vai. – E atende ao telefone. – Oi.

Casamenteira em Apuros

A voz dela está estranha. De início, pensa que talvez o pior tenha acontecido, que ela não conseguiu chegar à Flórida a tempo para ver o pai antes de ele falecer, mas não. Percebe que é só a voz formal dela de lidar-com-o-Patrick. Aquele tipo de voz. Oficial.

– Estou indo ver meu pai na Unidade Coronariana. Como está a Fritzie?

– Ela está bem.

– Que bom. – Então há silêncio. Espera-se que ele fale algo, então diz um "Como você está?", mesmo que ela provavelmente já tenha falado. Indo lá ver o pai na Unidade Coronariana, claro.

– Não deixe a Fritzie se esquecer de guardar o dever de casa na mochila – avisa ela.

– Fritzie, guarde o dever de casa na mochila – diz ele. Então: – Como foi o voo?

– Tudo bem. Um pouco de turbulência, mas nada muito ruim.

Patrick conta que nevou e que foram ao parque. O que é praticamente suficiente se você não quer falar de cortes de cabelo, cachorros quase perdidos, o nome de Patrick sendo gritado um zilhão de vezes. Só parque, pizza, neve. Ele está bem. Bedford está bem. Fritzie está bem.

Patrick analisa Fritzie. Ah, Deus, ela não está tão bem. Aquele cabelo. Agora que a observa, olhando de verdade sob a luz da cozinha, vê que a menina se parece menos com um prisioneiro de guerra alegrinho e mais como se tivesse tido um caso grave de sarna.

Ele decide que é melhor não mencionar o assunto ao telefone. Patrick ainda não se sente qualificado para explicar o conceito de artificar o cabelo de alguém. Na verdade, fica grato quando Marnie avisa que precisa desligar e eles podem parar de conversar.

No dia seguinte, depois de olhar para Fritzie e se sentir um fracasso abjeto na criação de filhos, ele convida Ariana para ir lá em cima para uma consultoria capilar, com a permissão de Fritzie. A despeito de si mesmo. Ele teve que pedir ajuda, no segundo dia.

– A gente teve um incidente com artificação capilar, e acho que você talvez seja capaz de artificá-lo em algo mais...

– Bonito?

– Bem, algo que não pareça ter sido mastigado por roedores. Mais como se tivesse sido de propósito.

Ela faz exatamente isso: corta e modela, e recomenda passar um pouco de gel pela manhã, algo que o faça ficar levemente para cima.

– Valeu – Patrick e Fritzie dizem ao mesmo tempo.

Provavelmente, por razões completamente diferentes.

trinta e sete

MARNIE

— Só para você saber, sinto muito — diz a minha mãe no aeroporto, do nada.

Olho para ela. Estamos sentadas no portão dezoito com nosso chá, esperando pelo embarque. Ao nosso redor, um bando de nova-iorquinos pálidos em camisas floridas ri como se estivessem sendo libertos da prisão climática. Com cara de insatisfação, minha mãe digita sem parar algo no telefone, pausa para olhar o nada e depois volta a digitar furiosamente em resposta à notificação recebida.

Depois de algumas tentativas de puxar assunto falando de coisas neutras, tipo as filas da revista do aeroporto, o sabor do chá quente nos copos de isopor *versus* os copos de papelão e a quantidade anual de neve no Brooklyn, também fico em silêncio.

Ela larga o celular e se inclina para perto de mim.

— Provavelmente não vou tocar no assunto nos próximos dias — diz ela. — Então, obrigada. E não me sinto culpada por estar longe, se é isso em que você está pensando.

Era nisso que eu estava pensando.

— Bem — digo. — Isso é bom. Fico feliz. A culpa é meio inútil.

— Há algumas coisas que não te contei e que poderia contar agora — afirma ela. — Só porque quero que você saiba. Eu tive, sim, um casinho. Não te contei porque não queria que você carregasse esse fardo. Mas acabei de mandar mensagem dizendo o que está acontecendo e que está tudo acabado.

— Ah, mãe — digo. Aperto a mão dela.

— É. Estou processando tudo agora, como vocês, jovens, dizem.

— Bem, acho que sim – digo. – Você deve ter um monte de…

— Não sei se você vai ser capaz de entender – ela me interrompe –, e é por isso que vou te dizer agora, porque, se algum dia você passar por essa situação na vida, talvez lide com as coisas de um jeito diferente. Percebi que nada do que andei sentindo dizia respeito ao seu pai; não de verdade. Claro, eu me sentia negligenciada por ele, desvalorizada e era ignorada uma boa parte das vezes, mas agora vejo que o que estava acontecendo de verdade era que eu optei pela saída mais fácil. Eu estava sendo preguiçosa com a minha vida. Não assumi a responsabilidade pela minha própria felicidade.

— Por favor. Não venha me dizer que é tudo culpa sua porque você precisava se esforçar mais, por isso ele perdeu o interesse em você.

Seus olhos buscam os meus.

— Não, não é mesmo o que estou dizendo. Escute, porque é importante. O que estou *dizendo* é que eu esperava que seu pai ficasse a cargo de toda a animação, de todos os elogios, de toda a… atenção. Eu não pensava em mim como uma pessoa que tinha qualquer direito a se inquietar, a ficar insatisfeita, a ter anseios… então simplesmente continuei fingindo e agindo como se eu fosse perfeita e feliz, enquanto enterrava o meu verdadeiro eu. E, ao mesmo tempo, esperando que ele viesse me arrancar dessa. Mas não era obrigação dele. Nunca foi.

— Não sei se…

— Marnie, ao contrário de você, nunca fiz nada difícil de verdade. Você se casou e se divorciou, terminou um noivado, se mudou e abriu o próprio negócio, decidiu acreditar em magia, fez um milhão de novos amigos. E eu… nunca agitei nada. Eu me casei cedo, comprei uma casa, tive filhas, ofereci jantares, me juntei à associação de pais e mestres, fiz o cabelo todos os fins de semana, fiz cookies e espanei os abajures, e basicamente me permiti seguir por uma estrada para a qual nunca olhei. Me saí muito bem em várias coisas, você não percebeu? Arranjei para mim mesma um marido maravilhoso e duas filhas. Ele é bom para mim e ganha bem, e daí se ele fica mal-humorado às vezes? Apenas aceitei tudo o que aconteceu na minha vida. Eu nem sequer faço algo que sai do planejado. Não preciso

Casamenteira em Apuros

pensar na minha própria vida. Você não percebe? De alguma forma, concluí que eu nunca havia patinado no gelo, beijado outro homem, subido ao Empire State Building nem perguntado a mim mesma que coisa imatura e imprudente eu queria fazer com a minha vida se tivesse a chance. Nem sequer nunca morei sozinha, muito menos fumei maconha nem fiquei muito, muito bêbada, não fiz body surf, não repreendi ninguém, não decepcionei ninguém de propósito para que eu pudesse me adequar.

– Ah, mãe.

– O quê? Em que está pensando?

– Não sei. É tão triste. É a isso que tudo se resume.

– Bem, é menos triste no momento. Porque agora fiz alguma dessas coisas. E não importa o que aconteça, sei que vou fazer mais algumas. – Ela se recosta na cadeira de plástico do aeroporto e cruza as mãos por cima da bolsa. Minha mãe sorri. – Não sou mais essa pessoa correta que tinha tanto orgulho de ser. Tive um casinho extraconjugal... e eu agradeceria se você *não* ficasse tão chocada, mocinha, mas tive. E, mais que isso, fumei maconha, fui a um show na Broadway e subi até o alto do Empire State Building.

– Bom Deus, mãe.

– Tive alguns dias muito, muito bons – afirma ela. – Sei que você é uma casamenteira especialista e tudo mais, mas quero te dizer uma coisa. Consigo ver que as coisas estão abaladas entre você e o Patrick no momento – ela ergue a mão para me calar quando começo a discordar –, e me deixe terminar, não sei se vai conseguir consertar as coisas entre vocês. Espero que consiga, se for o que desejar, mas, aconteça o que acontecer, espero que você nunca faça o que fiz, limitando a sua vida para se encaixar na dele. Ou que se permita ser tão dependente da atenção dele que vai fazer contorcionismo para se encaixar na forma como ele acha que a vida deve ser. Há muitas formas de viver. Não há apenas uma. Nós nos obrigamos a pensar que precisamos fazer algo dar certo porque já dedicamos tanto tempo àquilo... mas você tem livre--arbítrio. Lembre-se disso.

– Patrick não quer que a gente volte, mesmo se eu pedir – digo. – Quando as aulas acabarem, ele me disse que vai se mudar.

Ela dá um tapinha na minha mão.

– Eu vi o que está acontecendo. Patrick é um homem maravilhoso, é, sim, mas sei que ele não é fácil. – Os olhos dela esquadrinham o meu rosto. – Quer um conselho?

– Tudo bem.

– Meu conselho é: não dê ouvidos aos conselhos de ninguém. – Ela sorri. – Não, sério. Estou falando sério. Confie em si mesma. Ninguém sabe se você e o Patrick podem enfrentar tudo isso. A situação pela qual estão passando agora pode ser uma provação que levará a algo mais profundo. Talvez ainda dê certo, talvez não. Não pense que é o fim. O amor pode sobreviver a coisas piores.

– Não se uma das pessoas não quiser – comento.

– Bem, isso é verdade – diz ela. – Mas soou bem, não foi? E você não pode abrir mão da magia. – Então ela sorri e vasculha a mala de mão. – Só para você saber, eu trouxe o livro de feitiços da Blix. Só no caso de você precisar.

Ela me entrega o velho volume surrado que vi e revi tantas vezes, o livro com vinhas e flores na capa que eu sempre mantive por perto. Lá dentro, eu sei, está recheado com páginas manuscritas que Blix escreveu quando pensava em feitiços para as pessoas. Também há uma página em que ela escreveu *PATRICK E MARNIE. PATRICK E MARNIE. PATRICK E MARNIE*, muito antes de nós sabermos da existência um do outro.

Blix pensou que ele fosse meu destino quando escreveu aquilo. Mas ela estava errada sobre um monte de coisas. E Patrick talvez simplesmente fosse uma delas. Ele era o meu destino por quatro anos, talvez, mas não mais que isso. E eu precisaria deixar para lá.

Eu me sinto corar.

– Obrigada, mas não quero mais essa coisa.

– Pegue – diz ela, com sua voz de mãe.

E eu obedeço. Enfio a coisa na minha bolsa e reviro os olhos para ela. Mas não vou deixar o livro me atrair de novo. Magia não curou o câncer da Blix e não salvou o Patrick dos efeitos colaterais do incêndio. Acho que a evidência é que não vale muito a pena.

Não existe destino, e ele também não está escrito nas estrelas. A gente só está solto por aí, esforçando-se o melhor que pode, e alguns de nós não estão se saindo muito bem nisso no momento.

Encontramos meu pai na Unidade Coronariana, sentado na cama, parecendo uma versão mais macilenta e menor de si mesmo. Ele abre um sorriso largo quando nos vê e estende os braços para a minha mãe, que vai direto para a cabeceira de sua cama, inclina-se para beijá-lo na testa e segura seu rosto com as mãos ao beijá-lo nas bochechas e olhá-lo nos olhos.

— Olha o que tive de fazer para você voltar para casa! — exclama ele. — Deus, espero de verdade que o plano de saúde tenha cobertura, porque, do contrário, vai ser uma forma terrivelmente cara de trazer a esposa de volta. — Então ele olha para mim. — E, patinha, como você está, meu bem? Obrigado por trazê-la para casa, para mim, e me poupar de viajar lá para cima e suportar o inverno. Vi na previsão do tempo que nevou bastante lá hoje mesmo.

E é por esse caminho que a conversa segue: previsão do tempo, comida de hospital, exames que o hospital fez, o comportamento das enfermeiras, as agulhas, as máquinas de bipe. Ele é Ted, o vendedor amável de sempre, tão animado quanto pode ser dadas as circunstâncias, feliz por ver a família e fazer piadas quando a enfermeira vem ajustar o soro e adicionar a medicação. Agora que a esposa chegou, ele diz às enfermeiras que espera ser mandado direto para casa, onde os bons cuidados de verdade vão começar. Não que elas não estivessem cuidando muito bem do meu pai, ele se apressa a adicionar, mas tudo de que precisa é a cura do amor.

— Você consegue imaginar algo assim acontecendo comigo? *Comigo?* — pergunta ele a mim, com os olhos arregalados de descrença. — Eu sou o cara mais saudável que conheço e, ainda assim, sou eu quem está lidando com dores no peito e um leve ataque cardíaco. Felizmente, o médico disse que foi leve. Colocaram um daqueles balões em mim, então já estou pronto para ir. Falei para todo mundo que era só porque eu estava com saudade da minha esposa. Meu pobre e velho coração estava cansado de bater sozinho.

Olho para a minha mãe sorrindo e dando tapinhas no braço dele, sendo sua esposa de novo. Ela voltou a ser quem sempre foi, ajustando os lençóis e a camisola do hospital, perguntando se ele quer uma massagem nos pés, mais água ou algo da cafeteria. De qual enfermeira ele mais gosta, ela quer saber, e a Natalie veio vê-lo muitas vezes? Algum dos colegas do trabalho foi visitá-lo? Como está a casa?

Só eu vejo a sombra da pessoa de verdade logo atrás daqueles olhos. A pessoa que se retirou por ora, mas que jurou não desaparecer.

Deixo meus pais sozinhos e vou dar uma caminhada pelo hospital. O sol se pôs agora, e o hospital está iluminado igual a um shopping, com fontes e um átrio gigante lá embaixo: palmeiras e samambaias iluminadas com pontos de luz. A única coisa que o diferencia do lugar em que fazemos nossas compras é que aqui há mais cadeiras de rodas do que você veria normalmente. E não há quiosques vendendo óculos de sol. Pego um doce na máquina de venda e penso em ligar para Patrick agora que Fritzie deve estar na cama.

Mas me lembro das pequenas esculturas de Anneliese em seu estúdio e da voz dele quando disse que a amava. Não sou eu quem ele quer. Algum dia, talvez, eu poderia me tornar uma comediante e fazer uma apresentação contando do meu ex-marido que tentou terminar comigo no altar no dia do nosso casamento e depois como o cara com quem me envolvi e depois me largou para voltar para a namorada falecida. Será que as pessoas ririam?

Eu gostaria de saber.

Casamenteira em Apuros

Meu pai recebe alta dois dias depois e o levamos para casa. Nós o tratamos como o enfermo que ele detesta ser, nós o cobrimos de atenção, de massagem nos pés, de vitaminas com vegetais, de cobertores no colo para protegê-lo de um "possível resfriado" enquanto ele tenta nos tocar para longe e nos convencer de que está tão forte quanto sempre. Eu me sento com ele no quintal e ajusto a sombra do guarda-sol para proteger o seu rosto. Minha mãe se lança ao trabalho preparando para ele refeições saudáveis e vai até o mercado, marca consultas, monta um quarto para ele convalescer. Ele tem uma pilha de papéis dizendo o que pode e não pode fazer, e todos lemos e passamos de um para o outro. Foram dadas instruções quanto a mudanças que ele deveria fazer para evitar outro infarto.

— No próximo, posso não ter tanta sorte — diz ele.

— Eu sei — respondo. — É bom estarem cuidando de você.

Ele bate no joelho e ri.

— Estou brincando! Não vai haver outro. Agora tenho de volta a minha metade que é melhor e mais gentil. Só vou precisar de um pouco do Maravilhoso Bolo de Carne da Millie nas noites de quinta-feira. Isso foi só um golpe de sorte, pode acreditar. Talvez não tenha sido nem um infarto de verdade. Só um aviso.

— Se for um aviso, foi um bem sério. — Ouço minha mãe lhe dizer. — Eles não colocam balões nos outros por causa de infartos de mentirinha, não mesmo. Você precisa seguir as instruções e pegar leve.

— Mas me sinto novinho em folha — rebate meu pai. Ele não parece novinho em folha, se parece mais com uma folha amarelada e quebradiça. — Quero ir para o campo de golfe de novo. É o que alivia o meu estresse. Isso e ter você de novo em casa, minha querida. Odeio admitir, mas não me viro bem por conta própria.

Quando ele e eu ficamos sozinhos, ele abaixa a guarda e mergulha em si mesmo, deixa o queixo se apoiar no peito, tamborila nos braços da cadeira de plástico lá de fora e diz:

— Nem passou pela minha cabeça que ela fosse ficar tanto tempo longe. O que sua mãe estava fazendo, afinal? Quem é que vai para o Brooklyn no inverno?

– Ela estava se divertindo – respondo. – Foi ao teatro, conversou com pessoas na floricultura. Ajudou com a Fritzie.

Subiu até o alto do Empire State Building. Andou de metrô. Fumou maconha. Saiu com alguns homens diferentes.

– Eu não entendo – diz ele. – Quarenta anos casados, e acho que nunca vou entender as mulheres.

– Não é tarde demais – afirmo. E, sentindo-me corajosa, adiciono: – Você não precisa entender todas as mulheres. Tudo o que precisa é amar essa única o máximo que puder. O que acho que está bem ao seu alcance. – Então, ficando ainda mais enlouquecidamente corajosa, continuo: – E se tentasse ouvi-la como se você quisesse muito, muito mesmo saber o que ela está sentindo e como se você estivesse ao lado dela?

– Eu estou... – diz ele, mas ergo a mão para detê-lo.

– E pare de falar com ela desse jeito falso, como se você estivesse lendo o roteiro de uma série ruim de comédia. A "melhor metade" e o "Maravilhoso Bolo de Carne da Millie". Ninguém quer ouvir essas coisas. Seja verdadeiro.

Eu me preparo para o que ele teria dito em qualquer outro momento da minha vida todas as vezes que tentei lhe dar conselhos, o infalível Ted MacGraw, vendedor extraordinário, pilar da comunidade, um cara legal da cabeça aos pés. Ele teria dito: "Ninguém conhece as pessoas como eu! Eu sou voltado para as pessoas, então nem tente me dizer o que é o quê. Vou falar com a minha esposa do jeito que eu quiser!".

Mas agora ele simplesmente fica sentado ali na sua mísera cadeira de plástico, encarando as palmeiras nos vasos e as folhas da figueira caindo no quintal, e afirma:

– É, você está certa. Vou ter que dar um jeito de ouvi-la melhor. Cortar o mal pela raiz para que não aconteça de novo. Eu nem sabia que ela estava infeliz. – Ele olha para mim e ri. – Não até aquele jantar de Ação de Graças, isso é certo. Voltei para casa depois de colocá-la no táxi, me sentei lá com uma coxa de peru e pensei: "Ted MacGraw, mas o que que é isso? Camarada, as coisas deram muito,

muito errado aqui. Não há ninguém sentado ao redor da mesa. Nada de risos. Nada de alegria".

– Talvez tudo isso conduza vocês dois a uma fase totalmente nova – afirmo.

Ele sorri e aperta a minha mão.

– Pode ser, patinha. Pode ser – responde ele. – Creio que eu precise encarar que estou em obras. Passando por algumas reformas, tanto no corpo quanto na personalidade. Preciso aceitar, não tem jeito.

Levantamos o olhar porque há uma comoção à porta, e Natalie chega com suas duas filhas. Amelia, que tem quatro anos e é perfeita, corre e sobe no meu pai, mas Natalie se abaixa e a pega.

– Eu te disse, meu amor, que não pode subir no vovô. Ele passou por uma cirurgia. – Ela ajeita Louise no colo; Louise mastiga um mordedor enorme que tem umas saliências mais duras de plástico em toda a peça. Parece uma clava. E outra coisa de que talvez eu nunca vá precisar saber: por que as gengivas dos bebês necessitam de um equipamento de tortura medieval?

– Bem, que bom te ver – diz Natalie para mim. – Bondade a sua por trazer a mãe de volta.

Não sei por que tudo o que ela diz para mim sempre parece hostil. Nós éramos melhores amigas, ou pelo menos eu achava que fôssemos. Patrick, e esta é uma das razões para que eu o amasse, diz que nunca, jamais fui melhor amiga da Natalie. No máximo, eu era a escrava dela, uma aliada, uma vítima e a oposição oprimida. Ele a viu em ação, a ex-ganhadora de concurso de beleza/campeã da ciência/princesa/mãe que supera todas as expectativas/pesquisadora do câncer e aponta que até mesmo hoje, com nós duas adultas, eu me encolho na presença de Natalie e me torno uma criança perdida de quem ninguém gosta e que é incapaz de falar qualquer coisa.

– E você é um milhão de vezes mais legal, inteligente, mais intuitiva e bonita do que ela! – ele me falou certa vez. – A razão para ela se achar tão melhor é um desses grandes e horripilantes mistérios da vida moderna. Está escrito em livros didáticos e, nos séculos vindouros, estudiosos ficarão confusos com o assunto.

Mas sei a resposta verdadeira. A Natalie sabe que é muito melhor porque ela tem documentos para comprovar. É ela quem, durante toda a vida que passamos juntas, ganhou todos os prêmios, conquistou as boas notas, concluiu o dever de casa na hora certa, manteve o quarto arrumado, andava com a galera popular e saía com todos os caras maravilhosos que todo mundo queria. Eu era a irmãzinha que ficava à sombra, tentando desenhar as fantasias que os gatos da vizinhança usariam para casamentos que eu estava decidida a organizar para eles no quintal.

Agora, mesmo adulta, ela tem tudo, todos os brinquedos para exibir e os prêmios que o universo entrega aos seus favoritos: um marido que a ama e sai para trabalhar em um emprego corporativo bem remunerado que ele está disposto a fazer todo santo dia, ano após ano, apenas para sustentar a ela e ao estilo de vida dos dois, e ela tem duas filhas lindas, um excelente plano de aposentadoria, uma casa com piscina e um emprego maravilhoso pesquisando remédios que curam doenças e... bem, apenas digamos que nenhum homem está dizendo a *ela* que ele não se vê na mesma vida que ela imagina. Nenhum homem em sua vida passa a noite toda acordado fazendo esculturas de uma mulher que morreu.

E se por acaso alguém chamasse o marido de Natalie de herói, eu conheço esse cara, ele se encheria de orgulho e diria a todo mundo que quisesse ouvir que *é isso mesmo*, ele salvou a vida de alguém, fez tudo o que pôde e merece aclamações, aplausos e medalhas que as pessoas podem dar para tudo isso. Haveria medalhas na lareira e penduradas nas paredes. O caso surgiria em pelo menos quarenta por cento de todas as conversas dele.

E o que me ocorre é que tudo se resume ao fato de que Natalie e Brian sabem que são incríveis, enquanto Patrick e eu... bem, a gente ainda está tateando, como dois cegos em uma caverna, usando instrumentos rústicos para tentar descobrir onde estamos e para onde vamos.

E, agora, ao olhar para a minha gloriosa irmã loira brigando com o nosso pai por não cuidar melhor de si mesmo, depois

Casamenteira em Apuros

virando aquele sorriso deslumbrante mas raivoso para mim, perguntando onde nossa mãe está se escondendo, percebo que Natalie nunca precisou se questionar uma única vez sobre quem ela era ou o que queria da vida. Tudo simplesmente caiu em seu colo, por isso ela nem sequer imagina que o resto de nós vive, desgasta-se e luta.

Mas é quando percebo algo mais, que é igualmente verdadeiro. Natalie tem o próprio quinhão de medos e inseguranças. Quando a vejo conversando com o meu pai e fazendo malabarismos com as duas crianças, vejo no fundo de seus olhos que ela é uma pessoa tão tensa a maior parte do tempo que poderia arrancar a própria perna com os dentes. Talvez minha irmã tenha se casado bem e conseguido o trabalho que ama, mas não ficaria lá na Frivolidades igual a mim, conversando com pessoas sobre o amor e ajudando-as a decidir o que dizer às pessoas que amam e com as quais anseiam se conectar. Ela não está vendo faíscas e correndo atrás de pessoas em restaurantes porque viu que elas deveriam ficar juntas. E não segurou a mão gentil e cheia de cicatrizes de Patrick à noite nem olhou naquele rosto humilde e radiante. Minha irmã não viu como é a vida no rosto de uma pessoa que foi destroçada uma ou duas vezes.

Na verdade, agora que paro para pensar, todo mundo que conheço e amo foi destroçado uma ou duas vezes. Todos tiveram que fazer uma escalada para fora da escuridão, empurrar com força o esmagador, buscando o conforto desconhecido em meio a uma crise. Às vezes, como Patrick, tiveram que parar de seguir adiante por um tempo e voltaram para a escuridão. E nós que os amamos temos apenas de esperá-los do lado de fora da caverna, para que a visão daquela luzinha tênue surja em meio à escuridão e brilhe firme e forte de novo.

Sinto meus olhos se encherem de lágrimas e as seco. Patrick decidiu não atravessar a escuridão. Ele quer ficar na alcova da desolação.

Deus, sinto tanta saudade de Patrick que a dor excruciante me deixa enjoada por um momento. Mas sinto saudade do velho Patrick, o que mandava mensagem de texto, que resistia ao amor e que se apaixonou por mim tão perdidamente que fui derrubada feito um pino de boliche com a intensidade do sentimento. Antes de ele começar a levar tudo de volta.

E sinto saudade da Fritzie.

O que será de nós? Não sei. Talvez eu tenha que chegar ao ponto de amá-lo o suficiente para deixá-lo estar onde ele decidir que é o seu lar. A escolha é dele; pode ser que ele opte por passar a eternidade na alcova da desolação.

E talvez eu simplesmente fique aqui na Flórida, o lugar que o meu DNA conhece por completo. Preciso admitir que, quando me permito deixar de ficar toda angustiada, eu amo a sensação. O sol brilhando na minha pele, meu pai e eu sentados lá fora todos os dias, bebendo vitaminas saudáveis e conversando sobre coisas bobas, e a umidade deixando meu cabelo todo em pé mesmo enquanto suaviza as linhas de pele ressecada no meu rosto.

Uma boa parte das pessoas não sabe que *Flórida* é uma velha palavra do espanhol que deve significar "tem um monte de flores aqui, até mesmo no inverno, então sossega o facho e descansa".

trinta e oito

PATRICK

Duas semanas, e com nenhum fim à vista, Patrick pensa que a vida como pai lembra muito um jogo de bate-bate com martelo.

Bem quando pensa que está fazendo algum progresso, que a coisa de ser pai solo já está no papo, o problema estoura em outro lugar.

Fritzie quebrou todas as regras várias vezes. Tudo está aberto a discussão, nada é resolvido sem uma briga: cabelo, dever de casa, amigos, sair para brincar, assim como o básico da vida humana, como se limpar e se vestir. Ela faz tudo virar uma provação, e, até onde ele pode ver, a menina faz isso por prazer. Por diversão. Ele chega à conclusão, ao ver aquele sorrisinho peculiar em seu rosto quando ela o está torturando, que Fritzie está se divertindo para valer.

Como se o incidente com o corte do cabelo não fosse ruim o bastante, então uma amiga de Marnie chamada Emily Turner ligou para contar-lhe uma história de que Fritzie estava deixando as crianças esfregarem a cabeça dela para dar sorte e cobrando vinte e cinco centavos por isso. Ao que parece, Patrick deveria achar a situação hilária.

– Ela é destemida – afirma Emily Turner, rindo. Então, quando ele não se junta ao riso, ela pergunta: – Você está bem? Venha tomar alguma coisa qualquer dia desses e conhecer o meu resignado marido. Vamos sentir pena de nós mesmos ao contar a você todas as coisas vis e mercenárias que os *nossos* filhos fizeram.

É claro que Patrick não vai. Ele pretende perseverar sem reforços. Exceto pelo reparo no corte de cabelo de Fritzie, ele foi resoluto ao não pedir a ajuda de ninguém, mesmo a de Ariana, de novo, mesmo quando ela aparece oferecendo. Ele só não quer depender de ninguém. Precisa fazer isso.

Ainda assim, suspeita de que está perdendo mais terreno a cada dia que passa. Tudo dá muito mais trabalho do que imaginou. Fritzie dança ao redor da cozinha, provocando Bedford enquanto Patrick tenta preparar o jantar. Ela faz maratonas de perguntar "por quê?" depois de tudo o que ele diz, até ele ficar tão exasperado que mal consegue pensar. Então Fritzie ri para ele. "Patrick, só estou tentando descobrir quantas perguntas são necessárias até você usar a criação do universo como motivo", diz ela. Então, vez ou outra, ela declara que aquele é o Dia do Contrário, e tudo o que ele diz, ela finge que quer dizer exatamente o oposto. "Ah, então você *não* quer que eu tome banho!", ela vai gritar. E: "Ah, você *espera* que eu fique acordada a noite toda para conversarmos!".

E aí há os períodos pegajosos. Ela não faz o dever de casa a menos que Patrick aceite ficar sentado à mesa com ela o tempo todo. Diz que não deveria fazer isso porque é chato, a menos que ele queira ficar, e se ela começar a fazer a tarefa, cair no sono, escorregar da cadeira, bater a cabeça no chão e morrer por causa de coisa no cérebro?

Todo esse companheirismo o enlouquece. Patrick não se lembra de precisar que os pais ficassem ao lado a cada mísera tarefa. Ela pede para ele cantar alguma musiquinha boba enquanto ela escova os dentes. Às vezes ele precisa colocar uma toalhinha na cabeça – não, essa não, a azul – e tem que fingir que a está perseguindo pelo corredor até o quarto, onde ele precisa escolher três histórias para ler antes de ela dormir. E cantar uma canção. E contar-lhe uma história da própria vida.

À altura em que cambaleia de volta para a sala, Patrick está exausto, e, em noventa por cento das vezes, ela aparece de novo, dizendo que precisa de um copo de água ou de outra fronha porque a dela está fedendo muito. Ou precisa discutir se gatos e cães falam a língua um do outro. Alguma coisa. Qualquer coisa!

Patrick não entende. Por que não tem a permissão de ser o seu velho, triste e incompetente eu? Por que precisa falar com ela o tempo

Casamenteira em Apuros

todo? A sensação é a de que o seu cérebro está sendo espetado por varetas afiadas durante cerca de três quartos do tempo.

Mas o pior – muito, muito pior – é que, quando fevereiro chega ao fim e Marnie já está fora há seis semanas, Fritzie, em cinco ocasiões diferentes, esqueceu-se de mencionar que havia feito outros planos para depois da escola. Ele foi deixado de pé no ponto de ônibus enquanto o ônibus descarrega seus passageiros desprovidos de Fritzie.

Por que, Patrick quer saber, ela faz isso?

"Ah, esqueci. Desculpa!", dirá ela, parecendo surpresa por ele estar bravo, ou então ela vai vir com um: "Que diferença faz? Eu sei onde estou e como chegar em casa!". E, ultimamente, há o ainda mais eficaz: "Bem, Ricky, eu te disse para onde eu ia, mas você não estava escutando! Você nunca escuta!".

Ricky?

Sim. Outro pormenor desconcertante é que ela passou a lhe dar apelidos. Ricky! Aquele ele demorou um tempo para desvendar. E, é claro, é a última sílaba de Patrick. Além de Ricky, ela o chama de Camarada, Cara Triste, Homem da Arte, Papai-Biológico e Lançamento Espacial. Ele quase não consegue suportar.

– Eu estava escutando. Sempre presto atenção a quando e onde devo te pegar – diz ele. – Sei que você não me disse.

Ela leva as mãos aos quadris.

– A questão é que preciso de um celular – afirma ela. – Assim você não vai ter que se preocupar com a possibilidade de eu estar perdida ou morta, como a moça que você amava, a que estava no incêndio. Porque você não vai conseguir suportar se outra pessoa morrer, não é, Ricky?

Ele deve ter deixado o choque transparecer, porque ela vem e para ao lado dele, sentindo seu cheiro e tocando o seu rosto.

– Se eu tiver um celular, sempre vou estar onde você sabe que estou – diz ela.

Ele se afasta e esfrega o rosto. Um celular! Ai, ai, ai. Em que universo ele está vivendo, onde é normal uma criança de oito anos ter um celular? Mas Emily Turner diz que todas elas têm celular, e é quando ele sabe que está condenado.

Certa noite, os dois saem para comprar um. É tipo uma pequena apólice de seguro em formato retangular. Talvez agora ele consiga evitar acordar no meio da noite, aterrorizado com a possibilidade de ter perdido Fritzie de alguma forma.

Não dá para viver assim. Um celular é um pequeno preço a pagar.

Na manhã de domingo, Tessa faz uma chamada de vídeo, como costuma fazer vez ou outra. Patrick a põe no alto-falante portátil porque ele está fazendo panquecas. Atrás dela, consegue ver um café e alguns prédios antigos e, ao redor dela, pessoas estão falando, o que a faz se inclinar para o telefone às vezes. De repente, o rosto dela preenche a tela toda, franzido, tentando ouvi-lo.

Patrick chama Fritzie, que vem correndo, saltitando de empolgação, contando todas as novidades.

— Mamãe! Oi, mamãe! Escuta, ganhei um celular! E o Patrick me comprou leggings novas cheias de estrelas, e... ah, ganhei uma blusa de frio e adivinha só como está escrito *girls* nela? Mamãe, é G-R-R-R-L-S. E a Marnie foi embora porque o pai dela ficou doente, então somos só o Patrick e eu, e está chovendo chuva congelada aqui, apesar de que deveria estar nevando. E você sabia que chuva congelada é tipo chuva, mas também é gelo? Igual foi na Inglaterra aquela vez que choveu granizo, lembra, mamãe?

Patrick vira as panquecas. Não consegue ouvir o que Tessa diz, mas agora Fritzie está no chão, demonstrando algum movimento de ginástica incrivelmente complexo, algo que envolve girar sobre o traseiro, jogar braços e pernas para o alto e depois pular sem sair do lugar.

— Estou treinando o giro ao plantar bananeira, quer me ver tentar? Vamos lá, me observe fazer o giro. Às vezes, consigo, então é um *suspense*.

Casamenteira em Apuros

Ele vê no telefone que Tessa está olhando para outro lugar, acenando para alguém. Ao que parece, não muito interessada nas demonstrações de ginástica ou nas novidades de tirar o fôlego lá do Brooklyn. Os olhos dela se desviam de volta para a câmera. Tessa diz:

— Patrick? Você ainda está aí?

— Estou!

— Como a paternidade está te tratando? — pergunta ela e sorri para a câmera.

— Bem — responde ele. — Você deveria ver a Fritzie fazer a acrobacia!

Mas Fritzie está balançando a cabeça. Ela vai se esvaindo ao longo da parede, cantarolando uma melodia desafinada, então se joga de costas no chão da cozinha e cobre os olhos com o braço. Bedford se aproxima para lamber o rosto dela. Roy aparece também, e Fritzie dá um jeito de acariciar os dois ao mesmo tempo, sem parar de cantarolar.

— Ela está sendo boazinha? — A voz de Tessa soa no alto-falante.

— Porque... bem, Richard e eu meio que queremos esticar um pouco o fim do semestre, sabe? Só querendo sondar se assim... talvez...?

O sinal falha, mas Tessa começa a falar de novo, no meio da frase, sobre uma viagem à Grécia. Até o segundo semestre, ele ouve. E eles podem conversar? Ele e Marnie poderiam pensar se...

Fritzie se levanta, meio desajeitada, e sai da cozinha.

— Tessa — diz ele. Há um sabor de ferro na sua boca. Como a mulher puxa um assunto desses na frente de Fritzie? — Preciso desligar. A gente se fala em breve.

E, ao desligar, ele vai atrás de Fritzie, para animá-la, contar piadas engraçadas até conseguir convencê-la a voltar e comer as panquecas. Ele promete um passeio ao Prospect Park para que possam patinar no gelo. A sensação é a de que o coração está batendo fora do corpo, e cada mísera brisa o atordoa e o faz doer ainda mais.

trinta e nove

MARNIE

Meu pai chegou ao estágio depressivo da recuperação do infarto. A internet achou que isso talvez acontecesse.

"Depois de um infarto, mesmo um mais fraco, muitas pessoas experimentam depressão e ficam conscientes da própria mortalidade", diz um site. "Procure seu médico caso os sintomas se intensifiquem."

Obrigada, World Wide Web, pelo conselho valioso. Eu me pergunto se essa recomendação foi escrita por Patrick, na época em que ele trabalhava advertindo o mundo sobre os perigos de estar vivo.

Por falar em Patrick, depressão e perigos de estar vivo, ele vem sendo muito cauteloso ao contar sobre como as coisas estão com a Fritzie.

Quando ligo para ele, é Fritzie quem atende, e ela está cheia de novidades, de todo tipo: reclamações, anúncios, fofocas, exclamações, tudo acompanhado por suspiros, risadas, bufos e o tipo de ofego que a gente faz quando está falando e pulando na cama ao mesmo tempo. Ela vai participar de um concurso de soletrar; escreveu uma redação falando de reciclagem; foi ao cinema com Blanche Turner e foi tãããão chato; perdeu o chapéu, mas Patrick comprou outro; jantaram frango *de novo*; Ariana anda muito ocupada lá embaixo, mas está vindo muito barulho de lá e Patrick acha que há mais gente do que apenas ela morando no apartamento do porão, mas ele não quer ir lá embaixo ver, diz ele, porque ele não é a polícia.

— Foi isso o que ele disse, Marnie. Ele não é a polícia.

— Bem, isso é verdade… — contribuo.

Casamenteira em Apuros

— Aí *eu* fui lá embaixo no sábado. Eu queria saber o que estava acontecendo, bati na porta, e elas me deixaram entrar, e tinham três meninas lá. Ariana, Charmaine e aquela menina, Janelle, a que vai ter um filho. Todas tinham acabado de acordar e ainda estavam de pijama com o cabelo bagunçado, bebendo café e jogando tarô, disseram, e me perguntaram se eu queria saber da minha sorte, mas falei que não e vim aqui para cima.
— Por que você não quis que lessem a sua sorte?
— Não sei.
— Talvez porque você não acredite?
— Eu... acho. Tem coisas de que não quero saber — diz ela.
— O quê?
— Não quero saber se... — Consigo ouvi-la respirar no telefone, inspirando profundamente. Ela bate em alguma coisa por perto, pá pá, pá. — Não quero saber... se vou ter que voltar a morar com a minha mãe.
— Ah, meu bem — falo e fecho os olhos. Como posso proteger seu coração da mágoa? Não posso, essa é a verdade. Ela não é minha, e Patrick não é meu, e, apesar do fato de eu dormir todas as noites pensando nele e desejando que as coisas fossem diferentes, nada mudou.

Certo dia, Patrick me envia uma foto dele e de Fritzie sorrindo para a câmera, e vejo que ela mal tem cabelo. Só uma penugem castanha na cabeça.
O que aconteceu com o cabelo dela?
Pergunto para ele.
Ele responde:
#CorteDeCabeloDIY #MinhaNossa #DeusNosAcuda #CabeloArte #NãoFiqueBravaComigo #EuNãoSei
Ao que eu envio:
O que está acontecendo aí, caramba?

Ele envia um emoji de um homem dando de ombros.

Ela diz que "artificou" o próprio cabelo. Está igual a uma prisioneira de guerra. #BonsTempos #NenhumMomentoDeTédio

E então... bem, é isso.

Nenhuma declaração de amor, de sentir saudade de mim, do buraco na vida deles sem mim. Porque ele não é o meu destino. Porque a ausência *não* está fazendo o coração dele ficar mais afeiçoado. Algum dia, o nome dele não vai me fazer sorrir, as lembranças não vão mais me fazer chorar e eu vou me curar.

Porque acabou.

Certa noite, incapaz de dormir, não consigo me segurar e ligo para Patrick quando sei que não vai ser Fritzie a interceptar o telefone.

— Eu só quero te fazer uma pergunta — digo, quando ele atende.

— Hum, tudo bem.

— Por que, se você sabia que não podia ter filhos, estávamos usando camisinha todo esse tempo, por anos?

Ele suspira.

— A razão para usarmos camisinha era porque eu *não* sabia. Depois do incêndio, se eu podia ou não ter um filho era a última coisa que se passava pela minha cabeça, se você quer saber a verdade. Eu não sabia nem se queria viver.

— Mas você disse que o médico te falou.

— Disse ele que falou, mas eu não lembro. Foi só quando me consultei recentemente e falei estávamos tentando...

— Espera. *Estávamos* tentando? Porque não me pareceu que você estivesse. A mim pareceu que você estava sendo coagido, e você nem sequer queria fazer sexo, de todo modo, então era um ponto discutível.

Ele fica calado por um instante.

— Nossa. Eu não esperava essa.

— Patrick — digo, depois de permitir que o silêncio entre nós ficasse mais pesado, quase insuportavelmente pesado. — Já faz um

Casamenteira em Apuros

bom tempo que eu queria um filho. Eu te disse que queria um bebê, e você construiu um muro inteirinho de desculpas esfarrapadas sobre reuniões escolares e encontros para discutir notas. Nem uma vez você me olhou nos olhos e disse a verdade, que era: "Quer saber? É bem provável que eu seja estéril".

– Porque eu não me lembrava de terem me dito. Que parte você não está entendendo? E é exatamente por isso que a gente não pode mais ficar junto. Porque você sempre vai ver isso como um fracasso meu. Você sempre vai desejar ter tido outra vida.

– Por que não posso ser eu a decidir o quanto isso é importante? Tem outras soluções, sabe?

– Tem mesmo?

– Bem, pelo menos a gente poderia ter discutido o assunto. Você poderia ter sido sincero sobre o que estava se passando. Você apenas deixou tudo ruir. Parou de me amar. Tipo, de repente. Simplesmente parou.

– Marnie, tem sido uns meses muito difíceis. Mas você sabe que eu te amava. Sempre vou te amar.

– Só não é o tipo de amor que faz bem aos outros, é? – questiono. – Você disse que não queria ser pai. Toda a sua justificativa era a de que teria que aparecer em público, que teria de conversar com professores e com outros pais, pessoas que pensariam nas suas cicatrizes, e continuou e continuou… e agora, olha só você, Patrick, lidando muito bem com tudo isso.

Ele fica calado.

– E é administrável, não é? E aqui está com o que *eu* fiquei: o grande amor da minha vida se voltando para Anneliese, e, mesmo ela tendo falecido, *ela* é a mulher que tem absorvido toda a sua atenção e seu amor durante esses meses…

– Eu…

– E o *filho* que você nem sequer podia considerar ter comigo… acaba que você já tem! O que você sabe? Ela está aqui. Outra mulher aparece com ela! E agora você está sendo um pai, um pai temporário por um ano! Que bom para você! Você consegue viver toda essa *experiência* e então, ohhh, vai sentir saudade quando ela for embora igual sentiu saudade da Anneliese quando ela foi embora. Mas, quanto a mim: sou a mulher da vida real parada bem diante de você, ainda assim, invisível aos seus olhos.

— Não posso te engravidar — ele me diz, com uma voz inflexível que nunca ouvi vir dele. — Você pode ficar brava o quanto quiser com isso, mas não muda nada.

— Bem, não há dúvida de que você agiu como se pudesse e apenas não queria — digo. — A mim parece uma terrível conveniência que *agora* uma razão médica apareça do nada. É tudo o que estou dizendo.

— Sinto muito por você se sentir assim.

— É — digo. — Bem, eu também. Na verdade, é triste ao ponto de arrasar a alma. E, a propósito, não acredito que você me ame. Ninguém age assim com a pessoa que ama.

E, então, porque não consigo mais suportar ouvir Patrick dizer que me ama, mas desse jeito pequenininho de nada que não pode existir exceto no ar rarefeito que apenas Patrick consegue apreciar e cultivar, desligo. Quero amor que a gente pode ver, sentir, tocar, jantar e dormir ao lado na cama. Quero amor que resplandeça através de tudo: de todas as dúvidas e incertezas. Quero amor que diga: "Então, já que não podemos fazer um filho juntos, o que *podemos* fazer para ter uma família?". E isso não é algo que Patrick algum dia possa imaginar.

quarenta

PATRICK

Certa manhã, Patrick acorda e encontra Fritzie de pé ao lado de sua cama. Encarando-o. Ela está com a lanterna do celular iluminando, não diretamente *para* os olhos dele, mas ao redor em círculos próximos aos seus olhos. Atinge seu peito, a cabeça e a parede atrás da cama. Perto o bastante de seus globos oculares para que se abram, prontos para um surto de corpo inteiro, se fosse o necessário ali. E parece ser o caso.

— O QU... o quê? — pergunta ele, ao se sentar feito um raio na cama.

— Eu vomitei.

— Você vomitou? Onde?

— Na minha cama?

Ele acende a luz. Pensa em xingar, mas muda de ideia.

Já ouviu falar disso, vômito no meio da noite, e sabe que, descontando a prisão por porte de drogas, objetos afiados no olho ou acidentes de carro, essa é a desgraça da paternidade. São 3h22, de acordo com os números vermelhos no relógio ao lado da cama, e ele não tem outra opção senão se levantar. O cheiro dela é horrível. Não dá para deixar a situação para depois.

— Tudo bem — diz ele. E passa as pernas para o lado da cama. Ela está de pé lá, sem dúvida alguma parecendo abatida. Talvez tenha até um tom meio esverdeado no rosto, embora pudesse ser nada mais que a iluminação ruim. Ele vê que ela vai precisar trocar o pijama.

Tudo bem.

Então... o que ele vai precisar fazer... ir até a cama em que o *negócio* está, tirar os lençóis, em seguida jogá-los na máquina de

MADDIE DAWSON

lavar, pegar outros lençóis (ah, por favor, por favor, que eles estejam lavados e secos no armário) e fazer a cama. (Talvez ele também tenha que se impedir de... pôr tudo para fora, por causa da visão e do cheiro.) Haverá necessidade de pijamas novos, pasta de dente, promessas e realojamento. Ele a olha, agora prostrada na parede. Pobrezinha. Ele conhece aquele olhar. Fritzie parece alguém que talvez vá passar por outra rodada... ou talvez mais umas doze. Depende de em qual pesadelo eles estão.

Uma quantidade indeterminada de tempo depois – o sol já saiu, voltou a se pôr, a neve caiu depois virou chuva congelada e depois chuva, continentes se formaram e foram engolidos pelos oceanos da Terra –, ele pode relatar com confiança que haviam adentrado as temidas "doze vezes mais". Ótimo. A cada hora ao longo do dia, volta a se repetir. Ela tem febre também, e, quando ele olha naquele rostinho triste, pensa que os olhos dela estão encovados de maneira que a menina talvez seja um zumbi, e que, se isso não fosse deixá-la ainda mais enjoada, provavelmente teria a intenção de comer os miolos dele.

Ela dorme aos trancos e barrancos, remexe-se na cama, geme, ergue a cabeça, inclina-se para a lateral da cama, buscando a lixeira que ele providenciou para os seus depósitos, faz barulhos terríveis e volta a cair deitada. Gemidos.

O consultório do médico diz para dar a ela golinhos de água com açúcar. Ou refrigerante de gengibre. Picolé. E não, eles não querem vê-la. É um vírus. Uma virose. Vai passar. Ele deveria lavar as mãos e beber bastante líquido. E boa sorte. Ligue se a temperatura dela ficar acima dos quarenta graus ou se ela tiver convulsões.

Convulsões!

Obrigado, diz ele. Muito, muito obrigado.

Fritzie não está disposta a tomar um gole de nada, o que é ruim. Ele decide que ela está assando de dentro para fora. Se ela beber água, é bem capaz de ferver dentro dela. Ela está quente a esse ponto. Então ele calcula maneiras de coagi-la.

Casamenteira em Apuros

— Sabe quem seria boba ao ponto de não beber nada quando está doente? — pergunta ele. — Ariel, a Pequena Sereia. Ninguém que abre mão da voz pensaria que seria uma boa ideia não beber nada! Sorte a sua que você é mais esperta que ela.

Ela o encara com os olhos encovados. Não vai cair nessa. Bedford e Roy parecem ser da opinião de que a morte é iminente.

Bedford lida com ela ao ficar perto da cama, observando com atenção, já Roy implora para ter permissão para voltar a viver no estúdio. Ambos olham para Patrick com desgosto. *Você simplesmente vai deixar isso acontecer, cara? Recupere o juízo e dê um jeito! Além disso, preciso ser alimentado.*

E assim continua por três miseráveis dias, o que ele não teria sequer pensado ser possível. Fritzie se levanta apenas uns poucos minutos a cada dia, apoiando-se nele para se arrastar até o banheiro e depois se arrastar de volta para o quarto. Os bracinhos parecem gravetos, e, quando ele a ajuda a trocar de pijama, fica arrasado ao ver aqueles ombrinhos ossudos. Eles sempre foram assim tão protuberantes? Como as crianças conseguem sobreviver tendo tão pouca carne sobre os ossos?

Ele deveria pedir ajuda. Ariana, talvez. Ou Emily Turner. Marnie talvez saiba o que fazer. Mas a verdade é que ele sabe o que fazer. Ele era a droga de um redator-médico; conhece cada sintoma e o que significam. Líquido, sono, um pouco de comida. Manter a febre baixa.

Fique atento, o cérebro diz.

Ele a alimenta com pedaços minúsculos de biscoito de água e sal, segura um copo de refrigerante de gengibre nos lábios dela e a encoraja a beber, só um golinho, não exagere. Mas beba tudo. Ele pede picolés e os leva para ela como se fossem uma oferenda. Ele e Bedford assumem seus lugares ao lado da cama dela por horas a fio. Após o dia dois, Patrick leva o notebook, espreguiça-se ao seu lado na cama e abre nos filmes dela. Os dois assistem a tudo o que a Pixar já lançou. E aí ele lhe apresenta a *Forrest Gump, A inconquistável Molly, Heidi, Os três patetas.* Ela chora quando a mãe de Forrest Gump morre. E quando o *Titanic* afunda. Quando ele chora por Moe ter sido atingido na cabeça, ele precisa ir ao banheiro, jogar água no rosto e bater um papinho consigo mesmo.

Leva panos para a testa dela. Segura sua mão. Canta, à insistência de Fritzie, uma música de pirata, e ela o fita com aqueles olhos enormes e avermelhados, dizendo:

— Obrigada, Patrick.

E aquilo o arrasa.

À noite, Patrick adormece no chão ao lado da cama de Fritzie, depois de arrastar para lá o edredom e o travesseiro. Deitado assim no chão, pensa que consegue ouvir o rufar dos tambores ou a batida de um baixo no andar inferior. As hordas de adolescentes estão ouvindo música. Ele se concentra em olhar a lua pela janela.

Havia se esquecido da lua e do céu. Parece que ele precisa acompanhá-los para não os esquecer de novo.

E, então, cinco dias depois de começar, está acabado. Certa manhã, às cinco, ele acorda no susto pela voz dela.

— Patrick! Patrick! Ei, Homem da Arte! Ricky! Acorda! Por que você está dormindo no chão? Vamos tomar sorvete.

Sorvete? *Sorvete*?

Ele a observa por meio de olhos turvos. Ela está perfeitamente bem, como se os últimos cinco dias tivessem sido fruto da sua imaginação, como se ela não tivesse passado dias parecendo que ia morrer. Ela rugiu de volta à vida. Quer tomar banho, ir lá fora, caminhar até a bodega do Paco. Os dois podem ir à Brotou um Lance e ver os velhos amigos? E se forem ao estúdio dele para fazer um projeto de arte? Talvez ele possa fazer mais daquelas coisas que estava fazendo, as esculturas de que todo mundo gostou tanto. Ela estava sonhando com a forma de fazê-las. Provavelmente poderia fazê-las também. A menina pula na cama. Seus olhos estão brilhando. Ele pensa que aquele corte de cabelo, por mais radical que seja, na verdade fica fofo nela. Destaca seus olhos.

Ele se levanta do chão. O corpo está rígido e dolorido, mas, pela primeira vez em uma eternidade, ela não consegue parar de sorrir.

Casamenteira em Apuros

O retorno da saúde, quem diria que mais pareceria o fim do apocalipse, quando os zumbis voltam para o túmulo, o sol brilha e as pessoas acabam não querendo comer o seu cérebro, afinal de contas? Que você vai odiar comida e bebida e até mesmo lâmpadas e televisão a pensar que algo tão comum quanto limpar a banheira é um verdadeiro milagre.

Ele compra rosquinhas e flores no Paco. No dia que Fritzie volta à escola, ele entra no estúdio – um baita teste de força de vontade, algo que não poderia ter feito nem mesmo três dias atrás – e, sim, está uma senhora bagunça, há vestígios de escultura, pinturas, telas, cabos, escalpelos e maçaricos, mas ele consegue olhar para tudo isso sem sentir vontade de pular pela janela.

Anneliese não parece estar ali.

Como ele pode explicar isso? Talvez ele a tenha embalado quando embalou todas as obras de arte e as levou para a Galeria Pierpont. Talvez, quando voltou para casa na noite depois da exposição, ela não tenha voltado junto. Talvez ela ainda esteja lá na galeria, cumprimentando clientes e fazendo companhia a Pierpont.

Patrick começa a guardar as coisas, mas logo para. Está tudo diferente, de certa forma. Como se houvesse mais ar e espaço. Ele remove os lençóis e dobra o futon.

Então observa todas as pinturas, argila, trapos e telas. Há coisas que deseja fazer. Pega um pouco de argila e uma espátula. O sol brilha através da janela, a música está ligada e ele deixa o estúdio se encher com o estilo Motown de Marvin Gaye.

E então simplesmente coloca o cérebro de lado, deixa as mãos assumirem e cria coisas.

— Certo, quero te fazer algumas perguntas – diz Fritzie. Ele lava os pratos, e ela gira em círculos pela cozinha, ficando tonta. É dessa forma que a gente sabe quando alguém está bem, pensa ele. A pessoa não se importa de ficar tonta de novo.

— É uma entrevista? – pergunta ele.

— Não. Apenas perguntas.

— Tudo bem. Manda.

Ela está girando ao redor com os braços abertos, rápido e rápido, pontuando cada giro com uma palavra.

— O. Que. Acontece. Com. Crianças. Que. São. Muito. Muito. Ruins. E. Ninguém. As. Quer?

— Não conheço criança nenhuma assim – diz ele.

— E se uma criança fugir, ela seria uma criança muito ruim, você acha?

— Nossa. Essa é difícil. Acho que eu teria que saber o *motivo* para a criança ter fugido. Você conhece alguma que fez isso?

— Tudo bem, outra pergunta, então. Por que a Marnie ainda está lá agora que o pai dela já melhorou?

— Hum, porque ela... está ajudando a mãe e o pai a se acomodarem de novo, acho. – *Porque ela está furiosa comigo.*

— Estamos em março, Patrick. Ela *vai* voltar para cá?

— Vai.

— Quando? Estou perguntando *quando* ela vai voltar para cá.

— Disso não tenho certeza.

— É amanhã?

— Não.

— Depois de amanhã?

— Não.

— Depois de depois de amanhã?

— Não sei mesmo.

— Você não pergunta?

— Eu, hum, tento deixar a Marnie tomar as próximas decisões sem pressioná-la.

— Ah. Você não quer *pressioná-la.*

Casamenteira em Apuros

— É. Eu sou bonzinho a esse ponto.

— Patrick, a gente precisa trazer a Marnie de volta — pontua ela.

— Aqui, vou ajudar a secar os pratos. — Ela pega um pano de prato, fica na ponta dos pés, pega um dos pratos no escorregador e o seca com muito cuidado. — Aqui não é tão bom sem ela.

— O quê? A gente está se saindo bem, não?

Ela ri.

— Patrick! A gente *não* está se saindo bem!

— Espera. Assim fico magoado. Comemos boas refeições, jogamos às vezes, mantemos a casa bem limpa.

— Não, não, não — diz ela. — A gente não é tão bom assim sem a Marnie. Acho que você deveria implorar para que ela volte. Você pelo menos pediu a ela?

— Não — responde ele. — Está por conta dela.

— Ah, Patrick.

— Você não sabe como essas coisas funcionam — rebate ele.

— Tudo bem, minha última pergunta — começa Fritzie. — Essa é das difíceis, preciso te avisar.

— Estou avisado.

— Se a minha mãe não voltar, o que vai ser de mim? — Com muito cuidado, ela põe o prato seco na mesa da cozinha, centralizando-o não muito longe da beirada. Patrick fica tocado pelo fato de ela não o encarar e pela precisão com que coloca o prato lá.

— Escuta — começa ele. E fecha a torneira. A voz talvez esteja um pouco trêmula. — Os adultos da sua vida vão pensar em alguma coisa. Você não tem que se preocupar. Vai ficar tudo bem. Todos estamos falando sobre o que fazer.

— Certo — diz ela, com a voz um pouco trêmula também. — Porque, quando minha mãe ligou, sabe, ela disse que não está pronta… ela quer que eu fique mais tempo…

— Eu sei. — Ele talvez esteja rosnando um pouquinho ao responder.

— O Richard não gosta muito de mim, sabe? Está tudo bem e tudo o mais, mas ele não gosta.

– Ele é um idiota, então – afirma Patrick, ficando chocado consigo mesmo, mas foi sincero. Ela ri um pouquinho e sai trotando para brincar com Bedford.

Mais tarde, depois de ela ir para a cama, Patrick se senta perto da cama do jeito que fez tantas noites quando ela estava doente. Deus, o que havia de errado com ele? Só de ver os cílios dela encostando nas bochechas o faz querer chorar.

É o seguinte: ele sabe de algo que não sabia antes, que vai pensar em uma forma de ficar com ela. Patrick não quer devolver Fritzie para Tessa. Na verdade, ele não *consegue*.

Ele se levanta e caminha pelo quarto. Ontem, acordou no meio da noite pensando em Anneliese e, pela primeira vez, ela não estava gritando, e ele não sentia culpa pelo acontecido. Ela flutuou para longe.

A luz da rua brilha pela janela, formando um feixe de luz no chão. As janelas chacoalham como se estivessem chacoalhando os ossos dele. Ora, Patrick se vê questionando, havia ele desperdiçado tanto tempo com a culpa? Inferno, ele *correu* na direção dela no fogo, não foi? Tentou salvá-la. Deu o máximo de si naquele esforço. E se... e se, como todo mundo não parava de lhe dizer, não fosse mesmo culpa sua?

Não foi culpa minha, pensa, testando. Ele se senta. *Não fiz nada de errado. Sou um sobrevivente.*

Ele repete as palavras de novo: *Tentei salvá-la.*

Ele estende as mãos e as observa. Parecem fortes e capazes, essas mãos, mesmo com as cicatrizes e a coloração desigual. Ele se lembra de antes, de antes do fogo, quando pensava em si mesmo como forte. Vem agindo com desdém nos últimos anos, pensando naquele cara... mas ele era um cara legal. Ele fazia acontecer.

Patrick não precisa se odiar por ser quem é.

Ele foi forte por Blix quando ela estava morrendo. E depois foi forte por Marnie quando ela precisou dele, na época em que ela se mudou para cá, e através dos meses em que ela tentava descobrir como ser uma habitante do Brooklyn. Ele sorri, lembrando-se de

Casamenteira em Apuros

ela agir como se tivesse vindo para um país estrangeiro e pitoresco ou algo do tipo, um lugar cheio de hipsters misteriosos, metrôs e aquecedores sinistros ressoando na escuridão.

Ele observa Fritzie, que se vira em seu sono e se enrodilha. Ele seca os olhos. Que droga está acontecendo com ele? O amor havia vindo furtivo e o atingido com tanta força que ele só estava esperando a contagem. Há alguns demônios próprios que precisa encarar. Precisa se despedir de Anneliese. Mandá-la embora.

E ligar para Marnie. Pensar naquilo faz a sua cabeça doer. Ele tem sido tão idiota.

Antes disso, no entanto, há uma coisa. Algo não resolvido em que ele precisa dar um jeito, algo que vem evitando há tempo demais. Precisa ligar para os pais de Anneliese. Apenas conversar com eles. Deixá-los dizer o que tenham a lhe dizer. Eles deveriam ouvir por Patrick que ele a amava, que tentou salvá-la, que espera que eles tenham encontrado a paz.

Amanhã.

É o que vai fazer amanhã. Ainda tem o número do telefone com as coisas com que ele ficou e levou de um lugar para outro. Grace e Kerwin provavelmente vão chorar, e talvez ele vá também. Mas Patrick deve isso aos dois.

Fritzie Pêssego. Ele olha para a menina dormindo e sorri, balançando a cabeça para o nome.

— Minha filha — diz ele.

E então... bem, depois de falar com Grace e Kerwin, pensará em como abordará Marnie. Ver se consegue ajeitar as coisas.

Se Marnie não voltar, se ela não puder amá-lo mais... bem, isso é impensável. Ele vai rastejar. Mas, se for preciso, criará essa menina sozinho. Ele a ouve respirar por muito, muito tempo, depois se afasta na ponta dos pés e fecha a porta. Sente como se quisesse sentar-se em frente à porta com uma espingarda, se necessário fosse, mantendo longe qualquer um que tente tirá-la dele. E, nesse meio-tempo, vai pensar no que dizer a Marnie.

Grace fica surpresa ao ouvir a voz dele ao telefone.

— Patrick — cumprimenta ela e, pela forma como diz seu nome, ele tenta avaliar se ela está brava por ele ter esperado tanto tempo. Mas, quando Patrick gagueja um pedido de desculpas, Grace exclama: — Ah, Patrick! Não, não, não! Não há necessidade de se preocupar. É tão bom ouvir a sua voz. Tivemos muita esperança de que ligasse quando estivesse pronto. Você passou por muita coisa, meu amor.

Ela sempre chamou as pessoas de "meu amor". Ele se lembra disso e dos cálidos olhos castanhos dela. Ela põe Kerwin no viva-voz e os dois contam que estão morando na Califórnia agora, com a outra filha. Aproveitam para contar as novidades: tornaram-se avós. Fizeram um pequeno altar para Anneliese e falam dela todo dia, dizem eles. Falaram dela para os netos. Annaliese continua viva na casa deles, com as obras de arte dela e as histórias.

A Anneliese que os visita é a filha amada, percebe Patrick. Mas o que o surpreende ainda mais é como estão gratos por saber que Patrick está bem, que seguiu com a vida. Ele se lembra de ouvir que os dois o visitaram no hospital quando ele estava em coma. Rezaram por Patrick, Kerwin conta.

— Foi tão bom ter notícias suas, Patrick — diz Grace antes de desligar. Ele se desculpa de novo por não ter ligado antes, e ela responde: — Muitas vezes nos perguntamos de seu paradeiro, se você tinha se recuperado. É ótimo saber que está seguindo com a vida. Estou tão aliviada, meu amor.

Depois de desligar, ele leva Bedford para uma caminhada no ar frio e na neve estaladiça. Engraçado, Patrick não tinha lhes dito que estava seguindo com a vida. Os dois simplesmente sabiam que era o que as pessoas faziam. Porque eles eram saudáveis e amorosos, não queriam pensar em Patrick sofrendo mais tempo. Engraçado aquele pensamento nunca ter lhe ocorrido.

Casamenteira em Apuros

— Você parece diferente — Ariana lhe diz na noite seguinte. — O que aconteceu com você? — Ela o avalia, estreitando os olhos e mordendo o lábio. Pensando seriamente sobre ele. Patrick correspondeu ao seu escrutínio com um dar de ombros simpático, algo inédito para ele.

— Ei, estou só limpando a casa, nada mais — comenta. — Não é tão inusitado para mim, é? Sou um cara organizado a maior parte do tempo.

Mais cedo, quando a viu na calçada, ele a convidou para jantar. Um convite espontâneo para jantar. Algo que ele não conseguia se lembrar de já ter feito.

— Nããão, não acho que seja isso — afirma ela. — É como se tivesse algo se passando. É, tipo, você desapareceu por meses dentro daquele estúdio, aí saiu de lá igual a um velho rabugento... desculpa por dizer isso, mas é verdade. E agora está, tipo, normal de novo.

— Nunca fui tão normal assim — pontua ele.

— Ei, a propósito, obrigada por não ter criado dificuldade quando deixei a Janelle se mudar para cá. Ela está passando por umas merdas pesadas.

Ele está de tão bom humor que não sente vontade de dizer que nem sabia que a Janelle havia se mudado oficialmente. Apenas supôs que o apartamento do porão está cheio o tempo todo com toneladas de adolescentes.

— Apenas para ter uma estimativa aproximada, quantas pessoas você diria que estão morando lá embaixo atualmente?

Ela ri e balança a cabeça.

— Basicamente, há apenas nós duas. Janelle e eu. Embora, vez ou outra, mais alguém precise de uma noite fora de casa, sabe?

— Todo mundo seguro e dentro da legalidade?

Ela ri de novo. Bem quando Janelle aparece à porta da cozinha. Ela tem o cabelo castanho-escuro, está usando camisa xadrez azul e jegging, e uma barriga imensa se projeta diante dela.

— Oi, Patrick — ela o cumprimenta. Ela está com uma expressão aflita e telegrafa algo para Ariana com o olhar.

— Nossa. Não falta muito agora! — aponta Patrick, que é a frase que sempre usa quando vê barrigas grávidas. Ele esperava que transmitisse a quantidade exata de observação, respeito e até mesmo talvez um quê de otimismo.

— Desculpa interromper. Ari, posso falar com você?

— Ah, Deus. Quem é dessa vez? Seu pai ou o Matt? — pergunta Ariana. — Entre e se sente. Você pode me contar na frente do Patrick. Ele não é igual aos outros caras. Ele sabe o quanto os homens são horríveis.

— Como? — diz Patrick. — É para ser um elogio? — Ele olha para Janelle. — Entre e se sente. Acabei de fazer chá. Você parece estar precisando de uma boa xícara.

E, claro, ela desata a chorar.

— Ai, não; ai, não — solta ele, ao que Ariana responde:

— Está tudo bem, Patrick. Ela chora o tempo todo, não é, Janelle? É a combinação de hormônios da gravidez e o fato de os pais dela estarem sendo meio que babacas com tudo. E o Matt quer que ela ponha o bebê para adoção e que nenhum deles nunca mais o veja. E isso *depois* de ele dizer que a ajudaria a criar a criança.

— Certo — diz Patrick. — Me conte a história toda. — Ele sente que deve ao universo ouvir qualquer história que uma mulher queira lhe contar sobre gravidez.

Janelle se afunda na cadeira da cozinha que ele segura para ela e estende as pernas o máximo que consegue.

— Bem, apesar de não sermos mais um casal, a gente tinha decidido experimentar essa coisa bacana de morar junto. Seríamos Matt, a namorada e eu, e a gente criaria o bebê junto em Boston enquanto nós três nos revezaríamos trabalhando e indo à aula...

— Mas a namorada, Lulu, agora acha que esse arranjo todo não vai dar certo para ela — auxilia Ariana. — Pelo que nós não a estamos julgando, não é, Janelle? Seria pior se você descobrisse mais tarde que ela não estava a fim de fazer isso.

Casamenteira em Apuros

Patrick não diz nada do que está pensando, que o plano todo parecia uma insanidade. Tipo, insano acima da média. Não que ele fosse um garoto-propaganda das dicas de bons relacionamentos ou algo assim.

Janelle ainda está chorando baixinho. Ele se lembra do que Marnie havia contado sobre ela... que o choro era a sua configuração-padrão.

Ele lhe serve uma xícara de chá, e ela diz:

— Talvez eu esteja julgando a Lulu. E aí minha mãe disse que *ela* e o meu pai ficariam com o bebê enquanto eu ia para a faculdade. Então tudo bem. Mas acabei de falar com ela ao telefone e agora *ela* disse que não vai ser o meu plano B. Disse que ela e meu pai conversaram sério e perceberam que nunca conseguiram fazer nada do que queriam, e eles querem viajar. Não querem ficar presos.

— O que a gente também não está julgando — afirma Ariana.

— Nããão, mas então por que ela teve que começar a gritar comigo? Ela estava dizendo que não posso contar com os outros para resolver a bagunça que fiz na minha vida e que é hora de crescer e perceber que tenho de *escolher* que vida eu vou ter: me prender com um dependente de quem não posso cuidar, o que significa recusar a bolsa de estudos da faculdade, ou encontrar pessoas que vão adotar o meu bebê e, então, seguir com a minha vida. — Leva uma eternidade para Janelle colocar a história para fora, porque tem que ficar parando para chorar. Ele estala os nós dos dedos.

— Sou totalmente contra essa forma de ver a vida, como se só houvesse duas escolhas — afirma Ariana. Ela se levanta e vai dar um abraço em Janelle.

— É, bem — diz Janelle. — Diga isso à minha mãe. — Patrick lhe entrega um punhado de guardanapos de papel, e ela assoa o nariz. Ele beberica o chá e tenta pensar no que dizer.

Janelle se senta lá por alguns minutos, encarando o tampo da mesa, então diz:

— Bem, talvez haja outra opção. Conheci uma mulher no metrô um dia desses que é orientadora psicológica, e falou que talvez eu devesse dar uma pesquisada na adoção aberta, que é um sistema no qual escolho os pais que quero para a minha filha, e então eu poderia combinar com eles uma forma de fazer parte da vida da criança. Eu poderia visitar e me certificar de que ela tem um bom convívio familiar... É melhor... talvez. Pelo menos não vou me sentir como se eu simplesmente a estivesse jogando fora.

— É uma menina, a propósito — fala Ariana para Patrick, que assente.

— Existem... agências... para isso? — pergunta Patrick. A voz dele parece estar vindo de um lugar muito distante.

— Vou descobrir. Estou com um pouco de preguiça da ideia toda. Já é março, e o nascimento está previsto para maio, e estou estudando, então não tenho muito tempo para entrevistar as pessoas. — Ela apoia a cabeça na mesa, descansando-a no braço. — Estou tão cansada de tudo. De não saber o que vai acontecer.

— Caramba, eu fico com ela — começa Ariana. — *Você* pode ir para a faculdade, e Justin e eu podemos levar a bebê para a estrada com a gente nestas férias e vamos gravar pessoas com ela no colo. Que tal? — Ariana se levanta e anda pela sala, estalando os dedos.

Patrick diz:

— Bem, *essa* parece uma ideia horrível!

E Ariana diz:

— Eu estava *só brincando*, Patrick! Cadê o seu gene do sarcasmo?

— Foi arrancado de mim — diz ele. — Não estava dando muito certo com a coisa da paternidade.

Janelle se debulha em uma nova rodada de lágrimas. Talvez ele não devesse ter dito a palavra *paternidade*. Ela esconde o rosto e solta todos os soluços. Patrick não sabe se seria bizarro se levantar e abraçar Janelle, mas parece que ele não consegue se deter. Ele se levanta e vai na direção dela, sentindo como se estivesse sendo carregado junto com uma corrente que o está levando para algum lugar. É como se uma parte sua tivesse se esquecido de que ele não é um abraçador.

Parece que para onde ele olha há pessoas sofrendo e lutando, experimentando os efeitos colaterais de estar vivo. Aqui está essa

Casamenteira em Apuros

adolescente chorando na cozinha, sabendo que não tem o necessário para criar um bebê. E aqui está Ariana, magoada pela desaprovação dos pais para os planos que ela tem para a própria vida. E Fritzie, a pequena, querida, rebelde e resiliente Fritzie, com medo de ser abandonada, sentindo que precisa testar os limites todo santo dia, testar se ainda pode ser amada. Aquele queixo dela, erguido, e o cabelo de prisioneira de guerra, o lábio inferior que se projeta para fora, tremula e parte o seu coração.

E Marnie. Oh, Deus, Marnie. Ele pensa que talvez devesse enviar uma mensagem engraçada para ela: *Ei, Marnie. Mandei aquele cara angustiado e artístico passear, e o Patrick de sempre está de volta. Imaginando onde você está.*

Não, não vai dar certo. Ele precisa se superar.

Ele tem sido uma porcaria nisso de viver no mundo. Olhando para tudo o que há de errado. Deixando-se dominar pelo medo. Construindo muros em torno de si mesmo, usando as cicatrizes e o sarcasmo para assustar os intrusos. Nunca prestando atenção ao que importa.

Ele olha para baixo, observa os veios da madeira da velha mesa da Blix, pensa em todos os jantares de que participou ali, primeiro com Blix e os amigos dela, e depois com Marnie e todas as pessoas que ela trazia.

Blix lhe dissera certa vez: "Talvez tudo o que te aflige, Patrick, seja algo indefeso de verdade dentro de você e que precisa ser amado".

E algo lhe ocorre, como se fosse a peça perdida de um quebra-cabeça que ele nem sabia estar montando.

Ele poderia ser o pai do bebê de Janelle. Ele e Marnie poderiam adotá-la. Talvez.

Poderia dar certo? Ele está louco? Ele sente um zumbido constante nos ouvidos, o que significa que está tendo alguma sensação que não será capaz de bloquear. Verifica consigo mesmo de novo. Ele quer esse bebê. Mas quer mesmo? Nunca na vida pensou algo assim. Patrick esfrega o rosto, forte, com as mãos. Faz um barulhinho. As duas meninas o observam sem entender nada, então Ariana vira a cabeça de novo para Janelle.

– A gente pode encontrar uma família para você, a família certa – diz ela.

Ah, Deus. Ele. Quer. Esse. Bebê. Ele quer o bebê e quer Fritzie e Marnie... todas elas ali com ele, sendo uma família. Uma família improvisada. Ele sentiu uma pontada tão forte de anseio, tão profunda como uma azia. Talvez devesse procurar um antiácido e perguntar a si mesmo mais tarde se é isso mesmo o que deseja. Deitar-se até aquilo passar.

O pensamento o faz sorrir. Aquilo não vai embora. Um bebê! Ele se sente animado ao pensar nisso em vez de um medo abjeto digno de puxar um cobertor sobre a cabeça. Como teria sido ter conhecido Fritzie ainda bebê, ver aquela chamazinha de humanidade em seus primórdios? Toda a tenacidade dela: como teria sido quando ela tinha quatro semanas de vida? E aos dois anos? E quando foi que o amor apareceu pela primeira vez em seus olhos? Como teria sido senti-la parar de chorar e erguer os braços quando o visse?

Cara, algo diz, *você foi esperto ao ter cautela com os bebês. Pense em toda a parafernália. Os acessos de grito e o queixo babado. Só as fraldas já são assustadoras pra caramba.*

Mas outra parte dele responde logo. *Vem com tudo.* Ele quer a bela catástrofe por completo: acima de tudo, quer Marnie de volta, mas também quer filhos, o cachorro, o gato, carrinhos no corredor, Legos na escada, a fileira de sapatinhos, a bolsa de fraldas... ele pode ver a si e a Marnie na cama com duas crianças enrodilhadas ao redor, raios de sol atravessando a janela, o rosto delas inclinado para o dele.

Ele quer Marnie, sua risada, suas dancinhas engraçadas e sua genialidade para a magia, e quer tudo tanto que o coração chega a doer. Ele quer Mercúrio retrógrado, o universo, a Torradeira Blix e os moradores de rua que ela ama.

– Mas quero poder vê-la às vezes – Janelle está dizendo. – Quero que ela tenha pessoas que vão amar a nós duas, sabe?

Casamenteira em Apuros

Ele fita Janelle, esquecendo-se de que a menina não pode ler seus pensamentos. Ela não vê o *sim* que está correndo por ele, zunindo em suas terminações nervosas. Janelle ainda não sabe que Patrick pode amar o bebê e amar a ela também. O silêncio no cômodo ruge em seus ouvidos. Foi como aquela vez no acampamento de verão, quando ele estava no alto da prancha de mergulho, encarando a água impossivelmente distante. Todo mundo já tinha mergulhado, e era sua vez. Patrick quis tanto voltar e descer a escada rastejando. Mas, quanto mais ele ficava lá, mais óbvio era que teria de mergulhar. Era como se ele tivesse sido puxado na direção da água por uma força mais forte que qualquer medo que já tivesse sentido. Mas aquele momento antes de mergulhar? *Este* era o momento. Quando você ainda pode voltar, mas sabe que terá que ir adiante. É quando a coragem se prende a você.

É o que isso é.

– Janelle – diz ele, baixinho. Patrick precisa interromper a conversa das duas. Ambos os pares de olhos se viram para ele, questionadores. – Preciso falar com a Marnie, mas me deixe te perguntar uma coisa... – começa ele.

Então ele diz o que precisa dizer. Aquilo que vai mudar a sua vida.

quarenta e um

PATRICK

Mais tarde, ele vai se perguntar por que não viu qualquer indício daquilo. Vai repassar o dia na sua mente, da forma como as pessoas sempre fazem depois de uma tragédia ou de uma quase tragédia. "Quais sinais deixamos passar?", elas se perguntam. "Por que não prestei um pouco mais de atenção?".

Mas, por ora, a manhã é apenas uma manhã comum, talvez até mais feliz que uma manhã comum. Ele tomou uma baita de uma decisão ontem à noite e ainda se sente empolgado com a possibilidade. Prepara café da manhã para Fritzie e para si: torrada e mingau de aveia. A torrada não sai voando da torradeira e cai no chão, o que o faz sorrir. E mais: Fritzie veste todas as roupas sozinha e sai do quarto a tempo, com a mochila já arrumada com tudo o que vai precisar para o dia.

Ela está com o dever de casa, escovou os dentes, está com os lápis e o caderno, o celular, e os sapatos estão amarrados. Ela mostra a Patrick que usa, inclusive, meias iguais. Ela está com um sorrisão no rosto. Quando ele pega a mochila na mesa, na hora de sair, diz:

— Nossa, está pesada.

Mais tarde, isso será uma pista.

Outra pista será que, quando o ônibus vem rugindo rua abaixo, Fritzie se agarra a ele por um momento a mais. Ela o beija nas bochechas e faz um beijo de borboleta, em que agita os cílios nos dele.

E, quando entra no ônibus, ela se senta à janela e olha para ele, acenando e sorrindo.

— Obrigada, Patrick! — grita ela pela janela.

Casamenteira em Apuros

Obrigada?

Ele volta para casa e pega o celular enquanto caminha.

É hora de recuperar Marnie, e ele está muito pronto.

Tinha decidido começar mandando mensagem para ela. Mensagens de texto engraçadas, humildes e inteligentes. Foi assim que a conquistou de início, então está fadado a dar certo agora. Ela vai ver que ele voltou a ser o seu velho eu e que a ama. Daí vai implorar para que ela volte para casa, onde mostrará para Marnie o quanto mudou. E digita:

Marnie, há pessoas no Brooklyn que não estão encontrando suas almas gêmeas porque você não está aqui para correr por um parque (restaurante ou o que for) para apresentá-las umas às outras. O prefeito está declarando estado de emergência. #EmergênciaAmorosa

Não há resposta. É claro que não há resposta. É a mensagem mais idiota do mundo.

Dez minutos depois, ele escreve:

Isso não pareceu com o que eu queria dizer. A verdade é que a #EmergênciaAmorosa está acontecendo na nossa cozinha.

Nadica de nada. Ele digita um coração e o envia.

Patrick prepara uma xícara de café, faz alguns agachamentos e golpes de boxe. Alimenta o cão e o gato. Lava a louça do café da manhã. Olha pela janela. Pergunta-se se ela vai querer um daqueles carrinhos gigantes ou se vai preferir os menores e dobráveis que parecem uma sombrinha. Essa é apenas uma das *centenas* de discussões que vão ter.

Ele digita:

(Pigarreando aqui, começando de novo.) Estou com tanta saudade de você. Acho que não posso seguir adiante sem a sua presença. As pessoas nesta casa pensam que oito semanas sem você é tempo demais. #Eu #Fritzie #Bedford #Roy

Pode parecer egoísmo, mas fizemos uma votação e achamos que, a essa altura, a gente precisa mais de você do que o seu pai.

É arriscado. Talvez o pai dela tenha uma recaída.

E, de toda forma, Marnie não vai responder. Ela está brava. E pode muito bem ter se cansado dele.

Eu amo você e sinto muito.

Agora ele precisa parar com isso. Afastar-se do telefone. Mas não consegue se impedir de enviar mais uma:

Por favor, me perdoe.

Ele guarda o telefone no bolso e, para sua surpresa, o aparelho apita, e ele dá um salto. Sente o pulso acelerar. Há uma mensagem de voz de uma chamada perdida. Patrick não consegue imaginar como perdeu uma chamada, já que estava parado bem ali, segurando o aparelho. Mas aí está ela. Ele treme ao pressionar os botões para ouvir a mensagem. Tem que ser ela.

Mas não é. É da Brooklyn Kind School. A voz de Maybelle.

– Oi, Patrick. Só queria verificar com você para saber se a Fritzie está doente de novo. Você não ligou para avisar que ela não viria à aula. Espero que ela não esteja tendo uma recaída da virose. Avise que estamos com saudade.

E é isto: ele pensa que pode cair morto bem ali naquela hora.

Fritzie não apareceu na escola, e nada que aconteceu com ele até então o preparou para aquele momento. O ar fugiu dele.

Os dedos digitam o número de Marnie e, para sua surpresa, ela atende.

– Patrick, mas que *droga* deu em você? Essas mensagens! – exclama ela. Sem nem um "oi, tudo bem?".

– É a Fritzie – fala ele, de uma só vez. – Ela não chegou à escola hoje. Eu a coloquei no ônibus, mas a Maybelle ligou e avisou que ela não está lá.

Marnie fica em silêncio por um instante.

– Isso é sério?

– É! Deus. É.

– Escuta. Liga para a Maybelle. Talvez tenha havido um erro quando fizeram a chamada. Deve acontecer às vezes. Não entre em pânico ainda.

CRIANDO UMA CULTURA DO EVANGELHO **239**

Além do batismo, gostaria de destacar a Ceia do Senhor. Para ser sincero, existe mais debate sobre a ceia do que sobre o batismo, mas, por hora, vamos explicar a ceia um pouco mais. Jesus nos diz que a Ceia do Senhor, a sua última ceia, dizia respeito a ingerir seu sangue e seu corpo, e que fazer isso se tratava de participar da importância salvadora e libertadora de sua narrativa como complemento da narrativa de Israel (isto é, da Páscoa). Então o apóstolo Paulo nos diz algo que podemos ignorar por nossa conta e risco: "Porque, sempre que comerem deste pão e beberem deste cálice, vocês anunciam a morte do Senhor até que ele venha" (1Coríntios 11:26).

De modo incrível, Paulo diz aos coríntios, os mesmos que ouviriam falar a respeito do evangelho alguns capítulos depois, que o simples ato de *ingerir o pão e o vinho já consistia em uma forma de evangelismo.* Toda vez que participamos na Ceia do Senhor estamos proclamando a morte do Senhor Jesus Cristo.

Podemos estabelecer uma cultura do evangelho se destacarmos o batismo e a ceia como narrativas que confrontam o turbilhão de narrativas culturais veiculadas pela mídia e pela internet todos os dias. Nesses atos, nós vivenciamos a narrativa de Israel sendo complementada na narrativa salvadora de Jesus.

Abrace esta narrativa

Por fim, *precisamos adotar esta narrativa para sermos salvos e transformados pela narrativa do evangelho.* Este livro está longe de ser um exercício de especulação teológica para decidir quem está certo e quem está errado. Em vez disso, ele nada mais é que um apelo para que tanto possamos discernir o evangelho apostólico como adotar esse evangelho de uma forma tão profunda que sejamos totalmente transformados na imagem do próprio

240 O EVANGELHO DO REI JESUS

Cristo. A cultura do evangelho só pode ser criada se nós mesmos formos convertidos radicalmente.

Voltamos toda a nossa atenção a Jesus, Pedro e Paulo. Se abraçarmos a visão do evangelho que eles tinham, receberemos o apelo de cada um deles para que creiamos, nos arrependamos e sejamos batizados em nome do Pai e do Filho e do Espírito Santo. Para sermos salvos, precisamos receber esse evangelho com fé. Colocar tudo dessa forma consiste em um olhar para o evangelho e para nossa resposta a ele a partir do ângulo daquilo que fomos chamados a fazer, mas existe outro lado: somos levados e ajudados a atender a esse apelo pelo dom gracioso do Espírito de Deus.

Isso me faz pensar em João 3:1-8, e na frase famosa "É necessário que vocês nasçam de novo", ou na expressão "nascidos de Deus" em 1João 2:29, além do "lavar regenerador e renovador do Espírito Santo" em Tito 3:5. Nesses textos se encontra um dos mistérios do evangelho: ao declarar as boas-novas a respeito de Jesus, o Espírito de Deus está agindo para despertar os seres humanos para a fé, e esse despertamento leva a uma vida nova ou transformada. Esse processo de transformação não acontece de uma vez,[9] mas Deus opera em nós e por meio de nós para nos levar daquilo que éramos para aquilo que seremos. Conforme Dallas Willard afirmou por décadas, Deus nos transforma por meio de uma visão, da nossa intenção, e pelo meio que Ele providencia — as disciplinas espirituais.[10] O processo de criação de uma cultura do evangelho exige que sejamos convertidos.

Mas não estamos sozinhos nisso. Na verdade, essa frase anterior ainda pressupõe muito individualismo. Outra forma de dizer isso é a seguinte: o

---

9 Veja o meu livro *Turning to Jesus* (Louisville: Westminster John Knox, 2002).
10 Dallas Willard, *A renovação do coração* (São Paulo: Mundo Cristão, 2007).

Casamenteira em Apuros

Certo. É claro, ele pensa. Patrick desliga e liga para Maybelle, que diz que vai confirmar e dar um retorno, e, claro, ela liga cinco minutos depois e informa que não há nenhuma Fritzie na Brooklyn Kind School hoje.

— Aonde ela pode ter ido? — Maybelle pergunta. — A menina é impulsiva, então deveríamos pensar em algo que ela pode ter decidido por contra própria.

— Vou ligar para a polícia — diz ele.

— Certo. É uma boa ideia — responde Maybelle.

Ele desliga e pensa em tentar o celular de Fritzie primeiro. Seu fôlego se sincroniza com cada vibrar do som que está chamando. Duas vezes... três vezes... quatro... cinco... Ninguém atende, o que, é claro, seria o caso, porque é mais do que provável que os sequestradores que a levaram tenham jogado o aparelho do East River para esconder quaisquer evidências. Ele acha que vai vomitar.

Marnie liga de volta.

— E aí? Ela está na escola, afinal?

— Não. Não está.

— Certo, Patrick. Acho que você deveria ligar para a polícia. E a gente precisa pensar coisas boas. Não se desespere. É da Fritzie que estamos falando. Ela lutaria com qualquer um que tentasse sequestrá-la. É bem provável que ela tenha tido uma ideia bem doida e foi colocar em prática...

— Marnie, is-isso está acabando comigo. — Ele fica surpreso com o quanto a voz soa calma para os próprios ouvidos, mesmo que todo o seu cérebro pareça ter entrado em alerta vermelho. Ele se lembra da sensação. Está se movendo através de um nevoeiro. É como se o mundo tivesse tantas bordas afiadas e que o pior que há são as que você não consegue fixar.

— Eu sei.

— Por favor, você pode voltar para casa? — Ele se ouve dizer de muito longe. — Não só para isso! Por *tudo*. Marnie, não consigo dizer... assim, essa não é a hora para dizer o quanto te amo e o quanto você significa para mim, porque preciso ligar para a polícia. Mas... você poderia voltar?

— Ligue para a polícia, Patrick.

— Espera — avisa ele. Algo está apitando em seu ouvido. — Tem alguém ligando.

— Aqui é o policial Timothy Pettigrew da unidade de polícia do Aeroporto Kennedy — diz a voz ao telefone quando Patrick atende. — Com quem estou falando?

Ele tenta explicar quem é, diz tudo rápido demais, precisa repetir. A língua de repente está inchada demais. Não consegue lembrar como é que uma pessoa respira e fala ao mesmo tempo. A polícia está ligando para *ele*? *Aeroporto Kennedy... O quê? Então... sequestro? Tráfico? ELA ESTÁ VIVA?*

— Estamos com a sua filha, Fritzie Delaney, aqui em custódia, e precisamos que o senhor venha...

— No *aeroporto*? — solta ele. Seu fôlego está alto no peito. — Ai, meu Deus. Ela está bem? — Então *foram* sequestradores. Traficantes. Levando-a para algum lugar. O ar deixa o seu corpo.

O policial parece estar falando com alguém. Ele consegue ouvir o som abafado das vozes, alguma explicação está se passando.

Patrick tinha morrido umas três vezes a essa altura. E fica surpreso ao perceber que agora está caído no chão. Bedford vem para investigar.

— Ela está bem? — pergunta de novo, gritando desta vez, então o Policial Seja Qual For O Seu Nome volta ao telefone e responde:

— Ela está bem, senhor. Um pouco assustada, mas bem. Ela estava tentando pegar um voo, mas foi parada na segurança. Estava fingindo estar com uma família de quatro pessoas, mas, quando passaram pela segurança, disseram ao funcionário do aeroporto que ela não estava com eles, então nosso agente a levou sob custódia.

Casamenteira em Apuros

Então, nada de sequestradores. Ou talvez a família de quatro pessoas *fossem* os sequestradores, e a Fritzie passou a perna neles...

— Estou indo — informa Patrick. — Posso falar com ela?

— Fritzie — chama o policial. — O seu pai está a caminho, mas primeiro quer falar com você.

Há o ruído de rádios ao fundo, e então ele a ouve dizer com clareza:

— Não quero falar com ele.

— O quê? — Patrick diz ao policial. — Por que não?

— É só o que ela diz — explica o policial. Que então abaixa a voz e muda o tom. — Eu mesmo tenho filhos assim. Principalmente um deles. Se eu tivesse que dar um palpite, diria que, no momento, ela está envergonhada. Foi um erro bem grande. Acho que ela disse que estava indo ver a mãe, talvez? Os planos dela foram frustrados. A menina vai ficar feliz de verdade quando você chegar aqui.

A mãe. Fritzie estava indo para a *Itália*? Ele tinha muitas perguntas que precisava que fossem respondidas neste segundo. Ele fica tentado a perguntar ao policial, mas não consegue. Como ela havia planejado tudo aquilo? Ela tinha uma passagem? E como chegou ao aeroporto, para início de conversa? E por que, por que, por que ela estava pensando que ver Tessa resolveria qualquer coisa? Era por Tessa que ela ansiava? Será que as crianças sempre corriam para o responsável que fosse negligente?

— Então, sr. Delaney, se puder trazer a certidão de nascimento com o senhor quando vier. Só para sabermos que a estamos entregando para a pessoa certa.

A certidão de nascimento.

Ele sequer a tem? Depois de desligar, Patrick retorna para Marnie. Ela ouve em silêncio enquanto ele conta toda a história.

— Certo — solta ela quando ele, enfim, termina.

— Pensei que a gente estivesse se saindo bem — diz ele. — Pensei que pudesse assumir a função. Fizemos o dever de casa, eu a coloquei na cama, brincamos de adivinhar e de outras coisas. A gente cozinhou. Estava tudo bem. Ela ficou doente... doente demais por dias e dias, não dormi, fiquei ao lado dela...

— Patrick — diz ela, interrompendo-o. — Tenho certeza de que você foi excelente em tudo. E eu estou indo. Já fiz uma reserva e vou chegar à noite. Mas você precisa saber de uma coisa: não estou indo porque você pediu. Sei que não estamos mais juntos. Estou indo porque quero ver a Fritzie. E provavelmente vou voltar logo em seguida. Só para você saber.

— Tudo bem — ele responde e se pergunta se ela estava sendo sarcástica quanto ao excelente. — Obrigado por isso.

— Imagina — diz ela, curta e grossa. — Eu quero ver a Fritzie.

— Por acaso você sabe onde a certidão de nascimento dela está?

Marnie explica que está na gaveta de cima na cozinha, a que fica perto da torradeira. Como se isso fosse algo que ela tivesse dito antes. Ela guarda umas coisas importantes lá. Ele encontra o envelope enquanto ainda está no telefone com Marnie. Seus instintos parecem um nó só. Parece que ele não consegue se obrigar a desligar o telefone.

— Eu amo você — diz ele. — Obrigado por me ajudar com tudo isso. E não acho que eu consiga viver sem você.

— Patrick, estou muito, muito brava com você.

— Eu sei. Sei que você está.

— Acho que esse tempo todo ela sentiu muita saudade da mãe — sugere Marnie. — Espero que a Tessa apareça. De outro modo, vai ser tudo muito triste.

— É triste — diz Patrick. — Agora, você poderia, por favor, pegar o avião? Acho que se você o perder, posso mesmo morrer.

O posto policial no aeroporto tem um balcão grande, cadeiras de plástico desconfortáveis e policiais entrando e saindo, alguns preenchendo a papelada enquanto outros bebem café ou conversam. Um deles está com o pé apoiado na cadeira da mesa enquanto fala ao celular. Rádios estalam, entrando e saindo do ar com as notícias estáticas dos assuntos da polícia. Um pastor-alemão, todo equipado

Casamenteira em Apuros

para o dever, está deitado no chão com os olhos abertos. Ele levanta a cabeça quanto Patrick entra.

Fritzie está sentada em uma cadeira de plástico preto, os pés calçados com as botas arranhadas não tocam o chão, as pernas balançam para lá e para cá. Patrick não consegue acreditar no quanto ela parece pequena. Ela é uma força tão considerável na sua vida, tão retumbante e poderosa, que ele fica chocado ao ver que, na verdade, é uma garotinha, tão pequena naquela agitada sala de assuntos de governo, com o seu corte de cabelo maluco. Olhos arregalados feito pratos, dedos na boca, olhando ao redor para toda atividade. Esperando por ele com uma embalagem vazia de barrinha de cereal na cadeira ao lado.

Quando Fritzie vê Patrick virando no corredor, o lábio inferior começa a tremer, ela apoia o rosto nas mãos, puxa os joelhos para cima e recua na cadeira.

Ele vai até lá, agacha-se e passa o braço ao redor da menina. Depois de um instante de hesitação, ela enterra o rosto em seu pescoço. Ele a sente tremer e as lágrimas estão molhadas contra a sua pele.

– Ei. Está tudo bem, está tudo bem – diz ele. Com os próprios olhos marejados também.

Ela sussurra:

– Desculpa, desculpa, desculpa.

– Shhh – diz ele. – Está tudo bem. Estou aqui agora.

Ele vê o policial se aproximar dos dois e recuar em seguida, deixando-os quietos por ora. Patrick fica grato por isso. Ele não tem certeza de que consegue se recompor no momento.

– O que você estava fazendo? – ele sussurra e afaga a bochecha dela com o polegar.

– Eu só queria ir encontrar a Marnie para você.

Ele se afasta e olha para o rosto dela.

– Você estava indo atrás da Marnie? Pensei que estivesse tentando ir para a Itália.

— Não. Eu queria trazer a Marnie de volta. Para você. — Ela encara os dedos e começa a puxá-los. — Você não ia pedir para ela voltar. Você sabe que não ia.

— Ahhh, Fritzie, isso não era obrigação sua. Não mesmo. — Ele a pega pela mão. — Você... você me deu um baita susto. Enlouqueci de preocupação! Você sabe, não sabe? Fiquei aterrorizado quando ouvi que você veio para o aeroporto.

— Eu precisei.

— Não, você não precisava ter feito isso. Você deveria ter me dito como se sentia. Somos um time, lembra? A gente combinou que conversaria sobre tudo. Como acha que eu me sentiria ao descobrir que você foi embora?

— Eu sabia que ficaria preocupado, mas tudo ficaria bem porque a Marnie te ligaria, avisando que eu estava com ela, e nós duas voltaríamos juntas.

— Não — disse ele. — As coisas não são assim. — Ele se agacha mais uma vez e a encara.

— Você ainda vai ficar comigo? — Seus olhos estão enormes, todo pupilas pretas, cravados nos dele.

— Se vou... *ficar com você?*

— É. Você vai me levar de volta para casa e ficar comigo?

— Fritzie. — Seu rosto estava manchado de ranho, lágrimas e algo que ele esperava que fossem pedacinhos de granola. — É claro que vou ficar com você. Você achou que eu fosse te deixar aqui?

Ela enfia os dedos na boca.

— Pensei que você fosse ficar muito bravo comigo.

— Olhe para mim. Eu não *fico* bravo. E jamais ficaria bravo a esse ponto.

— Sim. Patrick, você se lembra de quando me conheceu e não me amava? Você não queria ficar comigo, e eu era sua filha, mas você não me queria lá.

Ele balança a cabeça, passa as mãos pelo cabelo e abriga a esperança irracional de que o policial não esteja ouvindo nada disso.

Casamenteira em Apuros

– É, bem, eu... Fritzie, espera. Você achou mesmo que eu simplesmente te deixaria *aqui* no aeroporto?

– A Marnie me amava, sinto saudade dela, e *você* sente saudade dela, e você *não* estava fazendo as coisas direito, Patrick. Você sabe que não estava falando as coisas para fazer a Marnie voltar!

– Nada disso importa. Você arranjou uma passagem para fazer isso ou só iria usar o seu encanto para entrar no avião?

– Sim. Eu tinha uma passagem. O policial pegou.

– Mas como... você conseguiu uma? Você tem *oito* anos.

– No computador. Eu vi a Marnie fazendo a compra pelo computador, fui lá e comprei também.

– No cartão de crédito dela...?

– Estava na gaveta, encontrei lá.

– Ah, Fritzie.

– Eu sei. Foi ruim, não foi?

– Não foi o melhor, acho – diz ele. E solta um longo suspiro ao tentar pensar no que fazer.

Ela está mordendo o lábio, olhando ao redor do posto policial.

– O cachorro daqui é bem legal.

– É. – Ele olha para o pastor-alemão deitado ameaçadoramente no chão, fingindo descansar, mas estava óbvio que permanecia em alerta. Se Patrick fizesse um movimento em falso, não tinha dúvida de que o cão o abocanharia. É a cara da Fritzie fazer amizade com o animal. Ele se ergue e os joelhos estalam. – Bem, vamos dar o fora daqui. Vamos ver o que é preciso para te liberar. – Ele espera que essa parte seja fácil, mas não abriga muitas esperanças, ciente de como são aeroportos, segurança, regras e bem-estar infantil.

– A... Marnie sabe? – pergunta ela. – O que eu fiz?

– É. Ela sabe. Já comprou uma passagem para voltar para casa esta noite.

Ela bate palmas e fica evidente que se lembra de estar pisando em areia movediça, e pergunta, toda meiga.

– Ela está brava?

– Ninguém está bravo. Você age como se fôssemos monstros raivosos. Estamos chocados, é claro. Mas estamos felizes por você estar a salvo. Ficamos com medo. Há uma grande diferença.

O policial se aproxima. Policial Pettigrew, diz a plaquinha.

– Uma aventura e tanto, hein, mocinha – diz ele. – Você tem sorte por esse cara ser seu pai, vou te dizer uma coisa. – Ele balança a cabeça, e Patrick teme que agora tenham que ouvir as histórias do que o policial Pettigrew já viu no trabalho, mas, no último instante, Pettigrew parece pensar melhor. Patrick sabe que ele deve estar aliviado por essa história em particular ter um final ok: ninguém está furioso, a criança é querida, a segurança conseguiu fazer o próprio trabalho e não a deixou voar pelo país desacompanhada. Ainda assim, por um instante, Patrick teme que vá haver outro interrogatório, conversas sobre fraude e negligência... quem sabe o que poderia ser suscitado?

E lá vem.

– Senhor, só preciso do seu documento de identidade e da certidão de nascimento da criança. Então você pode assinar estes formulários.

Ele tira a certidão de nascimento do bolso e então se lembra de que não tem o seu nome lá. Ele começa a balbuciar uma explicação sobre não ser casado com a mãe... mas o policial olha ao redor e então diz baixinho que está tudo bem.

– Posso ver que vocês são aparentados. Mesmos olhos e cabelos. As mesmas lágrimas ruidosas. – Ele sorri e finge secar lágrimas inexistentes no próprio rosto.

Patrick abre o envelope e entrega a certidão de nascimento mesmo assim... e lá, na linha em que diz *pai*, lá ele vê o próprio nome. Digitado lá. *Patrick Delaney*.

E, assim, há uma rachadura horrível e ele sente a inundação de... algo... amor, talvez, esperança... invadindo.

Fritzie segura sua mão quando os dois saem do aeroporto para pegar o Uber. Ao chegarem lá, ele, na verdade, fica meio que feliz por ver que ela parece corajosa e desafiante de novo.

Casamenteira em Apuros

— Nunca mais faça algo assim de novo — afirma ele. — Tudo bem?
— A voz sai toda embargada. — Por favor?

Ela aperta a sua mão.

— Espero que não, Patrick.

O que, por alguma razão, o faz abrir um sorriso gigante. E ele aperta a mão dela.

quarenta e dois

MARNIE

Tive dezenove conversas diferentes comigo mesma desde que falei com Patrick ao telefone. Todas projetadas para me deixar mais durona. Que é o que você tem que ser quando acaba toda enrolada com um homem que não pode amar.

Ele tinha sido terrível, na verdade. E não posso me dar ao luxo de ser magoada assim o tempo todo. Uma mulher falecida é dona do coração dele, e não importa o que Patrick diga, não está muito interessado em voltar à vida, não de um jeito permanente. Ele não quer filhos, festas, demonstrações públicas de afeto nem conversas aleatórias com pessoas no metrô. Ele tinha sido arrastado para quaisquer interações sociais, e daí se ele gostar mais ou menos dela? E daí se ele agora provou que consegue lidar com a paternidade sozinho por semanas a fio? E daí o quê, caramba? Isso não prova nada, exceto que, quando se vê encurralado, quando é *forçado* a aguentar alguma coisa, ele consegue. Mas, ah, como ele resiste. Patrick não quer fazer nada que estiver fora da sua zona de conforto, nada que o resto da população pensa ser uma vida básica e comum. E, de alguma forma, é o que deixa tudo pior, o fato de ele *poder fazer* isso, mas não vai, a menos que seja necessário.

E… talvez eu precise encarar o fato de que, embora eu tenha tido uma aventurazinha de quatro anos no Brooklyn, meu lugar pode muito bem ser a Flórida. A Brotou um Lance está indo bem sem mim. Kat sempre foi quem conseguia manter a parte de negócios funcionando, e Ariana está cuidando da Frivolidades, de acordo com todos os relatórios. Elas estão bem.

Casamenteira em Apuros

E... há algumas vantagens em voltar para casa. É quente aqui, disso não há dúvida, ao contrário de março em Nova York. A Natalie está sendo mais legal comigo, e é ótimo estar com as minhas sobrinhas de novo. Acesso inerente a crianças que sabem os melhores usos para uma tia. (Quando ficarem um pouco mais velhas, vou ser eu a levar chiclete. Eu conheço as regras das tias.)

E os meus pais. Eles estavam se esforçando para ter um casamento feliz de novo. Não quero dizer que vejo faíscas ao redor deles, porque seria mentira; não vejo mais faísca alguma. Mas, quando estão juntos, simplesmente parece certo, como se algo no mundo tivesse voltado para o lugar a que pertence. Minha mãe ainda está florescendo, não mais se escondendo da opinião que meu pai tem dela ou das compras e dos jantares de sua escolha, nada disso. Ele parou de criticá-la. Os dois pararam de se bicar e, às vezes, eu os vejo de mãos dadas.

À noite, nós três jogamos um implacável jogo de paciência em trio para ver quem tem que se levantar e lavar a louça. Meu pai geralmente perde, talvez porque fez uma pequena cirurgia e não consegue mover os braços tão rápido, mas minha mãe diz que está tudo bem, a gente *deveria* deixar os pratos para ele. Ele tem cerca de quarenta anos de lavagem de louça para pôr em dia.

Eu poderia ficar aqui no meu velho quarto por um tempo, depois decidir o que fazer. Ver o que meu coração quer de verdade, para onde quer ir agora.

Talvez a lição que aprendi com Blix acabe sendo ter que aprender a ouvir meu próprio e querido coração, ver aonde ele vai me levar.

E outra coisa que agora sei é que não sou constitucionalmente capaz de ficar com um homem reservado. Preciso de alguém que me ame dia após dia, que não está carregando por aí um saco cheio de razões para não ficar comigo. Preciso de alguém que queira uma vida muito, muito plena ao meu lado, que não tente encolhê-la ao seu componente menor e mais maleável. Não quero uma vida tão pequena que pode caber no bolso de trás.

— Vou voltar — aviso os meus pais, Natalie e as meninas. Em seguida, quando estou prestes a passar pela segurança, minha mãe me passa o livro de feitiços da Blix para levar comigo no avião.

Olho para o livro e suspiro.

— Isso não importa — digo. — Já li cada um desses feitiços e as anotações da Blix também, para mim chega.

O rosto dela fica muito sério de repente.

— Escuta. Não descarte a magia — afirma, depois me pega pelos ombros e me encara. — Não sei o que há de errado com você no momento, mas esta pode ser a sua hora.

Acredite em mim, não deixo passar que a *minha mãe* é quem está me empurrando em direção à magia e que sou eu quem está olhando para o livro de feitiços como se ele fosse algo que não vai caber na minha bolsa.

Eu o pego e o leio de novo no avião.

Eis a minha visão imparcial do livro, entregue por fim: é uma leitura divertida, com alguns preparos notáveis, parecendo ter sido feitos para testar a paciência e a determinação de alguém mais do que qualquer outra coisa. E as anotações de Blix espalhadas pelo livro? Bem, elas mostram uma mulher colorida, amável, alegre, otimista e meio maluca que vivia no mundo real com o resto de nós, mas que talvez possuísse uma dose incomum de esperança, que eu simplesmente não tenho. Ninguém tem.

Fim de papo.

Quando saio do avião, cansada e cheia de pretzels salgados, Coca--Cola e biscoitinhos que a companhia aérea serviu, mancando sob a nuvem de uma forte dor de cabeça, estou triste e cansada.

Mas chego à área de retirada de bagagem e, para minha surpresa, lá estão Patrick e Fritzie, os dois pulando e sendo ridículos. Enviei o horário do meu voo para ele por mensagem, mas jamais pensei que ele apareceria. Muito menos que fosse trazer a Fritzie! Ela está

Casamenteira em Apuros

fazendo seus saltos retos-para-baixo-e-para-cima, como se fosse uma mola sendo acionada do chão, e ele está parado bem ao lado dela, sorrindo e a imitando. Eles parecem um par de alguma coisa. Saleiro e pimenteiro, talvez. Pai e filha.

— A gente veio buscar você! — grita Fritzie. — Eu já estive aqui hoje, porque queria pegar um avião, mas aí a gente foi embora, e, quando chegamos em casa, Patrick disse que a gente deveria voltar para te fazer uma surpresa, assim você não ia ter que pagar um Uber! A gente ia te mandar mensagem para avisar, caso você já estivesse pedindo um Uber! E aí falei: "Olha lá ela!".

Eu me contenho quando ele me pega em um abraço, balança-me para lá e para cá e diz bem pertinho do meu ouvido:

— Ai, meu Deus, ela não para de falar nem por um segundo. — Ele está rindo sua risada profunda patrickiana que eu não ouvia há eras, enquanto Fritzie agarra minha mão e dá tapinhas no meu braço. Parece que faz tanto tempo desde que vi essas duas figuras e, de início, mal consigo olhar para eles. Dói, tipo encarar o sol. E aí só quero desacelerar o tempo e caminhar ao redor deles para analisar a miríade de formas, que não é a mesma das pessoas que deixei para trás. Ela mal tem cabelo, parece ter crescido uns dez centímetros e talvez esteja dez vezes mais confiante, e Patrick está todo sentimental, e fica óbvio que está se tremendo todo, como minha mãe costumava dizer.

Estou tão brava com ele, mesmo que ele continue sorrindo, pegando minha mão e dizendo coisas engraçadas. Acontece que Fritzie *não estava* indo para a Itália ver Tessa, ambos me dizem, falando a um quilômetro por minuto. Era a mim.

Eu.

— Eu ia para a Flórida! Eu queria ir para a Flórida! — exclama ela, enquanto esperamos minha mala passar na esteira, e em seguida: — Olha para mim, Marnie, como aprendi a virar estrelinha ainda melhor que antes. — Ela estende os braços para cima e está prestes a virar, mas Patrick a captura pelo braço e, rindo, diz que é melhor não demonstrar ali na retirada de bagagem. Em casa. Estrelinha quando chegarem em casa. – De qualquer forma, Marnie, Patrick queria tanto que você voltasse, e você sabe como eu sabia? Porque ele estava triste por sua causa e também estava cheirando o seu travesseiro o tempo todo! Toda vez que eu entrava no seu quarto, ele estava com o *seu* travesseiro em cima da cabeça...

Eu olho para ele.

– Alto lá! – exclama Patrick. – Eu não estava, não!

– Estava, sim. Você sabe que estava! – Ela está pulando de novo. – De qualquer forma, ele não estava fazendo *nada* certo para te trazer para casa! Então decidi que *eu* iria e faria eu mesma!

– Mas isso não foi muito inteligente, e você nunca mais vai fazer algo do tipo – diz ele.

Ela sorri para mim e pega a minha mão enquanto ele vai pegar a minha mala.

– Foi um pouquinho inteligente – sussurra ela. – Porque aqui está você.

quarenta e três

PATRICK

São quase onze da noite quando o coração de Patrick para de bater no ritmo de um metrônomo. Ela está aqui agora, de volta com ele, e tem muito a trabalhar com ela. Patrick consegue dizer pelo modo como Marnie parece meio calada, tanto surpresa quanto calada. Como se estivesse prendendo noventa e três por cento da própria personalidade. Não era nada do feitio dela. Talvez ele a tenha quebrado. Patrick vacila entre a esperança e o desespero de ter as habilidades para dar um jeito nisso. Ele e sua personalidade ruim.

Pela última hora, depois de comer delivery de pizza na cozinha, os três estavam deitados no que costumava ser a cama dele e de Marnie, e vez ou outra o pensamento de que talvez ele fosse relegado ao futon de novo cintilava no seu cérebro. Falaram com muito, muito tato sobre tudo o que se passou enquanto estavam separados: todas as conversas educadas e fáceis, claro. Patrick não para de desviar os assuntos dos campos minados. A mala de Marnie ainda está feita, no chão, e ela está apoiada nos travesseiros com Fritzie deitada ao seu lado, coçando a barriga exposta de Bedford. Bedford está exausto depois da dança de boas-vindas de amor canino, quando ele disparou pela casa como se não conseguisse conter a alegria em um só lugar, o que Marnie chamou de "a perfeita explosão de cachorrinho".

– Então – começa Fritzie. – Agora que estamos em uma reunião familiar, estive pensando e decidi que nós três deveríamos casar uns com os outros. O que vocês acham? Vamos fazer uma votação.

Patrick pigarreia.

MADDIE DAWSON

— Marnie e eu vamos assumir daqui, Fritzie. É hora de você ir para a cama.

— Mas a gente deveria falar disso! — discorda Fritzie. — Eu sei como fazer um monte de coisas acontecerem, quero fazer parte da conversa.

— Não, hoje, não. Para a cama, Fritz — diz ele.

Ela rola ao redor da cama, fingindo estar inconsciente, e Bedford sobe nela e começa a lamber o seu rosto, ela ri, chuta e balança a cabeça de um lado para o outro. Marnie tem que se levantar para impedir que a taça de vinho seja derrubada.

— Vamos lá, vamos lá — chama Patrick. — Está tarde. A gente fica junto amanhã.

Patrick consegue sentir Marnie o observando conforme ele pega Fritzie no colo e a carrega para o quarto.

— Marnie! — Fritzie chama por cima do ombro. — Diga a ele que você quer que eu fique acordada para a gente conversar! Eu insisto!

Marnie ri, e ouvir aquele som de novo o atinge com tanta força entre as costelas, bem no plexo solar, que, por um momento, ele tem que se segurar com tudo para não cair no chão. Ele coloca Fritzie na cama, dá um beijo de boa-noite e apaga a luz.

— Não deixe a Marnie brava, Patrick — sussurra ela.

— Você está fora de combate agora, parceira — diz ele. — Vai dormir.

E aí ele para do lado de fora da porta e fecha os olhos só por um instante antes de voltar para Marnie, que não está mais no quarto. É claro.

Ele a encontra na cozinha dobrando a caixa de pizza na lixeira de recicláveis.

— Uma manobra exemplar de hora de dormir — diz ela.

— É, ela é uma danada.

— Não. — Marnie ri. — Quis dizer você, que está meio que… paternal.

— É. Este sou eu. Estou pensando em começar um podcast chamado *O pai mais sem noção do mundo*, em que explico que as crianças *gostam* de que você as obrigue a ir para a cama. Você sabia? — Ele

Casamenteira em Apuros

está sorrindo o seu sorriso provocador. – Crianças gostam de limites. Limites em cima de limites em cima de limites. Hoje em dia, você se torna uma fábrica de limites para fazer uma criança feliz.

– Uhum. Isso sendo dito por um homem cuja filha hoje mesmo tentou entrar em um avião sozinha.

– É. Exatamente. É o que faz a coisa real. Estive nas trincheiras, meu bem! Outro episódio do podcast vai abordar o tema de que se o seu filho corta todo o cabelo, você precisa se perguntar se é apenas uma declaração de moda ou um grito por mais limites.

– Interessante.

– E se fugirem para o aeroporto uma manhã dessas, quando você os colocou no ônibus para a escola… – Ele se move na direção de Marnie, com cautela. Ela não está bem fazendo um convite para ele a abraçar. Mas quem poderia falar alguma coisa?

– Sim? – indaga ela. – O que isso significa? Limites de novo?

– Exato – responde ele –, é o ápice do divertido programa Vamos Testar a Sanidade do Patrick que estava acontecendo aqui há cerca de um mês.

– Ela com certeza está…

Ele espera, mas ela não parece interessada em terminar a frase. Marnie se vira e coloca garfos e facas na pia.

– Sim – diz ele. – Ela com certeza está. Fritzie é tudo isto: corajosa, esperta, bondosa, amorosa, generosa e engraçada pra caramba, e ela vai precisar de cerca de quarenta anos de terapia, eu acho, para se recuperar da própria infância. E de muito amor e bondade. E estabilidade. Montes e montes de estabilidade. Hora de dormir e você e eu aqui. É bem provável que a gente tenha que ficar de olho nas tesouras conforme o tempo passa. E no computador. E nos cartões de crédito. Talvez em mais coisas em que eu ainda não pensei.

– É mesmo – diz Marnie.

– Então, hum, como você diria que isso está indo? – pergunta ele.

– Isto?

– Marnie, estou morrendo. Jogado aos seus pés. Mandei as mensagens mais idiotas do mundo hoje de manhã, o que agora parece ter sido há uma vida, tudo porque pensei que poderia ser inteligente e engraçado e talvez você se lembrasse do que amava em mim. Mas agora sei que não quero mais te mandar mensagem. Quero te olhar de frente e quero te abraçar, ouvir sua voz me contando cada coisinha em que está pensando, sentindo e tudo sobre seus pais e sua irmã, todos os seus projetos casamenteiros, e não quero continuar falando tantas loucuras, então, por favor, me interrompa, e comece *você*. Me diga como você se sente. Comece por aí e continue. Por favor.

— Bem, para começar, não tenho mais projetos casamenteiros — explica ela, devagar. — Acontece que isso se provou meio que um erro, creio que seja seguro dizer. Toda aquela coisa de Blix-pensando-que-eu-tinha-magia.

— Por favor — sussurra ele. — A torradeira pode te ouvir. Seria devastador ouvir que você não une mais as pessoas.

Para surpresa de Patrick, Marnie ri. E então seus olhos se encontram. O modo como os dela se demoram nos seus o faz estremecer.

Encorajado, ele diz:

— Eu estava meio que imaginando se talvez devêssemos levar essa discussão para a banheira. Talvez seja presunção minha, mas não sei se você se lembra de que nosso estabelecimento aqui tem uma banheira gigante de pés em garra que me dei a liberdade de equipar com um banho de espuma e cerca de cem minivelas. Eu me lembro de que tivemos algumas de nossas melhores reuniões de funcionários lá. Você consideraria muito precipitado se eu sugerisse que fôssemos para lá?

Marnie parece um pouco hesitante, pensa ele, mas ela engole e fala:

— Bem. Acho que sim. Ainda mais se a sua banheira é tudo isso que você diz que é. Sério, pés em garra?

— Pés em garra, sério — diz ele. — Bem parecidos com os meus. — Ele estende um pé, do qual cuidou recentemente, então sabe que as unhas estão caprichadas. — E não tentar fazer um monte de decisões em uma noite só... — diz ele —, mas, já que você concordou com a coisa da banheira, eu também estava meio que esperando que depois disso você se casasse comigo.

Casamenteira em Apuros

Ela parece cautelosa, mas acha graça, o que não é exatamente o que ele esperava, embora não seja a pior coisa do mundo também.

– Hum – diz ela. – Pergunta fascinante, mas, mesmo no melhor dos casos, o que este *não* é, acho que talvez esteja um pouco tarde da noite para um oficiante vir aqui.

– Esse talvez não seja o pedido de casamento mais romântico que alguém já fez – afirma ele. – Eu deveria mesmo ter pensado em algo mais elegante.

– Nãããão – rebate ela. – Achei que foi bastante patrickiano, na verdade. Completamente descabido e sem muito contexto.

– Rá-rá – diz ele, que, hesitante, vai na direção dela e estende as mãos, e ela vai para os seus braços. É estranho de início, então ele a puxa para perto, e, depois de um segundo de hesitação, Marnie reage, e ele beija aquela boca macia, quente e familiar, estendendo a mão até o cabelo dela. E, enfim, ele fecha os olhos.

Quando consegue voltar a falar, diz:

– Hum, por que esse não é o melhor dos casos?

– Bem, obviamente essa proposta está vindo de você sentir muita saudade de mim. O que pode ser apenas algo temporário – sussurra ela em seu ouvido. – Não é bem de verdade.

– É de verdade. Não é temporário. Estou em frangalhos. Sei que não posso seguir sem você.

– Talvez eu não queira alguém em frangalhos – explica ela, despreocupada.

– Ok, refraseando. Eu sou uma pessoa mudada.

– O que deu em você, Patrick? O que te fez mudar? – Ela se afasta e o olha de perto. – Sério. O que aconteceu? Você está cansado de cuidar de criança? Finalmente ficou solitário?

– A gente poderia ir para a banheira? É meio que uma longa história. Vou precisar estar sem roupas para ela.

– Vai, é? – diz ela.

Marnie vai com ele, e Patrick a ajuda a desabotoar, soltar e abrir tudo, o que ela permite, mas ele consegue dizer que ela ainda está se segurando. Ela não se recosta nele. Marnie mantém os olhos fechados, como se estivessem fixos no teto. Ele liberta o fôlego ao vê-la nua à sua frente e precisa respirar fundo. Talvez o banho não seja uma ideia tão boa assim. Ele pode estragar tudo ao pular em cima dela. E é cedo demais para isso. A cautela dela ainda não foi embora, e o que ele pode dizer? Ele também não faz ideia de como mudar o clima, exceto que talvez precise parar de brincadeira e lhe contar tudo. Então Patrick conta.

Começa como um trem esquálido subindo uma montanha. Diz que a ama. E depois conta o resto: o horror do incêndio nunca o deixou; ele acordava no meio da noite ouvindo Anneliese gritando, de um jeito meio que muito ferrado; quanto mais se permitia se apaixonar por Marnie, mais altos os gritos ficavam. Ele estava com medo de ser um homem que jamais fosse capaz de amar.

Palavras reais e verdadeiras. E agora precisa chegar à parte complicada.

quarenta e quatro

MARNIE

Regra Número Um ao Encontrar o Homem Com Quem Você Terminou: não aceite tomar banho com ele.

Isso deveria ser óbvio, eu sei. Provavelmente o livro com as regras do namoro nem sequer mencione algo assim como ponto de precaução. Qualquer idiota saberia que você precisa manter as roupas para manter o juízo. Já é terrível o bastante ele estar olhando para você e *olhando para você*, e que você o conhece bem o bastante para ler todo aquele amor no rosto dele. E no corpo. Você precisa de muita força de vontade para lembrar a si mesma que é *amor agora*, não amor de que se lembrará da próxima vez que estiver infeliz ou quando a namorada falecida aparecer na cabeça dele e fazê-lo marchar de volta para a espaçonave.

Mas aqui estamos nós, entrando na banheira, nosso velho lugar de conforto, e ele está determinado a me dizer um monte de coisas, o que, a julgar pela urgência em seus olhos, provavelmente preciso ouvir. Ele se senta nas costas da banheira, e me recosto nele. Pele demais minha está tocando pele demais dele, eu acho. Está afetando a minha habilidade de me concentrar no que ele diz.

E, quanto mais Patrick fala, mais irritada eu fico. Viro a cabeça para olhar feio para ele.

– Por que não confiou em mim para falar disso? É isso o que não entendo – digo.

– Porque... porque, caramba, descendo de pessoas que se assentaram no oeste, lavraram campos, cuidaram dos próprios assuntos, não sabiam como falar dos seus sentimentos e assim nunca me mostraram como se fazia isso, e porque pensei que eu deveria ser forte, e porque sabia que era hora de superar isso, e porque te amo tanto, e porque de certa forma eu *sabia* que essa coisa toda era ridícula, e que eu tinha tanto pelo que ser grato, e por que eu não poderia me deixar sentir essas coisas?

— Ceeeerto – solto. Volto a me recostar. – Acredite ou não, Patrick, na verdade, tenho a capacidade de entender tudo isso.

— E então... bem, ficou tão pior. Eu estava me afogando. Era como estar louco. Vozes na minha cabeça me culpando. – Ele engole em seco e arrasta a mão pela água da banheira, para ilustrar. A mão roça meu seio, e salto. Preciso morder o lábio, e ele afasta a mão. – Eu acho... que concluir as pinturas e as esculturas, embora não tenha parecido na época, talvez esteja me curando. Só que, nesse processo, perdi de vista tudo o que era importante.

Ele se inclina e beija meu pescoço.

Eu me afasto, virando-me para encará-lo, brava de novo.

— Eu não conseguia te alcançar. Que amor é esse que vai embora quando um problema grande surge? É isso que quero saber.

— Marnie, juro que ele não foi embora. Você sempre foi a coisa importante pela qual eu tentava lutar para voltar. Você é tão diferente de todo mundo que já conheci. Você é manhã de Natal e desfile do Dia da Independência ao mesmo tempo, e tem tanto otimismo, alegria e amor. Você sempre pensa o melhor de todo mundo e quer a árvore de Natal mais alta e as maiores multidões ao redor da mesa, os sorvetes de casquinha mais cremosos e os beijos mais lentos, mais doces e mais longos... e, por alguma razão, você vê faíscas quando olha para mim, então como seria possível te dizer até onde eu havia despencado? E o quanto eu estava ferrado? Eu te olharia vivendo a vida e fazendo planos, e me sentiria como se estivesse no fundo do poço. Você não percebe? Você é um gênio da felicidade.

— Um gênio da felicidade? Não acho que isso exista. – Eu me recosto nele.

— É óbvio que existe um gênio da felicidade. E eu abandonei a escola da felicidade. Quando percebi que havia te afastado e que ter

Casamenteira em Apuros

que viver sem você foi totalmente culpa minha, fiquei... bem, perdi a cabeça. Não posso fazer isso. Não posso voltar lá.

A torneira está pingando devagar. *Plink. Plink. Plink.*

Ficamos em silêncio por um tempo, então questiono:

— Como posso acreditar no que você está falando?

— Acho que só preciso que confie em mim. Estou disposto a esperar o tempo que for necessário. Vou cumprir minha pena na cadeia do amor, se você quiser. — Ele move as mãos pela água de novo e liga a torneira com o pé para aquecê-la. Com uma voz diferente, fala: — Passei por coisa pior. Tipo, quando você não estava aqui, a Fritzie ficou muito, muito doente... doente ao ponto de eu pensar que ela talvez fosse morrer. Tipo, morrer mesmo.

— O quê? Você não me contou essa parte.

— Eu não podia. Dei tudo de mim para cuidar dela. Eu me sentei perto da cama tentando fazê-la beber alguma coisa. Eu *literalmente* pensei que havia extinguido outra pessoa que amava. E acho que o Bedford e o Roy talvez tenham concordado; eles se sentaram lá também. Dias a fio. E quando ela não morreu... não sei, acho que parte do alívio que senti foi porque não sou um monstro tóxico destruidor de humanos que deveria ser forçado a usar um rótulo de aviso nas costas. Também imaginei que absolutamente tudo seria perdido em algum momento no futuro... tudo isso, mesmo a maravilhosa banheira da Blix, e que eu não poderia me permitir viver com um medo total desse tipo de felicidade. Acontece que sou um dos sobreviventes. E, como você apontou uma vez, é uma coisa boa sobreviver. Pude ver minha vida de novo. Posso tomar conta da gente, Marnie. Posso fazer a minha parte e mais. Quando você me deixar sair da cadeia do amor, é claro.

Estremeço, de repente excitada por ele, e ele sente e sorri.

— Hum, nós vamos chegar a isso em um minuto — brinca ele. — Algumas coisas de que você precisa saber. Nunca deixei de te amar. Só parei de sentir que o meu amor poderia te fazer feliz. Mas estou pronto para voltar a sentir prazer nas coisas. Eu gostaria de me inscrever em alguns dos cursos terapêuticos do gênio da felicidade.

E... – Ele respira fundo, espera um instante, então: – Bem, talvez eu seja um grande idiota ao mencionar agora, quando é cedo demais, mas estou pensando que gostaria de dizer a Tessa que quero ficar com a Fritzie em tempo integral. Você... gostaria de estar aqui comigo para isso? Assim, a gente poderia criá-la junto, o que acha?

Eu me viro para encará-lo. Seus olhos estão presos nos meus, como se essa fosse a pergunta mais importante do mundo.

– Você acha mesmo que poderíamos ficar com ela? – pergunto.

– Acho que Tessa ficaria bastante feliz se fosse o caso. Sei que vai parecer que é uma mudança completa da minha parte, mas estou pronto para ter uma família. Acho que não consigo desistir dela a essa altura. *E* acho que quero o pacote completo: as almofadas de amamentação, as mamadeiras, o carrinho e o...

– A Fritzie é velha demais para mamadeiras.

– Eu sei – diz ele. – Engraçado você mencionar. Porque tem outra coisa que quero contar. – Ele me vira devagar agora, para que eu o olhe. Consigo ver seu pomo de adão subir e descer. Ele coloca a mão nos meus ombros e me encara com tanta intensidade que não consigo afastar os meus olhos. Seu rosto lindo e resplandecente, o rosto de que senti tanta saudade, leva lágrimas aos meus olhos.

– É isto que quero dizer a você – começa ele. – Eu te amo, Marnie MacGraw, e quero passar a minha vida com você, quero que a gente tenha um filho. Mas já que não tem como nosso DNA operar esse truque, eu tenho outro plano. – Ele engole em seco e fecha os olhos. – Entããão, falei com a Janelle...

Eu mal consigo respirar.

– Janelle – repito.

– É, e ela quer nos dar o bebê para uma adoção aberta, isto é, se você quiser fazer isso – informa. – Ela e eu falamos do assunto, e já temos alguém em mente para ajudar com a papelada, se você concordar. É tudo uma grande surpresa, eu sei, e talvez você queira pensar no assunto. A gente tem tempo ainda. O bebê está previsto para maio... – Ele prossegue por um instante, falando dos aspectos legais e como chegou a essa decisão, o que significaria para Janelle

Casamenteira em Apuros

e o que significaria para nós. Mas minha cabeça está girando, todos os meus pensamentos estão tão altos que não consigo captar toda essa estranheza porque estou pensando: *vou ser a mãe de um bebê.* Patrick e eu vamos ter um bebê. Ele enfim para de falar porque estou chorando tanto e o abraçando. Ele apoia a testa na minha e olhamos um nos olhos do outro, mas estamos tão perto que parece que ele tem um único olho gigante.

Um único olho gigante que tudo vê, que tudo sabe e que não pisca.

— Você tem *certeza*? — sussurro, incapaz de parar de chorar e incapaz de me afastar e assoar o nariz, então meu rosto todo está ridiculamente nojento.

— *Você* tem certeza? — sussurra ele de volta. — Porque acho que deveríamos oficializar tudo e nos casar... se formos ter todas essas crianças, sabe?

— Mas, Patrick, há apenas uma coisa que não faz de nós o par perfeito — digo. E seco o nariz na toalha de banho.

Ele geme.

— Diga o que é. Por favor.

— Talvez você não esteja ciente de que vou precisar de um casamento que tenha pessoas de verdade nele.

— *Eu* quero — rebate ele, tão rápido que eu rio.

— E não só uma cerimônia no fórum. Quero um casamento no nosso terraço.

— Sim.

— Com convidados. E muitos sabores de bolo diferentes.

— Todas as pessoas que quisermos e que caibam no nosso terraço. Ou, espera, você prefere garantir o estádio dos Yankees?

— Nosso terraço vai bastar.

— E quantos bolos? Uma centena?

— Apenas dezesseis. Quero dezesseis bolos e quero que todo mundo que a gente conhece venha e dance conosco. Você vai dançar?

— Eu vou dançar. Um dos bolos pode ser uma torta de banana com creme e vai ser esse que eu e você comeremos juntos depois que todo mundo for embora?

– Você está falando sério? Porque estou falando muito, muito sério. Ele dá de ombros.

– Já que estamos sonhando, não acho que machucaria adicionar que quero torta de banana também. Com noivinhos de pé no chantili.

– Bem, claro. Eu os quero afundados até os joelhos no chantili. – Ele me beija por um bom tempo. – Algo mais?

– Sim. Podemos dar essa reunião oficial como encerrada e partir para as *coisas importantes* na nossa cama neste exato segundo?

Claro, diz ele, podemos. Ele achou que eu nunca fosse perguntar.

E, bem, depois das coisas importantes, o que, creia em mim, não poderia ter esperado nem mais trinta segundos, nós nos deitamos juntos, com minha cabeça em seu ombro, até muito tarde, falando de bebês e garotinhas e como vai ser aninharmos nossas filhas, nossas *filhas*, no plural! E falamos de tudo em que pudemos pensar. Coisas grandes e pequenas, até chegarmos ao tipo de carrinho que faz mais sentido e quem de nós deveria se encarregar das panquecas aos sábados de manhã, e, em algum momento, estamos tão cansados e delirantes que as palavras fluem todas juntas, e *então* a gente fica tão cansado que não consegue mais nem formar frases, e adormeço ouvindo meu coração berrar na escuridão e sendo respondido: sim, sim, sim, sim.

quarenta e cinco

MARNIE

Blix me disse, repetidas vezes, que eu teria uma vida muito, muito grandiosa.

Eu nunca soube o que isso queria dizer, é claro. Estava destinada a trabalhar nas Nações Unidas ou a me tornar embaixadora de algum país em desenvolvimento? A me juntar ao programa espacial? A operar milagres? O que seria considerado grandioso?

Tudo o que eu sempre quis, disse a ela, era um marido e filhos, uma casa, algumas bicicletas e carrinhos na entrada, talvez algumas luvas que eu tricotaria quando aprendesse. Isso não parecia nada com uma vida que qualquer um descreveria como *grande*, que dirá grandiosa.

Mas agora... bem, agora sei o que é uma vida grandiosa. É mais uma sensação do que uma *coisa*. Você não precisa ir até o espaço ou até mesmo ficar sobre um palco enorme ou concorrer para um cargo. Pode ser algo tão pequeno quanto ver faíscas no ar e convencer dois estranhos de que eles precisam se conhecer. E pode ser algo tão rotineiro quanto um cara fazendo massagem nos dedos do seu pé em uma banheira, uma criança desenhando à mesa da cozinha, e uma bebezinha dormindo no seu peito. Ligue uma música ao fundo, o som de pessoas andando pela rua e o cheiro do bolo de carne assando nas noites de quinta-feira... e eram esses quase todos os milagres de que eu precisava.

Um ano se passou, e acho que preciso explicar o que aconteceu.

Fritzie ficou maravilhada quando perguntamos se ela queria ficar com a gente para sempre, e, ciente de que havíamos feito a coisa certa para todo mundo, foi fácil repassar os detalhes com Tessa e Richard, que decidiram que, de qualquer forma, queriam ficar na Europa por mais um ano antes de voltarem para os Estados Unidos. Ela vai visitá-los, e eles estão fazendo os preparativos para virem passar uma semana conosco. Patrick diz que, mesmo que de modo involuntário, os dois haviam se tornado parte do meu plano de transformar todo mundo que eu conhecia em uma família grande e feliz, e que eu não ficaria contente até todos estarem debaixo do meu teto a cada data comemorativa.

Patrick e eu nos casamos em maio em uma cerimônia loucamente grande no nosso terraço com, sim, dezesseis bolos e uma torta secreta de banana com os noivinhos afundados até os joelhos no chantili. Havia uma banda de mariachi e pessoas dançando sob a lua cheia. Todo mundo usava belas roupas boho, e Patrick encontrou uma tiara para mim que disse ser da Blix, que ela havia usado quando ofereceu o próprio funeral irlandês, porque só a Blix mesmo para pensar em organizar o próprio funeral para que pudesse ela mesma confortar os enlutados. E ninguém além dela teria usado uma tiara para isso.

Fritzie ficou ao nosso lado enquanto líamos nossos votos, e ela declarou os dela, nos quais prometeu amar nossa família e notar se estivéssemos nos desviando de todas as coisas que prometemos naquele dia, particularmente a de que sempre teria sorvete em casa, o que foi ideia dela. Ela também disse que recolheria lixo da rua e agradeceria às pessoas no metrô quando as visse dando o lugar para grávidas e idosos, e as pessoas aplaudiram, e, mesmo que aquilo não tivesse absolutamente nada a ver com os nossos votos matrimoniais, os aplausos foram um gesto bonito, e Fritzie, creio eu, precisa de uma boa dose de aplausos. Anos de aplausos!

De minha parte, prometi aplaudi-la, amá-la e me certificar de que ela tenha bastante tempo para ser criança, e prometi lembrar a ela que ela não precisa se preocupar em ser mãe dos adultos ao seu redor.

Casamenteira em Apuros

E por falar em discursos interessantes, minha mãe se levantou e disse que seu mais profundo desejo para nós era que déssemos um sacode no nosso casamento pelo menos uma vez a cada cinco anos, que simplesmente deveríamos jogar todas as regras para o alto e sermos livres para fazer coisas completamente novas.

— É incrível ser um casal, e muitas pessoas dirão que você precisa sacrificar tudo pelo casamento e *dar duro*, mas digo que vocês devem *jogar duro*, e não sacrificar nada. Acima de tudo, sejam corajosos o bastante para *não* desistir do seu eu — afirmou ela. — Além disso, se você odiar fazer bolo de carne toda quinta-feira à noite, não faça. *Simplesmente não faça.*

E meu pai gritou:

— Poderia ser uma quarta-feira ou outra, talvez, de vez em quando?

Todo mundo riu, e Paco gritou que ele daria um pouco de bolo de carne para o meu pai levar para casa e que passaria a receita para que *ele* mesmo o preparasse. Aquela fala arrancou alguns aplausos. Meu casamento havia se tornado uma conversa em grupo.

E você sabe qual foi a melhor parte?

Bem, primeiro, deixe-me dizer que todas as pessoas da Frivolidades vieram: Toby Ansioso, Kat, Ernst, o cara roteirista e todas as Incríveis, que foi como contar com o aparecimento de cisnes preciosos. Lola e William Sullivan estavam aqui, e Lola não parava de secar os olhos e dizer que sabia que Blix estava bem ali conosco, desfrutando imensamente da ideia que ela havia planejado para que Patrick e eu déssemos certo no fim das contas.

— Esse é o problema com os planos da Blix — diz ela. — Bem quando você desiste e pensa que não vão se concretizar, então tudo meio que acontece do jeito que ela tinha dito.

Aponto para a tiara.

— Ela está bem aqui — afirmo. — Narrando tudo isso.

Então, bem lá no terraço estava tudo o que sempre amei nos casamentos: lágrimas e aplausos e risadas e família e comida e dança e crianças e um fogo aceso na fogueira. Ninguém me abandonou no altar dessa vez nem disse que achava que não poderia levar aquilo adiante.

Mas agora preciso chegar à melhor parte.

Depois dos votos, de todo mundo ter enchido o prato de comida e o sol ter começado a se pôr, Patrick veio e deu um tapinha no meu ombro. Eu estava conversando com a minha irmã, falando dos eventos infantis no Brooklyn, e as minhas sobrinhas, Amelia e Louise, estavam correndo em círculo ao nosso redor.

— Marnie — disse ele, baixinho. — Está na hora. Ela está empurrando.

— Ah! — exclamei. Fiquei de pé e coloquei meu prato em uma mesa por perto. Senti como se minhas bochechas estivessem coradas.

— Devemos deixar alguém no comando do casamento enquanto estamos fora ou tudo vai correr por conta própria?

Olhei ao redor. Parecia uma festa que ainda tinha fôlego para mais algumas horas, pelo menos. Os mariachis estavam se alinhando depois do descanso e ainda havia um monte de bolos a serem servidos.

Minha irmã achou que deveríamos ficar na nossa festa.

— É o momento de vocês! — disse ela. Mas agradecemos a observação, beijamos e abraçamos todo mundo e dissemos que estávamos saindo para ter um bebê.

Janelle tinha sido clara ao dizer que queria que estivéssemos lá. Era para estarmos presentes durante todo o trabalho de parto, mas ela sabia que estávamos nos casando hoje, então pediu à mãe para ligar quando a bebê estivesse nascendo. Nem sequer sabíamos que ela estava em trabalho de parto, já que ainda faltava uma semana.

Três horas depois, sentei-me à cama de Janelle no hospital, e Patrick e eu seguramos nossa nova filhinha, e todos nós choramos. Ela era linda, rosada e perfeita, com os punhozinhos fechados e olhos azul-marinho gigantescos e expressivos que olharam direto nos meus. Estava envolvida em uma daquelas mantas brancas de hospital com listras azuis e rosa, e usava um gorrinho de tricô muito bonito que

Casamenteira em Apuros

Fritzie disse que era tão fofo que a gente deveria fazer um igual para nós mesmos.

Sim, a Fritzie estava lá conosco. Ela insistiu em vir junto para conhecer a irmã e se certificar de que não a chamássemos de nada idiota, afirmou ela. Seus olhos brilhavam, notei, e ela continuava dizendo:

– Agora meu papai tem *duas* menininhas.

A pedido de Janelle, fiquei com ela depois que Patrick e Fritzie foram embora e voltaram para a festa de casamento. Acho que ela me queria lá para lhe dar coragem quando Matt aparecesse para vê-la. O pai relutante da bebê.

Ele parecia um caubói ao entrar no quarto, trazendo um ar de testosterona e defensiva, e não gostei nada daquilo. Quando ele perguntou se poderiam ficar a sós, olhei para ela, que assentiu, então deixei os dois sozinhos e fui à cantina pegar um chá e andar um pouco. As pessoas me olhavam e sorriam, e talvez fosse porque eu estava usando meu vestido de noiva, que se arrastava pelo chão, toda aquela renda e seda colorida. Mas talvez fosse porque eu não conseguia parar de me abraçar, pois estava tendo dois sentimentos muito intensos e opostos ao mesmo tempo. Eu estava animada e feliz, principalmente por mim mesma, mas havia essa outra partezinha que estava, devo admitir, com um pouco de medo de que talvez Matt fosse mudar de ideia e que *ele* fosse querer criar a filha com a Janelle, no fim das contas.

Sabe, essas coisas podem acontecer.

Então pedi ao universo um sinalzinho de nada. O universo e eu não andávamos nos comunicando muito ultimamente, para dizer a verdade. Eu tinha ficado um pouco mais prática, talvez, e as coisas estavam indo bem por contra própria, sem eu ficar lançando feitiços.

Mas, é claro, dez minutos depois, vi uma auxiliar de enfermagem entrar e se sentar em uma mesa com um maço de papéis e uma expressão cansada e desgastada. Ela começou a ler os papéis e a se inquietar... e, minutos depois, um homem de uniforme entrou. Eu o vi olhar para ela e depois desviar o olhar. E olhar de novo e desviar de novo. Ela estava completamente alheia até a terceira vez que ele a fitou, desta vez, a três mesas de distância, os olhos deles se encontraram, e adivinha só o que eu vi?

Isso mesmo, faíscas. Fazia tempo que eu não as via. Mas ali estavam, tão lindas quanto os fogos de artifício que costumávamos ver no Quatro de Julho. Fechei os olhos, mas as estrelas não sumiram. Ficaram lá, mais claras que qualquer coisa, como se estivessem estendendo as mãos para tocar a nós todos.

Quando eu estava indo lá para cima, soube o que tinha de fazer. Parei perto da mesa da auxiliar de enfermagem e me inclinei para sussurrar:

— Não o deixe escapar. Vá se sentar com ele.

Ela riu.

— De jeito nenhum. Ele me olha todos os dias, e ele tem que vir falar comigo.

— Às vezes – digo –, acontece de ele oferecer as faíscas, mas você precisa dar o próximo passo. Sei que pode parecer loucura, mas eu não correria o risco de deixá-lo escapar se fosse você. Vocês dois formarão um casal maravilhoso.

Ela me observou, assim como as pessoas olham para mim quando digo algo que é verdadeiro e inacreditável, e algo que também vai mudar a vida delas.

— Tudo bem – disse ela, mas não sei se ela foi mesmo. Eu não queria lhe dizer que o destino do mundo dependia do que ela faria naquele momento, mas era o que parecia.

Janelle me mandou mensagem no mesmo instante, então voltei para o quarto.

Matt havia ido embora, mesmo que ainda houvesse traços dele... uma leve desordem no ar, então fechei a porta e me deitei ao lado dela na cama, com a bebê entre nós. Eu segurei a sua mão. Ao nosso redor, havia a delicadeza da respiração suave da criança e o ligeiro fungar de Janelle.

Eu queria estar lá com ela quando a tristeza chegasse, quando a imensidão do presente que havia recebido a derrubasse. Não

Casamenteira em Apuros

queria dizer idiotices do tipo tudo vai ficar bem nem que ela estava fazendo a coisa certa. Em vez disso, falei as coisas mais verdadeiras que eu sabia.

Que, às vezes, o amor não se parece com o que idealizamos.

Que, às vezes, mesmo quando estamos fazendo tudo certo, nossa vida pode começar a parecer um amontoado de problemas e que temos certeza de que um erro foi cometido na nossa papelada e que fomos entregues às pessoas erradas.

Falei que era possível encontrar consolo em uma boa noite de sono, em um bom choro, em um banho quente, em uma xícara de chá e em dançar sozinha na sala com a música ligada no volume mais alto possível.

Que havia amor para todos nós, disse eu. Seu coração pode estar partido agora, mas, como a grande filósofa Blix Holliday disse, a mulher cujo nome essa bebezinha receberia, o amor rege o universo. E, por causa disso, ele está lá para todos nós. Só precisamos ser mais corajosos do que queremos ser. A pessoa a oferecê-lo pode não ter sido a sua primeiríssima escolha.

Eu a beijei na testa. E fiquei segurando sua mão até ela adormecer.

Coloquei a pequena Blix no bercinho e permaneci olhando-a por bastante tempo, piscando em gratidão enquanto eu absorvia as bochechas suaves e rosadas, a penugem de cabelo escuro, as mãozinhas fofas que pareciam estrelas-do-mar minúsculas. Tão nova ao mundo, tão fresca e de cheiro doce, e com uma vida tão plena diante de si. Uma vida que eu a ajudaria a lançar. Eu estava no andar térreo dessa nova e esplêndida vida, pensei, e me sentia tão feliz por estar presente neste momento.

Então me inclinei e sussurrei para ela que voltaria amanhã para buscá-la e que seria sua mamãe para sempre.

E é isso que está acontecendo. Ela fez de nós uma família, com seus sorrisos babados gigantescos e beijos molhados de boca aberta. A gente não está mais dormindo, Patrick e eu, mas nem me importo. É maio de novo e, no início da noite, nós nos sentamos no terraço com as nossas meninas, cantamos e contamos histórias, e ele e Fritzie fazem pequenas esculturas com palitos de dente e pauzinhos de picolé.

O que sei com certeza – e que Patrick também está aprendendo – é que não importa o quanto fique escuro, quantas vezes a gente desabe, o amor aparece e nos salva, de novo e de novo e de novo. Ah, e que espíritos podem viver em uma torradeira. Ou em qualquer lugar que você precise que eles estejam.

agradecimentos

Uma das melhores coisas em escrever um livro é que, por um tempo, você vive uma vida completamente diferente. Uma vez que você concebe a história, escrever um livro é como dar um breve passeio em outro mundo em que você tem o controle sobre as situações. (Ou de muitas delas, pelo menos. Personagens arranjam briga de tempos em tempos. Estou de olho em você, Patrick!) Melhor de tudo, você entra nesse mundo todo dia e depois sai dele de novo, fecha a porta na cara de seus personagens e das situações em que os colocou e volta para o mundo de amigos, família e de resolver o que fazer para o jantar.

Sempre fico um pouquinho obcecada quando estou escrevendo um livro. E, ao longo do último ano, Patrick e Marnie falaram tão incessantemente comigo que tive dificuldade de simplesmente me afastar deles quando foi hora de voltar para a dita vida "real".

Tenho uma imensa dívida de gratidão com aqueles que me aturaram. Com aqueles que me ajudaram ao ler meus rascunhos, que me deram opinião, que me encorajaram, cozinharam para mim, me mandaram cartas, postaram em blogs ou que deixaram avaliações na Amazon: fico muitíssimo agradecida pela atenção e pela bondade de vocês. Para todos os leitores que entraram em contato comigo e enviaram as próprias histórias de amor, magia e mágoa, que receberam Blix, Marnie e Patrick na própria vida... muito obrigada.

Eu também preciso agradecer a Kim Steffen, Nancy Antle, Leslie Connor e Beth Levine por lerem os primeiros rascunhos e por darem sugestões. Ao meu workshop de escrita: Marcia Winter, Grace Pauls, Linda Balestracci, Sharon Wise, Laurie Ruderfer, Michellee Speirs,

MADDIE DAWSON

P. B. Baraket, Mary Ann Emswiler, Mimi Lines, Marji Shapiro, Robin Favello e Sue Richman, por me ajudarem a me lembrar de um conselho que sempre lhes dou: *Não tenha medo de escrever mal no início. Não dá para editar uma página em branco.* Judy Theise me deixou passar muitas tardes com meu notebook em sua bela sala de estar e me alimentou com queijo e uvas enquanto eu digitava. A Susanne Davies, por ouvir meus infinitos pontos de enredo. E a Holly Robinson, por me fazer rir e me manter sã quando eu estava enlouquecendo. A Alice Mattinson, uma mestre em escrita de ficção, que me ajuda a pôr a cabeça no lugar diversas vezes quando estou escrevendo um livro... nossas conversas sobre nossos livros enquanto comemos sushi todos os meses são *tudo*.

Minhas amigas autoras da Lake Union foram uns amores e muito generosas com as suas ideias, seus conselhos e seu encorajamento. Há muitas delas para nomear, mas quero agradecer, em especial, a Kerry Schafer, Barbara O'Neal, Nancy Star, Marilyn Simon Rothstein, Catherine McKenzie e Bette Lee Crosby, por todas as histórias maravilhosas e pela generosidade. E mais, o clube do livro Blue Sky Book Club tem sido muito divertido!

Tenho tanta sorte por ter Jodi Warshaw como minha editora na Lake Union. Ela sempre sabe exatamente o que precisa ser feito com um enredo ou um personagem e faz tudo o que eu escrevo soar muito mais claro. Além disso, é tão divertido falar com ela! Nancy Yost, minha agente, é um turbilhão (da melhor forma possível) de energia e ideias, e me mantém na linha e me faz rir. Muito obrigada a Danielle Marshall, a Dannelle Catlett e a Gabriella Dumpit da Amazon Publishing, que têm sido infalivelmente gentis e prestativas, ajudando-me a acreditar em mágica vezes sem fim.

Também quero agradecer aos meus filhos: Ben, Alice e Stephanie, e seus cônjuges: Amy, Mike e Alex, por ler e ouvir. E um obrigada infinito a Charlie, Josh, Miles e Emma, que me lembram de que escrever não é a única coisa que existe no mundo. (Também há minigolfe, futebol, beisebol, Lego, violões, ukuleles, redes, Minecraft e pugs.) E, é claro, ao meu amado Jim, cujo amor faz tudo ser possível, sempre.

perguntas para o clube do livro

1. Marnie e Patrick têm o que ele chama de vida perfeita: eles se amam e podem fazer tudo o que quiserem sempre que quiserem. Mas ela quer um filho e pensa que não pode viver se não for mãe. Que conselho você daria a um casal que estivesse passando por esse tipo de desacordo?

2. Marnie é uma casamenteira que vê faíscas no ar quando pessoas podem combinar uma com a outra. Você já conseguiu juntar alguém? Se sim, como soube que essas pessoas seriam perfeitas uma para a outra?

3. Patrick tem o que considera motivos racionais para não querer trazer uma criança ao mundo, incluindo suas sequelas causadas pelo incêndio. Ele está certo ao se preocupar com a maneira como o filho lidaria com as limitações dele?

4. Tessa decide deixar Fritzie com Patrick assim que o localiza. Ela nunca o informou que ele havia concebido um filho nove anos atrás. Que efeitos em longo prazo você acha que isso causaria em uma criança?

5. Fritzie dá um belo trabalho ao se meter em problemas, causando dor de cabeça a Marnie e a Patrick. Ainda assim, ela parece capaz de atrair as pessoas para si quando precisa delas. Que qualidade ela possui que faz Marnie e, então, Patrick começarem a amá-la?

6. Marnie acredita em magia. Ela crê em sinais e pensa que ouve Blix quando se aproxima da torradeira. Sente que a magia pode ter sido responsável por trazer Fritzie à sua vida, do mesmo jeito que a magia trouxe Patrick para ela. Você já acreditou em magia? Acha que existem forças energéticas que não entendemos completamente?

7. A mãe de Marnie está casada há quarenta anos e agora sente que não consegue mais continuar com um homem que deseja apenas assistir ao canal de golfe e que não se comunica com ela. Marnie pensa que os pais ainda se amam e que devem ficar juntos. Você conhece pessoas que sentiram esse impulso de se separarem depois de muito tempo juntas? Você foi solidário com o sentimento de Millie de que ela não é mais necessária agora que as filhas cresceram e saíram de casa?

8. Patrick mudou de ideia quando assumiu a responsabilidade por Fritzie. O que o levou à percepção que ele teve durante a ausência de Marnie? Essa é uma transformação que você acha que vai perdurar?

9. Blix tinha um mantra que Marnie também tenta seguir: "Seja lá o que acontecer, ame isso". O que você acha que isso significa, na verdade? E como Marnie e, finalmente, Patrick colocam esse mantra em ação na própria vida?

sobre a autora

Maddie Dawson cresceu no Sul dos Estados Unidos, nascida em uma família de ultrajantes contadores de histórias. Suas diversas carreiras como professora de inglês substituta, atendente de loja de departamento, datilógrafa de relatórios médicos, garçonete, babá de gato, recepcionista de empresa de convite de casamento, babá de criança, cuidadora em creche, técnica em eletrocardiograma e preparadora de taco no Taco Bell foram suportáveis, pois lhe possibilitavam inventar histórias enquanto trabalhava. Hoje em dia, Maddie mora em Guilford, Connecticut, com o marido. Ela é autora best-seller de vários romances já publicados: *Aprendiz de Casamenteira*, *The Survivor's Guide to Family Happiness*, *The Opposite of Maybe*, *The Stuff That Never Happened*, *Kissing Games of the World*, *A Piece of Normal* e *Snap Out of It*.